國譯龜峯集
(卷之四)

현승편(상)

玄繩編(上)

1762년
목판본기준

맑은샘

발간사 發刊辭

宋南錫

7년전 광주에 있는 원윤공파 사무실에 들러 접하게 된 구봉집(龜峯集) 초간본을 발견 일독하고자 복사본을 만들어 두었으나 겨우 시집만 뽑아 구봉한시상고(龜峯漢詩詳考)라는 제목으로 시집을 펴내고 후편은 엄두도 내지 못한채 다른 일에 묻혀 잊고 있다가 다시 작심하고 2년여 타이핑 편집 교정의 전 공정을 직접 실전으로 처리 이번에 완간하는 감회가 한량없이 기쁩니다.

구봉의 직 후손이신 송기철(1932~2015)님께서 방후손 한학자 송동기(1919~1991)님과 함께 국역본을 시작하여 거의 마무리단계에서 끝을 내지 못하고 작고하셨기에 뒤늦게 필자의 미력으로나마 마무리를 짓게 되어 감계가 무량합니다.

구봉선생께서는 사승한 일이 없이 타고난 재주에다 근면성을 더해 거의 독학으로 학문을 성취하셨고 성리학에서 가장 기본이 되는 것이 태극론이라 할 수 있는데 태극문(太極問)을 문답식으로 이해하기 쉽게 해설하셨으며, 철학의 경지에서 요순의 도(道)를 실천하며 사셨던 도인(道人)이셨습니다.

구봉(龜峯) 우계(牛溪) 율곡(栗谷) 3현(賢)은 동시대 파주에 세거하며 삼십 여년이 넘도록 주고받은 편지글(삼현(三賢)수간(手簡))이 국가보물 1415호로 지정되면서 더욱 새롭게 알려져 후학들의 연구와 학문적 관심이 집중되고 있습니다.

다행인 것은 오롯이 전해진 공의 문집과 삼현수간은 후학들에게 학습과 학문연구의 소중한 자료로 쓰일 것임에 큰 보람과 감사함을 느끼며. 이 소중한 자료들이 사계(沙溪) 후손들의 꾸준한 노력과 대대로 전해왔던 종가들의 보전으로 후세에 안전하게 전해졌으니 광산김씨 종가에게 깊은 감사를 드리지 않을 수 없습니다. 2020.11.15.

대종회 종보편집주간 송남석

축간사 祝刊辭

宋吉龍

구봉집 5책11권이 국역 구봉집 3권으로 재 탄생하게 됨을 축하드립니다. 대종회 편집주간 족질 남석 님의 각고의 노력으로 마무리 지어졌고 이에 후손들의 학습에도 큰 도움이 되게 하였으니 여산송씨 전 종원의 경사가 아닐 수 없습니다.

구봉선생은 조선을 통틀어 유가에서 가장 내공이 높았던 도인이었다 하고 율곡 우계 송강과 한 시대를 도의지교의 외우로 살아가셨으며 그의 성리학에 대한 높은 성취는 퇴계 이황과 함께 한국 성리학의 양대 기둥으로 추앙받는 기호학파의 터를 닦았으며 율곡 이이가 조선에서 성리학을 논할만한 사람은 오직 송익필 한필 형제뿐이라고 극구 칭송할 정도였습니다.

도학의 의를 몸소 수양에 옮겨 요순의 도를 실천한 학자로 제갈량을 뛰어넘는 선풍도골의 학자로 조선중기의 명문장가요 시3걸에 서예에도 달통하였고 교육자 철학자 경세가 책략가이며 어떤 작가는 조선의 숨은 왕이었다고 칭찬하는 학덕을 겸비한 진유(眞儒)의 도학자(道學者)였습니다.

주돈이의 태극도설이 나온 뒤로 많은 학자들에 의해 논의가 있었지만 구봉선생처럼 태극에 대한 심도 있는 연구가 없었으며 후학들에게 이해하기 쉽게 설명한 태극문이 있습니다. 구봉선생의 유학과 성리학의 바탕에는 직直사상이 깔려있으며 태극 이(理)와 기(氣) 인심 도심 사단칠정과 예학의 가례주설 등은 공의 제자 사계 김장생과 그의 제자 우암으로 이어지는 조선예학의 대가로서의 태두역에 공헌 하셨습니다.

이 책은 삼현수간과 함께 후학들에게 두루 학문연구의 소중한 자료로 쓰일 것임에 큰 보람과 감사의 말씀을 드립니다.

2020년 11월

여산송씨대종회 회장 **송길용**

望月　　　　달을 바라보며

未圓常恨就圓遲　　항상 더디 둥그러 한 스럽더니
圓後如何易就虧　　온달 된 뒤엔 어찌 쉬 기우는고.
三十夜中圓一夜　　설흔 밤중 둥근달은 하루 밤인데
百年心事摠如斯　　한평생 심사도 모두 이와 같으리.

※ 사헌부에서 송익필 형제를 체포해야한다는 상소가 있었다는 소식에
　착잡한 심정으로 한성을 떠나 광산(光山)으로 오던 길에 산사에서
　보름달을 쳐다보며 지은 시

國譯龜峯集卷之四 / 玄繩編上
국역구봉집권지사 / 현승편상

玄繩編(上) 현승편(상)

玄繩編上 (현승편, 상)

一作辨論書尺 또는 변론서척(辯論書尺)이라고도 함.

玄繩編序

吾與牛溪 栗谷最相善 今皆去世 吾獨生 能復幾日而隨
死耶 迷子就大 曾於兵火散亡之餘 收拾二友書尺及吾
所報答私稿及雜錄略干紙以示余 遂合以成帙 爲未死前
觀感之資 且欲傳之一家云 萬曆1)己亥仲春 宋翼弼題

※稿=稾 (목판본에는 稿로, 한국고전번역원은 稾로 되어있음)

현승편서문

나는 우계, 율곡과 가장 친한 사이였는데 지금은 모두 세상
을 떠나고 나만 혼자 살았으니 다시 얼마나 있다가 따라 죽
을는지? 아들 취대(就大)가 일찍이 병화(兵火)로 흩어져 없
어지고 난 나머지에서 두 벗들의 서찰과 내가 답했던 사고
(私稿) 및 잡록(雜錄) 약간을 거두어 모아 나에게 보이기에
합하여 책을 만들어서 죽기 전에 보고 느끼는 자료로 삼고
또 일가에게 전하고자 한다. 만력(萬曆) 중춘에 송익필 쓰다

---

1) 만력(萬曆 : 명나라 신종(神宗)의 연호) 기해(己亥:1599선조27년)년 중춘(仲
春)에 송익필은 쓰다.

答叔獻書別紙

北溪陳氏2)曰 且如一件事物來接着 在內主宰者 是心 動出來 或喜或怒者 是情 裏面有介物 能動出來底 是性 運用商量 要喜那人 要怒那人 是意

夫當喜怒而動出 來喜怒者 情也 不當喜怒而動出來喜怒者亦情也 當而出來者善也 不當而出來者不善也 故善不善皆情也 苟必發於當 而不發於不當 則皆當而無不當 意之運用底意安在 出來之有當不當 故運用之有能使不當者當之之功 朱子曰 人情易發而難制 明道云人能於怒時 遽忘其怒 亦可見外誘之不足畏
情只發於善而不發於不善 則朱子難制之戒 朋道外誘之懼何指 夫心者 該寂感貫動靜 該而貫之者 旣得其正 則感與動 安得不善 故情之有善不善 心之正未正時也 情之無不善 心之已正後也 發皆中節 卽情之無不善也
朱子曰 聖人氣淸而心正 故性全而情不亂耳 學者當存心以養性 而節其情也

所謂聖人之情不亂者 非不謂皆善也 所謂學者之節其情者非不謂或有不善耶 不能皆善 故貴聖人之不亂 時有不善故訓學者以節之

或問性善而情不善乎 程子曰 情者 性之動也 要歸於正而已 亦何得以不善名之

---

2) 북계진씨(北溪陳氏) : 宋나라 학자인 진순(陳淳), 字는 안경(安卿)이고 號는 北溪. 朱子가 漳州에 있을 때 郡齋에서 從遊하였음. 「논맹학용의 論孟學庸義」「자의 상강 字義詳講」「북계대전집 北溪大全集」등의 저서가 있음.

所謂何得以不善名之者 不可以專言不善也 原於性命之正
者 固無不善 原於形氣之私者 亦何能皆善 惟聰明睿智者
情無不善 以能盡其性也 自其下則有善有不善 O旣擧先儒
之說 而以己意明其義 又申之以己說焉 夫未動是性 已動
是情 而包未動已動者爲心 心所以統性情也 譬之水 心猶
水也 性 水之靜也 情 水之動也 四端 單擧其流也 七情
並言其波也 水不能無流 而亦不可無波 波之在平地而波之
溶溶者 波之得其正也 波之遇沙石而波之洶洶者 波之不得
其正也 雖然 豈以溶溶者爲波而 以洶洶者不爲波哉 故曰
情有善不善也 夫引平地溶溶之波而返走沙石者 意也 引沙
石洶洶之波而還走平地者 亦意也 是以 聖人之情無沙石洶
洶之時 顔子3)之情 雖或洶洶 於三月之後 而能使洶洶者溶
溶焉常人之情 一洶洶一溶溶 而可使爲洶洶 可使爲溶溶
盜跖4)之情 旣在沙石 又引沙石 洶洶焉 無溶容之少間 然
而四端之流 無時或息 情之無不善云者 拈出四端也 情之
有善不善云者 統言七情也

숙헌이 답한 별지

북계진씨(北溪陳氏)가 말하기를 "어떠한 사물이 와서 접촉할
적에 안에서 주재하는 것은 심(心)이고, 느끼어 기뻐하거나 성내
는 것은 정(情)이며, 그 속에 어떤 물체가 움직여 나오는 것은
성(性)이고, 운용하고 헤아려서 어떤 사람에게는 기쁨을 주고 어

---

3) 顔淵 : 春秋時代의 魯나라 사람. 孔子의 제자, 字는 子淵이고 이름은 회(回)임.
4) 盜跖 : 跖은 원래 黃帝때의 大盜의 이름이었는데 춘추시대에 노나라의 柳下
惠의 동생이 천하의 대도였던 까닭으로 세상에 盜跖이라고 부르게 되었음.

떤 사람에게는 성내게 하는 것은 의(意)이다."라고 하였다.

대체로 기뻐하거나 성내야 할 적에 기뻐하거나 성내는 것은 '정'이고, 기뻐하거나 성내지 않아야 할 적에 기뻐하거나 성내는 것도 '정'인데 마땅한 데서 나온 것은 선(善)이고 마땅하지 않는 데서 나온 것은 불선입니다. 그러므로 선과 불선이 모두 '정'입니다. 참으로 반드시 마땅한 데서 드러내고 마땅치 않은 데서는 드러내지 않는다면 모두 마땅할 것이니 마땅하지 않은 게 없을 것이므로 '의'가 운용한다는 뜻이 어디에 있겠습니까. 나오는 것이 마땅하고 마땅치 못함이 있기 때문에 운용함에 마땅치 못한 것을 마땅하게 하는 공이 있습니다.

주자《朱子:송(宋)의 학자 주희(朱熹)》는 "사람이 정을 드러내기는 쉬워도 억제하기는 어렵다."고 하였고, 명도(明道 : 송의 학자 宋程顥)는 "사람이 성이 날 때에 갑자기 그 성냄을 잊어버릴 수 있다면 외물의 유혹도 두려울 게 없음을 볼 수 있을 것이다."라고 하였다.

정이 '선'에서만 나오고 '불선'에서는 나오지 않는 다면 주자의 억제하기 어렵다는 경계와 명도의 외물의 유혹이 두렵다는 말은 무엇을 가르키는 것이겠습니까? 대체로 '심'이란 것은 적감(寂感)과 동정(動靜)을 두루 포함하여 꿰뚫고 있습니다. 이미 그 바름을 얻으면 느끼고 동함이 어찌 선하지 않을 수 있겠습니까. 그러므로 정에 '선'과 '불선'이 있는 것은 '심히 바르거나 바르지 않음이 정해지지 않았을 때이고, '정'이 선하지 않음이 없는 것은 '심'이 이미 바르게 된 뒤의 일이고, 드러날 적마다 모두 절도에 들어맞는 것은 '정'이 선하지 않은게 없는 것입니다.

주가가 말하기를 "성인(聖人)은 기(氣)가 맑고 '심'이 바르기 때문에 성이 온전하고 정이 어지럽지 않는 것이다. 학자는 마땅히 마음을 간직하여 '성'을 기르고 '정'을 절제해야 할것이다."라고 하였다.

이른바 성인의 '정'이 어지럽지 않다는 것은 모두 선하다고 한 말이 아니며, 이른바 학자가 정을 절제하여야 한다는 것은 혹시라도 불선함이 있다고 말한 것이 아니겠습니까? 모두 선할 수 없기 때문에 성인이 어지럽지 않음을 귀하게 여기고, 때로는 불선함이 있기 때문에, 학자들에게 절제하라고 훈계한 것입니다. 어떤 이가 '성'은 선하고 '정'은 불선한가를 물었는데, 정자가 말하기를 " '정'이란 '성'이 움직인 것을 말한 것이니 요컨대 바른 데로 돌아가게 할뿐이다. 또한 어떻게 불선 하다는 이름을 붙일 수 있겠는가."라 하였다.

이른바 "어떻게 불선하다는 이름을 붙일 수 있겠는가."라는 말은 오로지 불선하다고만 말할 수는 없는 것입니다. 성명(性命)의 바른 데서 나온 것은 진실로 불선한 게 없겠지만 형기(形氣)의 사사로운 데서 나온 것은 어떻게 모두 선할 수 있겠습니까. 오직 총명예지를 갖춘 사람만이 불선한 '정'이 없으니, 이는 그 '성'대로 다하기 때문입니다. 그 이하는 선함도 있고 불선함도 있습니다. 이미 선유의 학설을 예로 들어 놓고는 자신의 뜻으로 그 의의를 밝히고 또 자신의 학설을 폈습니다. 대체로 아직 동하지 않은 것은 '성'이고, 이미 동한 것은 '정'이며, 아직 동하지 않은 것이나 이미 동한 것을 포함한 것은 '심'이니 심이 '성'과 '정'을 통괄한 것입니다. 물에 비유하자면 '심'은 물과 같고 '성'은 물이 고요했을 때이고 정은 물이 동할 때인데 사단(四端)은 단지 그 흐름만을 들어 말한 것이고 칠정(七情)은 그 물결까지 들어 말한 것입니다. 물은 흐르지 안을 수 없고 또한 물결이 없을 수도 없는데, 물이 평지에 있을 적에 물결이 잔잔한 것은 물결이 그 바름을 얻는 것이고, 물이 모래나 돌맹이에 부딪쳤을 적에 물결이 출렁이는 것은 물결이 그 바름을 얻지 못한 것입니다. 하지만 어떻게 잔잔한 것만 물결이라고 하고 출렁이는 것은 물결이 아니라고 할 수 있겠습니까. 그러므로 '정'에는 선과 불선이 있다고 하는 것입니다. 대체로 평지의 잔잔한 물결을 이끌어다 모래나 돌맹이가 있는 곳으로 흐르게 하는 것은 '의(意)'이고, 모래나 돌맹이 위에서 출렁이는 물결을 이끌어다 다시 평지로 흐르게 하는 것도 또한 '의'입니다. 그러므로 성인의 '정'은 모래나 돌맹이 위에서 흐를 때처럼 출렁거리는 때가 없으며, 안연(顏淵)의 '정'은 비록 석 달 뒤에는 출렁거릴 때도 있지만 출렁이는 물결을 잔잔하게 할 수 있으며, 보통 사람의 '정'은 한번 출렁이고 한 번 잔잔하기에 출렁이게도 되고, 잔잔하게도 되며, 도척(盜跖)의 '정'은 이미 모래나 돌맹이 위에서 흐르고 있는데, 또 모래나 돌맹이를 끌어넣어 더욱 출렁이게 만들어 잠시도 잔잔해질 틈이 없는 것과 같습니다. 그렇지만 사단의 흐름은 어느 때나 쉴 때가 없습니다. 그래서 '정'에 불선함이 없다고 한 것은 사단만을 뽑아낸 것이고, '정(情)'에 선(善).불선(不善)이 있다고 한 것은 칠정을 통괄하여 말한 것입니다.

又答叔獻書

吾兄以鄙說爲皆可 而但以爲不善專是情 愚恐未然也 朱子
曰 爲不善 情之遷於物而然也 盖發不中節 固可謂不善 而不
可謂爲不善也 情雖發或不善 而至於爲不善 則意豈無運用之
效 是故 朱子先擧施諸事物上顯然已作之不善曰 是其初 情
之遷於物而然也 然者 謂爲不善也 情之遷於物 旣是爲不善
則又何必更着而然二字 而以爲不善加一般重意於遷物之上乎
遷於物者 情也 指發不中節底時爲不善者 意也 指運用底後
故曰遷於物者情也 爲不善者 意也 兄又云性水之源 此亦未
盡 兄意豈不曰心統性情, 向裏是性, 向外是情, 而以源喩性
也 但旣以理之着在人身上論之 而又以性爲源 則似涉於當初
自上天命之之云 而不合於喜怒哀樂未發之喩 朱子曰 性猶水
之靜 情猶水之流 斯無間然矣 謹復

또 숙헌에게 답한 글

형께서 나의 말을 모두 옳다고 하였으나 다만 '불선'을 오로지
'정'이라고 하시니, 나는 그렇지 않다 봅니다. 주자가 "불선할 일
을 하는 것은 '정'이 외물에 옮기어 그러한 것이다."고 하였는데,
대체로 드러나서 절도에 들어맞지 않는 것을 '불선'이라고 말할
수 있겠지만 '불선을 한다.'고 말할 수 없습니다. '정'이 드러날
적에 불선한 것도 있겠지만 불선한 일을 하는 데 있어서 어찌
'의(意)'가 운용하는 효과가 없겠습니까. 그러므로 주자는 먼저
사물 위에 행하여져 이미 현저하게 이루어진 불선을 들면서 "이
는 그 처음에 '정'이 외물에 옮기여 져서 그러한 것이다."고 하였

는데, "그러한 것이다."라고 한 것은 불선한 일을 하는 것을 말한 것입니다. 정이 외물에 옮겨졌을 적에 이미 불선하다고 한다면 또 다시 '그러하다'는 두 글자를 붙여서 '불선을 하는 것으로써 외물에 옮기는 것 위에 한층 중요한 뜻을 더할 필요가 있겠습니까 외물에 옮기는 것' 정이 절도에 들어맞지 않았을 때를 가르키는 것이고, 불선을 하는 것을 '의'라고 한 것은 운용한 뒤를 가르친 것입니다. 그러므로 "외물에 옮기는 것은 '정'이고, 불 선을 하는 것은 '의'이다."고 한 것입니다.

형께서 도 "성은 물의 근원과 같다."고 하였는데, 이것도 미진합니다. 형의 생각에는 심의 성·정을 통괄하고 있는데, 안으로 향하면 성이고 밖으로 향하면 정이라고 여기어 물의 근원으로 성을 비유한 것이 아니겠습니까? 다만 이미 이(理)가 사람의 몸에 붙어 있는 것으로 논하고 또 성으로 근원을 삼는다면 당초에 하늘로부터 명(命)한다는 말에는 통할 것 같지만 희·노·애·락(喜怒哀樂)이 드러나지 않았다는 비유에는 맞지 않습니다. 주자가 "'성'은 물이 고요히 있는 것과 같고 '정'은 물이 흐르는 것과 같다."고 한 말씀이 헛점이 없을 것입니다. 삼가 회답합니다.

與叔獻書別紙

以蔡邕[5]所作郭林宗[6]碑文觀之 林宗壽纔四十二 其生 順帝永
建三年戊辰也 其卒靈帝建寧二年己酉也 綱目 書黃憲[7]卒 在

---

5) 蔡邕(채옹) : 동한(東漢)때의 사람으로 字는 백개(佰喈)
6) 郭林宗(곽임종) : 후한(後漢)때의 사람으로 이름은 태(泰) 또는 태(太)라고 함.
   林宗은 그의 字.
7) 黃憲(황헌) : 後漢때의 사람. 字는 숙도(叔度). 아버지가 우의(牛醫)였는데 헌
   이 學行으로 推重을 받았으나 곽태(郭泰)가 이를 두고 '왕왕(汪汪)하기가 천

安帝延光元年壬戌 則憲死後七年 林宗始生也 安得發汪汪之
稱美於未生前耶 蔡邕以一時之人歷擧有道生死甚詳 而且歎
不壽 此頗難曉 若謂黃憲卒 史之誤書於前 則又黃憲無一語
及黨錮8)事 亦未可知也 史多此類 可嘆

숙헌에게 준 글의 별지

채옹(蔡邕)이 지은 곽임종(郭林宗) 비문으로 보건대. 임종은 수명
이 겨우 42세였으니, 그가 때어난 때는 순제(順帝) 영건(永建) 3
년 무진(戊辰128년)이고, 그가 죽은 때는 영제(靈帝) 건녕(建寧)
2년 기유(己酉 169)입니다. 「강목(綱目)」에 황헌(黃憲)의 안제(安
帝) 연광(延光) 원년(元年) 임술(壬戌122)에 죽었다고 쓰여있는
것을 보면 황헌이 죽은지 7년 뒤에 임종이 비로소 태어났는데,
어떻게 태어나기도 전에 성대한 칭찬을 할 수 있겠습니까. 채옹
은 동시대의 사람으로 그의 도덕과 생사를 매우 상세하게 열거하
면서 오래 살지 못하였다고 탄식하였으니 자못 이해하기 어렵습
니다. 만약 황헌의 죽음을 사관(史官)이 앞에서 잘못 썼다고 한
다면 또 황헌이 당고(黨錮)의 일에 대해서 한마디도 언급한 말이
없었으니 또한 알 수 없습니다. 역사에 이런 류가 많으니 탁식할
일입니다.

경(千頃)의 물결과 같아 맑게 하려해도 맑아지지 않고 흐리게 하여도 탁해지
지 않아 헤아릴 수가 없다.'고 하였다 함.
8) 黨錮(당고) : 東漢 영제(靈帝)때에 환관(宦官)들과 위정자들이 당화(黨禍)를
일으켜 서로 무고(誣告)하고 조정을 비방하며 풍속을 어지럽히자 천자가 진
노하여 당인들을 체포하였다가 신하들의 진정(陳情)으로 인하여 모두사면하
고 전리(田里)로 돌려보내 종신토록 금고(禁錮)시켰던 사실.

答叔獻別紙

溽暑俠霾 人氣不寧 向戀方深 忽承情翰 憑審道況沖裕 何
慰如之 珥氣稍蘇耳 未拜諫長時 具陳情小疏 言不可輕進
素食之義 且謂恬退 疏未上 而 召以諫長 尤增惶恐 欲得
厥疏 發落, 以定行止 而疏上之後 自 上卽命遞諫長 不待
珥更辭矣 從此可免紛紜除拜 得以遂其優游之志 此則幸甚
但優游中工夫事業 不可不惜寸陰 此則仰恃吾兄有以提撕
警策, 使不至虛作野人也 西歸之思 浩然而發 加以家人避
病奔竄 尤不可不急往護視 故念間發西軔耳 第恨 國恩,
末由上報 此不無耿耿耳 示諭別紙 果如伯喈碑文 則綱目
誤矣 但綱目 經朱子之手 以朱子之博學 豈不見此碑文乎
且此碑文 不類兩漢文章 頗似晋 宋間浮麗之文 此亦可怪
徐俟更考耳 相奉似遠 未前珎(=珍)嗇爲禱 浩原無恙矣 蔡
碑文出於何書 切欲知之 六月十七日 珥拜

尊兄以綱目爲經朱子之手 而欲盡信之 恐未然也 綱目 只
以凡例規模 屬人爲之 其未照管處甚多 又碑文之不似伯喈
作 亦無據 東漢文章體段 類如是 亦未可輕 易斷定 後人
若效蔡作 則其年次 宜傍史 而不須差違, 以起後疑也 只
合闕疑以俟知者之辨 如何如何

숙헌이 답한 별지

찌는 듯한 더위에 흙비마저 끼니 사람의 기운이 좋지 못합니다.
바야흐로 매우 그리워하고 있었는데, 갑자기 정다운 편지를 받아

도황(道況)이 편안하심을 알게 되었으니 이보다 더 큰 위안이 있겠습니까. 이(珥)는 기운이 조금 회복되었습니다. 간장(諫長)에 제수 되기 전에 조그만 진정소(陳情疏)를 갖추어서 경솔하게 나가 하는 일없이 봉록만 축낼 수 없다는 뜻을 말하고, 또 고요히 물러날 것을 청하려하였는데, 상소를 올리기도 전에 간장으로 부르니 더욱 황공하여 그 상소에 대한 주상의 결정을 얻어 거취를 정하려고 하였습니다. 그런데 상소가 올라간 뒤에 주상으로부터 즉시 간장을 체직하고 명이 내리니 이(珥)가 다시 사직할 필요가 없게 되었습니다. 이로부터 잇따른 제수를 면할 수 있어서 한가롭게 살려는 뜻을 이루게 되었으니 이는 매우 다행한 일입니다. 한가롭게 지내는 가운데도 공부하는 일에 있어서는 촌각이라도 아끼지 않을 수 없습니다. 여기에 있어서는 형께서 이끌고 깨우쳐 주시며 헛되이 야인(野人)이 되는 데 이르지 않도록 해 주시기를 우러러 믿고 있습니다. 서쪽으로 돌아가려는 생각이 호연(浩然)히 일어난 데다가 집안 사람들까지 병을 피하여 숨어 다니고 있으므로 더욱더 빨리 가 보살피지 않을 수 없기 때문에 스므날 경에 서쪽으로 떠나려고 합니다. 다만 한스러운 것은 임금의 은혜를 갚을 길이 없으니 경경(耿耿)한 마음이 없지 않습니다. 별지에서 말씀하신대로 과연 백개(伯皆:채옹의 자)의 비문이 그렇게 되었다고 한다면 「강목(綱目)」이 잘못된 것입니다. 다만 「강목」은 주자의 손을 거쳤는데 주자의 박학으로 어찌 이 비문을 보지 못하였겠습니까. 또 이 비문은 양한(兩漢)의 문장을 닮지 않았고 자못 진.송(晉宋)간의 겉만 화려한 문장과 비슷하니 이도 괴이한 일입니다. 천천히 다시 살펴보기로 합시다. 서로 만날 날이 멀 듯싶으니 그 간에 진중히 조심하기를 빕니다. 호원《浩原:성혼(成渾)의 자》은 편히 잘 있답니다. 채옹의 비문은 어느 책에서 나왔습니까? 알고 싶은 마음 간절합니다.

6월17일에 이(珥)는 배(拜)합니다.

형께서 「강목」이 주자의 손을 거쳤다고 하여 모두 이를 믿으려고 하시지만 그렇지 않다고 봅니다. 「강목」은 범례와 규모만을 정해 놓고 남에게 위촉하여 편찬하였으므로 고증하지 못한 곳이 매우 많고, 또 비문이 백개가 지은 것이 아닌 듯하다는 것도 근거가 없으며, 동한(東漢)의 문장 체제가 이같은 류라는 것도 쉽게 단정할 수 없습니다. 후인들이 만약 채옹의 물체를 본받아서 지었다면 그 연도는 사서(史書)를 참고하여 썼을 것이니 서로 차이가 나게 하여 후인들의 의심을 일으키지는 않았을 것입니다. 다만 의심스러운 것은 그대로 제쳐놓았다가 아는 이의 변론을 기다려야 할 것 같습니다. 어떻게 생각 하십니까?

記牛溪栗谷書後

伏問比來 學履靜養安和否 馳仰不可言 前者魚君之訪 奉承手札 兼領松花之餌 其後又拜栗谷抵書 展讀三復 益深傾馳 第審賢胤未康 入城省視 憂念作客之餘 未委起居何如 仰慮仰慮 卽日冬溫 想疾虞俱安 已返田廬否 渾奉別之後 一向勤慕 殆同新契 盍欲奉一書相聞 而村中催科如蝟毛 未得便暇 及承來喩 始知入城 而貞陵舊里 亦無諳委之人 是以 遷延未能 愧恨無已 道窟之事 謹悉來敎 尚恐期日太遠, 人謀或有遷就也 竊觀古人 雖大賢之資 尚不能無待於 師友之旁助 況後學之疎略乎 如渾廢疾 終日昏昏 摧頹消沮於窮獨之中者 日甚一日 間或奉接於一世之賢俊 則慨然有竪立之意 稍覺數日氣味之厚 此豈吾之

所能自辨耶 不論講論之益 而扶植本原之功 爲尤重也 賢
兄高明超邁 獨至無助 然道體易偏 人見無盡 安可謂全無
所資於人耶 頃與叔獻 相語以此意 渠亦竦然 儻使道窟
屋成 賢兄掛牌秉拂於其中 與後生 輩周旋 則敎學相長之
益 不可誣也 其與遠入長山, 滅跡於麋鹿之鄉者 得失相
萬矣 伏願前定不跲 築室先鄉 以爲不動之計 然後道 窟
亦可成矣 來書 有觀此事 以爲去留 此恐爲倒說 深慮深
慮 道窟亦非湖湘之地 然叔獻時來參尋 四方之士 亦當有
至者 渾則追陪下席 竊自比於答問之一 豈非吾之大幸耶
伏惟深諒之 幸甚幸甚 松花良餌 珍感無比 近看本草 有
收花難久之言 恐此爲稍失眞性 修服多年 宿諳其性 辛有
以更敎也 免絲子三升送上 一升半 爲新採 其餘八小帒者
爲前歲之收 收藏謹密 無所損也 試服之爲祝 不宣

丙子 十月念一日 渾拜 病困草草 恐悚

謹問侍候何如 戀仰戀仰 珥受由來坡 期限甚促 雖欲歷拜
不可得也 可恨 麋鹿受羈 不知能忍幾許時耶 熊潭事 切欲
一見方叔細論 而迄不能得 可知卯酉無暇也 若此度却光陰
終至 做什麼事乎 初二日 欲與浩原作夜話 君若健人 則或
可臨陋 奈不能冒寒何 可歎可歎

十一月二十九日 珥拜

魚公之來 獲承惠手簡 披閱欣感 如對雅儀 第審調況尚未
康復 戀盧亦極 珥緣客煩 不能邀浩原 昨日投宿厥家 今日
始還耳 熊潭事若成 則幸可言耶 當扣方叔 若蒙許諾 則築
室之費 珥亦略助爲計 且下示進退之義 是平日鹵莽所講也

敢不敬佩 第念久速有義 雖不可貪戀 亦不可悻悻 此事言
不可悉也

十二月三日 珥拜

十六日便回 伏承手札 恭審安達安村 慰幸慰幸 第未知
風雪中 還家氣味何似 馳溸正深 山中三日之會 深荷不鄙
之賜 陪奉誨言 聞所未聞 察巳病而觀人善 其有發於昏耗
大矣 幸甚幸甚 今又展讀 轉覺四十非之語 令人尤慨然也
第恨觀理少定見 敬身欠整肅 競辯起而戲謔多 恭巳少而
和敬失 皆主人之陋也 拜謝拜謝 蒙喩道窟換田之旨 不勝
欣篁 如今不決之論 可謂定矣 卽修書沈君 以致其意耳
雖然 以賢兄之清疏脫略 常有超世獨立之志 馳神泉石 意
思歆動 又有利害二三, 言計多岐之惑 則鄙人猶慮來言之
易易也 千萬不退轉 至祝至祝 且僕臥田間 垂四十年 飽
諳田家之事 請言佃人之態 夫佃人之傭耕也 志不著於其
誠 力不盡於其勤 隨衆而循循 悠悠而卒歲 如斯而已 及
其出分而爲其家也 凌晨而作 其容欽欽 望田而趨 其行促
促 內志達於四體 外業積於勤動 村人遇之 皆知其爲非昔
日之佃客也 夫然後 知其人之爲巳務實 眞心立而實功行
也 嗚呼 今之君子爲學 皆大家之佃客也 鄙人詳於農 能
望其外而知之矣 如何如何 斯言鄙且俚 不足以爲獻 然不
可不使金希元知之 非但希元知之 希元之先生 亦宜知之
如渾者 謹巳自言而自之矣 盍相與勉之哉 道窟之盜 非所
憂也君子居之 何陋之有 盜賊無常居 亦聞交河多盜 盜非
君子所宜憂也 自此何以嗣音 臨書黯黯不宣

丁丑仲春旬入 渾拜 神昏草悚

比日 寒風徹骨 病人 最不堪 此時仰戀尊兄 尤切於懷 不審
攝養起居何如 奉別以後 不聞安信 尤不任其懸懸也 其後日
竢魚彦休歸路相過 裁書置床頭 怪其久不至 今聞已過去 愧
歎深矣 前修鄙書 同封送納 且有問魚君一書 幷乞傳布 幸
甚 幸甚 道窟換田 問于方叔 答以許之 而又有吾曾有卜築
此地之語 是雖空言 而似當撓吾黨之深望矣 然徐俟其定 亦
未晩也 且未知安峽山川可居云否 鄙人拙計 每思人生强半
餘日幾許 唯當汲汲定居 數間茅屋 一架書冊 酣飫其中 粗
窺一班道理 是爲至切至重事 豈合奔走道路, 求田問舍, 費
了殘生 雖使淸溪白石 環繞門前 何益身心道德 而日月如流
衰老猝至 因而溘死 空負一生者多矣 願兄毋如叔獻之易其
言計也 前日山中之會 殊慰鈍滯之望 第恨分手之遽, 使淸歡
無多也 展讀兄書 轉覺四十非之語 令人深有感於斯 中夜而
作 不覺慨然 老兄其亦毋忘於此言也 專使奉此 伏冀回賜安
信 不宣

　　丁丑仲春念八日 渾拜 虛損日增 流汗如産婦 可悶

謹問邇來 道況何如 戀仰戀仰 頃者奴來 得承兩度手簡 甚慰
遠懷 珥緣妻妾避 寓山中 屋舍虧疎 婦人多畏 不能棄還坡山
必待新築稍成 可使妻妾人接 然後乃可還也 還期當在孟秋之
末 相奉似遠 思之悵惘 姪輩進學座下 誠得其所 第慮俯敎費
力耳 安峽溪山 誠可愛玩 田土亦肥 可以考槃 事之成不成
在於力之如何耳 魚君已還耶 此君定居 則兄業亦成矣 珥則
初無移卜之計 但兄弟當會坡山 人夥糧少 故欲作農墅, 以添

數月之糧 兄若卜居 則珥亦築數間, 以爲相從之所爲計 見得
季鷹書 無意移居 可歎 卜居之事 須是自定 魚君若還 則伏
冀同往更見 早定何如 季鷹答書 適便忙 當俟後便

丁丑 四月十九日 珥拜

道窟 卽坡山之熊潭耶 水石不淸曠 土又不饒 棄之 與叔獻
更卜于安峽之于麋 而先築書室于龜山之松楸下 其後 安峽
亦未得成就焉 初以龜山濱海多風 不宜病人 欲卜得好山水
或雲谷 或屏巖 或上院 指點十餘區 旣無物力 又嬰疾病 竟
未一遂焉

우계·율곡의 글 뒤에 기록하다.

　요즈음 학문하시면서 심신을 조용히 함양하시는 가운데 편안
히 계십니까? 연연한 마음 무어라 말할 수 없습니다. 앞서 어군
(魚君)이 방문했을 때 손수 쓰신 편지와 송화(松花)까지 받았고,
그 뒤에 또 율곡이 전한 편지를 받아 몇 번이나 거듭 읽으면서
더욱 마음을 달려 사모했습니다. 다만 큰아드님이 건강하지 못
하여 도성에 가서서 보살핀다고 하니 근심스럽게 객지에서 지낸
나머지 건강이 어떠신지요? 그지없이 염려됩니다. 요즈음은 겨
울 날씨가 따뜻하므로 질병과 근심이 모두 가셨으리라 생각되는
데, 이미 집으로 돌아가셨습니까? 혼(渾)은 헤어진 뒤로 한결
같이 자주 생각이나 거의 새로이 친분을 맺는 사이 같아서 빨리
편지를 올려 소식을 듣고자 하였지만 마을에 세금의 공납을 지
나치게 독촉하는 바람에 인편을 얻을 틈이 없었고 보내 주신 편
지를 받고서야 비로소 도성에 들어갔다는 것을 알았으나 정릉
(貞陵)의 옛 마을에도 잘 아는 사람이 없었기 때문에 오늘내일

미루다가 뜻을 이루지 못하였으니 한없이 부끄럽고 한스럽습니다. 도굴(道窟)에 대한 일은 삼가 말씀하신 내용을 잘 알았습니다만 오히려 기일이 너무 멀어 계획에 착오가 있을까 염려됩니다. 삼가 고인들을 보면 대현(大賢)의 자질을 갖고 있더라도 오히려 스승과 벗들의 도움을 받지 않고는 안 되었는데, 더구나 그보다 못한 후학은 말할 것이 있겠습니까. 혼(渾)에 있어서는 폐질로 하루 내내 혼미하여 외로운 가운데 의지가 꺾이고 가라앉아 날이 갈수록 더욱 심하고 있는데, 간혹 일세의 어진 사람을 만나 개연(慨然)히 일어서 보려는 뜻이 있어서 며칠간 기미(氣味)가 두터움을 조금 깨닫고 있습니다. 이러니 어떻게 내 혼자 해낼 수 있겠습니까. 강론의 유익함은 논할 것도 없고 본원을 붙잡아 세우는 공부가 더욱 중요합니다. 형께서는 고명(高明)이 뛰어나 도움이 없이 홀로 높은 곳에 이르렀지만 도체(道體)는 치우치기 쉽고 사람의 견해는 다함이 없는 것이고 보면 어찌 전혀 다른 사람에게 도움을 받은 바가 없다고 말할 수 있겠습니까. 엊그제 숙헌에게 이 뜻을 말하였더니 그도 송연(悚然)하였습니다. 만약 '도굴'의 집이 이루어져서 형이 그 가운데서 문패를 걸고 주인 노릇을 하면서 후배들과 생활하게 된다면 가르치고 배우는 사이에 서로 도움이 되는 유익함을 무시할 수 없을 것이니, 멀리 깊숙한 산 속에 들어가 사슴들이 사는 곳에서 종적을 숨기는 것과 비교해 볼 때 얻고 잃음이 큰 차이가 날 것입니다. 삼가 바라건대 사전에 계획을 정하여 놓으면 뒤에 낭패가 없을 것이니, 고향에다 집을 지어서 옮겨 다니지 않도록 계책을 마련해 놓은 다음에야 '도굴'도 이루어질 수 있을 것입니다. 보내신 편지에 '이 일이 어떻게 되는가를 보고 나서 떠나든지 머물러 있든지 하겠다'고 하셨는데, 이는 순서가 바뀐 말씀 같았습니다. 매우 염려됩니다. '도굴'도 호상(湖湘)의 땅은 아닙니다. 그러나 숙헌이 때로 찾아 준다면 사방의 선비들도 오게 될 것입니다. 그때 혼(渾)은 맨 아랫자리에 뒤따라 뫼시면서 삼가 문답하는 한 사람 중에 끼려고 하는데 그러면 어찌 나의 큰 다행이 아니겠습니까. 삼가 바라건대 깊히 헤아려 주시면 매우 다행이겠습니다.

송화(松花)는 품질이 매우 좋았습니다. 그지없이 감사하고 있습니다. 요즈음 「본초(本草)」를 보니 꽃을 거두어 오래 두기 어렵다는 말이 있는데, 이는 진성(眞性)을 잃기 때문인 듯합니다. 복용하신 지가 여러 해가 되어 그 약성을 잘 알고 계실 것이니 다시 가르쳐 주시면 고맙겠습니다. 토사자(兎絲子) 세 되를 보내드립니다. 한 되 반은 새로 채취한 것이고 나머지 작은 자루에 담은 것은 지난해에 거두어들인 것이지만 세심히 갈무리하였기에 손상된 바가 없을 것이니 시험 삼아 복용하시기 바랍니다. 다 말씀 드리지 못합니다.

　병자 10월 21일에 혼(渾)은 올립니다. 병에 시달리어 허둥지둥 쓰고 나니 송구스럽습니다.

시후(時候)가 어떻습니까? 그립고 그립습니다. 이(珥)는 휴가를 얻어 파주(坡州)에 와 있으나 기한이 매우 촉박하여 두루 찾아뵙고, 싶지만 그렇게 할 수 없으니 한스럽습니다. 사슴이 구속을 당하였으니 얼마나 견디어 낼 수 있을런지 모르겠습니다. 웅담(熊潭)의 일에 대해서 방숙(方叔)을 한번 만나 상세히 의논하고 싶었지만 지금까지 못하고 있으니 도무지 이렇다 저렇다 할 겨를이 없음을 알겠습니다. 이와같이 세월만 보낸다면 끝내 무슨 일을 할 수 있겠습니까. 초이틀날 호원과 밤에 이야기하고자 하는데 그대가 만약 건강하시면 누추한 곳에 오실 수도 있을 것인데, 추위를 견디지 못할 것이니 어떻게 합니까 매우 한탄스럽습니다.

　　　11월29일에 이(珥)는 올립니다.

어공(魚公)이 오는 편에 손수 쓰신, 편지를 받아 펼쳐보니 기쁜 마음이 마치 아름다운 그대의 모습을 직접 대하는 것 같았습니다. 다만 병중의 근황이 아직까지 회복하지 못하였다고 하니 매우 그립고도 염려스럽습니다. 나는 손님이 잦은 관계로 호원을 초청하지 못하겠기에 어제 그의 집에 가 밤을 지내고 오늘에야 돌아왔습니다. 웅담의 일이 만약 이루어진다면 그 다행이야말로 형용할 수가 있겠습니까. 마땅히 방숙을 찾아가 허락을 얻는다면 집을 짓는 비용은 이(珥)도 조금은 도우려고 합니다. 그리고 말씀하신 진퇴(進退)의 의리는 평일에 제가 늘 강론하였던 바입니다. 감히 삼가 명심하지 않겠습니까. 다만 생각건대 오래 머물러야할 때는 오래 머무르고 빨리 떠나야할 때는 빨리 떠나는 데도 의리가 있으므로 벼슬을 탐하여 연연해서도 안 되겠지만 또한 비위에 맞지 않는다고 하여 곧장 떠나서도 안 되므로 이 일에 대해선 말로 다할 수가 없습니다.

12월 3일에 이(珥)는 올립니다.

16일 돌아오는 인편에 손수 쓰신 편지를 삼가 받고 편안히 안촌(安村)에 도착하셨음을 알고 나니 매우 위안이 됩니다. 다만 눈보라 속에 집에 돌아가셔서 기미(氣味)가 어떠하십니까? 매우 염려하고 있습니다. 산중의 3일 동안 모임에서 비루하게 여기시지 않는 은혜를 깊이 입어 모시고 가르쳐 주시는 말씀을 들으면서 아직껏 듣지 못하였던 바를 들었고, 나의 병통을 살피며 남의 선한 점을 보게 되었으니, 어둡고 쇠약한 나를 크게 분발시켜 주었으므로 매우 다행으로 여기고 있었습니다. 그런데 지금 또 편지를 펼쳐서 읽어보니 "차차 지난날 40년의 잘못을 깨닫게 되었다."고 하셨는데, 이 말씀이야말로 사람으로 하여금 더욱 개연하게 하였습니다. 다만 한스러운 것은 이치를 살피는데 있어서 확고한 견해가 적고 몸을 공경히 하는데 있어서, 정숙(整肅)이 모자라 논쟁을 일으켜, 희학(戲謔)이 많아지고, 내 몸을 낮추는게 적어서 화경(和敬)을 잃고 있으니 모두 마음이 좁아서 그런 것이므로 사례 드립니다. 도굴(道掘)을 밭으로 바꾼다는 말씀을 받고서는 뛸 듯한 기쁜 마음을 금할 수가 없었습니다. 지금껏 결정하지 못한 이론을 정하였다고 하겠습니다. 곧 심군(沈君)에게 서찰을 보내어 그 뜻을 알리겠습니다. 그렇지만 형의 청소(淸疏)하고 탈략(脫略)함으로써 항상 세상을 초월하여 홀로 서려는 뜻을 가지고 산수에 마음을 달래어 의사가 움직이고 있는 데다 또 한두 가지 이해와 여러 갈래로 말하는 계책들이 의혹하고 있으므로 저는 오히려 형의 말씀이 너무나 수월함을 염려합니다. 천 만번이나 결코 변하지 마시기를 매우 빌어 마지 않습니다. 또 저는 농촌에서 산지 40년이나 되었기에 농가의 일들을 잘 알고 있으므로 머슴들의 태도를 말씀드리고자 합니다. 대체로 머슴들이 품은 팔면서 밭을 갈 때는 정성스럽게 뜻을 갖지 않으며 부지런히 힘을 다하지 않고 사람들이 하는 대로 따라서 슬슬하다가 한가롭게 해를 넘깁니다. 이와 같이 하다가 그가 따로 얻어 나와서 자기의 집일을 하게 되면 새벽 일찍 일어나는데 그 모습이 즐겁고 밭을 향해 달려가는데 그 걸음이 총총하여 속마음은 사지에 나타나고 바깥일들은 부지런히 하는 가운데 쌓이고 있으므로 동네 사람들이 이를 만나볼 적에 모두 그가 지난 날의 머슴이었을 때와 같지 않다는 것을 알게 됩니다. 그리고 나서야 그 사람이 자신을 위하여서는 실지로 힘쓰고 있으므로 참으로 마음을 세울 수 있고 실제로 일을 해나갈 수 있다는 것을 알 것입니다. 아, 지금 군자들의 학문하는 것이야말로 모두 부잣집의 머슴들이 일하는 것과 같습니다. 내가 농사에 상세하므로 능히 그 밖에서만 바라보아도 알 수 있습니다. 어떻게 생각하시는지요? 이 말은 비루하고 또한 속되어 말씀드릴 만한 것이 못됩니다만 김희원(金希元)만은 알게 해야 할 것입니다. 희원만 알 것이 아니라 희원의 선생도 알아야 할 것입니다. 혼에 있어서는 삼가 스스로 말하면서 이렇게 해야겠다고 스스로 알고 있습니다. 함께 힘써 보시지 않겠습니까? 도굴의 도둑은 근심할 바가 아닙니다. 군자가 살게 되면 누추할 게 뭐가 있겠습니까. 도둑은 일정한 거처가 없습니다. 교하(交河)에서도 도적이 많다고 들었는데 도적은 군자가 근심할 바가 아닙니다. 앞으로 어떻게 소식을 이을 수 있을런지요? 올리는 글월에 임하여 암담하기만 합니다. 다 말씀드리지 못합니다.

정축(丁丑) 중춘(仲春) 18일에 혼은 올립니다. 정신이 혼미하여 초초히 써서 송구합니다.

요즈음 찬바람이 뼈에까지 스며들고 있으므로 병든 사람으로는 가장 견디기 어렵습니다. 이때 존형을 우러러 그리워한 마음 더욱 간절합니다. 섭생하시는 중 건강이 어떻습니까? 헤어진 뒤로는 편안하다는 소식을 듣지 못하여서 더욱 그리움을 견딜 수가 없습니다. 그 뒤에 날마다 어언휴(魚彦休)가 돌아가는 길에 제의 집에 들릴 것으로 여기어 편지를 써서 책상머리에 두고 날마다 기다렸으나 오래도록 오지 않아서 괴이하게 여기었더니 지금 이미 지나갔다는 것을 듣고 매우 부끄럽고 한탄스러웠습니다. 앞서 적었던 나의 편지를 함께 넣어 부치고 또 어군의 소식을 묻는 한 통의 편지도 있으니 아울러 전달해 주시면 매우 다행이겠습니다. ‘도굴’을 밭으로 바꾼다는 일에 대해서 방숙(方叔)에게 물어보았는데, 허락한다고 대답하면서 또 “자기도 일찍이 이 곳에 집을 지으려고 했다.”고 말하였는데, 이는 비록 괜히 해본 말이겠지만 우리들의 큰 희망을 흔들은 것 같습니다. 그러나 천천히 그 일이 정해지기를 기다리더라도 늦지 않을 것입니다. 그리고 안협(安峽)의 산천(山川)이 거처할 만한지 모르겠습니다. 저의 졸렬한 계획으론 반평생을 보겠으니 남은 날이 얼마나 되겠는가. 오직 서둘러 살 곳을 정하여 몇 칸을 집과 한시렁의 서책을 마련해 놓고 그 가운데서 만족하게 지내면서 조금이나마 도리의 한 부분만이라도 찾아보아야겠다고 늘 생각하고 있습니다. 이게 절실하고도 중요한 일입니다. 어찌 이곳저곳으로 돌아다니며 밭이나 구하고 집이나 찾으면서 얼마 남지 않은 생애를 허비해야 되겠습니까. 맑은 시내와 하얀 돌들이 문 앞에 빙 둘러 쌓여 있다 하더라도 신심(身心)과 도덕에 무슨 보탬이 있겠습니까. 세월이 흐르는 물과 같아 노쇠가 빨리 오는데 그러다가 갑작스럽게 죽어서 헛되게 일생을 저버리는 사람이 많습니다. 형께서는 숙헌처럼 쉽게 계책을 말하지 마시기 바랍니다. 앞서 산중(山中)의 모임에서는 자못 저같이 둔하고 막힌 사람에게는 바라는바 위로가 되었습니다만 갑자기 헤어져 즐겁게 이야기하는 시간을 많이 갖지 못하였음을 한스럽게 생각합니다. 형의 서찰을 펼쳐 읽어보니, "점점 지난 40년의 잘못을 깨닫겠다."는 말씀은 사람으로 하여금 깊이 느낌이 있게하여 한밤중에 일어나 생각해 볼 적에 나도 모르게 슬퍼하게 되었습니다. 노형께서도 이 말을 잊지 마십시오. 일부러 사람을 보내 편지를 드리니 회답을 보내 주시기 삼가 바랍니다. 일일이 다 말씀드리지 못합니다.

정축(丁丑).중춘(仲春) 28일에 혼(渾)은 올립니다. 날로 더욱 허약해져서 산부(産婦)처럼 땀을 흘리고 있으니 근심스럽습니다.

요즈음 도황(道況)이 어떻습니까? 그리워마지 않습니다. 지난번 하인이 왔을 적에 두통의 서찰을 받고 보니 멀리 떨어져 있는 회포를 매우 달래 주었습니다. 이(珥)는 처첩들이 산중으로 피하여 임시 살고 있는데, 집이 헐고 허술하여 부인들이 몹시 두려워하기 때문에 버려두고 파산(波山)으로 돌아가지 못했습니다. 반드시 새로 짓는 집이 조금이나마 완성되어 처첩들이 들어가 살게 된 후에야 돌아가게 될 것입니다. 돌아갈 시기는 9월 말경이 될 것이므로 만날 날이 멀 듯하기에 생각할 적마다 슬픕니다. 조카들이 형에게 배우게 되었으니 참으로 잘 되었습니다만 가르치시기에 힘 드실까 염려가 될 뿐입니다. 안협(安峽)의 산수는 참으로 애완할 만하고 토질도 비옥하여 은거(隱居)할 만한 곳입니다. 일이 이루어지고 안 이루어지고는 힘이 어떤가에 달려 있을 뿐입니다. 어군(魚君)은 이미 돌아왔습니까? 이 사람이 살 곳을 정하게 되면 형의 일도 이루어지게 될 것입니다. 이(珥)는 애초부터 다른 곳으로 옮기려는 계획이 없었지만 형제가 파산에 모여서 살아야 할 것인데 사람은 많고 양식은 적기 때문에 농장을 일구어 몇 달 먹을 양식을 더 준비하려고 하였습니다. 만약 형께서 자리를 잡아 거처한다면 이(珥)도 몇 칸을 지어서 서로 따라 노니는 장소로 삼을까 계획하고 있었는데 계응(季鷹)선생의 아우 한필(翰弼)의 편지를 보건대 옮길 뜻이 없다고 하니 한스럽니다. 살 곳을 택하는 일은 모름지기 스스로 결정하여야 합니다. 어군이 돌아오게 되면 함께 가서 다시 보고 일찍이 정하는게 어떻습니까? 계응에게 보낼 회답은 마침 인편이 바빠서 뒤 인편을 기다려야겠습니다.

정축(丁丑) 4월 19일 이는 올립니다.

도굴이란 파산의 웅담(熊膽)이다. 수석(水石)이 깨끗하거나 넓지도 않고, 토지도 비옥하지 않기에 버리고 숙현과 함께, 다시 안협의 우미(于藤)에다 자리를 잡아 놓고, 먼저 귀산(龜山)의 선영 밑에 서실(書室)을 지었는데 그 뒤에 안협에서도 이루지 못하였다. 처음에 구산은 바다와 접하여 바람이 많아 병든 사람에게는 적합치 않다고 여기어 좋은 산수를 찾고자 운곡(雲谷).병암(屏巖).상원(上院) 등지에 십여 곳을 지적해 두었으나 이미 물력(物力)이 없고 또 질병에 걸리어 결국 하나도 이루지 못하였다.

答叔獻書

花石佳會 杳然如夢 追思悵惘 因沈仲悟 得承手簡 感慰深仰 卽今道況何如 前日之會 連値外客 講論未穩 迨恨迨恨 珥因 事到西湖 適被 恩命 拜詮曺參議 進退狼狽 可憫可憫 揆以 出處之義 則只合退歸 更有何疑 第今近事日非 士林橫潰 國 勢岌岌 莫如今日 如珥者 受國厚恩 似當忘身殉國 朋友多有 以此相責者 亦似有理 未知雅意如何 精思回諭 切仰切仰 國 勢若下於今日一等 則將有捐生赴難之擧 與其已敗而捐生 寧 救止於未敗爲得也 今日 與珥叙別桂林亭子之時 逈不同矣 殊可痛哭流涕矣

　　十月三十日 珥拜 進奴持糧矣

謹承遠示 仁民殉國之意 溢於言表 不覺長歎 吾兄早應科 第 未定進退之際 爵已高義已深 出處之節 與起身草萊 以 道自重者 或似不同 苟能有補時事, 廷國脉, 扶士林 解民 倒懸 則吾兄雖白首紅塵 愚同武子 亦無所愧 第未知上未 得君, 下無知已, 而顧能有施設者乎 今日之出 如召之役

往役之義 能當其役 則可以出矣 不治役而赴其召 在小民
亦不爲也 伏願物爲輕動 以全吾義 使衰叔尸素, 有所愧怍
是亦報君之一義也 無使悔吝生乎動, 而井有人其從之 幸
甚 鄙人身雖山野 仰觀俯察 憂已深矣 如或外寇乘時 終歲
饑餒之民 其能爲上死敵耶 雖欲安居林下 與二三道友 從
容詩禮 亦何得也 持危於未甚 是亦不果忘國 愛物之盛心
也 實在吾兄自度 一出一入, 有功無功, 處得其中 此非愚
見之所及 更仰一日有一日之功, 一月有一月之功, 無如向
日之往來頻頻, 竟無所事也 苟無所事 莫如不爲 今日之事
出非不可 出而無所事 不可 〇忘身殉國 於亡國之日 只有
同死之義 今日之動 與此不同 如無王謝漢晉之功 決不可
爲 今承欲出之書 旣一賀矣 若聞拜命治任 將再賀三賀 不
一賀而已 謹復

숙헌이 답한 글

화석(花石)에서의 아름다운 모임이 아득히 꿈만 같아 돌이켜
생각할 때마다 창망(悵惘)하였는데, 심중오(沈仲悟)를 통하여
편지를 받으니 위로되었습니다. 요즈음엔 도황이 어떠신지요?
지난날의 모임에서 연이어 바깥손님들을 맞이하느라 강론을 제
대로 못하였으니 몹시 한 스럽습니다. 이(珥)는 볼일이 있어서
서호(西湖)에 이르렀다가 마침 임금의 명을 받아 이조 참의(吏
曹參議)에 제수되어 진퇴(進退)가 어려워졌으니 민망스럽기 그
지없습니다. 출처(出處)의 의리로 헤아려 본다면 오직 물러나는
게 합당합니다. 다시금 무엇을 의심할 것이 있겠습니까. 다만
근자의 일들이 날로 잘못되어가고 사림(士林)이 걷잡을 수 없

이 무너지니 나라 형세의 위태로움이 오늘과 같은 때가 없었습니다. 이(珥)같은 사람은 나라의 두터운 은혜를 받았으므로 몸을 잊고 나라를 위하여 죽어야 할 것 같고 벗들도 대부분 이렇게 하라고 권하고 있으니 또한 일리가 있을 법한데 그대의 뜻은 어떠하십니까? 세밀히 생각하시고 회답하여 깨우쳐 주시기를 간절히 바랍니다. 나라의 형세가 만약 오늘보다 한층 더 떨어진다면 장차 목숨을 버리고 어려움에 나가는 일이 있게 될 것이니, 패하여 목숨을 버리기보다는 차라리 패하기 전에 구하는게 나을 것입니다. 오늘의 형편은 이(珥)와 계림정자(桂林亭子)에서 작별할 때와는 훨씬 차이가 나고 있으니 자못 통곡하고 눈물을 흘릴만합니다.

10월 30일에 이(珥)는 배합니다. 노복에게 양식을 보냅니다.

삼가 멀리서 보내주신 편지를 받아보니, 백성을 위하고 나라에 헌신하려는 뜻이 말밖에 넘쳐흐르고 있어 나도 모르게 깊이 감탄하였습니다. 형께서는 일찍이 과거에 올라서 진퇴를 정하지 않고 있을 적에 벼슬이 이미 높고 의리가 이미 깊었으므로 출처의 절차가 초야에서 몸을 일으켜 도리로써 자중하는 사람과는 같지 않을 것도 같습니다. 진실로 지금의 일에 도움을 줄 수 있어 나라의 명맥을 연장하고 사림을 부지하고 백성을 도탄에서 건질 수만 있다면 형께서 비록 시끄러운 세상에서 일생을 보내어 영무자(寧武子)[9]처럼 어리석을지라도 부끄러울 것이 없을 것입니다. 위로는 임금의 신임을 얻지 못하고 아래로는 자기를 알아주는 이가 없는데 무슨 일을 할 수 있을는지 모르겠습니다.

---

9) 영무자(寧武子) : 춘추시대 위(偉)나라의 대부(大夫)로서 이름은 유(兪)인데 문공(文公)과 성공(成公) 당시에 벼슬을 하고 직분을 다했던 사람임. 「논어(論語)」<공야장(公冶長)> 편에 "영무자(寧武子)가 나라에 도가 있으면 슬기롭고 나라에 도가 없으면 어리석으니 그 슬기로움은 따를 수 있거니와 그 어리석음은 따를 수 없다."고 한 공자의 말이 있음.

오늘날 나가는 것은 일을 해주라는 부름을 받고 나가는 것과 같습니다. 일을 하러 나가는 의리에 있어서는 그 일을 감당할 수 있다면 나갈 수 있겠지만 일을 할 줄도 모르면서 그 부름에 나아가는 것은 무지한 백성들도 하지 않습니다. 경솔하게 움직이지 말아 의리를 온전히 하여 어려운 때에 하는 일없이 국록만 축내는 자로 하여금 부끄러울 바가 있게 하거나 우물에 사람이 빠졌다고 하여 계책도 세우지 않고 쫓아 들어가지 않으신다면, 매우 다행이겠습니다. 저는 비록 산야에 있는 몸이지만 위로는 천문과 아래로는 인사를 살펴보고는 매우 근심하고 있었습니다. 만일 바깥 도적들이 틈을 타 쳐들어온다면 일년내내 굶주린 백성들이 윗사람을 위하여 적과 싸워 죽겠습니까. 비록 산야에서 편안히 지내면서 몇몇 도(道)로 사귄 벗들과 조용히 시례(詩禮)를 강론하고 싶어도 어떻게 할 수 있겠습니까. 위태로움이 그다지 심하기 전에 붙잡는 것도 과감히 나라를 잊지 않고 만물을 사랑하는 훌륭한 마음입니다. 실로 형께서 스스로 헤아려서 하시는 데에 있으니, 한번 나가고 한번 들어오는 것이며, 공이 있고 없는 것에 처신을 그 중도(中道)에 맞게 하는 것은 어리석은 나의 소견으로는 미치지 못하는 바입니다. 다시 바라건대 하루에는 하루의 공이 있고 한 달에는 한 달의 공이 있게 하여 지난날처럼 번번히 왕래하면서 끝내 일한 바가 없게 하지 않았으면 하는 것입니다. 진실로 일을 한 바가 없다면 하지 않는 것만 못합니다. 그러므로 오늘날 일에 있어서는 나가도 안 될 것은 없지만 나가서 일한바가 없으면 아니 됩니다.

나라가 망하는 날에 자신을 잊고 나라를 위하여 죽는 것은 다만 함께 죽는다는 의리만 있겠으나 오늘날의 움직임에 있어서는 이것과는 같지 않습니다. 만일 왕.사(王.謝)가 한.진(漢.晉)에서 세

운 공과 같은 것이 없다면 결코 해서는 안 될 것입니다. 지금 나
가려고 한다는 편지를 받고 이미 한번 경하하였습니다. 만약 명
에 따르려고 행장을 꾸린다는 소식을 듣게 되면 장차 두 번 세
번 경하할 것이지 한번만 경하하지는 않을 것입니다. 삼가 회답
합니다.

題缺

缺 程端蒙10)字訓 心之所之, 趨向, 期必 皆由是焉 是之謂
志 皆由是焉四字 不穩 趨向期必 是乃志也 若日皆由是焉
則似心訓也 非志訓也 無此四字爲是

제목이 빠졌음

……정단몽(程端蒙)의 「자훈(字訓)」에 '음이 가는 바에 추향
(趨向)과, 기필(期必)이 모두 이로부터 말미암는다(皆由是焉)고
하였는데 이것은 뜻을 말한 것이니 모두 이로부터 말미암는
다' 라는 4글자는 온당치 못하다. 추향과 기필은 뜻이니 만약
'모두 이로부터 말미암는다'라고 말한다면 마음에 대한 뜻을
말한 것 같고 뜻에 대한 뜻을 말한 것이 아니므로 '모두 이로
부터 말미암는다.'라는 글이 없어야 한다.

※ 主·謝 : 晉나라 王道와 後漢의 謝安을 말함. 王道는 元帝에게 깊은 신임
을 받아 朝野에서 仲父라고 불렀다. 元帝가 ?王때 帝로 추대하였다. 軍謀와
密策에 능하였으므로 帝가 "?은 나의 蕭何(소하)'라'고 하였다. 謝安은 後漢
順帝末에 揚州와 徐州 지방에 도적이 무리로 일어나서 東城현을 쳐들어오므
로 사안이 그 종친을 이끌고 이들을 물리쳐 그 공으로 平?候로 봉하게 됨.

---

10) 정단몽(程端蒙,1143~1191) : 송나라의 학자, 자는 정사(正思)이고 주자의 제
자. 「성리자훈(性理字訓)」「민몽명언(敏蒙明言)」「학칙(學則)」 등의 저서 있음.

答浩原書

示留爲外懼者 謂雖留此患 不至云亡者也 弱病異此 病存則
身亡 病去則身在一存一亡 不可與同者也 何可以是爲比 止
謗之道 亦豈身入長山大谷 絶跡人世 然後爲得也 近來深思
治病莫如無慾 藥物爲下 止謗莫如時然後言 避世爲外 苟不
治原 藥何有爲 避何有補哉 此外禍福 一任聽天之爲而已 又
何慮爲

호원에게 답한 글

　　편지에 "머물러 있으면 바깥으로 나가는 것이 두렵다."고 하
시었는데, 비록 여기에 머물러 있을지라도 우환이 망하는 데 이
르지 않으리라고 말씀하신 것이겠습니다만 나의 병통은 이와는
다릅니다. 병이 있으면 죽고 병이 제거되면 존재하는 것이므로
한번 죽고 한번 존재하는 게 동시에 이루어질 수 없는 것이니,
어찌 이로써 비유할 수 있겠습니까. 비방을 그치게 하는 방법이
어찌 깊숙한 산골짜기 속에 몸을 숨기어 인간 세상에 자취를 끊
고나야만이 된다고 하겠습니까. 요즈음 깊히 생각해 보니, 병을
치료하는 데는 욕심을 부리지 않는 것보다 더 좋은 것은 없고
약물은 그 다음이며, 비방을 그치게 하는데는 말해야 할 때 말
하는 것보다 더 좋은 것은 없고, 세상을 피하는 것은 그 밖의
것입니다. 진실로 근원을 다스리지 않는다면 약물을 쓴들 무슨
효과가 있겠으며, 세상을 피한들 무슨 보탬이 있겠습니까. 이밖
에 화와 복은 한결 하늘이 하는대로 맡길 뿐이니 또 한 무엇을
염려하겠습니까.

答浩原別紙

古云 聖人與天合德 而天多可疑 治亂之不常 聖人之不得
位, 不得壽 天之如是 何也 深有惑焉云云

不得其常爲變 處變爲權 在聖人 有處變之權 而天則無 是
天普萬物而無心故也

別來 懸慕日劇 忽承手札 翫而復之 恭審道履怎違 仰慮殊
甚 渾自兄還後 一向虛損 殆不復支 晦日 得齒痛 晝夜大
痛 出入息不及廻旋 氣息垂絶 病人精力 餘存者幾許 自苦
如此 不如無生之便利 可歎可歎 兼又家僕 臥病垂死 日日
爲 走避之計 所以欲倩人取藥而未果 數日以來 粗爲安泊
耳 通律行未嘗一日忘 渾若未死 終必得之 此時信宿齋下
乃大願也 前書處變爲權四字 精深簡當 不勝腹義 渾當納
一拜於老兄矣 獲聞斯義 諸兄之賜也 天眞丸拜賜 珍感珍
感無以報也 叔獻無事生事 資糧已竭 坐滯津上 兼有暑疾
殊可念也 伯生遠致專問 此友相厚之義 殊篤無以爲報也
鄙人每仰渠疎淡 自與鄙夫患失氣象不類 而盡心 王室 爲
時清流 補益不小 豈不可好耶 第少堅凝力量 凡於傾危交
煽之言 未能不動 深恐棄之而去, 益無可恃也 願兄力扶護
之 至祝至祝 此在世道 差非小益 所以出位言之 願有以會
我意也 魚彥休前還布謝悃 願亦傳告 伏惟尊照 朝虛草謝
不一

　　　　　　戊寅六月初五日 渾拜

호원이 답한 글 별지

고인이 이르기를 "성인과 하늘은 덕이 합치된다."고 하였습니다. 그런데 하늘에 대하여는 의심스러운 점이 많습니다. 치세와 난세가 일정하지 않으며 성인이 지위를 갖지 못하거나, 긴 수명을 누리지 못하고 있으니 하늘이 이와 같은 것은 어떠한 이유입니까? 깊은 의혹을 갖고 있습니다.

그 일정하지 않는 것은 변수이고, 변수에 따라 처하는 것은 권도입니다. 성인은 변수에 처할 수 있는 권도가 있지만 하늘은 없습니다. 이는 하늘이 만물에게 은택을 두루 부여하면서 무심(無心)하기 때문입니다.

이별한 뒤로 날이 갈수록 더욱 그리워지고 있었는데, 갑자기 편지를 받으니 몇 번이나 되풀이하여 읽었습니다. 그런데 삼가 건강이 좋지 않으시다는 것을 알고 매우 염려하고 있습니다. 혼(渾)은 형께서 돌아간 뒤로 한결같이 기운이 허약하여 다시는 지탱하지 못할 지경인데 그믐에는 치통가지 겹치어 밤낮으로 몹시 아파서 드나들 적에도 미처 숨을 돌리기도 전에 기식이 끊어질 듯합니다. 병든 사람의 남은 정력이 얼마나 된다고 이처럼 스스로 괴로워하고 있으니, 죽는 것만 못할 것 같으니 한스럽기 그지없습니다. 겸하여 집안의 노복까지도 내가 병으로 누워 죽게 되자, 날마다 달아나 피하려는 궁리만하고 있습니다. 그래서 심부름을 시켜 약을 가져오라고 하려 했으나 하지 못하였는데, 며칠 전부터 조금씩 마음이 안정되어 가고 있습니다. 통진(通津)으로 가는 걸음이 있기를 일찍이 하루도 잊지 못하고 있습니다. 혼(渾)이 만약 죽지 않는다면 결국엔 반드시 소원을 이룰 날이 있을 것입니다. 이 때에 그대의 집에서 묵는 게 큰 소원입니다. 지난번 편지에 "변수에 처하는 것이 권도이다."라고 한 자의 말씀은 정미(丁未)롭로 깊으며, 간략하고 타당하므로, 한없이 그 의의에 감복하고 있습니다. 혼(渾)이 형에게 한번 감사의 인사를 드려야만 하겠습니다. 이러한 뜻을 들을 수 있었던 것은 형께서 깨우쳐 주셔서입니다. 보내주신 천진환(天眞丸)은 삼가 받았습니다. 고맙기 그지 없으나 갚을 것이 없습니다. 숙헌은 뜻밖에 일이 생겨 식량이 이미 바닥이 나고 진상(津上)에 체류하고 있는데다가 서질(暑疾)까지 겹쳤으니 자못 염려됩니다. 백생(伯生)이 멀리서 일부러 사람을 보내 안부를 물었으니 이 친구가 서로 후하게 대해 주는 의리는 자못 돈독하나, 갚을 길이 없습니다. 나는 매양 그가 쾌활하고 담담하여 얻는 것을 잃지나 않을까 두려워하는 비루한 사람의 기상과는 같지 않은데 대해 추앙하고 있었는데, 왕실(王室)에 마음을 다하고, 이때의 청류(淸流)를 위하여 도움됨이 적지 않으니 어찌 좋지 않겠습니까. 다만 굳건한 역량이 적어서 무릇 험악 간사한 무리들의 선동하는 말에 흔들리게 되니, 그가 벼슬을 버리고 떠나면 더욱 믿을 데가 없을까 깊이 우려됩니다. 원컨대 형께서는 힘써 부축해 주시기를 빌고 또 빕니다. 이것은 세도(世道)에 있어서 자못 조그만한 보탬이 아닙니다. 그래서 분수에 넘치게 말한 것이니, 나의 뜻을 이해하여 주십시오. 어언휴(魚彦休)가 앞서 돌아가면서 간절한 마음을 펴 사례하였는데 역시 전해 드리니 삼가 살펴 주시기 바랍니다. 식전에 총총히 써서 예를 갖추지 못함을 사례합니다.

무인(戊寅,1578년) 6월 초 5일에 혼(渾)은 드립니다.

答叔獻書

謹問道况 卽今何如 前在海郷 謹承手字 備悉道履愆和 至
於左臂不仁 深用驚憂 不能已已 想今差息矣 珥今在栗谷
來初三日 將陪寡嫂西行 凡事忽忽 不能進拜 兄又難出 恐
失邂逅 歎恨罔喩 兄若平康 則二十六七日間 可一枉否 珥
則拘於 職名未遞 尤難一進也 成性之說 每以涵養成甚生
氣質例之 故看作氣質之性 今承來說 又見朱子語類 以爲
成性 猶云踐形云 若然則當看作本然之性矣 成性存存之成
性 乃渾成底性也 知禮成性之成性 乃謂以知禮, 成其性云
爾 文義不同 而性則皆似指本然之性也 語類文字 有些未
瑩處 更思爲計 今送交河了簡 照傳切仰 尊伯氏前問安 季
氏無恙否 戀戀殊切

二月二十四日 珥拜

別後消息渺茫 戀懷日積 卽日溫暖 道况何如 珥凡百粗保
只是傍無畏友耳 絕規警 學力日退 是深可懼耳 仄聞兄與
賢季 暮春之初 訪浩原信宿 恨不參席末也 小學輯註 想多
疵尤 伏乞細評付標, 送于浩原處 且留跋語 切仰切仰 頃因
無事 周覽海州山北泉石 得一瀑布 長可淮朴淵 但巖非斗
起而橫臥 故水勢逶迤 布流巖上 此不及朴淵之壯耳 水淸
巖潔 使人愛玩 盡日忘歸 適有山人 請構屋其側 郷士亦有
助者 屋就則殊可棲息 而去珥家只二十餘里 往返之路 亦
平易 願兄與季鷹, 一來同宿, 臥聽風雷也 習與性成之說
更檢看商書 則伊尹之言曰 茲乃不義 習與性成 旣云不義

性成 則其爲氣質之性明矣 成性之論 則朱子以爲如踐形云 然則性成之性 氣質之性也 成性之性 本然之性也 如此 看 何如 更思回示伏望

己卯(1579년) 四月十二日 珥拜

去春花石 宿約未成 暮年離思 有增前昔 賢兄已定幽棲 隱跡忘世 兩爲閑人 不得連扉讀書, 以遂初志 斯亦命也 某受灸餌藥 未試醫語 一榻呻吟 坐待瞑目 心神昏乏 所 學日亡 永負吾兄期待之重 深用愧懼 垂示山北水石 明麗 可玩 又有構舍相宿之許 苟有餘命 可致兄側 携季一副 近看時事 日益紛紜 雲谷如不可共妻孥爲生 今秋欲合處 于龜峰 一定單瓢 更不遷易耳 以成性之性爲本然 以性成 之性爲氣質 兄見未盡 豈以一字上下 便別文義 兄只爲商 書玆乃不義 習與性成之說 爲此論也 某見則此與習慣如 自然之語 同義 習之旣久 還同本然云也 本然者 本然之 性也 且朱子曰 知禮成性之說 同習與性成之意 則更何爲 疑 朱子旣以成性性成爲一 而又以成性 論以本然者非一 以此爲定 勿生他意, 如何如何 小學輯註 當如敎考較 付 以己見 送于浩原 跋亦依示述上是料 今觀古人註習與性 成處 論語小學近思錄性理群書 或稱本然 或稱氣質 無定 見 呵呵宜一以朱子語爲斷 謹復

숙헌의 글에 답한 글

삼가 여쭙니다. 도황(道況)이 지금 어떻습니까? 앞서 해주(海州)에 있을 적에 삼가 편지를 받아보고 건강이 좋지 못하여 심지어는 왼팔이 마비되었다는 것을 알고 매우 놀라고 근심해 마지않고 있었습니다. 생각건대 지금은 조금 나으셨겠지요. 이(珥)는 지금 율곡에 있습니다. 오는 초사흘에 홀로 계신 형수를 뫼시고 서쪽으로 가려고 하는데, 모든 일들이 바빠서 인사를 드리지 못하겠고, 형 또한 나오기가 어려울 것이니 만나지 못할까 싶어 한탄스러움을 무어라 말할 수 없습니다. 형께서 만약 건강하시다면 26~27일 사이에 한번 와 주실 수 있겠습니까? 이(珥)는 직분을 아직 체 대하지 못한 데 구애가 되어 한번 나가기가 더욱 어렵게 되었습니다. "성(性)을 이루다." 성성(成性)의 말에 대해서는 매양 함양함으로써 어떠한 기질을 이룬다는 예를 들었으므로 기질(氣質)의 '성'으로 보았었는데, 지금 주신 편지를 받아 보고 또 「주자어류(朱子語類)」를 보니, "성을 이루는 것(成性)은 하늘이 부여한 바에 따라 실행하는 것과 같다."라고 하였습니다. 그렇다면 마땅히 본연의 '성'으로 보아야겠습니다. 처음에 부여받은 성을 이루고 존재해 있는 성을 보존한다(成性存存)에서의 성성(成性)은 혼성(渾性)의 '성'이고, 지례성성(地禮成性)에서 성성(成性)은 예를 알아 실행하여 그 '성'을 이룬다는 것을 말한 것이니, 글이 뜻은 같지 않지만 '성'에 있어서는 모두 본디 부여받은 성을 가르킨 것 같습니다. 「어류」의 글이 조금 분명치 못한 곳이 있으므로 다시 생각해 보려고 합니다. 지금 교하(交河)로 보냈으니 살펴보시고 전해 주기를 간절히 바랍니다. 형의 형님께 안부 여쭙더라고 말씀드려 주십시오. 계씨(季氏)도 별고 없으십니까? 자못 간절히 그립습니다.

2월 24일에 이(珥)는 드립니다.

이별한 뒤로 소식이 적적하여 날로 그리움에 쌓여 있습니다. 요즈음은 날씨가 따뜻합니다. 건강이 어떻습니까? 이(珥)는 모든 것이 대략 그 대로이나, 다만 곁에 외우(畏友)가 없어서 귀에는 경계해 주는 말이 끊기어 배우는 힘이 날로 퇴보하고 있으니, 이것이 매우 두렵습니다. 형과 계씨가 3월 초에 호원을 방문하여 이틀 밤을 묵었음을 전해 듣고 한 자리에 참석하지 못한 것을 한스러워하고 있습니다. 「소학집주(小學集註)」는 잘못된 곳이 많을 것입니다. 자세히 평론하여 표를 붙여서 호원에게 보내 주고, 또 발문(跋文)을 써 주기를 간절히 바랍니다. 엊그제는 일이 없어서 해주산(海州山)의 북쪽에 있는 천석(泉石)들을 두루 유람하면서 한 폭포를 보았는데, 길이가 박연(朴淵) 폭포에 비길만 하였으나, 다만 암석이 위로 치솟지 않고 옆으로 누었기 때문에 물살이 구불구불 바위 위로 퍼져 흐르고 있는데, 이것이 박연의 웅장한 것에 미치지 못하였습니다. 그러나 물이 맑고 바위가 깨끗하여 사람으로 하여금 애완하여 종일토록 돌아갈 줄을 모르게 하였습니다. 마침 산중에 사는 어떤 사람이 그 곁에 집을 짓자고 청하였고, 그 고을 선비들도 도와줄 분이 있었습니다. 만약에 집이 이루어진다면 자못 서식할 만하고, 이(珥)의 집과 20여리의 거리에다 오고가는 길도 평탄한 편입니다. 원컨대 형과 계응(季鷹)이 한번 같이 와 묵으면서 우렁찬 소리를 누워서 들었으면 합니다. 습관이 오래되면 하나의 성격이 이루어진다(習與成性)는 말은 다시「상서(商書)」를 살펴보니, 이윤(伊尹)이 말하기를 "의롭지 못한 짓을 하는 것은 습관 속에서 이루어진 성격이다."고 하였습니다. 이미 의롭지 못한 데서 성격이 이루어졌다고 하였으니, 그것은 기질의 '성'임이 분명합니다. '성'을 이룬다는 논의에서 주자가 "하늘이 부여한 바에 따라 실행하는 것과 같다."라고 하였으니, 그렇다면 '성이 이루어진다'의 성은 기질의 '성'이고 "'성'을 이룬다."의 '성'은 본연의 '성'입니다. 이와 같이 보는 게 어떻겠습니까? 다시 생각하시고 회답해 주시기를 삼가 바랍니다.

기묘(己卯) (1579년) 4월 12일에 이(珥)는 배합니다.

지난봄에 화석(花石)의 옛 약속이 이루어지지 못하고 보니, 모년(暮年)에 섭섭히 이별했던 생각이 옛날보다 한층 더 합니다. 형께서 이미 그윽한 보금자리를 정하여 자취를 숨기고 세상을 잊었으니, 둘 다 한가한 사람이 되었지만 나란히 사립문을 잇대어 살면서 글을 읽으려는 처음의 뜻을 이루지 못하고 있으니 이 또한 명인가 봅니다. 나는 뜸질을 하고 약을 먹었으나 의원의 말대로 효험을 보지 못하였고, 침상에서 신음하며 앉아서 죽기만을 기다릴 뿐이니, 정신이 어둡고 부족하여 배웠던 바를 날로 잃어 형의 큰 기대를 영원히 저버리게 되었으니, 매우 부끄럽고도 두렵습니다. 편지에 산 북쪽 수석(水石)이 맑고도 아름다워서 즐길 만 하다고 하시고 또 집을 지어서 서로 지내자고 허락하시었으니, 참으로 남은 목숨이 형의 곁에 갈 수만 있다면 동생을 데리고 가 한번 형의 소망에 부응할 수 있겠으나, 요즈음 시국을 보건대, 날로 더욱 시끄러워지고 있으며, 운곡(雲谷:선생의 아우 한필)도 식솔들과 함께 살수가 없을 것 같아서 이번 가을에 구봉으로 거처를 합하고 살림을 한번 정하면 다시는 옮기지 않으려고 합니다. "'성'을 이룬다."〔成性〕의 '성'은 본연의 성이고, "성품을 이룬다"〔性成〕의 '성'은 기질의 '성'이라고 하는 형의 견해는 좀 미진합니다. 어떻게 한 글자가 위로 가고 아래로 갔다고 하여 글의 뜻이 다르겠습니까. 형은 다만「상서(商書)」의 "이 의롭지 못한 행동은 습관으로 이루어진 성격이다."라는 말 때문에 이런 이론을 펴게 된 것입니다. 나는 이것이 습관과 자연이란 말의 뜻과 같다고 봅니다. 습관이 오래되면 도리어 본연과 같다는 것입니다. 본연이란 것은 본연의 '성'입니다. 또 주자가 말하기를 "예를 알아 실행하여 '성'을 이룬다.〔知禮成性〕라는 말은 습관에 의하여 '성'이 이루어진다라는 뜻과 같다."고 하였으니 다시 무엇을 의심하겠습니까. 주자가 이미 성성(成性)과 성성(性成)을 하나로 보았고 또 성을 이룬다는 것으로 본연이라고 논한 것이 하나만이 아니니, 이로써 정하고 다른 뜻을 갖지 않는 것이 어떻겠습니까? 소학집주(小學集註)는 마땅히 말씀하신 대로 살펴서 비교하고 나의 견해를 붙여서 호원에게 보내고 발문(跋文)도 말씀에 따라 지어서 드리려고 합니다. 지금 고인들이 습관에 따라 '성'이 이루어진다에 대하여 주석을 낸 곳을 보니 「논어(論語)」.「소학(小學)」.「근사록(近思錄)」.「성리군서(性理群書)」에 "본연이라고도 하였고 기질이라고도 하여 일정한 견해가 없으니 우스운 일입니다. 일체 주자의 말로써 결정해야 겠습니다. 삼가 회답합니다.

答叔獻書

一別音斷 甚苦懸想 玆承辱復 感慰良深 但偏證未療云 煎念罔喩罔喩 浴泉或可見效 試之爲良 如兄資高見明 可以大進 而乃爲二竪[11]所撓 不能安居, 修業進德 豈非命耶 可歎可歎 珥凡百粗遣 雖一味窘乏 而山中寂寥 却無閒是非 是可樂也 習與性成之說 高論殊未相契 大抵說經 先得本文義 然後可以旁及 此四字 本出商書 伊尹之意 則曰太甲不義之習 久而慣熟 若出於天性云爾 更無他意 天性 如文王天性聰明 至如今人論人物曰某人性本云云 此是氣質之性也 若做本然之性 則不義二字 襯貼不得 上下文義 各

---

11) 이수(二竪) : 병마 또는 질병을 말함. 春秋.晉나라 景公이 꿈에 2명의 더벅머리 총각 형상의 병마가 膏肓사이에 숨은 것, 즉 불치병을 말함.

成胡越 不問義理何如 而文字已不通矣 此外傍引之說 則
合則取之 不合則舍之耳 何必爲彼牽制而曲爲之辭乎 老兄
善思 若虛心不主先見而更思之 則必曉然無疑矣 伊尹則以
惡爲性成 程子則以善爲性成 或以惡成 或以善成 豈非同
爲氣質之性乎 朱子之說 雖或如此 或是記錄之誤 或是少
時之說 未可知也 曷如伊尹口道底經 孔子刪取者 之爲可
信乎 未審高見如何如何 若如兄說 不善之習 亦同本然之
性云爾 則恐不成義理也 交河所傳文記 送于城西小家爲得
尹甥議親事 深合鄙意 當勤成之 兄亦留意何如 季鷹忙未
上札 所懷如右 便忙不宣　　　己卯 五月十二日 珥拜

　向戀日積 忽因浩原便 得承中元日手書 感慰不已 信後
道況何如 似聞又遭舐犢之悲 未知信然否 是第幾胤耶 驚
悼罔喩 天何不祐善人 至此極耶 想惟安之若命 不至過傷
也 珥杜門依昔 無可言者 性成之說 來說亦不爲無理 但
古人所引文字 以本義觀之 迂僻不通 然後乃可求他義也
今者程子性成之說 以本義觀之 乃少成若天性之義也 十
分通得而乃求他義 何耶 朱子所論本文 時未檢看 徐當考
出爲計 來諭專心讀書 日新已德者 眞鄙人所當服膺也 感
佩感佩 但審欲移家屬, 入山益深 從此影響 尤難相接 不
勝悽黯之至 第恐兄之物力, 不能辦此也 舟到楊江 果有
是計 火色尚盛 退然中止 末由一奉 可歎 去月 以書寄浩
原倩傳 未知下照否 季氏今在何處 恭承寄問 深慰深慰
戒勖之辭 敢不虛受 珥受國厚恩 常切仰報之念 有時不免
輕發 眞是屈原之病也 有時不覺自笑 況傍觀識者 豈不發
笑乎 每欲匹馬獨往 以叩幽扃 而不可得 徒切馳慕耳 秋

凉漸生　伏惟二兄　爲道益珍

　　　　　　己卯(1579년)　八月六日　珥拜

仲秋晦　疊奉六日八日書　遙慰夢想　某連歲哭兒　白髮滿頭　每
想程大中至喪明道先生　而以理自遣也　吾兄言不用　計不施
辭歸非一　今又遠縅文字　冀廻世道　其身之不能於前歲　而語
言之欲救於今日　前歲之與今日　不啻千百難易　則是非偏於憂
國,　過於犯冒耶　亦無異辭歸之婦　擅主中饋　能不爲室人之經
侮　而傍觀者　笑詆乎　苟能使主家一朝廻心　召延入室　則治家
節目　次第擧行　而門僮庭僕　自無分背之患矣　此某之每以格
君心　有望於吾兄者也　吾兄今日之擧　無異馮婦[12]之復下車
而孟子[13]之再發棠也　朱子以天下爲己任　而章奏相望　亦或焚
草不達者　爲其不可救而禍有甚也　深慮禍機不測　以吾言爲赤
幟[14]　吾兄所聞　無異僕所聞　兄夫人敎胎之慶　已諭七月之傳
也　以吾言爲赤幟　曾奉季涵書　季涵自爲此說　恐或如是　而兄
書云云　兄言想必自季涵來　而季涵又轉一層也　世道多私　如
訟家借重爲助　然某言則必無借矣　僕蹤微地僻　罕接人面　朝
暮待死　亦未免左之疑右　右之疑左　相猜互訝　出入於齒頰中

---

12) 풍부(馮婦) : 孟子 <진심장(盡心章)> 하현의 고사(故事) : 晉나라 사람 풍부
　　가 힘이 세서 맨손으로 호랑이를 잡았으나, 후에 善士(선사)가 되었을 때에
　　호랑이가 나타나자 수레에서 내려 팔뚝을 걷으면서 옛날의 태도를 버리지
　　않은 것을 보고 식견 있는 선비들이 비웃은 일이 있음.
13) 맹자(孟子) : 창고 여는 것. 齊나라가 기근이 들었을 때 孟子가 왕에게 권
　　하여 당읍의 곡식 창고를 열어 빈곤한 사람을 진휼하였으나 후에 또 기근
　　이 들었을 때에는 제나라에 벼슬할 의사가 없었으므로 곡식창고를 열어 제
　　나라 백성을 구제하기 힘들다고 생각했던 일.
14) 적치(赤幟) : 漢나라 깃대로 한신(韓信)이 조성(趙城)의 깃발을 빼고 한나라
　　의 적치를 세운 고사. 즉 자기와 다른 이론을 펴는 자를 가르킴.

實緣與尊兄諸輩 往來音信 或讀古人書 心知是非之所致也
欲自今爲暗爲愚 以避世鋒 入山入林之恐未深邃也 成性之爲
本然 易繫辭 大學或問 朱子語類 明載之矣 成性之同成性
朱子語 見近思錄第二卷知崇天也之註 小學兄註 已盡付標於
可疑處 亦記已說 當送浩原使閱而傳兄 謹奉復

懸慕中 謹承八月二十九日下書 勤誨縷縷 感荷感荷 信
後消息復如何 秋老寒生 且承偏虛之疾 至今未療 仰慮仰
慮 且審秋事不實 又將移家入深 尤用悵惘深念也 珥杜門
如昨 他無可言 示喩深切 敢不欽服欽服 珥非不知過忠爲
偏 而自不能止 抑從今以後 庶知自處矣 但來示所謂孟子
之去齊 與珥休官有些不同 此等處 不可泥着陳跡 恐當更
思 若孟子在他國 則齊宣王被圍 必無赴救之理 如珥則能
坐視 主上之危急乎 此恐非一律也 其間曲折 則珥固有過
中處矣 服膺來訓 切計切計 赤幟云云者 果出於季涵貽浩
原書矣 其他云云者 亦以爲草茅志同之士 皆非之云 而指
兄與浩原 則兄必更語他人矣 此不足言 但如兄遯世深藏
而未免出入人口 此可歎也 喪子而理遣 固難爲力 但亦須
知命樂天 何至今尚未忘懷耶 珥明春決歸栗谷 此時毋違
作會于一處 幸甚 餘具別紙 尹聃之行 寄上一狀 茲不一
　　　　　　　　　己卯 九月二十三日 珥拜

숙헌이 답한 글

한번 이별한 뒤로 소식이 끊어져 매우 애타게 생각하고 있었는데 회답을 받고 보니 감격과 위로가 참으로 깊습니다. 다만 편찮은 증세가 아직까지 쾌차하지 않았다고 하니 염려스러움을 무어라 형용할 수 없습니다. 온천에 가 목욕하면 혹시 효험을 볼 수 있을 것이니 시험삼아 해 보십시오. 형같이 자질이 좋고 견해가 밝은 분이야말로 크게 진취할 수 있을 것인데, 질병에 흔들리어 편안히 거처하면서 학업을 닦고 덕을 진취하지 못하고 있으니, 어찌 운명이 아니겠습니까. 한탄스럽기 그지없습니다. 이(珥)는 모든 것이 그대로입니다. 비록 한결같이 곤궁하지만 산 속이 고요하여 쓸데없는 시비가 없으니 즐겁습니다. 습관에 의하여 '성'이 이루어진다의 말은 형의 말씀과 자못 서로 맞지 않습니다. 대체로 경전(經典)을 이야기할 적엔 먼저 본문의 뜻을 파악한 뒤에 널리 미칠 수 있는 것입니다. 이 네 글자는 본디 「상서」에서 나온 것으로 이윤(伊尹)의 뜻은 태갑(太甲)이 나쁜 짓을 하는 습관이 오래되어 익숙하기가 마치 천성에서 나온 것과 같다고 한 것이지 다른 뜻이 있는 것은 아닙니다. 천성은 문왕(文王)의 천성이 총명하다는 것과 같고, 지금의 사람들이 인물을 논할 적에 "어떤 사람은 성질이 본디 어떻다."라고 하는 것은 기질의 성입니다. 만약 본연의 '성'으로 본다면 불의(不義)라는 두 글자가 밀착되지 않아 위아래의 글뜻이 각기 멀어지게 될 것이니, 의리가 어떤지를 물을 것도 없이 문자가 이미 통하지 않습니다. 이밖에 여러 가지로 인용한 말도 합당한 것은 취하고 합당하지 않은 것은 버려야 합니다. 어찌 꼭 그것에 얽매어 왜곡되게 말을 만들어야 하겠습니까. 형께서 잘 생각하시고 만약 마음을 비워서 선입견을 주장하지 않고 다시 생각한다면 반드시 훤히 깨달아 의심이 없게 될 것입니다. 이윤은 "악한 것으로 성질이 이루어졌다."라고 하였고, 정자(程子)는 "선한 것으로 성질이 이루어졌다."라고 하였습니다만 악으로 이루어지든 선

으로 이루어지든 어찌 다같이 기질의 '성'이 아니겠습니까. 주
자의 말이 이와 같다고 하더라도 기록이 잘못된 것인지, 젊었
을 때의 말인지 알 수가 없으니, 어찌 이윤이 입으로 말한 경
훈(經訓)을 공자가 버릴 것은 버리고 취할 것은 취한 것처럼
믿을 만하겠습니까. 고견은 어떠하신지요? 만약 형의 말씀과
같이 나쁜 습관도 본연의 성과 같다고 한다면 아마도 의리를
이루지 못한 것 같습니다. 교하(交河)에서 전한 글은 성서(城
西)의 작은 집으로 보내는 것이 좋겠습니다. 윤생(尹甥)이 혼
인에 대한 일은 나의 뜻에 매우 합당하므로 권하여 성사시켜
야겠습니다. 형께서도 유의하셨으면 합니다. 계응에게는 바빠
서 편지를 올리지 못합니다. 회포는 위와 같은데 바빠서 다
쓰지 못합니다.

　　　기묘(己卯,1579년) 5월 12일에 이(珥)는 드립니다.

　　　그리운 생각이 날로 쌓이고 있었는데, 갑자기 호원의 편
에 백중에 보낸 편지를 받고서 한없이 감격스럽고 위로되었
습니다. 편지를 보낸 뒤로 도황(道況)이 어떻습니까? 듣건대,
또 자식을 잃은 슬픔을 당하였다는데 참으로 그랬는지요?
몇 째 아들입니까? 놀랍고 슬픈 마음을 무어라 형용할 수
없습니다. 하늘이 어찌하여 착한 사람을 돕지 않고 이처럼
참혹한 데 이르게 한답니까. 생각건대, 오직 운명이려니 편
안하게 여기시고 지나치게 마음을 상하는데 이르지 않으실
줄로 여기고 있습니다. 이(珥)는 예전처럼 두문불출하고 있으
므로 말할 만한 것이 없습니다. '성'이 이루어진다(性成)의
말에 대하여 그대의 말씀도 일리가 없지는 않습니다. 다만
고인들이 인용한 문자는 본문의 뜻으로 보아 오활하고 편벽
되어 통하지 않은 다음에 다른 뜻을 구하여야 합니다. 지금
청자의 "성이 이루어진다"에 대한 말은 본의(本意)로 본다면

이는 젊었을 때에 이루어진 습관이 천성과 같다는 뜻으로 충분히 통할 수 있는데, 다른 뜻을 구하는 것은 무엇 때문입니까? 주자가 논한 본문은 지금 살펴보지 못하였는데 천천히 상고해 내려고 합니다. "글을 읽는 데 마음을 쏟아 날로 자신의 덕을 새롭게 하라."고 가르쳐주신 말씀은 참으로 제가 항상 마음에 간직하여 지켜야 할 바입니다. 명심하겠습니다. 다만 가족들을 데리고 산으로 더욱 깊이 들어가려 한다고 하니, 이로부터 모습을 서로 접하기가 더욱 어렵게 될 것이니, 매우 슬프고도 암담한 마음을 금할 수가 없습니다만 형의 재력으로 이것을 해낼 수 있을는지 모르겠습니다. 배가 양강(楊江)에 도착하면 과연 이러한 계획이 있을 것입니다만 더위가 아직도 심하여 그대로 중지하여 한번 뵐 수가 없게 되었으니 한탄스럽습니다. 지난 달에 호원에게 편지를 보내어 전해주라고 하였는데, 받아보았는지요? 계씨(季氏)는 지금 어느 곳에 있습니까? 삼가 물어주심을 받으니 매우 위안이 됩니다. 경계하여 힘쓰게 하는 말씀을 감히 헛되이 받아 드릴 수 없습니다. 이(珥)는 나라의 후한 은혜를 입었기에 항상 어떻게 하면 갚을 수 있을까 하는 간절한 생각에서 때로는 가벼이 나서는 것을 면하지 못하고 있으니, 참으로 굴원(屈原)과 같은 병통이 있습니다. 때로는 나도 모르게 저절로 웃음이 나오고 있는데, 더구나 곁에서 보고 아는 자가 어찌 웃음을 터뜨리지 않겠습니까. 매양 필마(匹馬)로 홀로 가서 깊숙한 문을 두드리고 싶었지만 그렇게 할 수가 없어서 한갓 간절하게 마음만 달려가 사모할 뿐입니다. 가을의 서늘한 기운이 점차로 생기니 두 형께서는 사도(斯道)를 위하여 더욱 진중히 하십시오.

기묘(己卯,1579) 8월 6일 이(珥)는 드립니다.

8월 그믐에 6일과 8일에 보낸 편지를 거듭 받으니 꿈에 그리
던 생각을 위로할 수 있었습니다. 나는 해마다 아이들을 잃고
흰 머리카락이 머리에 가득한데, 매양 정대중(程大中)이 심지
어 아들 명도(明道) 선생을 잃고도 이치로서 스스로 달래며 보
냈던 것을 생각합니다. 형께서는 말이 쓰이지 않고 계책이 베
풀어지지 않아서 사직하고 돌아온 게 한번만이 아니었는데 지
금 또 멀리서 보낸 글에는 "세도(世道)를 요순(堯舜)의 도로 돌
이켜 보고자 한다."고 하시니 그 몸이 지난해에도 해내지 못하
였는데 말로는 오늘을 구원하려고 하는 것입니다. 지난해와 오
늘날을 비교해볼 적에 천 백 배보다도 더 어려울 뿐만이 아니
고 보면 이는 나라를 걱정하는 데 치우쳐 지나치게 분수에 벗
어난 일을 하는 게 아니겠습니까? 또한 시집간 부인이 자기
마음대로 시가의 집안 살림살이를 주장하려고 한다면, 그 집
사람들의 멸시와 곁에서 보는 이들의 비웃음거리가 되는 것과
다름이 없을 것입니다. 참으로 시가에서 하루아침에 마음을 고
쳐 먹고, 집으로 불러들인다면 집을 다스리는 조목이 착착 실
행되어 집안의 노복들도 배반하는 근심이 저절로 없어질 것입
니다. 이래서 내가 늘 임금의 마음을 바로잡는 것으로써 형에
게 바랐던 것입니다. 형의 오늘날 행동은 풍부(馮婦)가 다시
수레에서 내려오고 맹자(孟子)가 다시 당읍(棠邑)의 곡식 창고
를 여는 것과 다를 게 없습니다. 주자가 천하로써 자기의 임무
를 삼아 상소를 계속 올렸지만 더러는 상소의 초고를 불사르고
올리지 않았던 것은 구원하지도 못하고 화만 더할까 싶었기 때
문이었습니다. 재앙의 조짐을 헤아릴 수 없으므로 나의 말로써
적치(赤幟)를 삼을까 깊이 우려됩니다. 형이 들은 바나 내가
들은 바가 다름이 없습니다. 형의 부인께서 아기를 가진 경사
는 이미 7월의 서신에서 알았습니다. 나의 말로서 적치를 삼는
다는 것은 일찍이 계함(季涵)의 편지를 받았을 적에 계함이 스

스로 이 말을 하면서 혹시 이와 같이 될까 싶다고 하였는데 형의 편지에서도 그러하였으니 생각건대 형의 말씀이 계함으로부터 비롯되어 나왔고 계함이 또 한층 발전시킨 것으로 여겨집니다. 세상에 사사로움이 많아서 마치 소송하는 사람이 거듭 증인을 끌어다가 도움을 삼는 것같이 하고 있습니다. 그러나 나의 말은 필시 끌어들릴이 없습니다. 나는 종적이 미약하고 지체도 낮아 사람들을 자주 만나지 않고 아침 저녁으로 죽기만을 기다리고 있으나, 또한 왼쪽으로 가면 오른쪽에서 의심하고 오른쪽으로 가면 왼쪽에서 의심하여 서로 시기하고 의심함에 구설수에 오르내림을 면하지 못하고 있으니, 실로 형들과 서신을 주고 받으며, 혹은 고인의 글을 읽어서 마음으로 옳고 그름을 알고 행한 것입니다. 지금부터 벙어리나 어리석은 사람처럼 되어 세상의 공격을 피하려고 하므로, 산 속으로 더더욱 깊이 들어가지 못할까 염려스럽기만 합니다. 성을 이루는 것이 본연이라는 것은 「주역(周易)」에 계사(繫辭),「대학혹문(大學或問)」.「주자어류(朱子語類)」에 분명히 실려 있습니다. 성이 이루어지는 것이 성을 이룸과 한가지인 것은 주자의 말로 「근사록(近思錄)」제2권 지숭천야(知崇天也)의 주(註)에 나타나 있습니다. 「소학」에 대한 형의 주는 이미 의심스러운 곳에 모두 표시를 하였고, 또 나의 생각을 적어 보았는데, 호원에게 보내 살펴보고 형에게 전하라고 하였습니다. 삼가 회답을 드립니다.

그립던 가운데 삼가 8월 29일 편지를 받았는데 애써 자세히 지도해 주시니 고맙기 그지 없습니다. 편지를 보낸 뒤로 어떻게 지내고 계십니까? 가을이 다가자, 추워지는데 또 한쪽 허한 병이 아직까지 낫지 않았다고 하니 걱정됩니다. 그리고 가을 농사가 잘 되지 못하여 또 장차 집을 옮기어 깊이 들어가려 한다고 하니 더욱 한스럽고 깊이 염려됩니다. 이(珥)는 그전처럼 문을 닫고 있으므로 별로 말씀드릴 만한 것이 없습니다. 깨우쳐 주심이 매우 간절하니 감히 즐거이 따르지 않겠습니까. 이(珥)가 지나친 충성이 편벽되는 줄을 모르지 않지만 스스로 억제하지 못하였는데 지금부터는 거의 스스로 처할 바를 알겠습니다. 다만 보내주신 편지에 이른바 맹자가 제(齊)나라를 떠나는 것과 이(珥)가 관직을 그만두는 것과는 조금 같지 않다고 하였으니, 이러한 것은 지난 자취에 얽매이지는 아니하나 아마도, 다시 생각하여 본다면 맹자가 다른 나라에 있었다면 제 선왕(齊宣王)이 포위를 당했어도 반드시 쫓아가서 구원해야 할 이유는 없겠습니다만 이(珥)와 같은 경우는 주상의 위급함을 앉아서 보고만 있을 수 있습니까? 이것은 아마도 일률적으로 볼 수가 없을 것입니다. 그러나 그 사이 곡절은 이(珥)가 참으로 중도(中道)에 지나친 점이 있었으니 가르치심을 항상 마음에 간직하여 실천하려고 간절히 생각하고 있습니다. "적치……"라고 한 것은 과연 계함이 호원에게 준 서신에서 나온 것이고, 그 밖에 한 말들은 또한 초야에 뜻을 같이하는 선비들도 모두 그르다고 하는데, 형과 호원을 가르치게 되면 형은 반드시 다시 다른 사람에게 말할 것입니다. 이것은 말할 것조차 없습니다만 형이 세상을 피하여 깊이 숨어 있으면서도 남의 입에 오르내림을 면하지 못하고 있으니 이게 한탄스럽습니다. 자식을 잃고 이치로 달래며 보내는 것은 참으로 힘든 일입니다. 다만 모름지기 운명을 알아 주어진대로 순응해야 할 것입니다. 어찌 지금까지 마음에 잊지 못하고 있습니까. 나는 내년 봄에 결단코 율곡으로 돌아갈 것이니 이때를 어기지 말고 한 곳에서 모임을 갖아 주셨으면 매우 다행이겠습니다. 나머지는 별지(別紙)에 갖추어 윤담(尹聃)이 가는 길에 일장(一狀)을 올렸으므로 이에 일일이 적지 않습니다.

　　　　기묘(己卯,1579) 9월 23일 이(珥)는 드립니다.

答浩原書別紙

謹問侍況荷似　馳仰馳仰　城裏勤訪　乃蒙舊意　而病旣困乏　境
又煩囂　雖荷提誨之賜　而未猝領解　且多有發端而未竟之說
歸來尋繹　良增追慕　竊以所講之義　只爲下語輕重之際　鈍根
者有所窒礙而未達　如其叔獻之超然　則一語之外　不用言句太
多矣　渾更於此　粗解語意　後日之見　當以奉質焉　就中春川大
丈之事　其時直述所由而已　退而思之　頗爲未可　幸乞深察鄙
意　不至再擧言議　何如　渾在城時　客有吟君僧到何山宿未迴
之句　渾竊愛其蕭然出塵　願於閒中時時吟詠瓊什　以發我淸曠
之氣　幸一吟卑棲寬閑寂寞之趣　以寄山中也　求尋山水之行
未知作於今秋耶　如蒙歸路　枉顧於牛溪　則可以從容一室　陶
寫不盡之懷矣　深企深企　季鷹侍下　未能各狀　鄙懷如右已

秋 八月四日 渾病草

先儒之於詩　朱子詩最多　是所謂無所不通也　明道詩淸曠
而傳者無多　伊川則以不欲作閒言語止之　後學終不能學朱
子　則莫如不爲之爲得

호원의 글에 답한 별지

삼가 여쭙니다. 시황(侍況)이 어떻습니까? 마음을 달려 생각
해 마지않습니다. 도성에서 자주 찾아주었던 것은 옛 정을 입
은 것인데도 병에 이미 시달린데다 주위까지 번거롭고 시끄러
워서 비록 이끌어 주심을 입었지만 빨리 알아차리지 못하고

또 많은 단서를 들추어 내었는데도 끝맺지 못했던 말들을 돌아와서 생각해 보고는 참으로 더욱 추모하고 있습니다. 삼가 생각건대 강론하신 뜻은 다만 말씀하시는 경중에 따라 나같이 둔한 사람은 막히는 바가 있어서 깨닫지 못하나 숙헌과 같이 뛰어난 이는 한번 말하는 것 이외에 많은 말을 필요로 하지 않을 것입니다. 혼(渾)은 다시 이에 대해서 대략 말뜻을 알았으니 뒷날 만날 때 질정을 구하도록 하겠습니다. 그리고 춘천(春川) 어른의 일은 그때에 바로 그 사유대로 말하였을 뿐이었는데, 돌아와 생각해 보니 자못 잘못되었습니다. 바라건대 저의 뜻을 깊이 살피시어 다시 거론하지 않는 것이 어떻겠습니까? 혼(渾)이 도성에 있을 때 어떤 손님이 그대가 지은 "중이 어느 산에 갔는지 묵고는 돌아오지 않네"라는 싯구를 읊었는데, 혼(渾)은 삼가 조용히 속세의 티끌을 벗어난 데 대하여 사랑하였습니다. 한가한 가운데에 때때로 좋은 시를 지어 나의 청광(淸曠)한 기운을 이끌어 내어 한가롭고도 적막한 때에 한 수 읊을 수 있도록 산중으로 내 주시기를 바랍니다. 산수를 찾는 행차가 이번 가을에 있을는지요? 만일 돌아오는 길에 우계(牛溪)에 한번 들리어주신다면, 한 방에서 조용히 보내면서 다 털어놓지 못한 회포를 쏟을 수 있을 것이니 매우 바라 마지않습니다. 계응에게는 따로 편지를 보내지 못합니다. 저의 생각이 위와 같습니다.

　　　기묘(己卯) 8월 4일 에 혼(渾)은 병중에 씁니다.

선유들의 시중에 주자의 시가 가장 많은데, 이는 이른바 통하지 않은 곳이 없다는 것입니다. 명도(明道)의 시는 청광하지만 전해진 게 많지 않고, 이천(伊川)은 중요하지 않은 말은 쓰지 않으려고 시를 짓지 않았습니다. 후학들이 끝내 주자처럼 할 수가 없다고 한다면 짓지 않는 것보다 나은 게 없을 것입니다.

答浩原書

冬寒始盛　伏惟靜養神相冲勝　區區懷仰之私　盖不可以言喩
自向陽奉別以還　專使馳問之計　未嘗一日忘　而田家收稼　催
租之務極冗　又堂兄歸葬諸役皆　由此辦　是以　尤不能送人　殊
負宿志　愧恨千萬　比來冬溫舒解　病人最難將理　數日忽成嚴
沍　尤不可抵當寒勢　未委尊兄近日起居，稍勝於奉拜之時否
乎　叔獻尊兄書　來此旣久　今乃送納　其時蒙許開坼　故敢發封
一讀　知渠鋒穎　專屈於老兄意　味平和極　可慰也　且向陽一會
自是難得之事　而客至未靜　似不成模樣　殊可恨也　然奉兄數
日　有以服仰尊兄英發不可及處　旣別而思　殊警昏蔽　不勝感
幸也　第病物昏昏垂死　每愁沮於憂患物欲之侵　不能自拔　則
安得日　日相從於東阡北陌之間　以擴欲見不見之懷乎　言不可
盡　臨書悵惘而已　別紙有小稟正　不宣

己卯一月初六日　渾再拜

伏奉今月八日書三紙　繼承六日專使二紙書　情義俱深　石潭
兄書幷至　開緘三復病若去體　不但心知處長進而已　謝仰謝
仰　衰叔謗毀　或有自家致之者　或有自他儻來者　自家之致
宜加戒愼　而自他儻來　亦不能無少助惕畏　則苟善用之　何
莫非爲吾勸勉之地　石潭兄容受人言　別有過人處　非物我無
阻，氣像平和　能若是耶　衰年斷欲，養生要訣之示　不但形
體是護　亦有克去物慾之誨　深仰靜中所得　此一節　僕每戒
以循理之自然，不容人爲　而未免人慾之勝　可歎可歎　何必

以微渦 爲人慾乎 自家衽席之上 天理人慾分界 亦甚分明
而未能一任天理 可畏也而 且永斷 亦異術也 非吾儒合理
事也 旣不能動以天理 則慾之出於形氣者從之 慾之生於胸
臆者克去 庶乎合理 食亦同色 食亦不須勉加 任其適宜而
已 患不在不足 而在於多 古人加粲飯之語 恐未合理也

호원의 글에 답함

겨울의 추위가 비로소 심해지고 있습니다. 정양(靜養)이 그대로
좋습니까? 구구한 그리움의 사정을 말로써 표현할 수 없습니
다. 향양(向陽)에서 이별한 뒤로 사람을 특별히 보내서 안부를
물어볼까 하는 생각을 일찍이 하루도 잊지는 않았지만 농촌의
추수와 세금을 재촉하는 일이 매우 바쁘고 또 당내(堂內) 형님
의 반장(反葬)에 대한 여러 가지 일들이 모두 나로 말미암아
주선되기 때문에 더욱 사람을 보낼 수가 없었습니다. 자못 마
음먹고 있던 것을 저버렸으니 말할 수 없이 부끄럽고도 한스럽
습니다. 요즈음 들어서 겨울 날씨가 풀리기는 하였지만 병든
사람으로서 조리하기가 가장 어려웠는데 며칠 사이에 갑자기
꽁꽁 얼어붙으니 더욱 추위를 이겨내지 못하겠습니다. 형께서
는 요사이 지난번에 뵈었을 때보다 조금 나아졌습니까? 숙헌
형의 편지가 여기에 온 지 오래되었는데, 이제서야 보내드리게
되었습니다. 그 당시에 뜯어 봐도 좋다는 허락을 받았기 때문
에 감히 봉투를 뜯어 한번 읽어보고 그의 날카로운 영기가 오
로지 형에게 굽혀져서 의미가 평화스럽게 되었으니 매우 위로
가 됩니다. 또 향양(向陽)에서 한번 모였던 일은 본디 얻기 어
려운 일인데도, 손님들이 오셨는데도 조용하지 못하여 꼴 같지
않게 되었으니 참으로 한스럽습니다. 그러나 형과 함께 있었던

며칠 형의 영발(英發)함을 따라갈 수 없는 것에 감복하였는데, 헤어져서 생각하니 참으로 나의 어둡고 가리워진 것을 깨우쳤으니 고마운 마음을 금할 수 없습니다. 다만 병든 몸이 혼혼(昏昏)하게 죽을 지경에 이르러 늘 근심에 시달리고 물욕의 침범으로 스스로를 떨치지 못하고 있으니 어떻게 하면 날마다 동천(東阡)과 북맥(北陌)의 사이에서 날마다 같이 노닐면서 보고 싶었으나, 보지 못한 회포를 풀 수 있겠습니까? 말로는 다할 수가 없으므로 편지에 임하여 창망할 뿐입니다. 별지에 조그만 질문이 있습니다. 다 쓰지 못합니다.

기묘(己卯) 11월 6일에 혼(渾)은 재배합니다.

삼가 이 달 8일 편지 세 통을 받고, 이어서 6일에 사람을 일부러 보내서 전한 두 통을 받았는데, 정의가 모두 깊었습니다. 석담(石潭) 이이(李珥) 형의 서신도 함께 왔기에 봉투를 뜯고 되풀이해 읽으니 병이 몸에서 떠나는 것 같으니, 다만 마음의 지식이 자라날 뿐만이 아니었으니 매우 고맙게 생각합니다. 말년에 비방을 듣는 것이 혹 자신이 불러오는 수도 있고, 혹은 다른 데서 뜻하지 않게 오는 수도 있는데, 자신이 불러오는 것은 조심하고 삼가해야 하겠지만 다른 데서 뜻하지 않게 오는 것이라도 조심하고 두려워한다면 조금이라도 도움이 없지는 않을 것이니 참으로 잘 쓰기만 한다면 어느 것인들 나를 권면하는 입장이 되지 않겠습니까. 석담형은 남의 말을 받아들이는 것이 특별히 남보다 뛰어난 곳이 있는데, 너와 나의 사이가 막힘이 없으므로 기상이 화평하지 않는 사람이라면 이렇게 할 수가 있겠습니까. "노년에 욕심을 끊는 것이 양생(養生) 요결이다."라는 말씀은 다만 형체를 보호할 뿐만 아니라, 또한 물욕을 제거하라는 가르침이 있는 것이니 고요한 가운데 얻은 바가 있는 데 대하여 깊이 부러워하고 있습니다. 이 한 가지 일에

대해서 제가 늘 이치의 자연스러움을 따르고 인위(人爲)를 용
납하지 않아야 한다고 경계하고 있지만, 인욕이 이기는 것을
면하지 못하고 있으니 한탄스럽기 그지없습니다. 어찌 반드시
미와(微渦)15) 여색만이 인욕이라고 할 수가 있겠습니까. 자신
의 눈앞에서도 천리와 인욕의 한계가 매우 분명히 있지만 천리
대로만 한결같이 따를 수 없으니 두렵기만 합니다. 그런데 길
이 끊긴다는 것은 또한 이술(異術:이단)이고 우리 유가(儒家)의
이치에 합당치 아니한 일입니다. 이미 천리대로 움직이지 못
할 적엔 형기(形氣)에서 나온 인욕이 따르는 것이니 마음에서
나온 인욕을 버린다면 거의 이치에 맞을 것입니다. 음식도 색
욕과 같으므로 음식 역시 억지로 제재할 것은 없고 적합하게
할뿐입니다. 근심은 부족한 데 있지 않고 많은 데에 있는 것이
니 고인들이 식사를 더 많이 한다는 말은 아마도 이치에 맞지
않은 것 같습니다.

---

15) 미와(微渦) : 확실치는 않으나 여색을 말하는 듯.

與浩原書

今冬寒暖 闔闢無常 病人將息極艱 伏未審信後靜養如何 弱
未死一事 尚同前日 杜戶呻痛 他又何言 日者抽一使裏事忽
迫之餘 遠誨慇懃 起懦滌煩 爲賜不淺 弱形體之疾 興心性
之病 爲朋相煽 昏昏終日 未見淸明 止定之界 控手黙坐有
時收聚 一物來觸 便覺散渙 動上之靜 竟不可得 其所謂收
斂 友同禪學 理不勝氣 衰老又迫 多愧尊兄山中住久, 定性
愈光 弱質還健也

夜來魂夢 怳接顔範 擁衾孤榻 坐馳遐思 玆者忽承手敎 急披
疾讀 恭審冬寒, 靜養有相, 起居如宜 欣傃之至 感慰交幷 渾
前月 屢有祀事 觸寒甚重 昏憊交作 精神如夢 浮生至此 有
何作用耶 見喩靜中之功, 遇動而撓 此正眞經歷語如渾者 閉
門靜坐 三兩日無客 則精神意思 甚專且安 或遇閒應接 則氣
憊於外神汨於內 不能收拾得來 此非徒自家養不得力 恐是羸
病所使然也 當看吾心與吾氣所病 各有攸屬 不可嬰坐以吾學
之偏也 渾疾 秋冬勝似春夏 然老兄見屬之語 豈其嘉獎引誘
使之自奮耶 何如是過情乎 擲回蓯蓉價 何不以是市得銖兩乎
渾近與京中達官漸疎 通書乞藥 亦不得爲也 何處更覓舍人司
耶 前書下喩 與叔獻書易以寄上二字 鄙見殊未然 朱子大全
目錄書類 雖延平 籍溪 皆以與字 況朋友抗禮 豈合用上字
記錄之體 與臨書相往復之禮不同 今士友傳看兄書尺 正宜錄
以與某書可也 如何如何 動靜之說 承誨 尤覺分明 感發多矣
伏惟尊察 今日客來 昏憒特甚 夜深困草 不一一

己卯十二月朔 渾拜 木綿 渾當送京市蓯蓉以呈

호원에게 보낸 글

올 겨울은 기후가 일정하지 않아서 병든 사람이 조리하기에 매우 어렵습니다. 서찰을 보낸 뒤로 정양(靜養)이 어떠하신지 공경히 살피옵니다. 필(弼)은 죽지 않고 있는 한 가지만은 그전과 같아서 문을 닫고 신음하면서 괴로워하고 있는데, 다른 것은 말할 게 뭐가 있겠습니까. 엊그제 장례를 치르느라 바쁜 나머지에도 심부름꾼을 보내어 멀리서 은근한 가르치심을 주어 게으른 마음을 일으켜 주고 번민을 씻어내 주신 은혜 적지 않았습니다. 필(弼)은 형체의 질병이 심성(心性)의 질병과 짝이 되어 서로 부채질하고 있으므로 온종일 정신이 혼미하여 청명하고 지정(止定)한 경지를 보지 못하고 있습니다. 손을 모아 잡고 묵묵히 앉았으면 때로는 모아질 적도 있지만 어떤 사물이 와서 부딪치면 곧 흩어져 버리고 말므로 움직이는 가운데서 고요함을 끝내 얻을 수 없으니, 그 이른바 모아진다는 것도 도리어 선학(禪學)과 같아서 이가 기를 이기지 못하고 노쇠가 또 다다르니 형께서 산중에 오래 계시면서 정성(定性)에 더욱 빛나고 약한 몸이 다시 건강해진 데 대해 매우 부러워하고 있습니다.

어제 밤에 꿈속에서 어슴푸레 형의 모습을 접하고 나서 외로운 침상에서 이불을 끌어안고 앉아서 멀리 생각을 달리곤 하였는데, 이제 갑자기 편지를 받아 급히 펼쳐 읽어보니 삼가 겨울의 추위에 건강이 좋다는 것을 알고 매우 기쁜 나머지 감격과 위로가 교착하였습니다. 혼(渾)은 지난달에 여러 차례 제사가 있어서 한기를 몹시 쏘여 혼미와 피곤이 번갈아 일어나 정신이 꿈꾸는 듯하고 있습니다. 부생(浮生)이 이에 이르렀으니 무슨 일을 할 수가 있겠습니까. 말씀하신 "고요한 가운데에서의 공부가 움직임을 당하면 흔들린다."는 것은 참으로 경험에서 나온 말입니다. 혼(渾) 같은 사람은 문을 닫고 조용히 앉아 2, 3일간 손님이 없으면 정신과 의사가 매우 전일하고 편안하지만 혹 쓸데없는 응접을 하게 되면 밖으론 기운이 고달프고 안으론 정신이 골몰하여 수습할 수가 없으니, 이는 자신의 함양에 힘을 얻지 못한 것일 뿐만 아니라, 아마도 허약한 병의 소치인가 봅니다. 마땅히 나의 마음과 나의 기에 병이 되는 바가 각각 어디에 속해 있는가를 보아야지 내 학문의 치우침이라고 개략적으로 쳐서는 안 될 것입니다. 혼(渾)의 병은 가을과 겨울 무렵이 봄·여름보다 훨씬 좋은 것 같습니다. 그러나 형께서 나에게 하신 말씀은 격려하고, 이끌어서 스스로 분발하게 하시는 것이지만 어찌 이다지도 실정보다 지나치게 말씀하십니까? 되돌려 보낸 육종용(肉蓗蓉)16) 값은 어찌 이것이라고 해서 시장에서 돈을 주고 사지 않았겠습니까? 혼(渾)은 요즈음 서울의 고관들과 점차로 사이가 멀어지고 있어서 편지를 통하여 약을 부탁할 수도 없으니, 어느 곳에서 다시 사인사(舍人司)17)를 찾을 수 있단 말입니까? 앞서의 편지에서 숙헌에게 주는 편지를 기상(寄上:붙여 올리다) 2자(字)로 바꾸라고 하셨는데 나는 자못 그렇게 보지 않고 있습니다. 「주자대전(朱子大全)」목록의 서류(書類)에 비록 연평(延平)18)이나 적계(籍溪)19) 같은 분에게도 모두 여(與:주다)자를 썼습니다. 더구나 벗사이는 대등한 예로 대하는 것인데 어찌 올린다고 써야겠습니까. 기록하는 체제는 편지로 서로 왕복할 때의 예와 같지 않습니다. 지금 벗들간

16) 육종용(肉蓗蓉) : 高山에서 생산되는 약초의 이름 5月5日에 캐서 말려 사용함.
17) 사인사(舍人司) : 사인(砂仁)으로 약의 이름이며 본초(本草)에는 縮砂蔤로 되어 있다. 다시 말하면 縮砂蔤의 씨를 말함.
18) 연평(延平) : 李侗의號. 자는 원중(愿中)이며 諡號 문정(文靖)이다. 주자의 선생
19) 적계(籍溪) : 호헌(胡憲)의號. 송나라 사람으로 자는 원중(源中)이며 시호는 간숙(簡肅)이다. 주자의 선생.

에 형의 편지를 전하여 볼 적에 아무에게 주는 편지라고 기록
해야 할 것입니다. 어떻게 생각하십니까? 동정(動靜)에 대한
설은 가르침을 받고 나서 더욱 분명하게 깨달았으니 감발(感
發)함이 많았습니다. 삼가 살펴주시기 바랍니다. 오늘 손님이
와서 혼미와 피곤이 더욱 한데다 밤이 깊어서 곤히 쓰다보니
일일이 기록하지 못하였습니다.

　　　　　　기묘(己卯) 12월 1일에 혼(渾)은 배합니다.
목면(木綿)은 내가 서울로 보내어 육종용으로 바꾸어 보내드리
겠습니다.

答浩原書

示銀娥傳 傳信後世 以倡風化 宜憑吾兄雅望 豈淺淺者所
堪當也 只爲娥行 有未盡載於兄所傳者 又重違勤教 敢此
草上 刪教如何

호원에게 답한 글

보여주신 은아전(銀娥傳)은 사실을 후세에 전하여 풍화(風化)를
일으킬 것이므로 의당 형의 아망(雅望)을 힙 입어야 할 것입니
다. 어찌 나와 같은 보잘 것 없는 자가 감당할 수 있겠습니까.
다만 은아의 행실이 형이 쓴 전(傳)에 다 실려 있지 않았고,
또 자주 부탁하신 바를 어기기 어려워서 이렇게 초안을 잡아서
드리니 산정(刪定)하여 주심이 어떻겠습니까?

答浩原書

伏承初三日手札 恭審暑雨, 道履如宜 極慰阻絶之憂 渾
每謂兄作浴沂之行也 但以未得聞安信爲慮 而安知其輒行
也 前月之晦 奉狀以獻五味子數升 又答季氏書同封 託習
之以傳 其未呈徹耶 習之其已還耶 音問之阻 一至於此 良
歎良歎 渾家門不幸 從叔父大谷先生 考終于報恩 千里承
訃 不勝號痛 先君子堂兄弟 於今無在世者矣 山林高義 從
此寂寞 摧慟之情 曷已曷已 見示銀娥傳改草文字 一讀之
不覺歎服 兄之筆力 金精玉潤 可謂作者之手也 鄙人所述
眞厠僕之下者 安足云云耶 且惟轉語士友間 使娥之義烈昭
著於世 此事所繫 豈但發潛德之幽光而已耶 其有助於世教
豈小小哉 更願力加表章 使善善有終則幸甚 叔獻上章 未
知何以有此 殊切歎息 其言之得失 口噤不敢道 尤令人介
介耳渾病深 何能一進闕下耶 況又衆口汙衊 不直一錢 自
古山林之下 寧有是耶 愧仄愧仄 不宣
　　　　　　　　　　六月十四日 渾狀便遽草恐

遙想疊有疢懷 修養有怨 瞻慮瞻慮 弱寒疾轉苦 深閉一床
人事斷隔 一味清苦有時心或有定 病若去體 靜裏有些少好
意思 是知養心養病 同一法也 石潭書信似阻 念深念深 銀
娥 里人及太守轉報娥行文字送上 一覽如何 此乃憑僕傳爲
報 者也 只慮末路好善不優 方伯遲滯 使皎皎之行 淪於草
間也 僕送石潭一書 聞人有傳看者云 末端伊川家奉祀一事
兄見以爲如何 垂示爲幸 僕今欲參集古禮 以釋家禮之未解

處 以爲家塾中後學之覽 季涵所送自希元處來禮雜錄一冊
命送如何 或有考事 敢仰

示喩明道 伊川事 誠爲未安 鄙人前疑未解者以此也 伊川
之子 不體傳家之學 處之悖義 自是後來事 無乃不干伊川
乎 然子之失禮 亦伊川之過也 如何如何 伏惟照察 氣甚乘
遑 草草奉狀 不宣

　　　　　　　　　　己卯十二月十九日 渾再拜

호원의 글에 답함

삼가 초삼일의 편지를 받고 비 내리는 무더위 속에 도리(道
履)가 좋다는 것을 살피니 적조했던 근심을 매우 위로할 수
있었습니다. 혼(渾)은 늘 형께서 욕기(浴沂)[20]의 행차가 있으
리라고 생각하면서도 다만 편안하다는 소식을 듣지 못하여 염
려하고 있었는데, 어찌 행차를 중지할 줄을 알았겠습니까? 지
난달 그믐에 서신을 드리면서 오미자(五味子) 몇 되를 보내고,
또 계씨(季氏)에게 답서를 함께 봉하여 습지(習之)에게 주어
전하라고 하였는데, 아직 도착되지 않았는지요? 습지는 이미
돌아왔습니까? 이처럼 소식이 단절되고 있으니 참으로 한탄
스럽습니다. 혼(渾)은 가문이 불행하여 종숙부(從叔父) 대곡
(大谷)선생이 보은(報恩)에서 세상을 떠나셨는데 천 리 밖에서
부고를 받고 슬픔을 견디지 못하겠습니다. 돌아가신 아버님의
당형제(堂兄弟)로서는 지금 이 세상을 살아있는 이가 없습니
다. 산림(山林)의 고의(高議)가 이로부터 적막하게 되었으니

---

20) 욕기(浴沂) : 기수(沂水)에서 목욕함의 뜻, 명리(名利)를 잊고 유유자적함의
　　비유. (고사(故事) : 증석(曾晳)이 공자(孔子)의 물음에 대하여 기수(沂水)에서
　　목욕하고 무우(舞雩)에 올라가 시(詩)를 읊고 돌아오겠다고 대답한 이야기)

오장이 끊어질 듯한 아픈 심정이 어찌 가실 수 있겠습니까. '은아전'을 고쳐서 주신 글은 한번 읽고 나서 나도 모르게 탄복하였습니다. 형의 필력(筆力)이 금(金)과 같이 정밀하고 옥(玉)과 같이 윤택하니 작가의 솜씨라고 할 만합니다. 제가 지은 것은 참으로 볼품없는 것 중에서도 밑도는 것이니 어찌 말할 것조차 있겠습니까. 또 벗들에게 알리어 은아의 의열(義烈)로 하여금 세상에 밝게 드러내는 이 일이야말로 관계되는 바가 어찌 남모르게 쌓은 덕행의 잠긴 빛을 드러낼 뿐이겠습니까? 그것이 세상의 교화에 도움을 주는게 어찌 적다고 하겠습니까 다시 바라건데 힘써더욱 잘 드러내어 착한 일을 착하게 여겨주는 결과가 있게 하시면 다행이겠습니다. 숙헌이 상소를 올렸다고 하는데 어찌하여 그렇게 하였는지 자못 탄식스럽습니다. 그 말이 잘 되었는지 잘못되었는지는 입을 다물고 감히 말을 못하고 있으니 더욱 사람으로 하여금 마음에 걸리게 하고 있습니다. 혼(渾)은 병이 깊이 들었으니 어떻게 한번 대궐 밑에 나갈 수 있을런지요? 더구나 또 뭇사람들이 경멸하여 한푼어치의 값어치도 없으니 예로부터 산림(山林)에 사는 선비치고 어찌 이런 일이 있답니까. 부끄럽고 부끄럽습니다. 다 적지 못합니다.

　　　　6월 14일에 혼(渾)은 적습니다.
　인편이 바빠서 두서없이 적었습니다.

멀리서 생각건대 잇달아 상(喪)을 당하여 건강이 안 좋으시리라 여겨져 매우 염려됩니다. 필(弼)은 감기가 갈수록 심하여 침상에 파묻혀 있으면서 인사(人事)를 끊고 한결 맑고 쓸쓸하게 지내고 있는데, 때로 마음이 안정되면 병이 몸에서 떠나는 것 같기도 합니다. 조용한 가운데 약간의 좋은 의사가 있으면 이것이 마음을 기르는 것과 병을 요양하는 것의 한가지 법이라는 것을 알았습니다. 석담의 서신이 끊긴 지가 오래된 것 같으니 깊이 염려됩니다. 은아의 마을 사람들과 군수가 은아의 행실을 알리는 글을 드리니 한번 살펴보시겠습니까. 이는 제가 지은 전(傳)을 근거로 하여 통보하는 것입니다. 다만 말세이기에 착함을 좋아하는 것에 부족함이 있으므로 방백(方伯)이 혹 지체하여 깨끗한 행실을 초간(草間)에 파묻히게 할가 염려됩니다. 내가 석담에게 보낸 편지를 다른 사람들이 전하여 보았다고 하는 말을 들었는데, 끝부분 이천가(伊川家)[21]의 봉사(奉祀)에 대한 일을 형께서는 어떻게 보시는지 말씀해 주시면 고맙겠습니다. 나는 지금 고례(古禮)를 참고하여 모아 「가례(家禮)」가운데 풀이하지 않은 곳을 풀어서 서당에서 후학들이 볼 수 있도록 하려고 합니다. 계함(季涵)이 보낸 희원(希元_)의 처소로부터 온 「예잡록(禮雜錄)」한 책을 보내주셨으면 합니다. 더러 상고할 만한 것이 있을 듯싶어서 감히 요청합니다.

말씀하신 명도와 이천의 일은 참으로 말하기가 미안합니다. 제가 그전 의심이 풀리지 않았던 것은 이 때문이었습니다. 이천의 아들이 대대로 전해 온 집안의 학문을 본받지 않고 처신을 의리에 어긋나게 하였으니 이로부터 뒷일은 이천과는 관계가 없지 않겠습니까? 그러나 자식이 예를 잃은 것은 이천의 허물입니다. 어떻게 생각하십니까? 살펴보시기 바랍니다. 기운이 매우 좋지 못하여 소홀이 편지를 드리느라 자세히 다 적지 못하였습니다.

　　　　기묘(己卯) 12월 19일에 혼(渾)은 드립니다.

---

21) 이천가(伊川家) : 이천이 형 명도가 죽었을 때 종통(宗統)을 명도의 아들에게 주지 않고, 이천이 직접 조상의 제사를 지내게 되므로 이에 탈종(奪宗)을 하였다는 설이 있으며 우리나라에서도 이에 대한 논설이 분분하였음.

答浩原書

向熱 伏惟道履萬安 瞻馳之切 到近境而愈深 前承兩度賜
札 三復感幸 慰豁無量 每欲伻侯起居 少伸慕用之懷 而外
舅疾作 荊布寧親于京 寓居益窘 迄未之果 良歎良歎 渾獨
與二兒女居 諸況益不佳 羸瘁轉添 古人言當學處患難 今
年眞試一着矣 且申撲報申都事之意云 江舍已借于他人 盖
申都事外姑未亡前 借其倅云 伏願諿委何如 此處未諧 殊
可恨 未知何以爲計 送京鄙狀 今已呈徹否近來風日 不甚
炎熱 倘蒙戒小車 徐行出野 因顧窮廬否 望切而亦不敢言
也 尊伯氏丈人前 奉狀陳謝 幸達下懷如何 且渾遭甥女喪
死在前月二十八 翌日聞訃 今月初三日 服布帶矣 大抵五
服 從聞訃日計月乎 抑從成服日計月乎 又見禮經 有異姓
無出入降之文 是以 不降從緦而服元服小功矣 右二段 伏
乞批誨定論 至祝至祝 不宣

　　　　　　　　　庚辰後 四月十三日 渾再拜

築底二字 未知何義 底字是實字 是虛字 乞詳示其訓 且見
叔獻錄示答尊兄論庶母禮書 其言多主於情 而不据於禮 又
忽忽設過 欠精詳 殊可恨也 未委今已 達關廳否 渠於此
少虛心採納之意 要須博考前書 据故實以屈之 難以口舌爭
也 渠所謂舜受瞽瞍朝之喩 恐不然 家長生時 妾有生子娶
婦者 子婦則在諸子諸婦之列 而妾則不得 與於其間 則平
日之禮 有時而子在正位矣 在私室則自可盡尊敬之禮 而陪
家長則恐不然 然則婢妾立婦女之後者 不獨喪禮爲然也 鄙

見如此 未知何如 人倫 上有父母 下有子婦 其間若着妾位
則爲逼於嫡而爲剩位矣 叔獻平日 每疑喪禮立婦女後之語
曰 欲着庶母於主婦之前 從前所見如此非但今日也 豈不誤
哉 伏惟批誨何如 前書所稟喪禮 乞因風答示 幸甚 渾數日
來 困乏益甚 可憫민 季鷹尊兄 今在何處 所布如右 不能
別狀也 不宣

後 四月十八日 渾拜

旣奉傳自洛中書 又奉專使致札 益感厚意 獨滯荒寓 護養
兒女 反學處患之道云 一慰一賀 何莫非學 異姓無降之問
固當從禮 遭服於月將晦 以成服月計月數之問 恐未可也
期爲重服 而旣以死月計月數 則他又何疑 且不可引而長之
叔獻奉庶母禮 前後往復 連作一通以上 叔獻情勝禮失 奈
何奈何

호원의 글에 답함

더워지고 있습니다. 도리가 편안하신지요? 간절한 연모의 정
이 요즈음 이르러 더욱 깊어지고 있습니다. 앞서 두 차례 보
내주신 편지를 받아 여러 번 읽고 감명하여 위안이 되기가 한
량이 없습니다. 늘 사람을 보내 안부를 여쭈어 사모하는 마음
을 조금이나마 펴고자 하였으나 장인께서 병환이 생겨 아내가
서울로 뵈러 갔기에 임시 살고 있는 거처가 더욱 궁색하여 끝
내 그렇게 하지 못하였으니 참으로 한스럽습니다. 혼(渾)은 홀
로 두 여식들과 함께 거처하고 있으므로 여러모로 더욱 좋지
못하고 갈수록 더욱 쇠약해지고 있습니다. 고인이 "어려운 환

경에 처하는 것을 배워야 한다."고 말하였는데, 금년에 참으로 한번 시험하게 되었습니다. 또 신박(申撲)이 신 도사(申都事)의 뜻을 전해 말하기를 "강사(江舍)를 이미 다른 사람에게 빌려주었다고" 하니 대개 신도사의 외고(外故)가 망인이 되기 전에 그의 조카에게 빌려 주었다고 합니다. 삼가 자세히 알아봐 주시기 바랍니다. 이 곳이 자못 제대로 되지 않고 있으니 한스럽습니다. 어떻게 해야 할지 모르겠습니다. 서울로 보낸 저의 편지는 도착하였습니까? 요사이 날씨가 그리 심하게 덥지는 않으니 조그만 행차를 차려 서서히 들판으로 나들이를 하시게 되면 저의 집을 찾아주시겠습니까? 간절히 바라고 있지만 감히 말씀드리지 못하겠습니다. 존백씨(尊伯氏)의 장인에게 편지를 드려서 사례를 드리오니 다행히 저의 마음을 알려 주셨으면 합니다. 또 나는 생질여의 상을 당하였습니다. 죽은 날은 지난달 28일이고 이튿날 부고를 받았는데 초삼일에 흰 띠를 띠었습니다. 대체로 오복(五服)은 부고를 받은 날로부터 달 수를 계산합니까? 아니면 성복(成服)한 날로부터 날수나 달수를 계산합니까? 또 예경(禮經)을 보니, "이성(異姓)에 있어서는 출입하는 데 강복(降服)이 없다."는 글이 있습니다. 그래서 시마복(緦麻服)으로 낮추어서 입지 않고 원복(元服)의 소공복(小功服)을 입었습니다. 위의 두 가지 일에 대해서 가르쳐 결론지어 주시기 간절히 바랍니다. 더 이상 쓰지 않습니다.

경진(庚辰,1580년) 후 4월 13일에 혼(渾)은 배합니다.

축저(築底) 두 자는 무슨 뜻인지 알 수 없습니다. '저'자는 실자(實字)인지 허자(虛字)인지 그 뜻을 상세히 가르쳐 주시기 바랍니다. 또 숙헌이 형에게 답한 서모(庶母)의 예를 논한 글을 보니 그 말이 많이 정(情)을 위주로 하고 예에 근거를 두지 않았으며 또 대충대충 말하여 정밀히 부족한 데 대해서 자못 한스러웠는데, 알지 못하지만 이에 대하여 서로 토론을 한 일이 있습니까. 그가 이점에 대하여 허심탄회하게 받아들이는 뜻이 부족하니, 모름지기 옛날의 일들을 널리 상고하여 사실을 근거로 보여 굽혀야지 입씨름으로 다투기는 어렵습니다. 그가 이른바 순(舜) 임금이 아버지인 고수(瞽瞍)의 조회를 받았다는 비유를 든 것도 그렇지 않은 것 같습니다. 가장(家長)이 살았을 때에 첩한태서 난 자식이 있어서 장가를 갔을 경우 그 자식과 며느리는 아들과 며느리의 줄에 설 수 있지만 첩은 그 사이에 참여할 수 없으니 평일의 예에서는 때로 자식이 정위(正位)에 있게 됩니다. 사실(私室)에 있을 때는 스스로 존경하는 예절을 다할 수 있지만 가장을 뫼시고서는 그렇지 않을 것 같습니다. 그렇다면 비첩(婢妾)이 부녀의 뒤에 선다는 것은 오직 상례(喪禮)에서만 그런 것이 아닙니다. 저의 견해는 이와 같은데 어떻게 생각하십니까? 인륜(人倫)에 있어서 위로는 부모가 있고 아래로는 자식과 며느리가 있는데 그 사이에 만약 첩의 자리를 두게 되면 적위(嫡位)가 핍박 받게되므로 별 필요 없는 자리가 될 것입니다. 수현이 평상시에 상례에서 부녀의 뒤에 선다는 말을 매양 의심하면서 "서모를 주부(主婦)의 앞에 있게 하고자 한다"고 하였는데 그가 그전부터 이와같은 견해를 갖고 있었지 지금에 와서 그런 것이 아닙니다. 어찌 그릇된 견해가 아니겠습니까. 삼가 바라건대 가르쳐 주셨으면 합니다. 앞서의 편지에서 물었던 상례는 인편이 닿는 대로 회답해 주시면 매우 다행이겠습니다. 혼(渾)은 며칠 전부터 더욱 나른해지고 있으니 답답한 일입니다. 계응(季鷹)형은 지금 어디에 있습니까? 알릴 말이 위와 같으나 따로 편지를 드리지 못합니다. 다 적지 못하고 그칩니다.

후 4월 18일에 혼은 드립니다.

이미 서울로부터 전하는 편지를 받고 또 일부러 사람을 시켜 보낸 편지를 받으니 더욱 두터운 뜻을 느끼겠습니다. 홀로 쓸쓸한 집에 있으면서 아이들을 보살피며 도리어 어려운 환경에 처하는 도리를 배우고 있다고 하니, 한편으로는 위로를 드리고 한편으로는 하례를 드립니다. 어느 것이나 학문이 아닌 게 있겠습니까. 이성에게는 복을 낮추어 입는 게 없다는 물음은 물론 예경(禮經)대로 따라야 하겠습니다마는 그믐경에 복을 당하여서 성복(成服)한 달로부터 달 수를 계산한다는 물음은 아마도 옳지 못한 듯합니다. 기년복(期年服)은 상당히 중한 복인데, 이미 죽은 달부터 달수를 계산한다 하였으니 달리 또 무엇을 의심하겠습니까. 또 끌어당겨 날짜를 더 깊게 할 수는 없는 것입니다. 숙헌이 서모를 받드는 예에 대해서 여태 주고 받았던 것을 한 통으로 연이어 써서 드립니다. 숙헌이, 정이 앞서다가 예를 잃었으니 어떻게 하겠습니까?

與浩原書

心有生熟　熟是循理　生是反此者也　如馬有生熟　生馬終無
不熟者　理得其效也吾人治心　反不如理馬者　或專不循道
或雖似有時能熟　而每有還生之患　年垂五十　其生如初　念
來惕然

호원에게 준 글

마음에는 생숙(生熟)이 있으니 숙(熟)은 이치를 따르는 것이고 생(生)은 이에 반대되는 것입니다. 예를 들면 말에 생숙이 있는데 생마(生馬)가 끝내 숙마(熟馬)가 되고 마는 것은 다스린 효

과를 얻어서입니다. 우리들의 마음 다스리는 게 도리어 말을
다스리는 자만 못하고 있으니 오로지 도(道)대로 따르지 않았
거나 때로는 능숙한 것 같지만 늘 다시금 생소해지는 근심거리
가 있습니다. 나이가 50이 되어서도 생소하기가 처음과 같고
있으니, 이를 생각할 때마다 근심스럽고도 두렵습니다.

答叔獻書

謹承後四月七日書 道履神相 慰仰 土亭之子 虎食其外 聞
來驚悼 古有爲孝子馴服之虎 今反來食守冢之子 虎亦有今
古之異耶 今見奉之訴兄上言 乘時作怪於兄何損 只歎世道
耳 兄今作湖南按使 知兄病擬劇地 呵呵 僕今年已定卜龜
峰近地小泉之傍 開基穿池 秋間當結幕移棲 往日品題山水
都歸無用計較 從此安心蓽門 一味淡泊 守拙待死 山連先
墓 門臨薄田 南阡北隴 與兄弟杖屨相隨 吾事畢矣 他又何
望 小學輯註 已附己見 送在浩原所 兄奉庶母禮 終未得宜
情過而禮失 未敢爲是也 謹復

炎威比劇 想惟道履神相冲裕 頃承閏月念二日手札 圭復
不能去手 恭審靜履未健, 藥不見喜, 浴亦勢阻 深用煎慮
切思浴溫浴冷 皆是危道 不如調攝服藥之爲得也 賢胤年長
而未得成童 此殊可怪歎莫非命也 奈何奈何 奉訴乃至膽送
深荷深荷 言雖誣罔 大槪是鄙人自取 尚何怨尤 古人有毁
名而揚弟之聲 使之得仕者 珥亦毁名而救兄之飢 良所甘心
且審定居先壟之側 季氏亦來就 棣萼之樂 豈不深哉 好山
好水 終難入手 珥亦從前馳騖 今始得成下計 兄計亦得矣

豈不勝於鄙人之離鄕寓居耶 珥秋仲間 欲歸掃塋 此時可得
奉晤 庶母位次 終未得可據之禮 使人煩憫 姑從今日所見
爲權時之制 他日學進 庶可講論歸一耳 季氏來耶 亦問侯
不宣 　　　庚辰 五月二十日珥拜
　　　　　　　乾石首魚 全者十箇 裂者二十箇汗呈

숙헌의 글에 답함

삼가 후 4월 7일 보낸 서찰을 받고서 도리가 좋으심을 알고
매우 마음이 놓였습니다. 토정(土亭) 이지함(李芝函)의 아들이
호랑이에게 잡아먹혔다고 하는 것을 듣고 놀라고도 슬펐습니
다. 옛적에는 효자를 위하여 따르는 호랑이가 있었다고 하는
데, 지금은 도리어 묘소를 지키는 효자를 잡아먹었으니 호랑
이도 옛날과 지금이 다른가 보지요? 지금 봉(奉)이 형의 상소
를 참소하여 기회를 틈타 괴변을 부리고 있습니다만 형에게
무슨 손상이 있겠습니까. 다만 세상을 위해 탄식할 뿐입니다.
형이 지금 호남안사(湖南按使)가 된 것은 형의 병을 알아서
극지(劇地)에 맡긴 것이니 가소롭습니다. 저는 올해 이미 귀
봉에서 가까운 소천(小泉)의 곁에 자리를 잡아 터를 닦고 연
못을 파고 있는데, 가을쯤이면 집을 완성하여 이사를 할 것입
니다. 지난날에 품평해 두었던 산수(山水)는 모두 부질없는
계획으로 돌아가고 말았습니다. 이제부터 움막집에 한결같이
담박한 맛으로 본분을 지키면서 죽기만을 기다릴 것입니다.
산은 선영이 계신 산소와 연달았고 문은 척박한 전답가에 임
해 있습니다. 남쪽의 밭길과 북쪽의 언덕에서 형제들과 함께
노닐 수 있게 된다면 나의 일은 끝납니다. 달리 또 무엇을 바
라겠습니까? 「소학집주」는 이미 나의 생각을 붙여서 호원에

게 보냈습니다. 형이 서모를 받드는 예는 결국 올바름을 얻지 못하여 정에 지나쳐서 예를 잃고 있으므로 감히 옳다고 할 수가 없습니다. 삼가 회답합니다.

더위가 요즘 들어 더욱 기승을 부리고 있습니다만 도리가 편하실 줄로 여깁니다. 엊그제 윤달 22일에 보낸 편지를 받아 되풀이해서 읽으면서 손에서 떼지 못하였습니다. 건강이 좋지 못하고 약도 효험이 없고 치료를 위하여 온천에 가기도 형편상 힘들다고 하시니 매우 애가 탑니다. 생각건대, 따뜻한 물이든 찬 물이든 간에 목욕하는 것은 모두 위험한 방법이니 조리하고 섭양하면서 약을 복용하는 것만 못할 것입니다. 그대의 아드님 나이가 장성하였는데도 아직 성동(成童)[22]을 이루지 못하였다고 하니 자못 괴이하고 한탄스럽지만 모두가 운명인 것을 어떻게 하겠습니까! 봉(奉)의 참소를 적어서 보내주시기까지 하시니 매우 고맙습니다. 그의 말이 비록 터무니 없는 것이지만 대체로 이는 내가 불러온 것이니 누구를 원망하겠습니까. 옛 사람 중에 자신의 명예를 훼손하면서까지 아우의 명성을 드러내 벼슬을 하게 한 이가 있었습니다. 이(珥)도 명예를 훼손하더라도 형의 굶주림을 구원할 수만 있다면 참으로 마음에 달게 여기겠습니다. 또 선영(先塋)의 곁에 살곳을 정하고 계씨(季氏)도 온다고 하니 형제간의 화목한 즐거움이 어찌 깊지 않겠습니까. 좋은 산수를 손에 놓기란 결국 어려웠다고 하셨는데 이(珥)는 그전부터 이곳저곳으로 찾아다니다가 지금에야 비로소 최하로 세웠던 계획을 이루었으며 형도 계획대로 이루었으니 어찌 저처럼 고향을 떠나서 객지에 붙여 있는 것보다 낫지 않겠습니까 이(珥)는 8월 사이에 돌아가 성표

---

22) 成童(성동) : 15세 이상의 소년을 말함. 여기의 문맥으로 보아 혼인을 지내지 못한 듯.

를 하고자 하니 이때에야 한번 만나 뵐 수 있겠습니다. 서모
의 위차에 대해서는 끝내 근거삼을 만한 예문(禮文)이 없어서
사람으로 하여금 번민하게 하고 있습니다. 잠시 오늘의 소견
을 따르는 게 임시로 적용할 만한 제도가 될 것 같습니다. 후
일에 학문이 진보되면 강론을 하여서 하나의 결론으로 돌아갈
수 있으리라 여겨집니다. 계씨는 왔습니까? 또한 안부를 묻더
라고 전해 주십시오. 이만 줄입니다.

경진(庚辰,1580년) 5월 22일 이(珥)는 배합니다.

통채로 말린 조기 열마리와 쪼갠 것 스무 마리를 보내 드립니다.

答公澤問

來示四端發於理, 七情發於氣之說 甚未穩 四端七情 何莫
非理氣之發 但偏言則四端 全言則七情 四端 重向理一邊
而偏言者也 七情 兼擧理氣而全言者也來說似有病 更詳之
近思錄論政十一板 有曰 須是就事上學 至何必讀書 然後
爲學 此端文義 殊不可曉 若如此說 臨事商量 處得其理
是就事上學 讀書窮思 講明義理 是讀書上學 判爲兩行 恐
未穩 非曰讀書應事, 爲兩件事也 亦非欲敎人不讀書也 如
今世一樣人 或坐能讀書 而出昧應事者 是雖讀書 而亦何
所取用 讀書窮理 本欲應事接物之各當其理也 此段只言重
在應事處也 如此看如何如何

공택의 물음에 답하다.

그대가 말씀하신 "사단(四端)은 이(理)에서 나오고 칠정(七情)
은 기(氣)에서 나온다."는 설은 매우 온당하지 못합니다. 사단

과 칠정이 어느 것이나 이와 기에서 나오지 않겠습니까. 다만 일부분만 말하면 사단이고 전체적으로 말하면 칠정인데, 사단은 주로 이의 한쪽만을 향하여 일부분만 말한 것이고 칠정은 이와 기를 함께 들어서 전체적으로 말한 것입니다. 그대의 말씀이 병통이 있는 것 같으니 다시 자세히 살피시기 바랍니다.

「근사록(近思錄)」[23]의 논정(論政) 판(板)에 "모름지기 어느 사물에 나아가서 배워야 한다"는 데서부터 "어찌 반드시 글을 읽어야만 학문을 하였다고 하겠는가."까지의 글 뜻이 자못 이해가 안 갑니다. 만약 이 말대로라면 사물에 부딪쳐 헤아려서 이치에 맞게 처하는 것은 사물에 나아가서 배우는 것이고, 글을 읽고 깊이 생각하여 의리를 강론하여 밝히는 것은 글을 읽는 데서 배우는 것이니 두 가지 행위로 나누어 보는 것은 온당치 못하다고 봅니다.

글을 읽고 사물에 응하는 것으로 두 가지 일이라고 말한 것이 아니고, 또한 사람들에게 글을 읽지 않도록 하려는 것도 아닙니다. 만일 지금 세상의 어떤 사람이 혹 집에서는 글을 잘 읽었는데 나가서 사물에 응할 적에는 어둡다고 한다면 이는 글을 읽었지만 또한 어느 곳에 쓸데가 있겠습니까. 글을 읽고 이치를 연구하는 것은 본디 사물을 응접할 적에 각기 그 이치에 합당하게 하고자 해서입니다. 이 조목의 중점은 사물에 응하고 세상에 처 하는 데에 있습니다. 이렇게 보는 게 어떻겠습니까?

---

23) 근사록(近思錄) : 근사록은 1175년경 주희(朱熹)와 그 학문적 친교가 깊었던 여동래(呂東萊) 두 사람이 지은 철학책이다. 이 책은 북송 시대 도학(道學)의 대표적 사상가인 주돈이, 장횡거(張橫渠=張載), 정명도(程明道) 및 정이천(程伊川) 즉 주장이정 또는 도학사선생의 저술(著述)·어록(語錄)의 가장 중요한 부분을 14분야로 나누어 집대성한 것으로 정주학의 입문서이자 기초서로 성리학 또는 주자학이 태동하게 되었다

答浩原書

積雨初晴 伏惟道履起居支勝 阻絶已久 不勝馳情 渾前月之
初 來修歲事于先堂 因値大雨 道不通 不得還寓舍 昨日 般
家來此 自是益與宅里修隔 令人尤悵然也 前月叔獻書來 而
大霖雨 山崩谷夷 道路湮塞 是以 迄未得送 今始賫納也 欲
見庶母論禮處 敢開封矣 不罪 幸甚幸甚 渾比來尤毀瘠骨立
暫爾勞動輒生虛損 看書寫字 亦不得終日致勤 殊憫然也 如
此生活 雖百歲何益哉 今年水災 民生可哀 未知何以攸濟也
田禾皆卷 沙石濱江 累日沈沒 無望於西成叔獻石潭家前亭舍
三間 爲狂瀾所卷而去 田禾隨流者 幾五十餘石 秋間立見飢
餓 天乎何困賢者之若是乎 沈歎沈歎 且叔獻徵余小學跋語
不敢辭之 敢效嚬于尊兄 謹以先稟座前 乞賜斤正何如 文字
固是本色蕪拙 無所復請 所欲望於鐫誨者 乃其議論如何耳
伏乞批還何如 前來盛魚物三器 今始回納 牛脯七 乾魚片一
在柳筍中矣 伏惟笑察何如 季氏自椒井回 果有神功否 餘外
千萬不宣秋間當久留向陽 敢欲奉邀淸駕, 作三四日深欵 祈
望之切 在於此也

　　　庚辰七月 初二日 渾拜

日者 承傳自交河書 慰豁之餘 聞獨入溪上, 阻水無歸 深用
憂慮 今承委示 內外同堂 謁祠廟 撫卑幼 灑掃門庭 家政如
舊 賀仰賀仰 雨霽凉生 方圖就近會向陽論講 旋聞深入 道
里隔遠 深恨向慕不愍, 後時致慢也 僕轉覺衰暮 眼眩神之

聰明日退 是誠不學之致 遙想吾兄克嚴克勤, 病日蘇氣日健
而毁瘠之喩乃至此極 奉示疑歎 海溢山崩 沈壓死傷 遠近相
望 致灾者非民 而當灾者小民爲先 可哀也已 叔獻 豊歲中
窮民也 漂家流粟 天困最劇云 深念深念 聞兄居稼穡, 亦頗
沈沒 言未及此 只憂叔獻 兄可謂爲人誠深 於已淡然者也
聞 經席以叔獻爲鄕居致富之問 久侍經幄 上下不相知 果如
是耶 可歎可歎 後有以海土 不干叔獻 而食貧艱困 解釋 上
疑之近臣云 嗚呼亦末矣 不於其初 而欲救其末 亦何益矣
垂示小學輯註跋 辭旨平和 可嘉 但此是小學跋 而輯註意似
欠更須點綴數語 使合本意如何 改得文字 不敢承敎 敢空還
叔獻論庶母位次 講禮甚疎 猶守已見 欲待一對歸正耳 寄來
前後魚肉 懃懇至此 仰荷盛念 寄李生書 時未得奉 餘在後
便 謹復

호원의 글에 답함

오래도록 내리던 비가 처음으로 개었습니다. 도리(道履)의 기
거가 여전히 좋으신지요? 소식이 끊긴 지가 이미 오래여서
치달리는 심정을 감당하지 못하겠습니다. 혹은 지난달 초에
선당(先堂)에 제사를 드리러 왔다가 홍수를 만나 길이 막혀서
임시 살고 있는 집으로 돌아가지 못하다 어제서야 집을 옮기
어 이 곳으로 왔는데, 이제부터 택리(宅里)와는 더욱 멀어졌
으니 사람으로 하여금 더욱 슬프게 합니다. 지난 달에 숙헌의
편지가 왔는데, 장마 중 큰 비로 인하여 산이 무너지고 계곡
이 묻혀서 길이 막히었기 때문에 지금까지 보내지 못하다가
이제서야 보내드리게 되었습니다. 서모의 예에 대해 논의한

것을 보고 싶어서 감히 편지를 뜯었으니 허물치 않으시면 매우 다행이겠습니다. 혼은 요즈음 들어서 더욱 말라 뼈만 남았습니다. 잠시라도 노동을 하면 현기증이 일어나곤하여 책을 보고 글씨를 쓰는 것도 하루 내내 할 수가 없으니 자못 걱정스럽습니다. 이와 같이 산다면 백년을 산다고 하더라도 무슨 유익함이 있겠습니까. 금년의 수재로 백성들이 애처롭게 되었는데 어떻게 구재해야 할지 모르겠습니다. 들판에 벼들이 모두 쓰러지고 자갈과 모래가 강가에 밀려서 여러 날이나 잠기었으므로 추수할 가망이 없게 되었습니다. 숙헌의 석담(石潭)에 있는 집 앞의 삼칸 정자가 거센 물살에 쓸려서 떠내려 갔고 들판의 벼도 물살에 떠내려 간 것이 거의 50여 석이나 된다고 하니 가을부터 당장 굶주리게 되었습니다. 하늘이 어찌 어진이에게 이다지도 곤궁하게 한답니까. 몹시 탄식스럽습니다. 그리고 숙헌이 나에게 「소학」의 발문(跋文)을 부탁하기에 감히 사양할 수 없어서 형의 글을 본떠서 삼가 먼저 형에게 드려 여쭈오니 고쳐서 바로잡아 주셨으면 합니다. 문자에 있어서는 본디 거칠고 졸열하기에 다시금 요청할 것은 없고 가르침을 받고 싶은 것은 그 의논이 어떤가 하는 것일 뿐이니 평론하여 보내 주셨으면 합니다. 앞서 보내온 어물(魚物)을 담았던 세 개의 그릇은 이제서야 되돌려 드립니다. 우포(牛脯) 7개와 건어(乾魚) 한 조각이 버드나무 광주리에 들어 있으니 웃으시고 받아 주셨으면 합니다. 계씨는 초정(椒井)에서 돌아온 뒤로 과연 영험이 있습니까? 그밖에 할 말이 매우 많지만 다하지 못합니다. 가을에는 향양(向陽)에 오래 머물러 있을 것이므로 그대의 행차를 맞이하여 삼사 일 정도 지내면서 깊은 회포를 풀고자 하는데 간절한 바램이 여기에 있습니다.
경진(庚辰) 7월 초 2일에 혼은 드립니다.

얼마전에 교하(交河)에서 전하여진 편지를 받고 위로가 되던 나머지 혼자서 계상(溪上)에 들어갔다가 물에 막혀서 돌아오지 못하였다는 소식을 듣고 깊이 우려하였는데, 지금 편지를 받아 보건대 내외분이 함께 사당을 배알하고 아이들을 보살피고 집안을 청소하면서 옛날처럼 가사를 돌보고 있다 하니, 하례해 마지 않습니다. 비가 멎자 서늘해지고 있기에 바야흐로 가까운 향양에서 모여서 학문을 강론하려고 계획하였는데, 뒤이어 더 깊은 산 속으로 들어가 길이 멀어졌다는 것을 듣고 절실히 사모하지 못하여 때를 놓쳐 태만하였음을 매우 한하고 있습니다. 나는 점차로 쇠약하여 늙어지고 있다는 것을 느끼고 있는데, 눈이 어른거리고 정신이 부족해지면서 총명이 날로 감소되고 있으니 이는 참으로 학문을 하지 않은 소치입니다. 생각건대 형은 엄숙하고도 부지런하므로 병세는 날로 좋아지고 기운도 날로 튼튼하리라 여기었는데 수척이 이런 지경에 이르렀다고 하니 편지를 읽어 보고 한편 의심하고 한편 탁식하였습니다. 해일과 산사태로 빠지고 깔려서 사상자가 여기저기에 잇다르고 있다 하는데, 재앙을 부르는 짓을 하는 자는 백성이 아닌데도 재앙은 백성들이 먼저 당하고 있으니 가련합니다. 숙헌은 풍년이 든 해라 하더라도 빈곤한 백성인데 집을 떠내려 보내고 곡식마저 물에 잃게 하여 하늘이 가장 곤궁하게 만들었다고 하니 매우 염려스럽습니다. 형이 사는 곳에도 곡식이 자못 물에 잠기었다고 들었는데, 이러한 말은 하시지 않고 숙헌만 걱정하고 계시니, 형은 남을 위한 정성은 깊고 자신에게는 담담한 분이라고 하겠습니다. 경연(經筵)에서 주상이 "숙헌이 고향에 있으면서 치부(致富)하였는가?"라고 물었다는 말을 들었는데, 그가 오래도록 경연에서 모시었는데도 위아래가 서로 알지 못함이 과연 이와 같단 말입니까. 한탄해 마지않습니다. 그 뒤에 해주의 땅은 숙헌과는 무관하고 가난하여 곤궁하게 산다고 말하여 주상의 의심을 풀어 준 근신(近臣)이 있었다고는 하지만 아! 말단일 뿐입니다. 그 처음에 손을 쓰지 않고 끝판에 구하려고 하니 또한 무슨 도움이 있겠습니까. 보여주신 「소학집주」의 발문은 글 뜻이 평화하여 아름답다고 하겠지만 이는 「소학」에 대한 발문이지 집주에 대해서는 뜻이 모자라는 듯하니 다시 몇 마디를 더 붙이어서 본 뜻에 맞게 하는 게 어떻게습니까? 글자를 고쳐 넣는 데 있어서는 감히 분부에 따르지 못하겠기에 그대로 돌려보냅니다. 숙헌이 서모의 위차를 논한 데 있어서는 예에 대한 강론이 매우 소략한데도 오히려 자신의 견해를 고수하고 있으니, 한번 대면하기를 기다려 바른 데로 귀결시키려 합니다. 전후로 어육(魚肉)을 보내주시어 은근한 정이 이와 같은 데 이르렀으니 크게 염려하여 주신데 대하여 매우 고맙게 생각합니다. 이생(李生)에게 보냈다는 편지는 아직까지 받아보지 못하였습니다. 나머지 말은 뒤의 인편으로 미루겠습니다. 삼가 회답합니다.

答許公澤雨

張子曰 由太虛 有天之名 由氣化 有道之名 合虛與氣 有性之名 合性與知覺有心之名 爾於上三句 粗識其義 下一句 未能覺得 旣曰性則知覺運動 盡是性中物事 今日合性與知覺 何也

性是理 知覺是氣 性是靜 知覺是動 性是性 知覺是情 所以知覺之理 雖在乎性 所以知覺者 氣也 看心統性情之說 可知

허공 택우에게 답하다.

장자(張子) 송(宋)의 학자 장재(張載)가 말하기를 "태허(太虛)로 말미암아 하늘이란 이름이 있게 되었고, 기화(氣化)로 말미암아 도(道)란 이름이 있게 되었고, 태허와 기화를 합하여 성(性)이란 이름이 있게 되었고, 성과 지각(知覺)을 합하여 마음(心)이란 이름이 있게 되었다."하였는데, 택우는 위의 세 구절에 대해서 대략이나마 그 뜻을 알겠지만 아래 한 구절의 뜻은 깨닫지 못하겠습니다. 이미 '성'이라고 하면 지각과 운동은 모두 성가운데의 일인데, 지금 성과 지각을 합한다고 말한 것은 무슨 이야기입니까?

성은 이(理)이고 지각은 기(氣)이며, 성은 정(靜)이고, 지각은 동(動)이며, 성은 성이고, 지각은 (情)입니다. 그래서 지각의 이치는 비록 성에 있으나, 지각하게 되는 것은 기입니다. 마음(心)이 성.정을 거느린다는 설을 본다면 알 수 있을 것입니다.

答浩原書

朱子樂記動靜說曰 物至而知者 心之感也 好之惡之者 情也 形焉者 其動也 今以幾善惡之幾字 屬之於心感之初乎 抑屬之於情動乎

幾與感 是一事也 皆屬乎動 朱子以好惡之情 差後於感與幾者 此於動上極論等級也 今人每欲以幾屬靜 論多未盡 伏惟深察焉

호원의 글에 답함

주자의 악기(樂記) 동정설(動靜說)에 "사물이 이르러서 알게 되는 것은 마음이 느끼는 것이고, 좋아하고 미워하는 것은 정(情)이고, 나타나는 것은 그것이 동(動)한 것이다."고 하였는데, 지금 선악 (善惡)의 기(幾)라고 하는 기자는 마음이 처음으로 느끼는 데 속 하는 것입니까? 아니면 정이 움직일 적에 속하는 것입니까?

기미(幾)와 느끼(感)는 것은 한가지 일로 모두 움직임(動) 에 속하는 것입니다. 주자가 좋아하고 미워하는 정이 감(感)과 기(幾)보다 조금 늦다고 하는 것은 동(動)하는 순서를 극단적으로 논한 것인데, 지금 사람들은 매양 기(幾)를 정(靜)에 예속하려 하 므로 의론이 대부분 미진하고 있습니다. 삼가 깊이 생각하시기 바랍니다.

答鄭季涵書

昨昨 因京使寄一書 昨晚承下問　彼此同懷 此可知也 別紙所賜 寫出昏愚病痛如明鏡止水 纖介無所逃形 非愛我厚, 念我深, 至誠不遺, 無一毫有所阻碍, 必欲收之, 同歸君子之 故人 何以及此 無亦尊兄所見有大於此 而先以小試之以觀所 受之如何耶 僕讀書無定見　欲身無積功　別無人世上大叚物欲 有所難制而亦無超出凡倫 任道日造之力　是由氣質輕淺 舊習 纏繞 亦未能實見得自已上病痛之所由來 屏跡田野 益無朋友

之相觀 不覺日退 年近五十 何幸今日得奉至論 僕所自求自反
而不自得者 一紙數字 如見肺肝　此誠曾對書籍 未嘗有得者
也 苟有此外所遺 繼賜不倦 以畢成物之仁 當佩服而期於日新
更做作別樣人 亦不虛辱厚望也 及人者明白著顯旣如是 自治
誠切 亦可見也 更仰尊兄 日日猛着 無少間斷 言非義不發于
口 事非正不留于心 以辭爵祿之勇 移於酒色明取與之節 絶其
戲侮 無信乎已能 而恐懼其不及 抑疾惡之剛 弘取善之度 勿
尚淸白而僻其行 勿輕儕輩而易其言 各須十分致力於凝聚收歛
之地 幸甚幸甚那知自首故人 今作一嚴師乎 僕得嚴師 當有以
自勉 兄作嚴師 必有以自勸者旣 以自礪 而又以望兄焉

정계함에게 답함

엊그제 서울로 가는 인편에다 한 통의 편지를 부치었는데, 어
제 오후에 주신 편지를 받고 보니, 피차가 똑같은 심정이었음을
알 수가 있었습니다. 주신 별지(別紙)에 저의 어둡고 어리석은
병통을 마치 밝은 거울과 잔잔한 물이 물건을 비추듯이 그려내어
조금도 '숨길 수 없었으니, 나를 후히 사랑하고 깊이 생각하여
지극한 정성으로 버리지 않고 털끝만큼이라도 막히는 바가 없어
서 반드시 거두어 군자의 길로 함께 가고자 하는 옛 친구가 아
니면 어떻게 여기까지 미치겠습니까. 또한 형의 소견이 이보다
더 큰 것이 있는데도 먼저 작은 것으로 시험하여 어떻게 받아들
이는가를 보려는 것이 아닙니까? 저는 글을 읽었으나 일정한 견
해가 없고 몸을 수렴하는 공부도 쌓은 게 없습니다. 그리고 특별
히 인간 세상에 억제하기 어려운 큰 욕망은 없지만 보통 사람들
보다 뛰어나서 도(道)로 자임하여 날로 공부에 매진하는 힘도 없

으니, 이는 기질이 가볍고 얕아 묵은 습관에 얽매어 자신의 병통이 어디에서 기인되었는지를 알지 못하였기 때문입니다. 초야에 자취를 감추고 난 뒤로 더욱 더 벗간에 서로 살피어 주는 게 없으므로 나도 모르는 사이에 날로 퇴보하여 오십에 가까웠는데, 다행이도 오늘 그대의 지극한 논의를 받고 보니, 내가 스스로 구하고 스스로 반성해 보고도 얻지 못하였던 바를 한 장의 종이에 적힌 몇 글자가 마치 속을 훤히 들여다 보는 것 같았으니, 이는 참으로 일찍이 서적을 대하여서도 얻지 못한 것이었습니다. 참으로 이외에도 말씀해 주실 게 있으면 쉬지 않고 계속 말씀해 주셔서 다른 사람도 함께 이루어지게 하는 인(仁)을 끝마쳐 주십시오. 마땅히 마음속 깊이 명심하여 기어코 날로 새롭게 하여 다시 다른 모습의 사람이 되어 저에게 거는 무거운 기대를 헛되이 하지 않을 것입니다. 남에게 미친게 이처럼 명백히 드러났으니, 스스로를 다스린데도 정성스럽고 절실하다는 것을 볼 수가 있습니다. 다시 형에게 바라오니 날마다 힘을 다해 반성하여 조금도 중단하지 마십시오. 그리하여 옳지 않은 말은 입밖에 내지 말고 올바르지 않은 일은 마음 속에 남겨두지 말 것이며, 벼슬을 사양하는 용기를 술과 여색에서 떠나고, 가지고 주는 절도를 분명히 하여 희롱하고 업신여기는 태도를 끊으며 자신의 능력을 믿지 말고 미치지 못할까 두려워할 것이며, 악을 미워하는 강직성을 억제하고 선을 취하는 아량을 크게 하며, 청백을 숭상하느라 행실을 편백되게 하지 말고, 동료들을 가벼이 여기어 말을 쉽게 하지 마십시오. 각 조목마다 모름지기 정신을 모으고 몸을 수렴하는 곳에 최대한의 힘을 쓴다면 매우 다행이겠습니다. 머리가 하얀 옛 벗이 지금 한 사람의 엄한 스승이 될 줄을 어떻게 알았겠습니까. 저는 엄한 스승을 얻었으니, 스스로가 힘써야겠지만 형은 엄한 스승이 되었으니, 필시 스스로 힘쓰고 계실 것입니다. 이미 스스로 힘쓰고 또 이로써 형에게 바랍니다.

與叔獻書

秋仲 承尊兄二札 修答憑浩原傳上 踰兩月未見報 深慮滯
中道 入他眼 聞尹生來洛 思兄不得見 思見尹如兄焉 傳得
尹報 今歲取小用多 無以卒歲 君子所念雖不在此 亦不能
無念焉 某雲谷結廬未遂 趁冬計還來龜村 閉戶呻吟 左體
不仁 歲晏愈劇 屈伸俯仰 只任一邊一身分二 一死一生 可
憐 湖西良上 病艱就遠 守飢一隅 人世飮啄 何莫非命 日
者 與浩原相會于向陽 見兄新編諺言一快 似爲才氣所使
爲兄致疑焉 抑無乃朱晦庵參同契遺意耶 重爲世道與歎 屈
異而欲同之 失老子本旨 而於吾道 亦有苟同之嫌 註又牽
合 兄以繼絕爲期 宜日不暇及 而弄文墨於餘地 非吾所望
於兄也 又籍家間舊書 欲試浩原 是雖前日之戲 恐非待人
以誠也 又兄所輯註小學 亦多未盡處 如子之事親 三諫不
聽則號泣而隨之 兄註以隨行 某以微子言 斷其不然 稽古
微子曰 子三諫不聽 則隨而號之 人臣三諫不聽 則其義可
以去矣 隨之 只不去之云也 行字 恐非本義 又曲禮全文云
爲人臣之禮 三諫而不聽則逃之 子之事親也 三諫而不聽
則號泣而隨之 本文之意 又如是 如此處多 俟相見講磨 然
後印行爲妙 聞兄許印擊蒙要訣 要訣中俗禮處 某常多不滿
之意 未知兄其加刪正耶 不然則只可爲一家子弟之覽 恐不
可爲通行之定禮也 小學之印更須十分商議 無如擊蒙之易
千萬幸甚 兄常疑伊川之不歸宗於明道之子 某今看家禮云
今無立嫡之法 子各得以爲後 長子少子不異 又朱子歎自漢
及今 宗法之廢 又儀禮經傳 宋石祖仁之 祖父中立亡 叔父
從簡 成服而繼亡 祖仁請已乃嫡孫 欲承祖父重服 以此觀

之雖有嫡孫　而庶子得爲父後　宗法之廢久矣　時制旣如是
伊川家　恐未能擅改也　家禮之宗法　朱子亦以愛禮存羊爲說
則雖載家禮　而其不得行　亦可知矣　尊兄以爲如何　家禮中
庶子不得爲長子三年　不必然也之交　久未曉得　今因伊川事
幷知之　噫　一有實見　他疑亦釋　一朝見理　苟有其實　想條
分縷析　自無難事　而病廢一床　近死猶昏　復何有望　小學註
已表已見　送在浩原　跋從當成上　○又游酢書明道行狀後云
零우州從事旣孤　而遭祖母喪　身爲嫡孫　未果承重　先生推
典告之　天下始習爲常云　則明道旣行古法　而伊川家不行之
亦不能無疑焉　豈非程大中因國法遺命伊川　使主之耶

숙헌에게 준 글

8월에 형의 편지 두 통을 받고 답장을 써서 호원에게 주어 전
해 달라 하였는데, 두 달이 넘게 회답을 받지 못하고 있으니,
중간에 체류되어 남의 눈에 띄었을까 염려하였습니다. 그런데
윤생(尹生)이 서울에 왔다는 소식을 듣고 형을 생각하였으나
볼 수가 없었으므로 윤생을 보면 형을 본 것이나 마찬가지라고
여기었습니다. 윤생이 전하기를 "올해는 거두어 들인 것은 작
은데 쓸 데는 많으므로 한 해를 보낼 수 없는 형편이다."고 하
니, 군자의 생각하는 바가 비록 여기에 있지는 않으나 염려하
지 않을 수 없습니다. 나는 운곡(雲谷)에다 집을 지으려다가
이루지 못하고 있기에 초겨울에 구촌(龜寸)으로 돌아가려고 합
니다. 방 안에서 병을 앓고 지내는데, 좌반신의 마비가 연말이
다가올수록 더욱 심해져서 몸을 움직이는데 한쪽에만 의지하고
있으니, 한 몸이 둘로 나뉘어 한쪽은 살았고 한쪽은 죽었으니,

가련합니다. 호서(湖西)의 좋은 곳에는 병으로 멀리 나가기 어려워서 한쪽 모퉁이에서 기근을 겪고 있으니 세상에서 먹고 마시는 것이 어느 것이나 운명이 아닌 게 있겠습니까. 얼마 전 향양(向陽)에서 호원과 만났을 적에 형이 새로 엮은 「순언(諄言)」[24]한 질을 보았는데, 재주를 부리는 것 같았기에 형을 위하여 의심하였습니다. 아니 주회암(朱晦庵:주자)의 참동계(參同契)에 주석을 달았던 유지(遺志)가 아닙니까? 거듭 세도를 위하여 탄식을 합니다. 이단(異端)을 굴복시켜 동화시키고자 한 것은 노자(老子)의 본지를 잃었고 우리의 도(道)에도 구차하게 동화하려고 한 혐의가 있으며, 주석도 억지로 끌어다 맞추었습니다. 형께서 끊어진 도통을 이으려고 마음먹었으니 의당 시간이 부족할 것인데, 필요치 않는 곳에 문묵(文墨)을 희롱하고 있으니, 이는 내가 형에게 바라는 바가 아닙니다. 또 가간(家間)의 구서(舊書)를 빙자하여 호원을 시험하고자 한 것은 비록 전일의 장난이었으나 아마도 정성으로 사람을 대하는 태도가 아닌 듯합니다. 또 형이 엮은 소학집주(小學集註)는 미진한 곳이 많습니다. 예컨대 "자식이 어버이를 섬길 적에 세 번 간하여도 듣지 않으면 울부짖으며 뒤따른다."에서 형은 "따라 행한다."고 주석을 냈는데, 나는 미자(微子)의 말로 보건대 그렇지 않다고 단언합니다. 〈계고(稽考)〉편에 미자가 말하기를 "자식은 세 번 간하여 듣지 않으면 따라가면서 울고, 신하는 세 번 간하여 듣지 않으면 그 의리에 있어서 떠날 수 있다." 하였으

---

24) 《순언》(醇言)은 이이가 유학자의 입장에서 노자의 《도덕경》을 재편성한 책이다. 《도덕경》 가운데 유도(儒道)에 가깝고, 성학(聖學)에 방해됨이 없이 오로지 순일한 내용만으로 구성되었다고 해서, 《순언》이라 이름 붙였다고도 한다. 당시엔 이단으로 취급되어 왔던 도가(道家) 철학을 처음으로 순수하게 학문적으로 연구해, 이후 도가 철학에 대한 주석 및 이해에 새로운 지평을 열어주었다는 평을 듣고 있다.

니, 따라간다는 것은 떠나지 않는다는 말이니, 따라 행한다는 말은 본디의 뜻이 아닌 것 같습니다. 또 〈곡례(曲禮)〉의 전문(全文)에 "신하로서의 예는 세 번 간하여도 듣지 않으면 달아나고, 자식이 어버이를 섬길 적에 세 번 간하여도 듣지 않으면 울부짖으면서 따른다."고 하였으니, 본문의 뜻도 이와 같습니다. 이와 같은 곳이 많으니, 만나서 강마를 거친 뒤에 간행하는 것이 좋을 것입니다. 듣자니 형께서는 「격몽요결(擊蒙要訣)」을 간행하라고 허락하였다 하는데 요결 가운데 속례(俗禮) 부분은 내가 항상 불만스러운 뜻이 많았는데, 형께서 산정(刪正) 하셨습니까? 그렇게 하지 않으면 단지 한 집안 자제들의 볼거리일 뿐이지 세상에 통행할 만한 일정한 예법은 못될 것 같습니다. 「소학」의 간행에 대해서도 모름지기 다시 충분히 헤아려서 「격몽요결」을 간행할 때처럼 쉽게 하지 않는다면 매우 다행이겠습니다. 형께서 항상 이천(伊川)이 명도(明道)의 아들에게 종통(宗統)을 돌려주지 않았던 것을 의심하였는데, 지금 내가 「가례(家例)」를 보니, "지금 적자(嫡子)를 세우는 법이 없으므로 그 사람의 자식이면 각기 후사(後嗣)가 될 수 있기에 큰아들과 작은아들이 다르지 않다."고 하였고, 또 주자는 한(漢) 나라로부터 당시에 이르기까지 종법이 폐지되었음을 탄식하였으며, 또 「의례경전(儀禮經傳)」에 송(宋) 나라 석조인(石祖仁)의 조부 중립(中立)이 사망하자, 숙부 종간(從簡)이 성복(成服)하고 뒤이어 죽었는데 조인이 "자기가 적손이므로 조부를 이어 중복(重服)을 입겠다."고 청하였습니다. 이로 본다면 적손이 있더라도 서자(庶子)가 아버지의 후사가 될 수 있으니 종법이 폐지된 지 오래되었습니다. 당시의 제도가 이미 이와 같았으므로 이천의 가문에서도 아마 함부로 고칠 수 없었을 것입니다. 「가례」에 종법에 대해서 주자도 예법을 아까이하여 희생으로 쓰는 양(羊)을 명분상으로 존속시킨다는 것으로써 설명하였으니 「가례」에 실려 있긴 하지만 그것을 행하지 못하였던 것을 또한 알 수 있습니다. 형께서는 어떻게 생각하십니까? 「가례」 가운데 "서자는 장자처럼 삼년 동안 복을 입을 수 없다는 것은 반드시 그렇지만은 않다."라는 글에 대해 오랫동안 이해하지 못하였는데, 지금 이천의 일로 인하여 아울러 알게 되었습니다. 아, 하나라도 실지의 견해가 있으면 다른 의문점도 풀리게 될 것입니다. 하루아침에 이치를 보는 실상이 진실로 있다면 낱낱이 분석이 되어 자연 어려운 일이 없을 것인데, 병석에 누워 죽을 날이 가까워져도 아직 혼미하고 있으니, 다시금 무슨 가망이 있겠습니까. 「소학」의 주석은 이미 나의 의견을 표시하여 호원에게 보냈습니다. 발문(跋文)은 이루어지는 대로 보내드리겠습니다. 또 유작(游酢)25)이 명도의 행장 뒤에 쓰기를 "우주종사(雩州從事)가 이미 어버이를 여의고 또 할머니의 상을 당하였는데, 신분이 적손인데도 승중(承重)을 하지 않자 섭생이 전고를 미루어 고하니 천하에 처음으로 행해져 상례(常禮)가 되었다고 하였으니, 명도가 이미 옛 법을 행하였는데 이천의 집에서는 행하지 않은 게 또한 의심이 없지 않습니다. 어쩌면 정대중(程大中)이 국법에 따라 이천에게 유명하여 이를 주관하게 하였던 것이 아닌가요?

---

25) 유작(游酢) : 宋나라 사람으로 자는 정부(定夫)이고, 명도의 문인·학자들이 천산(薦山)선생이라 칭하였다.

上閔景初氏書

伏想定性益明 某秋間來往雲谷 便道取疾 阻參床下 愛道無
誠 此可知矣 昔者之拜 以幾字屬于靜 某深以爲疑 厥後一拜
不暇出一言 以幾不可屬靜爲言 某深幸淺見之得符先生丈者
今又人有傳者曰 又欲屬靜云 又不能無缺然於懷也 是何一幾
字 或歸動或歸靜 而紛紛靡定也 夫不自動靜者 理也 有能動
靜者 氣也 善是理也 善惡是氣也 無兆朕無見聞 理也 有兆
朕可見聞 氣也 幾雖動之微 而旣曰動之微 則其不可屬靜明
矣 謂理之發見處可矣 若謂之有是理 無是氣則不可 安有無
氣而理能發見者乎 未幾之前 可謂之惟理而已 是所謂誠無爲
也 幾之則不可謂無氣 是所謂幾善惡也 若欲將幾字屬靜 則
是納幾於太極中也 太極之中 不可着一物事也 着幾則何可謂
之太極也 聖人之幾 無不善 得氣之清也 衆人之幾 有善有不
善 得氣之或清或濁也 朱子之論幾也 兼擧善惡處多單擧善處
少 兼擧者 全言理氣也 單擧者 拈出理一邊也 理雖善 而氣
不能無善惡 故於初纔動處 審之察之 使不善者歸善焉 其他
先儒之許多論幾處 宜只以濂溪之幾善惡三字爲主而參看可也
旣曰幾善惡 則幾可謂獨善耶 如欲着幾於善惡之前而屬乎靜
則幾善惡三字 不成文理 將何以爲解耶 幾是靜則幾是誠無爲
也 其上誠無爲三字 又不剩乎 又何以爲看耶 伏惟文字之外
必有實見 毋惜垂示 幸甚

민경초씨에 올린 글

삼가 정성(定性)이 더욱 밝아졌으리라 사료됩니다. 저는 가을에
운곡에 오가다가 도중에 질병을 얻어 찾아 뵙지 못하였으니, 도
를 좋아하는 데 정성이 없다는 걸 이에 알 수가 있습니다. 지난
번에 뵈었을 적에는 기(氣)자를 정(靜)에 속한다 하시기에 제가
매우 의심하였는데, 그 후에 한번 뵈었을 때에 말 한마디 할 겨
를도 없이 기(幾)는 정(靜)에 속할 수 없다고 말씀을 하시기에 저
의 옅은 견해가 선생장자(先生丈者)의 의견과 부합되었음을 매우
다행하게 여기었습니다. 그런데 지금 또 어떤 사람이 전하기를
"또 정에 속한 것으로 본다."고 하니, 또 실망하지 않을 수 없었
습니다. 어떻게 하나의 기(幾)자가 동(動)으로 갔는가 하면 정(靜)
으로 가기도 하여 분분하게 일정하지가 않는단 말입니까! 스스로
동하거나 정할 수 없는 것은 이(理)이고 동하거나 정할 수 있는
것은 기(氣)이며, 선(善)은 이이고 악(惡)은 기며, 조짐도 없고 들
리거나 보이지도 않는 것은 이이고, 조짐도 있고 보이기도 하고
들을 수도 있고 볼 수도 있는 것은 기입니다. 기(幾)는 비록 동
의 미미한 것이지만 이미 동의 미미한 것이라고 하면 그것은 정
(靜)에 속할 수 없음이 명백합니다. 이가 나타나는 곳이라고 말
한다면 옳거니와 만약에 이는 있되 기는 없다고 한다면 옳지 못
합니다. 어떻게 가지 없이 이가 나타날 수가 있겠습니까. 기(幾)
가 있기 전에는 오직 이만이 있다고 말할 수 있을 뿐이니 이는
이른바 성(誠)은 무위(無爲)라고 하는 것이고, 기(幾)가 있게 되면
기(氣)가 없다고 할 수 없으니, 이는 이른바 기(幾)는 선악이라고
하는 것입니다. 만약에 기(幾)자로서 정(靜)에 속하려고 한다면
이는 기(幾)를 태극(太極) 속에 넣는 것입니다. 태극 속에는 하나

의 사물이라도 붙일 수가 없는데, 기(幾)를 붙이게 되면 어떻게 태극이라고 할 수가 있겠습니까. 성인의 기(幾)는 선이 아닌 게 없으니, 기(氣)의 맑은 것을 얻어서이고, 중인의 기(幾)는 선도 있고 불선도 있으니, 기(氣)를 맑거나 흐리게 얻었기 때문입니다. 주자가 기(幾)를 논할 적에 선악을 함께 들어서 말한 것은 많고, 선만을 들어서 말한 곳은 적은데, 겸하여 들어 말한 것은 이기(理氣)를 전체적으로 말한 것이고, 하나만 들어 말한 것은 이(理)의 한 부분만을 끌어낸 것입니다. 이는 선하겠지만 기(氣)는 선악이 없을 수 없기 때문에 처음 움직이려 할 찰나에 자세히 살펴서 불선을 선으로 돌아가게 해야 할 것입니다. 그밖에 선유(先儒)들이 허다하게 기(幾)를 논한 곳은 주렴계(周濂溪:송(宋)의 학자 주돈이(周敦頤)의 기선악(幾善惡:기는 선악이다)이라는 세 글자를 주로 하여 참고해 보는 게 옳을 것입니다. 이미 기는 선악이라 말하였으니 기를 홀로 선하다고 말할 수 있겠습니까. 만일 선악의 앞에 기(幾)를 두어 정(靜)에다 속하려 한다면 '기선악' 세 자는 글이 되지 않으니 장차 어떻게 해석을 하겠습니까. 기(幾)가 정(靜)에 속하면 기(幾)는 성(誠)으로 무위가 될 것이니 그 위에 있는 '성무위(誠無爲)'세 자는 불필요한 말이 아니겠습니까? 이를 또한 어떻게 보십니까? 삼가 생각건대 문자의 밖에 반드시 실제의 견해가 있을 것이니 아끼지 마시고 가르쳐 주시면 매우 다행이겠습니다.

答希元書

寄示縷縷 學力有加 歎服歎服 幾善惡一說 深怪閔丈景初氏 初異論 中符 而末又異之也 閔丈學篤年高 見又如是 他又何

說 去夜成一札 方欲合其異而同歸焉 今承來示 又及幾字 人
有異論 不敢自是 亦同老拙 此於才雄學瞻人難處可佳可佳
夫天地間 體用闔闢動靜之外 更無他道 非動卽靜 非靜卽動
安有不動不靜而寄在動靜間物事耶 幾之一字 彼亦知動之微
則旣曰動之微也 而反謂之靜耶 旣曰非靜則不可謂太極也 不
可謂誠無爲也 不可謂惟理也 不可謂無氣也 不可謂非情也
不可謂獨善也 不可謂無善惡也 惟聖人得氣之淸 幾無不善
自聖人以下 善惡厚薄 千萬不同 如此處 心雖昏惑 體驗深察
自有定見 雖欲舍已從人 不可得也 老拙半體氣不貫 比來愈
劇 加以左車疼痛 終知前道不遠結茅水竹 有計未就 閉蝸室
吟病 萬事何言 雖病未能專意讀書 謝絶人事 亦有靜中一味
須一來對床連夜如何 祠堂宜近朱子語也 朱子曰 家廟要就人
住居神依人 不可離外做廟 詳見語類 寄來二帙六冊 架上所
無 謝仰 筆楮二種 良果一封 眷惠至此 無以爲言 夜深使忙
不一

희원의 글에 답함

보내온 편지의 자세한 의논에서 공부가 옛보다 한층 더 진보되
었음을 알고 매우 탄복 하였습니다. '기선악'이라는 일설에 있어
서는 민장(閔丈) 경초(景初)씨가 처음에는 의견을 달리 하다가 중
간에는 부합되었는데 결국엔 또 달라졌으니, 매우 괴이합니다.
민장은 학문이 돈독하고 연세가 높은데도 견해가 이와 같고 보면
다른 이는 말할 게 있겠습니까. 지난밤에 한 통의 편지를 써서
바야흐로 그 다른 점을 합하여 한가지로 결론짓고자 하였더니,

지금 보내온 편지를 받아 보니 또 기(幾)자에 언급하면서 "사람에게 다른 의견이 있으니 감히 스스로가 옳다고 할 수 없다."고 하므로 또한 늙은 것의 졸렬한 의견과 같습니다. 이는 뛰어난 재질과 풍부한 학식의 소유자로서도 하기 어려운 것이니 매우 훌륭합니다. 대체로 천지간에는 체용(體用) : 합벽(闔闢) : 동정(動靜) 이외에는 다시금 별 다른 도가 없습니다. 동(動)이 아니면 정(靜)이고 '정'이 아니면 '동'인데, '동'도 아니고 '정'도 아니면서 '동'과 '정'의 사이에 붙어 있는 사물이 있겠습니까. 기(幾) 한 글자에 대해서 그 역시 동의 기미(動之徵) 임을 알고 있으니, 이미 '동'의 기미라 말해 놓고 도리어 '정'이라 말합니까. 이미 '정'이 아니라고 하였으면 태극이라고 할 수도 없을 것이고, 성은 무위(誠無爲)라고도 할 수 없을 것이며, '이'라고만 할 수도 없을 것이고, 기가 없다고 할 수도 없을 것이며, 정(靜)이 아니라고 할 수도 없을 것이고, 오직 선하다고 할 수도 없을 것이고, 선악이 없다고 할 수도 없을 것입니다. 오직 성인은 맑으나 기(氣)를 얻었기에 기(幾)가 선하지 않음이 없지만 성인 이하로는 선악의 후박이 천만 가지로 같지 않습니다. 이와 같은 곳은 마음이 혼미하더라도 체험하고 깊이 살피면 자연히 일정한 견해가 있을 것이므로 자기의 의견을 버리고 남을 따르고자 하여도 그렇게 할 수 없을 것입니다. 늙고 졸렬한 나는 반신에 기운이 통하지 않았는데 요즘 들어 더욱 심해졌고 게다가 왼쪽 잇몸까지 아프고 있으니, 마침내 앞날이 멀지 않았다는 걸 알겠습니다. 수죽(水竹) 간에 집을 지으려고 하였지만 계획을 이루지 못하고 와실(蝸室)에 틀어박혀 병을 앓고 있으니 다른 일들은 말할 게 있겠습니까. 비록 병으로 독서에 전념할 수는 없지만 인사를 사절하고 나니 고요한 가운데 한 가지 맛도 있습니다. 한 번 오셔서 책상머리에 마주 앉아 함께 밤을 지새는 게 어떻겠습니까? 사당(祠堂)은 거처하는 곳과 가까워야 한다는 것은 주자의 말씀입니다. 주자가

말하기를 "가묘(家廟)는 사람이 거처하는 부근에 있어야 한다.'
신(神)은 사람에게 의지하므로 밖에 떨어져서 가묘를 지어서는
안된다."고 하였는데 어류(語類)에 상세하게 나타나 있습니다. 부
쳐준 두질 여섯 책은 나의 서가에 없었던 것으로 감사합니다. 붓
과 종이 두 종과 좋은 과일 한 봉지에 있어서는 이처럼 생각해
주시니, 무어라 말할 수가 없습니다. 밤이 깊어 심부름하는 이가
바쁘다기에 일일이 적지 못합니다.

答希元心經問目書

道心惟微 朱子曰 微妙而難見 栗谷先生云 惟理無聲臭可
言 微而難見 故曰微 譬如此遠山 本微而難見 目暗人見之
則微者愈微 明者見之 則微者著 愚見則不然 道心之發 如
火始然 如泉始達 所發者小 故微而難見 不知所以治之 則
微者愈微 使人心常聽命於道心 則微者著 所謂擴而充之也
　二說皆未盡 理本不微 在氣中 故微而難見 此在眾人說 在
聖則何嘗有微 氣質之品 千萬不同 自聖以下之道心 有微者
有微而又微者 有又微而又微者 雖或至微 而終無泯滅之理
苟能充之 還與上聖同其著 此朱子之所謂微者著也 聖人之
不微 盖可知也 聖人 全其著者也 學者 求其著者也 自微至
著 我無加損則是果本微者乎 莫著乎理 而以在氣中故微 叔
獻以理無聲臭而云理本微 公亦只言所發之微少 而不言所以
微少之故 皆有所失 且道心之微著 與人心之安危相爲消長
人心之危者 道心微 道心之著者 人心安
　二者雜於方寸之中 愚意或有因形氣而發之時 或有因性命
而發之時 二者所發皆出於方寸之中 故謂之雜 栗谷先生曰

人心道心　皆指用而言之　若如前說　犯未發之境　二者所發
皆在於一事　有發於人心而爲道心者　有發於道心而爲人心者
云云　發於人心而爲道心則可　發於道心而爲人心則似未穩
若以道心而轉爲　人心　則卽爲人慾也　凡言人心　亦可兼言人
慾　而此書則朱子不雜以人慾爲言也　未知如何

吾賢所論發之之時等說不可　故似犯未發之境　叔獻所言二者
皆發於一事　殊不可知　二者只一心之發　故謂之雜　聲色臭味
之爲　謂之人心　仁義禮智之出　謂之道心　能治則公勝私而道
心爲主　不能治則私勝公而人心爲主　轉爲人慾而莫之　禁焉
今心經則去善惡　而只公言道心人心之發爾　何可如此說　且
賢以叔獻之發於人心而爲道心之說爲可云　亦不可　人心　亦
聖賢合有底心　何必變爲道心也　然則聖人無人心耶

道心　四端也　人心　四端七情之總稱也　七情則兼善惡　而朱子之
訓人心　專言善而不言惡　何也

　朱子只擧形氣上雖聖賢不可無之心　以訓人心　而又着危殆
字則善惡之雜出　可知也

　西山眞氏曰　聲色臭味之慾　皆發於氣　所謂人心也　仁義禮
智之理　皆根於性　所謂道心也　愚謂道心　心之用也　仁義禮
智　心之體也　不可以仁義禮智　爲道心也　且曰仁義禮智之理
根於性　四者之外　又別有所謂性乎　不可言根於性也　且人心
道心所發　分屬理氣　恐未可也

　眞氏說理字不是　以理字　作端字看則是　心是理氣之合　而
人心道心　皆發於此心　則固不可以理氣分屬而言人心道心
知覺之不同處　則亦不可不以形氣性命分言也　西山之說　下
字有未穩處　亦恐傳寫之誤也

희원의 「심경문목」의 글에 답함

'도심(道心)은 미(微)하다.'에 대하여 주자는 "미묘하여 보기가 어렵다."고 하였는데, 율곡선생은 "오직 이(理)는 소리나 냄새 같은 것도 없어서 말할 수가 없고 미묘하여 보기 어렵기 때문에 미하다고 하였다. 비유하자면 멀리 산이 있는데, 본디 작아서 보기 힘들다. 눈이 어두운 사람이 이를 보면 작은 것이 더욱 희미해지지만 눈이 맑은 사람이 보게 되면 작은것도 뚜렷하게 보이는 것과 같다"라고 하였습니다만 저의 생각으로는 그렇지 않다고 봅니다. 도심이 발할 때는 마치 불이 처음 붙고 샘이 처음 솟아나올 때처럼 발하는 바가 작기 때문에 미소하여 보기가 어려운 것이니, 이를 다스릴 줄 모르면 미소한 것이 더욱 미소하게 됩니다. 그러므로 사람의 마음으로 하여금 항상 도심의 명을 따르게 한다면 미소한 것도 뚜렷해질 것이니, 이른바 확충(擴充)하는 것입니다.

두 가지 설이 모두 미진합니다. '이'는 본디 미소한 것이 아닌데, '기'의 가운데에 있기 때문에 미소하여 보기 어려운 것이니 이는 보통 사람을 두고 한 말입니다. 성인에게 있어서는 어떻게 미소할 때가 있겠습니까. 타고난 기질의 등급이 천만 가지로 같지 않으므로 성인 이하로 서민에게 이르기까지 도심에 있어서는 미소한 자도 있고, 미소한데다가 또 미소한 자도 있고, 미소한데다가 또 미소한 자도 있습니다. 그러한 지극히 미소하다 하더라도 결국 없어질 리는 없으니, 진실로 이를 확충한다면 도리어 상등의 성인과 드러남을 같게 할 수 있을 것이니, 이는 주자가 이른바 "미묘한 것이 드러난다."고 하는 것으로, 성인은 미소하지 않다는 것을 대개 알 수가 있습니다. 성인은 그 드러난 것을 온전히 하고 학자는 그 드러나기를 구하는 것이니, 미소한데서 드러나기까지 나에게는 보태거나 더는 것이 없고 보면 이게 과연 본디부터 미소한 것이겠습니까. 이처럼 현저한 것은 없으나 '기'의 가운데 있기 때문에 미소한 것인데, 숙헌은 '이'가 소리도 냄새도 없다는 것으로 "'이'는 본디 미소하다."고 했고, 그대도 발할 즈음의 미소한 것만을 말하고, 어떻게 하여 미소하게 되었는가는 말하지 않고 있으니, 모두 정곡을 잃었습니다. 또 도심의 미소함과 드러남음 인심(人心)의 안정과 위태함에 따라 쇠하거나 성하고 있으니, 인심이 위태로운 사람은 도심이 미소해지고, 도심이 드러난 사람은 인심이 안정되는 것입니다.

두 가지가 마음속에 섞였다는 것에 대하여 저의 생각에는, 혹은 형기(形氣)을 인하여 드러날 때도 있고 혹은 성명(性命)을 인하여 드러날 때도 있으나 두 가지가 드러나는 것은 모두 마음속에서 나오기 때문에 '섞였다.'고 말하는 것으로 생각되는데, 율곡선생은 "인심과 도심은 모두 용처(用處)를 가리켜 말한 것이다. 만약에 앞서의 말대로라면 아직 발하지 않은 지경을 범하게 된다. 두 가지가 발할 때 모두 똑같은 일에서 기인됐지만 인심에서 발하여 도심이 되는 것도 있고, 도심에서 발하여 인심이 되는 것도 있다.....'고 하였으니, 인심에서 발하여 도심이 된다는 것은 옳지만 도심에서 발하여 인심이 된다는 것은 온당하지 못한 것 같습니다. 만약에 도심이 인심으로 전환된다면 이는 인욕(人慾)이 되는데, 보통 인심을 말할 때에 인욕을 겸하여 말할 수 있겠으나 이 글에서는 주자가 인욕과 함께 섞어서 말하지 않았습니다. 어떻게 생각하십니까?

그대가 논한 "발한 때와 같은 등등의 말은 불가하기 때문에 아직 발하지 않은 지경을 범한 것 같다."는 것과 숙헌이 말한 "두 가지가 모두 동일한 일에서 발생한다."라는 것은 자못 알 수가 없습니다. 두 가지가 다만 한 마음에서 발하기 때문에 섞였다고 하는 것인데, 성색 취미(聲色臭味)를 따라 하는 것을 인심이라 하고, 인의예지(仁義禮智)가 노출하는 것은 도심이라고 하는데, 다스리면 공(公)이 사(私)를 이기어 도심이 주가 되지만 다스리지 못하면 사가 공을 이기어 인심이 주체가 되어서 인욕으로 전환되어 막을 수가 없게 됩니다. 지금 「심경」에서는 선악은 제쳐놓고 다만 도심과 인심의 발생만을 공언(公言)하였을 뿐인데, 어떻게 이같이 말할 수 있겠습니까. 또 그대는 "인심에서 발생하여 도심이 된다."는 숙헌의 말이 옳다고 하였으나 그도 불가한 것입니다. 인심은 성인도 으레 가지고 있는 마음인데, 어떻게 꼭 도심으로 변화된다고 하겠습니까. 그렇다면 성인은 인심이 없다는 것입니까?

도심은 사단(四端)이고, 인심은 사단과 칠정(七情)을 모두 말한 것이고 칠정은 선악을 겸하였는데, 주자가 인심을 훈석하면서 오로지 선만을 말하고 악은 말하지 않는 것은 무엇 때문입니까?

주자는 다만 형기의 측면에서는 성현이라 하더라도 없을 수 없는 마음을 들어 인심을 풀이하면서 또 위태롭다는 말을 붙여 놓았으니, 선악이 섞여 나온다는 것을 알 수가 있습니다.

서산진씨(西山眞氏)가 말하기를 "성색 취미의 인욕은 모두 기에서 발생한 것이니 이른바 인심이고, 인의예지의 이치는 성(性)에다 뿌리를 두고 있으니 이른바 도심이다."고 하였는데, 나의 생각에는 도심은 마음의 용(用)이고 인의예지는 마음의 체(體)이니, 인의예지를 도심이라고 할 수는 없습니다. 또 "인의예지의 이치가 성에 뿌리를 두고 있다."고 하였으니, 네 가지 외에 또 별도로 성이 있는 것입니까? 성에 뿌리를 두고 있다고 말할 수 없습니다. 그리고 인심과 도심의 발생을 나누어 이와 기에 예속시키는 것도 옳지 못 한 것 같습니다.

진씨가 이(理)자를 말한 것은 옳지 않고 이자를 단(端)자로 본다면 옳을 것입니다. 마음(心)은 이.기가 합한 것으로 인심과 도심이 모두 이 마음에서 발생한 것이고 보면 참으로 이와 기로 나누어 인심과 도심을 말할 수 없으며 지각(知覺)이 같지 않은 데에 있어서도 형기와 성명으로 나누어서 말할 수가 없습니다. 서산진씨가 설명한 아래의 글에 온당치 못한 데가 있으니, 아마도 베껴쓰면서 생긴 착오가 아닌가 싶습니다.

答鄭季涵 (季涵時爲關東按使)

一札遠慰 離思若開 聽潮室池荷 紅又欲謝 往歲披心經靜對 今不可得 可歎可歎 故人今旣出爲 王臣 其不忘前日所讀及所講 而有所設施耶 某爲民田野 慣知按使一心向背 有關吾民生死 不有其生 必有其死 故人勉之 下示鬚髮催白急於居閑 聞來深賀 任專一方 屬念如傷 故人雖病 鰥寡其蘇 愛人以德 敢不爲賀 惟望克有所終 振新羅舊風於今日也 奉訴栗谷 不但海土一事 言及盜名恃勢 於栗谷何害 時事可惜 聞於 經席 問及致富 栗谷朝晡屢空 反得富誚 世間何謗不如是也 今秋 山下結幕 果遂拙計 當率妻子 共治田原 從此與縉紳故人 音問轉疎 老懷何堪 示有退歸有計有所事遲遲 所事必非尋常 佇待其效 悠悠何旣 謹復

정계함에게 답하다. (계함이 이 당시에 관동안찰사가 되었음)

한 편지로 멀리서 위로를 해 주니, 섭섭했던 이별의 회포가 풀리는 것 같습니다. 청조실(廳潮室) 앞에 있는 연못의 연꽃이 붉게 피었다가 또 시들려고 합니다. 지난해에는 「심경」을 펼쳐 놓고 조용히 마주 대했었는데, 지금은 그럴 수가 없으니, 매우 한스럽습니다. 그대는 이미 나가서 임금의 정사를 베푸는 지방 관이 되었으니, 그전에 읽었던 바와 강론하였던 바를 잊지 않고 정사에다 시행하신 바가 있습니까? 나는 농촌에서 백성이 되었기에 안사(按査)의 마음먹기에 따라 우리 백성들의 생사가 달려 있다는 것을 익히 알고 있습니다. 살 수 없으면 반드시 죽기 마련이니, 그대는 힘써야 할 것입니다. 그대의 수염과 머리털이 한가로이 지낼 때보다 바싹바싹 급하게 세어진다고 하는데 이를 듣고 깊이 하례 합니다. 한 지방을 맡아 백성을 생각하고 염려하기를 내몸처럼 여긴다면 그대는 병이 들더라도 불쌍한 백성들은 살아날 것입니다. 사람을 덕으로 사랑하는 법이니, 하례하지 않을 수 있겠습니까. 오직 끝까지 잘 하시어서 오늘날 신라의 구풍(舊風)을 되살려 주기 바랍니다. 봉(奉)이 율곡을 참소하는데 해토(海土)의 한 가지 일 뿐만 아니라 이름을 훔치고 세력을 믿고 있다고까지 말하고 있지만 율곡에게 무슨 해가 되겠습니까. 시사가 애석합니다. 듣자니 율곡이 치부(致富)하였는지 대해서 주상이 물었다 하는데, 율곡이 자주 조석거리가 떨어지고 있는데도 도리어 치부하였다는 비방을 듣고 있으니, 세상의 어떤 비방인들 이 같지 않겠습니까. 이번 가을에는 산 밑에다 집을 지을까 하는데 하찮은 계획이지만 이루어진다면 처자식을 데리고 전원(田原)을 일굴 계획인데, 이로부터 벼슬길에 있는 벗과는 소식이 점차로 뜸해질 것이니, 늙으막의 회포를 어떻게 감당할 수 있을런지요. "물러갈 생각이 있으나 할 일이 있어서 더디어지고 있다."하였는데, 할 일은 반드시 예삿일이 아닐 것이니, 묵묵히 그 효과를 기대해 봅니다. 한없는 마음 어떻게 다 말하겠습니까. 삼가 답합니다.

國譯龜峯集
(卷之五)

현승편(하)

玄繩編(下)

1762년
목판본기준

國譯龜峯集卷之五 / 玄繩編下
구역구봉집권지오 / 현승편하

玄繩編(下) 현승편(상)

玄繩編下 (현승편,하)

答浩原書

交年積雪 伏惟道履靜養超勝 羡慕不可言 渾二十六日 被
聖旨 不許辭疾 依前促行 今日死生安危 有不暇恤矣 以不
得借馬 迄未能發 尤爲惶惘 凡借馬及舁疾之具 當於明日
粗辦 二日 欲起程 宿向陽矣 前書切願老兄枉駕于碧蹄者
謂其吾行稍遲而日候稍和也 今則狼狽如許 含命而行 安敢
請吾兄冒雪寒遠出 吾兄又安肯犯不出之辰勤顧廢疾人乎
悵惘悵惘 渾背寒特重 灑灑寒痛 流汗如許雖不死道路 得
至京師亦 恐不能一赴 闕下 拜章乞骸也 然近聞京報 朝紳
之無遠慮者 以賤臣譽于 榻前者有之 萬一誤恩 許一陛見
則必有淸問故事愚陋者 亦不知所以應對矣 伏願尊兄錄示
可言之宜 不勝至祝至祝 今日之最急 只是培植本原 以成
君德 至於外朝得失 猶爲第二義也 況草茅之人 未宜遽及
時事者乎 伏願明以回教 至祝 疏草付還 亦望答誨 不及
於初二日向陽之宿 則直送于京 使季氏傳吾旅室 幸甚 不
宣

庚辰除日 渾再拜

叔獻 二十七日 已入城 來書卽傳納矣 初三日 欲宿碧蹄

遠問頻辱 慰謝慰謝 謹審再承安車之命 鑿永開道 舁疾
赴闕 重義輕生 一喜一憂 遙想聖朝 傾佇十載 起敬前席

左右寂黙 天語丁寧 當此之時 本原澄澈 物欲消退 兄乘此
幾 陳正議匡世道 在此一擧 叔獻承命趨洛 道中有書 奉來
爲幸 今日獲見二兄同朝之盛事 深以爲賀 而友以爲憂者
本根無恃 而末抄是崇耳 叔獻前 未暇別裁 將此意相勉之
幸甚幸甚

호원의 글에 답함

해가 바뀔 무렵에 눈이 쌓였습니다. 조용히 요양하시면서 도
리(道履)가 퍽 좋으시다니, 부럽고 사모하는 마음 무어라 말할
수가 없습니다. 혼(渾)은 26일에 주상의 분부를 받았는데, 병으
로 출사(出仕)하지 못하겠다는 요청을 윤허하시지 않고 그전의
예(例)에 따라 빨리 나오라 하시니, 지금 죽고 살거나 편안하고
위태로운 것은 돌아볼 틈도 없습니다. 그러나 말(馬)을 빌리지
못하여 아직까지도 출발하지 못하고 있으니, 더욱 황공하고 민
망합니다. 대체로 말과 들것들은 내일이면 대충 마련될 터이기
에 2일에는 출발하여 향양(向陽)에서 묵을 것입니다. 지난번
편지에 형보고 벽제(碧蹄)로 오셔 달라고 간절히 바랬던 것은
저의 행차가 조금 늦어짐에 따라 날씨가 조금 풀릴 것으로 여
기었기 때문입니다. 그런데 지금 이처럼 뜻대로 되지 않아 주
상의 부름을 받고 떠나게 되었으니, 어떻게 우리 형에게 추운
날씨를 무릅쓰고 멀리까지 나오셔 주시기를 부탁드리겠습니까.
우리 형께서도 나다니지 않을 때 추운 날씨를 무릅쓰고 저 같
은 폐인을 찾아 주려고 하시겠습니까? 그지없이 한스럽습니다.
혼은 유난히도 등이 매우 시러워서 으슥으슥 한기가 들어 통증
이 올 때마다 땀이 이처럼 흐르고 있으니, 도중에서 죽지 않고

서울에까지 간다 하더라도 한 번 대궐에 나아가 상소를 올려 뼈나 고향에 묻게 해 달라고 빌지도 못할까 염려스럽습니다.

그러나 요즈음 서울 소식을 들으니, 원대한 생각이 없는 조정의 신하가 나처럼 미천한 신하를 주상의 앞에서 칭찬한 적이 있다 하니, 만약에 잘못 은총을 입어 전하를 한 번 뵙게 된다며는 반드시 옛날 일을 물으실 것인데, 어리석고도 촌스런 제가 어떻게 대답해야 할지를 모르겠습니다. 삼가 바라건대 형께서는 말씀 올릴 만한 것을 적어서 보여 주시기를 간절히 빌어 마지않습니다. 오늘날 가장 급한 것은 주상의 마음을 배양하여 임금님다운 덕을 이루는 것이지 조정 밖의 잘잘못은 그 다음의 일입니다. 더구나 초야에 있는 사람으로서는 곧바로 시사(時事)의 일을 말하는 것은 마땅치 않다고 생각되는데, 삼가 분명히 가르쳐 주시기 간절히 바랍니다. 상소의 초고를 붙여 주실 때에 가르침을 바랍니다. 만약에 초이튿날 향양에서 묵을 때까지 보내 주시지 못하겠으면 바로 서울의 아우님에게 보내어 저의 숙소로 전하게 하여 주시면 매우 다행이겠습니다. 이만 줄이겠습니다.

경진(庚辰 : 1580년 선조13년) 섣달 그믐날 혼(渾)은 드립니다.

숙헌(叔獻 이이)은 27일에 이미 서울에 들어왔기에, 보내신 편지를 즉시 전했습니다. 초사흘에는 벽제에서 묵을 예정입니다.

멀리서 자주 물어 주시니 감사합니다. 두 번이나 안거(安車)[26]로 오라는 분부를 받아 얼음길을 뚫고 병든 몸으로 대궐에 가시니, 의리를 중하게 여기고 삶을 가볍게 여기는 데 대해 한편으로는 기쁘기도 하고 한편으로는 걱정되기도 합니다. 멀리서

---

26) 안거(安車) : 앉아서 탈 수 있는 작은 수레

생각건대, 어진 주상이 10년 동안 기다렸기에 경건히 맞아주고 좌우가 조용한 가운데 친절히 말씀하실 것입니다. 이때에 상의 마음이 맑아져서 물욕이 없어질 것이니 형께서는 이러한 기회를 틈타서 바른 의론을 펴 세상을 바로잡는 것이 이번 일에 달려 있습니다. 숙헌도 명령을 받고 서울로 가는 도중에 편지가 있었는데 받아보니 다행입니다. 오늘날 두 분 형께서 같이 조정에 나아가시는 성스러운 일을 보게 되니 매우 축하드립니다마는 한편 걱정이 되는 것은 믿을 만한 근본이 없고 말초만을 숭상하기 때문입니다. 숙헌에게는 미처 따로 편지를 쓰지 못하니 이러한 뜻으로 권면해 주신다면 그지없는 다행이겠습니다.

答叔獻書

謹承今月八日書 慰懷慰懷 頃得家兄報 兄將分祿相眖云 是兄欲久留 意兄非素 殮者也 深賀深賀 前書所謂積誠廻 天 庶有其日 擧國其蘇 豈但病僕忝分祿苟活而已 第目見 農家 疊遭飢荒 流亡過半 上元占月 老農亦以極凶爲報 今 歲雖登 未見新穀之前 民將塡壑殆盡 若又逢秋不稔 則餘 存無幾 國何以爲國 吾兄亦此民之一也 曾身經困乏 而然 未若弼之困乏 又甚於兄 而能詳知此間情狀 故聊復云云 噫 蚩蚩之中 能守飢處命 不怨不尤者幾人 厭死爲盜 則 不可盡誅 而外寇乘釁則勢將罔措 爲民父母 可不動心 登 對前席之餘 思所以處之之道 如何如何 失稔等郡 進上雖 減 而八珍之設 所廢不多 租賦雖除 而經費之外 節用則可 給 古昔帝王遇凶修省之道 如君食不兼味 臺榭不塗 弛候 迎道不除 百官修而不封 鬼神禱而不祀 散貨利 薄征緩刑 弛力舍禁 去幾省禮 殺哀蓄樂 多婚 索鬼神 除盜賊 節目

雖多 大槩貶損自奉 責己事天 杜絶無用之費 多設賑救之
策而已 又如勸富民獻米補資 在朱子 亦不得不爲者也 今
不一設 是見幼子入井 而無惻隱之心也 可不寒心 大人格
君心 此固在吾兄第一事之後 而吾兄今日之事 實異乎孟子
之於齊梁 則何可受國恩立本朝 而不思所以報之者乎 子就
大今年十五 欲加冠於首 爲字說以勸是望 子雖無所敎 無
他世累 只合自修終身者也 只祈賴兄賜成始成終者耳 謹復

숙헌의 글에 답함

삼가 이달 8일의 편지를 받고 매우 위로되었습니다. 엊그제
저의 형님이 보낸 편지에 형이 앞으로 녹봉을 나누어 줄 것이
라고 하셨는데, 이는 형이 조정에 오래 머물러 있으려는 것이
니, 형께서는 하는 일 없이 녹만 먹지 않으시리라 여겨지므로
거듭 깊은 하례를 드립니다. 지난번 편지에 "정성을 쌓으면
주상의 마음을 돌리게 될 날이 있을 것이라"하셨는데, 이렇게
되면 온 나라가 소생될 것입니다. 어떻게 병든 저만이 나누어
준 녹에 힘입어 살아갈 수 있을 뿐이겠습니까.

다만 눈앞에 농촌이 거듭 흉년이 들어 뿔뿔이 떠난 사람이 반
이 넘는데, 정월 대보름날 달의 조짐에 대해서 농사에 경험이
있는 분들이 매우 좋지 않다고 합니다. 올해에 풍년이 든다
하더라도 새 곡식이 나오기도 전에 백성들이 굶주려 들녘에서
거의 다 죽어 갈 터인데, 또 가을에 흉년이 든다면 살아남은
사람이 얼마 알 될 것이니, 나라가 무슨 꼴이 되겠습니까. 우
리 형도 이 나라 백성 가운데 한 분이기에 일찍이 몸소 궁색
을 겪었을 것입니다마는 저보다 심한궁색은 당하지 않았을 것
입니다. 그러나 이곳의 상황을 잘 알고 계실 것이므로 다시

말씀드려 봅니다. 아! 어리석은 백성들 가운데 굶주림을 견디
며 주어진 운명에 따라 원망이나 탓을 하지 않을 자가 몇 명
이나 되겠습니까. 죽기가 싫어서 도적질을 한다면 모두 다 죽
일 수가 없을 것이고, 거기다 왜구가 이 틈을 타서 쳐들어온
다면 형편상 어찌할 도리가 없을 것이니, 백성들의 부모된 입
장으로서 걱정하지 않을 수가 있겠습니까. 주상과 대화한 이
외에도 어떻게 조치해야 할 것인가 방안을 생각해 보시는 게
어떻겠습니까?

흉년이든 고을에는 진상(進上)을 줄이긴 하였지마는 주상의 수
라에 팔진미의 찬거리는 줄인 것이 많지 않습니다. 조세가 삭
감되었다 하더라도 꼭 들여야 할 비용 이외의 것은 아껴 쓴다
면 충분할 것입니다. 옛날의 제왕들은 흉년을 만나면 닦고 살
피는 도가 있었습니다. 예를 들자면 임금의 식사에는 여러 가
지 찬을 차리지 않으며, 누대를 치장하지 않았고, 영접을 늦추
었으며, 길을 닦지 않았으며, 모든 관무를 닦기만 하고 봉하지
않았고, 귀신에게는 기도만 하고 제사는 지내지 않으며, 재물
이나 이익을 풀어 주고 세금을 적게 받아들이고, 형별도 완화
시켰으며, 부역을 줄이고 금하던 것을 완화시키고 기찰[27]을
제거하고 예를 생략하였으며, 슬픔을 줄이고 음악을 늘리었으
며, 혼인을 많이 하게하고 잃었던 귀신을 찾고 도적을 없애는
등 그 조목이 많았으나, 대개는 자기 몸에 대한 봉양을 줄이고
자신의 허물을 꾸짖어 하늘을 섬기었으며, 쓸데없는 비용은 없
애고 구제하는 대책을 많이 세울 뿐이었습니다. 또 잘 사는 백
성들에게 쌀을 헌납하도록 권하여 국가의 경비에 보태게 하는
것 등은 주자께서도 하지 않을 수 없었던 일입니다. 그런데 지
금 구제책을 하나도 세우지 않고 있으니, 이는 마치 어린아이

---

27) 幾察(기찰) : 시장에서 외부의 사람에게 세금을 거두는 것

가 우물에 빠진 것을 보고도 애처러워 하는 마음이 없는 것과
같은 것이니 한심스럽지 않습니까?

대인(大人)은 임금의 마음을 바로 잡는다고 했습니다. 이는 형
에게 있어서는 가장 먼저 할 일의 다음 일입니다마는 오늘날
형의 일에 있어서는 사실상 맹자(孟子)가 제(齊)나라나 양(梁)
나라에 갔을 때와는 상황이 다릅니다. 어떻게 임금의 은혜를
받고 조정에 있으면서 어떻게 해야 보답할 수 있는가를 생각
하시지 않을 수가 있겠습니까. 아들 취대(就大)가 올해 열다섯
살이 되었기에 머리에 관을 씌우고자 하니 형이 자설(字說)을
지어 권면해 주시기 바랍니다. 자식에게 가르친 바는 없지마는
별로 세상에 물들지 않았으니 단지 스스로 닦아가며 일생을
마쳐야 할 위인입니다. 그러므로 형의 가르침에 힘입어 처음부
터 끝까지 이루어지도록 바랄 뿐입니다. 삼가 답합니다.

答浩原書

伏承今月六日手札翫而復之 恭審春和 靜養超然 不勝
羨慕之深 況辭旨脫灑 足以喚醒昏憒 展讀以還 佩服無已
渾入城凡留七十餘日 人事擾擾 精神日微 比之在家 什損
七八 靜而每不堪羸瘁者 驟動而至於此 亦宜也 第遇國家
不擇人 而加以殊禮 渾爲束縛之勢所逼 手足盡露 惶駭無
地 欲歸不得 欲留不安 揆此事勢 誠可憂歎也 數日之後
欲以封事 上聞而歸 歸臥向陽 當與兄相聞也 淸詩 意到
之作 辭句超邁 非可及也 複玩吟繹 珍謝無已 叔獻得眩
疾 略如淸州時 今雖赴衛 氣亦不淸 非但身疾 朝紳間 有

危機敗證 恐不可收拾者 此兄之憂 容有旣耶 世事付之于
天 亦甚省事 然內外本末 少可靠處 使渾身健作仕 亦必
得心恙矣 伏惟下察 此言秘之勿廣 可也 登對 榻前語 極
無倫次 何足觀耶 還家日 當偕封事草封納
　辛巳(1581) 三月二十一日 渾再拜

動靜一道 而自兄之出 無一日敢忘 吾兄無乃動或有難於靜
時者耶 聞晉接之後 天意有歸 使之起坐廩人繼粟 聖代敬
賢之禮 自吾兄始 爲賀爲賀 久欲修一狀相報 聞兄處多事
又兄所動作 人人來傳 非如山中時必待書札 始知消息 今
姑欲停 幸勿爲訝 聞兄以不札責我 敢陳吾抱

호원의 글에 답함

이달 6일의 편지를 받아 읽고 또 읽었습니다.

화창한 봄 날씨에 건강이 매우 좋으시다니 부러운 마음 금할
수 없습니다. 더구나 말씀이 시원하여 혼미하고 심란한 저를
일깨워 주실만하니, 펼쳐 읽으면서 한없이 감명을 받았습니다.
저는 도성에 들어가 머문지가 70여 일이 되었는데, 그동안 번
잡한 인사 때문에 정신이 나날이 희미해져서 집에 있을 때와
비교해 본다면 10에 7~8이나 줄어든 것 같습니다. 집에 조용
히 있을 때에도 늘 피곤해 견디기 어려웠는데, 갑자기 활동을
하였으니 이렇게 된 것은 당연합니다.

다만 국가에서 사람을 가리지 않고 저 같은 사람에게 특별한 예
우를 해 주는 바람에 속박의 형세에 쫓기어 들통이 났으므로 황공
해 어쩔 줄을 모르겠습니다. 그러나 돌아가자니 돌아갈 수도 없고

머물러 있자니 편안하지도 않으니 사세를 생각건대 정말 걱정스럽고 한탄스럽습니다. 며칠 뒤에 봉사(封事 : 상소)를 주상에게 올리고 돌아가려 하는데, 돌아가는 길에 향양(向陽)에서 묵게 되면 형에게 소식을 전하겠습니다. 형의 청아한 시는 뜻이 잘 표현된 작품으로서 시구(詩句)들이 매우 뛰어나 따라갈 수가 없습니다. 반복해 음미해 보니 감사하기 그지없습니다. 숙헌이 현기증을 얻었는데 청주(淸州)에 있을 때나 같습니다. 요즈음 관아에 나가고는 있지만 기운 역시 맑지 않답니다. 자신의 병뿐만이 아니라 조정의 벼슬아치들 사이에는 위험의 기미와 패망의 증조가 수습하지 못할 듯한 것이 있으니 이 형의 걱정이 한이 있겠습니까. 세상의 일은 하늘에 맡겨 두는 게 매우 간편하겠습니다. 그러나 내외(內外)와 본말(本末)의 의지할 만한 곳이 적으므로 설사 제 몸이 건강하여 벼슬을 한다 하더라도 마음에 병을 얻고야 말 것이니 살펴 주십시오. 이 말은 비밀에 붙여 퍼트리지 말아야 할 것입니다. 주상과 대화한 말들은 매우 두서가 없었으니 볼 것이 있겠습니까마는 집에 돌아가는 날 봉사의 초안과 함께 드리겠습니다.
신사년 (선조14, 1581년) 3월 21일에 혼은 재배합니다.

동(動)이나 정(靜)은 매 한가지 도리인데, 형이 나가시던 날로부터 하루도 형을 잊어 본 적이 없었습니다. 그러고 보면 동이 정할 때보다도 더 어려운 점이 있는게 아닙니까? 듣자니 나아가 접견하신 뒤로 주상의 뜻이 돌아와 맞을 때 자리에서 일어나시고 창고지기가 곡물을 잇대어 주게 하였다고 하니 성스런 시대에 어진 이에게 공경하는 예가 형으로부터 비롯되었으므로 축하하고 축하합니다. 오래전부터 편지를 드리려고 하였으나, 형께서 다사하다 하고 또 형이 하시는 일을 사람마다 와서 전해 주기 때문에 산중에 있을 때처럼 서신이 있어야 소식을 알 수 있는 상황이 아니기에 아직껏 서신을 드리지 않은 것이니 이상하게 여기지 않으셨으면 다행이겠습니다. 형이 나보고 편지가 없다 책망하신다기에 나의 마음을 말씀드린 것입니다.

與叔獻書

伏聞一蹶朝端　神采減舊云　應接之煩　不若山中靜時而然耶
抑旣出多月.　無所設施　有愧初志而然耶　吾兄動止　曾欲以道
之行不行　而今日之出　久長諫職　言不聽計不用　上無相信之實
下多猜嫌之跡　勉勉隨行　冀見少利貞　不亦苟乎　相見無期　敢
以書報　浩原不自進退　空作禁囚　病臥京寓云　深歎深歎　謹拜

숙헌에게 보낸 글

　삼가 듣자니 조정에 나가신 뒤로 건강이 옛날보다 못하시다
고 하는데 번거롭게 사물을 응접하시는 게 산 속에서 조용히
지내실 때보다 못해서 그런 것입니까? 아니면 조정에 나간 지
가 이미 여러 달이 되었으나 실행한 것이 없어서 처음에 가졌
던 뜻에 부끄러워 그런 것입니까? 형께서는 출처(出處)에 대해
그전부터 도를 행할 수가 있는가의 여부에 따라 하려고 하였습
니다. 그러나 이번에 나가서는 간관(諫官)의 직책에 오래 있었
지마는 건의를 받아들이지 않고 계책을 써주지 않아 위로는 서
로 믿어주는 실지가 없고 아래로는 헐뜯고 미워하는 흔적이 많
은데도 애써 조정의 반열에 따라 다니며 조금이나마 바른 정치
를 해 보려고 하시니, 구차스럽지 않습니까? 언제 만날지 기약
이 없기에 감히 편지로써 말씀드립니다. 호원은 나아가거나 물
러가지도 않고 공연히 갇힌 신세가 되어 서울의 임시 거처에서
병으로 누워 있다 하니, 매우 탄식스럽습니다. 삼가 드립니다.

答叔獻書

遙觀近日之事 時論之非吾兄則宣矣 林下之非吾兄 則僕亦
不能無疑焉 頗有遷就苟合之疑云 是雖仁民愛物 不能自已
之盛心 而安有同朝異議 終能成事之理乎 只合早歸來林下
自修而已 深恐無益時事 而有害吾心也 僕自兄之出 毀謗
日積 亦未知果何道理也 謹復.

曾審入城 方謀穩叙 遽聞還山 悵惘殊極 今承情翰 三復
感慰 第承體中不佳 賢兒之癘 亦未息 深用仰慮 近若遡流
達漢 可以蘇奉 翹企翹企 卜他之計 豈能成就 兄與鄙人 俱
過半生 費力之事 則意思先惻 可歎 珥失計 一入樊籠 事不
從心 欲決去則又有區區納約之志 眞所謂鷄肋無可食 而棄
之還可惜者也 近以改貢案 倂州縣久任監司三事上劄 則自
上不卽揮斥 而命議大臣 似有可望 而左台呈病 論議時未結
局 又恐多魔爲憂耳 珥今春得眩疾 自後氣尚未復 玆致瘦憊
耳 戒勅激厲 謹當佩服 苟且之跡 固如來示 但古人亦有爲
之兆者 故不敢決退 坐受朋友四面之誚 可歎 浩原進退俱難
病臥客榻 可悶 此中別紙 綱目落丈事 芸閣無相知者 恐圖
之不易 然致力爲計 乾雉一首 蜜果三十箇汗上 舍弟有故
欲棄齋郎 從今果子難得

六月九日. 珥拜.

숙헌의 글에 답함

멀리서 요즘 일을 살펴보건대 여론이 형을 그르다고 한 데 있

어서는 옳지만 재야의 사람들이 형을 그르다 하는 데 있어서
는 저 역시 의심이 없을 수가 없습니다. 형이 자못 소신을 버
리고 구차하게 보조를 맞추려 하는 듯한 의심이 간다 하는데,
이는 백성을 사랑하고 사물을 아끼어 스스로 억제하지 못하신
훌륭한 마음입니다마는 동료들이 의견을 달리하고 있는데, 마
침내 일을 이룩할 리가 있겠습니까. 다만 일찌감치 초야로 돌
아와 자기 자신을 닦아야 한다 생각되는데, 시사(時事)에도
도움이 없고 자신의 마음에만 해가 있지는 않을까 매우 걱정
이 되기 때문입니다. 저도 형께서 떠나시던 날부터 남들의 비
방이 나날이 늘어가고 있는데, 또한 이게 과연 무슨 까닭인지
모르겠습니다. 삼가 답합니다.

일찍이 도성에 들어오셨다는 것을 알고 조용히 이야기를 나누
려고 했었는데, 거처로 돌아가셨다는 소식을 갑자기 듣고 나
니, 섭섭한 마음 자못 심하였습니다. 그런데 지금 다정한 편
지를 받아 되풀이해 읽으며 감격했습니다. 다만 형의 건강이
좋지 않고, 아이의 부스럼 증세도 낫지 않았다니 매우 걱정됩
니다. 요사이 물길을 거슬러 한양에 온다면 피로를 씻을 수
있을 수 있을 것이오니 바라고 바랍니다. 다른 곳으로 옮겨
살려고 한 계획은 이룩할 수가 있겠습니까? 더구나 형과 나
는 다 같이 반평생이 넘었기에 힘든 일에는 겁부터 나니 탄식
할 일입니다. 이(珥)는 계획을 잘못 세워 한번 새장에 들어간
뒤로 마음대로 일이 되지 않아 떠나기로 작정하였으나 주상의
마음을 밝은 데로 이끌어 보려는 구구한 뜻이 있기도 하니 마
치 닭갈비가 먹잘 것은 없어도 버리기는 아까운 것이나 같은
일입니다. 요즈음 과세법의 개정과 주현(州縣)의 병합과 감사
(監司)의 임기를 늘리자는 세 가지 일로 차자(箚子)를 올렸는
데, 주상께서 즉시 물리치지 않으시고 대신들에게 의논해 보

라고 명하시니 가망성이 있는 것 같습니다마는 좌의정이 신병으로 나오지 않아 의논할 때에 결말을 짓지 못하였으니, 또 구애가 많을까 걱정스럽습니다. 저는 올봄에 현기증을 얻었는데, 그 뒤부터는 기운이 아직도 회복되지 않아 야위어지고 있습니다. 경계와 격려를 해 주신 데 대해서는 삼가 마음에 새기어 잊지 않겠습니다. 구차스런 종적은 정말 형이 말씀하신 바와 같습니다마는 고인도 일을 할 수 있는 조짐을 만든 분이 있었기 때문에 물러나는 데 대한 결단을 내리지 못하고 그저 빗발치는 벗들의 비난만을 받고 있으니 탄식할 일입니다. 호원은 나아가도 어렵고 물러가기도 어려운데다 병으로 객사에 누워 있으니 딱하다 하겠습니다. 별지(別紙)에 말씀하신 강목(綱目:주자강목 朱子綱目)의 빠진 부분에 대해서는 예각(藝閣)에 아는 사람이 없어서 찾기가 쉽지 않을 것 같으나 힘이 닿는 데까지 해 보겠습니다. 말린 꿩 한 마리와 밀과(蜜果) 30개를 부끄럽지만 드립니다. 저의 집 아우가 일이 생겨서 재랑(齋郎 능참봉)을 그만두려고 하니, 앞으로는 과자(果子)를 얻기 어렵게 되었습니다.

6월 19일에 이가 올립니다.

與浩原書

頃奉叔獻報 知吾兄退休無路 深念深念 所貴乎儒者 入有自治之效 出有及人之澤也 若徒拘形跡 久荷天眷 心在山野 身縻爵祿 側足朝端 喋口靑蒲 此何等出處也 何不以平昔所講先賢事業 日有所陳 可之則留 不可則歸 自由進退也 聞叔獻當作相於未久云 爲國爲幸 而爲叔獻不幸也 周公之後 未聞以儒作相也 但百萬億蒼生 命在項刻 仁人君

子所當動心　何暇他論　惟望相勸　毋虛擧世之加額厚望也
謹復

호원에게 준 글

엊그제 숙헌의 편지를 받아 형께서 벼슬을 그만두고 물러나
쉴 길이 없다는 것을 알고는 매우 염려하고 있습니다. 선비에
게 있어서 귀중한 것은 집에 돌아와서는 스스로를 정비하는
효과가 있어야 하고 세상에 나가서는 사람에게 혜택이 미쳐야
합니다. 그런데 한갓 형식에 얽매어서 오랫동안 주상의 은혜
를 입고도 마음은 산야에 있으며 몸은 벼슬에 얽매여 조정에
발을 붙이고 있으면서도 주상의 앞에서 입을 다물고 있다면
이게 무슨 출처(出處)[28]라고 하겠습니까. 왜 평소에 강론하였
던 선현(先賢)의 사업으로써 날마다 말씀드려 보아 가능하다
면 머물러 있고 불가능하다면 물러나 자유스럽게 진퇴하지 않
습니까? 소문에 숙헌이 머지않아 재상이 될 것이라 하니, 나
라를 위해서는 다행이지마는 숙헌을 위해서는 불행합니다. 주
공(周公) (주나라 문왕(文王)의 아들 이름은 단(旦))의 뒤로는
선비가 재상이 되었다는 이야기를 듣지 못했습니다. 다만 수
많은 백성의 목숨이 경각에 달려 있으니 어진 군자(君子)로서
측은히 여겨야 할 일입니다. 다른 것을 의논할 겨를이 있겠습
니까. 오직 서로가 권면하여 온 세상 사람들이 이마에 손을
얹고 크게 기대하는 바를 헛되게 하지 말기를 바랄 뿐입니다.
삼가 답합니다.

*靑蒲(청포) : 임금의 자리에 펴는 부들로 만든 자리로 황후이외에는 여기에
오지 못하게 한 것

---

28) 出處(출처) : 나아가서 임금에게 바른 말로 간하되 듣지 아니하면 물러나
산야에 머무는 것

答叔獻書

聞吾兄旣典文衡 又將卜相 文衡之任 重在扶植斯文 豈但
尚詞華 應世求而已 且三代以下 未見以儒作相者 三代以
下 更無三代之治故也 儒若作相 則豈無三代之治 所貴乎
儒者 一行一止 必以其道 無一毫謀利計功之念 不以三代
事業爲已任 則不敢在其位 苟或不然 是王良之詭遇 而大
匠之改規矩 能不寒心 每看後世之儒 靜則談道守義 一動
便失初志 敢陳鄙抱 謹拜

숙헌의 글에 답함

듣건데, 형께서 문형(文衡,대재학의 별칭)을 맡은데다가 또 재
상으로 뽑힐 것이라 하니, 문형의 소임은 그 중요성이 사문
(斯文)을 붙잡아 일으키는 데에 있습니다. 단지 화려한 문장
만 숭상하여 세상의 요구에 응수할 뿐이겠습니까. 그리고 하·
은·주(夏殷周) 3대 밑으로는 선비가 재상이 되었던 것을 보지
못했는데, 그것은 3대 뒤로는 다시 3대와 같이 잘 다스려진
시대가 없었기 때문입니다. 선비가 재상이 되었다면 3대와 같
은 치세(治世)가 없었겠습니까! 선비에게 귀중한 것은 일거
일동을 반드시 도리에 따라 하여 털끝만큼이라도 이익이나 공
적을 계산하는 생각이 없어야 합니다. 3대의 사업을 자신의
임무로 삼지 않는다면 그 자리에 있지 않아야 할 것이니 만약
에 그렇지 않으면 왕량(王良:주나라 마술(馬術)의 명수)이 사
냥의 예법을 어기어 짐승을 잡고 목수가 척도를 고치는 것이
나 같은 것이니 한심스럽지 않겠습니까. 늘 보아온 일로 후세

의 선비들이 벼슬을 하기 전에는 도리를 이야기하고 의리를
지키다가 한번 벼슬길에 나아가면 처음에 갖었던 뜻을 잃어
버리곤 합니다. 감히 저의 생각을 말씀드립니다.

삼가 절합니다.

與叔獻書

聞兄疏中政亂浮議一條　至斥爲非君子之言　其他指摘
爲謗非一云　出無所事　反遭排擯　林下讀書　自有好境界
何必遲回眷顧　內損巳德　外招羣忌　古人出處　恐不如
是　聖君禮遇雖殊　計不見施　斯亦不可謂知遇

謹承垂翰　感慰　頃承手字　還上復書　且寄乾魚　未知尙未
達否　珥役役逐隊　他無可言　示諭儒者事業　固是如此　敢不
佩服　但道理　千差萬別　古人有以天民自處　必見斯道之大
行　然後乃出者　亦有漸救世道　納約自牖者　若遽以三代之
政　羅列建請而不得施　則輒引去　恐非今日之時義也　浩原
一向求退　亦恐太執　大抵億萬蒼生　在漏船上　而匡救之責
　實在吾輩　此所以惓惓不忍去者也　示事　若見豐川　則
當曲囑　　　　　　　　　　　　十一月十五日　珥拜

숙헌에게 준 글

듣자니, 형의 상소 가운데 정란부의(政亂浮議)[29]의 한 대목에
대해 심지어는 군자의 말이 아니라고 배척하는가 하면 기타

---

29) 홍문관이 박순, 이이, 성혼을 비판하고 김귀영을 변호하는 차자(箚子:간단
한 서식으로 하는 상소문)를 올린 글.

지적을 당하여 비난을 받는 게 많다 하는데, 조정에 나섰다가 한 일이 도리어 배척만 당하였습니다. 초야에서 책을 읽으면 저절로 좋은 경계가 있을 것인데, 하필이면 미련을 가지고 머뭇거리다 안으로는 자신의 덕을 손상하고 밖으로는 뭇 사람들의 시기를 초래한단 말입니까. 고인의 출처(出處)는 아마도 이와 같지 않으리라 봅니다. 어지신 주상의 예우가 남다르다 하더라도 나의 계획을 펴지 못하고 있으니 이것도 또한 나를 인정해 주었다고는 할 수 없습니다.

삼가 보내신 편지를 받고 위안이 되었습니다. 엊그제 보내신 편지를 받고 답장을 올리면서 말린 물고기도 부쳤는데 아직 도착되지 않았습니까? 이(珥)는 관료들의 뒤만 분주히 따라다니고 있으므로 다른 것은 말할 게 없습니다. 말씀하신 대로 선비의 사업은 정말 이와 같이 해야 한다고 봅니다. 마음에 새겨 두지 않을 수 있겠습니까. 다만 도리(道理)는 천만 가지로 다르기 때문에 고인들 중에는 하늘이 낸 백성으로 자처하여 반드시 사도(斯道)를 크게 펼 수 있다는 걸 보고 나서 세상에 나선 자도 있으며, 또는 세도(世道)를 점차로 구제하고 임금의 마음을 조금씩 바른 데로 이끌었던 자도 있었습니다. 만약에 갑자기 주상의 앞에서 3대의 정치를 나열하여 건의하였다가 시행하지 못한다고 훌쩍 떠난다는 것은 오늘날에 맞는 의리가 아닌 것 같습니다. 호원은 한결같이 물러나려고만 하니 또한 너무 고집스러운 것 같습니다. 대체로 억만 창생들이 마치 물이 새는 배위에 있는 것 같은데, 이를 바로잡아 구제할 책임이 실은 우리들에게 있습니다. 그래서 차마 떠나지 못하고 있는 것입니다. 부탁하신 일은 풍천(豊川)을 만나게 되면 간곡히 부탁하겠습니다.

11월 15일에 이(珥)는 드립니다.

答叔獻書

相念之深 伏見前月念八手札 三復慰豁 不勝感愧 恭審冬
序 道履靜養萬安 欣慶之至 不容于懷 渾二十八日出國門 寓
居迎曙尹汚川農舍耳 坡山向陽兩處俱病 家屬再遷入城 渾
彷徨無所於歸 乃來此地 病人失所於冬寒之月 安危置之度
外耳 渾前月初一日 上章陳乞 聖旨欲遣歸 下大臣收議 大臣
建請勿遣 至於邀求陞職 聖意不悅 然姑從之 超陞資窮 大臣
又請給薪炭 又許之 當初乞骸 有必歸之志者 冬寒癃蟄 不供
厥職 而空受國恩 爲不可留 一也 出入經筵 雖有命而無名位
渾則匪人也 固不足論矣 然國家開此好門路 以待後之賢者
渾首先居此 不敢苟且冒進於其間 使後之眞賢 不得正其始
則莫大之恥也 其不可留二也 其於所陳瞽說 無採納之望 則
不敢言也 不意仍此睹得 國家優賢之盛典 題給薪炭 而求退
得進 超陞職名 揆之私義 斷不可拜受 惶窘憫迫 不知所出
二十日 乃上辭免陳乞之章 殫竭情狀 而其末款 有曰 臣勢窮
理極 寧爲匹夫逃遁之行 延頸違命之誅 以求私義之所安者
臣之志決矣云云 聖批依前不允 渾晝夜苦思 以冬寒癃蟄 日
享聖眷 而安臥病坊 甘心恩眷者 全無義理 不如只据逃遁之
語 舁疾出國門 爲足以略成初心 而稍勝留京 故決退於此矣
然君恩罔極 而莫報涓埃 眷戀慚惶 情未能忘 中心豈能安乎
嗚呼 賤臣負國 至此而極矣 留此欲待向陽稍安 舁歸于彼耳
且旣出國門 可以欣快 而不能忘情如許 不如在野之無事 可
笑物情何以如此乎 苦事苦事 不足爲高閑道也 冬暖 癘氣大
行 處處皆然 坡山舊廬 人死者三 盡室奔竄 祭祀久廢 不勝
感傷 躊躇路岐 引領瞻思而已 治癘之藥 今無所將 但聞忍冬

草濃煎 痛飮於初發 三四次出汗 則全愈云 淸遠香數枝送呈
伏惟尊照 渾所寓 乃八城之路也 倘因來京 一宿穩討而行 則
殘主垂盡 幸何言耶 不宣 十二月朔 渾拜 招魂葬事 其時 渾
以不可告其家 故其家不爲起墳矣 叔獻近爲公私劇務所困 虛
眩復作 呈告不出云 願兄時惠警責 勿使作隨時宰相則幸甚

謹承外事勞擾 致疾非輕 遙慮遙慮 今日陰陽進退 生民休戚
咸繫吾兄一身 屬望甚重 十分愼攝惠墨多荷深眷 用記身過
以爲規戒 今見浩原寄僕書 慮兄之作隨時宰相 屬僕相警 隨
時宰相 乃隨時俯仰者也 兄豈容有是模樣 但僕處荒野 與兄
日遠 浩原共蹕朝端宜 相知近間事而乃云云 無乃吾兄作事
欲平易得中 而友少巖毅愼重凜 然不可犯之氣像耶 達不離
道 古人所難 更仰公退之暇 日讀經籍 毋負初志 幸甚幸甚
大小淸濁 竝得容接 焉有是理 更須商量 謹復

숙헌의 글에 담함

깊이 생각하던 차에 지난 달 28일의 편지를 받아 거듭 읽는
가운데 위로되고 시원하여 감격과 부러움을 금치 못했습니다.
삼가 겨울 날씨에 조용히 수양하신 가운데 건강이 매우 편안
하시다 하니 매우 기쁘고 즐거운 마음을 금할 수가 없습니다.
혼(渾)은 28일에 서울을 떠나 영서(迎署) 윤면천(尹沔川)의 농
사(農舍)에서 임시 묵고 있습니다. 파산(坡山)과 향양(向陽) 두
곳의 가족들이 모두 병에 걸렸기에 재차 도성으로 옮겨 들어
왔습니다. 저는 돌아갈 곳이 없어 방황하다 이곳에 왔습니다.
병든 사람이 추운 겨울철에 거처를 잃었으니 편안하고 위태로

운 것은 염두에 두지 않고 있습니다. 저는 지난달 초 1일에 상소를 올려 벼슬을 치울 것을 진정하였는데 주상께서 돌려 보내 주고 싶어서, 대신들에게 의논해 보라 하셨는데, 대신들 이 보내지 말라 건의하고 심지어는 직급을 올려 주라고 요구 하였습니다. 주상의 마음에 싫었지만 짐짓 대신들의 건의에 따라 진급시켰는데 대신들이 또 땔감을 주자고 청하니 주상께 서 또 허락하였습니다.

애당초 뼈나 고향에 묻게 해 달라 요청하여 꼭 돌아가야겠다 는 뜻을 가졌던 것은, 추운 겨울 날씨에 병든 몸이 움츠러들 어 직책을 수행하지 못하고 공연히 국가의 은혜만 받을 것이 니 머물러 있을 수 없는 첫째의 이유이며, 경연을 출입하라는 명령은 있지만 명망과 지위가 없습니다. 저는 인격이 없는 사 람이므로 물론 논할 것조차도 없으나, 나라에서 이러한 좋은 문호를 열어서 후일의 어진 사람을 기다리고 있는데 제가 맨 먼저 이 자리에 있게 되었으니 구차하게 그 사이에 무턱대고 나아가 뒷날 참으로 어진 사람으로 하여금 시초를 바르게 할 수 없게 한다면 크나큰 수치이니 머물러 있을 수 없는 둘째의 이유입니다. 제가 아뢴 말씀을 채용할 가망성이 없으면 감히 말할 수가 없습니다. 그런데 뜻밖에 이로 인하여 나라에서 어 진이를 우대하는 성대한 은전을 받아 땔감을 지급받았고 물러 나려다 나아가게 되어 품계를 뛰어 올랐습니다. 나의 의리로 헤아려 보건대 단연코 받을 수가 없기에 그지없이 황공하고 민망하여 어떻게 해야 할지 모르겠습니다.

20일에 관직을 사면하여 돌아가게 해 달라는 글을 올려 딱한 형편을 남김없이 말씀드렸는데 그 끝머리에 '신은 형세도 궁 하고 의리도 다하였기에 차라리 필부처럼 슬슬 피하는 짓을 하다가 목을 늘려 명령을 어긴 죄로 죽음을 당하여 저의 분수 에 편안한 바를 찾겠다.'고 신은 뜻을 굳히었다는 등의 말을 하였습니다. 그러나 주상의 비답(批答)은 그전처럼 윤허하지 않았습니다. 저는 밤낮으로 골똘히 생각하기를 추운 겨울 날씨에 병으로 나오지 못하고 날마다 임금의 은혜를 누리며 편안히 병석에 누워 국록을 달게 받은 채 전혀 의리가 없을 바에야 다만 숨는다는 말을 빙자하여 병든 몸을 이끌고 도성을 나오면 넉넉히 처음에 먹었던 마음을 조금은 이룰 수 있어 서울에 머물러 있는 것보다는 조금 나을 것 같다고 여겼습니다. 그래서 이에 물러나기로 결정하였습니다. 그러나 주상의 은혜는 이를 데 없는데 티끌만큼도 갚지 못하고 권련(眷戀)창황한 마음을 잊을 수가 없으니 마음에 편할 수 있겠습니까. 아! 미천한 신하가 나라를 저버림이 여기에 이르러 극도에 달하였습니다. 여기에서 머물러 있다가 향양에서보다 조금 편해지기를 기다려 그곳으로 병든 몸을 이끌고 돌아가려고 합니다. 또 이미 도성을 나왔으므로 시원하게 여길 만도 한데 이처럼 마음에 잊지 못하여 아무 일 없이 초야에 있을 때만 못하니 우습습니다. 물정이 어째서 이와 같은 가요? 괴롭고도 괴로운 일이니 고상하고도 한가로운 형에게 말씀드릴 것이 못 됩니다. 겨울 날씨가 따뜻하여 돌림병이 크게 번져 곳곳마다 그렇습니다. 파산(坡山)의 옛집에는 세 명이나 죽었기에 온 집안이 피해 다니느라 제사도 오랫동안 폐지하였다 하니 감상을 금치 못하고 갈림길에서 서성거리며 목을 늘려 바라보며 생각에 잠길 뿐입니다. 돌림병을 치료하는 약은 지금 가진 게 없고 다만 듣기로는 인동초(忍冬草)를 진하게 다려서 처음 병이 났을 때 많이 마셔 서너 차례 땀을 내면 완전하게 낫는다 합니다. 청원향(淸遠香) 몇 개를 보내드리오니 삼가 살펴 주시기 바랍니다. 제가 묵고 있는 곳은 서울로 돌아가는 길목입니다. 혹시 서울로 오시는 편에 하루저녁 묵으면서 조용히 회포를 토

론하고 가신다면 꺼져가는 잔약한 저의 다행을 말로 형용할
수 있겠습니까. 다 말씀드리지 못합니다. 12월 초1일에 혼은
배합니다. 혼(魂)을 불러 장사지내는 일에 대해서 그때 제가
그의 집에다 그렇게 할 수 없다고 알려 주었기 때문에 그 집
에서도 무덤을 만들지 않았습니다. 숙헌은 요즈음 공사 간의
바쁜 일에 시달리다 현기증이 다시 발작하여 병가를 내고 출
사하지 않는다 합니다. 바라건대 형께서는 때때로 그에게 경
계와 책망을 해 주어 형편에 따라 적당히 넘기는 재상이 되지
말도록 하신다면 매우 다행이겠습니다.

  삼가 외부의 일에 시달리어 병이 나 증세가 가볍지 않다는
소식을 받고 멀리서 염려하고 염려합니다. 오늘날 음양의 진
퇴(進退)와 백성의 고락(苦樂)이 모두 우리 형의 한 몸에 달렸
기에 매우 크게 기대하고 있습니다. 십분 신중히 조리하십시
오. 보내 주신 먹은 대단히 깊은 은혜를 입었습니다. 이로써
제 몸의 잘못을 기록하여 규계(規戒)로 삼겠습니다. 지금 호
원이 저에게 보낸 편지를 보니, 형이 형편에 따라 적당히 넘
기는 재상이 되지는 않을까 염려하여 저에게 경계하여 주기를
부탁하였습니다. 형편에 따라 적당히 넘기는 재상이란 때에
따라 이리저리 맞춰 가며 하는 사람입니다. 형께서 어떻게 이
렇게 하시겠습니까. 다만 저는 시골에 살다 보니 형과의 접촉
이 나날이 멀어지고, 호원은 형과 함께 조정에 나가고 있으니
서로들 요즘의 일을 알고 있을 만도 한데 이러한 말을 한 것
은 형이 일을 할 때에 평이(平易)한 데서 중(中)을 얻으려고
하다가 도리어 엄의(嚴毅) 신중(愼重)하여 늠연(凜然)히 벌할
수 없는 기상이 적어서 그런 것이 아닙니까? 지위가 높아져
서 도에 이탈하지 않기란 고인들도 어려워했던 것입니다. 다

시 바라오니 공무의 여가에 날마다 경서를 읽어 처음에 갖었던 뜻을 저버리지 않으셨으면 매우 다행이겠습니다. 대소(大小)나 청탁(淸濁)을 모두 용납하여 접촉한다고 하는데 어떻게 이럴 리가 있겠습니까. 다시 헤아려서 생각해야 할 것입니다. 삼가 답합니다.

與浩原書

因叔獻報 知兄復入城中 又登經席 乞身蒙許 浩然
歸去 幸不幸 憂喜相半 叔獻每云 兄之出處 似非循理
頗有果哉之擧 僕或以爲然 而但歷觀古君子進退之節
未有不用其言 只絆其身以爵祿 而甘心濡滯者 每以此
說 報叔獻耳 今蒙放歸 能不爲故人喜且幸乎 但吾君
好賢之誠 不待修假 實吾東數百年未見之盛事 而竟作
無用之虛文 是非國家之不幸而可憂之甚者乎 叔季求
進 兄之目守 雖或過中 而聞風者惕然養廉矜節 自今
日由兄而作. 則亦可謂報 聖君殊遇之一端也

호원에게 준 글

숙헌의 회답으로 인하여, 형께서 다시 도성으로 들어가 또 경석(經席)에서 돌아가기를 빌어 윤허를 받아 호연(浩然)히 돌아가셨다는 것을 알았습니다. 다행으로 여겨지기도 하고 불행으로 여겨지기도 하여 금심과 기쁨이 반반입니다. 숙헌은 항상 '형이 출처를 순리대로 하지 않고 자못 과감한 행동이 있는 것 같다.'하였는데 저도 더러는 그렇게 여기기도 하였습니다마는 옛날 군자들이 진퇴하는 절도를 두루 살펴 보건대, 임금이 자신의 의견을 수용하지 않으면 벼슬과 봉록에 몸이 얽매여 머물러 있기를 좋아하지 아니하므로 늘 이러한 말로써 숙헌에게 말하였습니다. 이제 주상의 윤허를 받아 돌아가셨으니 친구를 위해서 기뻐하고 다행으로 여기지 않을 수 있겠습니까. 다만 우리 주상께서 어진 사람을 좋아하는 정성이 형식적인 것을 기다리지 않으니 정말로 우리 동방에서 몇백년 동안 못 보았던 성대한 일인데 마침내 쓸모없는 허식이 되어버렸으니, 이게 국가의 불행이며 매우 염려스러운 것이 아니겠습니까? 말세에는 출세만 하려고 하는 법이므로 형께서 자신을 지키는 게 중도에 지나친 점도 있겠으나, 형의 풍성(風聲)을 듣고 척연(惕然)히 청렴을 기르고 지조를 지키려는 자가 지금부터 형으로 말미암아 생기게 될 것입니다. 그리고 보면 어진 주상께서 남다르게 대우해 주신 은혜에 보답하는 하나의 길이라고 하겠습니다.

答浩原書

夏氣漸熱 伏惟服次起居如何 仰慮仰慮 頃者 伏見初七日所賜手札 三復感慰 第審京外瘋發 盡室般移于龜村 令人深念 未委凡百安泊 無大憂患否耶 渾自津寬流寓後 大段柴毀 冬日亦不能少甦 入春來骨立癰痒 見者驚嗟 但未沉綿床席耳 荊布治疾入城 初歸之後 萎苶仆地 今亦未甦 此疾何能望其存活耶 兩病各處 不能相養 諸況益窘 所以羸頓增添 形容焦枯 却不如前年夏日臨訪之時矣 閑居其家

尙不能支撐 而被下書招延者 于今三度 聖旨丁寧懇至 如
家人父子 賤臣讀之 不覺感泣 但癃廢如許 則本不敢承當
嚴旨 但人臣分義 不敢堅臥于家 欲扶輿至京 控辭于闕下
矣 雖然 以賤疾而言 則入京則必死 何則 以在家不能久坐
久坐則面靑氣渴 不自支撐故也 以如此之疾而乃敢入京 其
爲叨冒之罪 抑又甚矣 如栗谷 寬綽日甚 本不足與言 苦勸
鄙人必來京城 責以人臣不當如是云云 斯言恐不是也 昔崔
與之之被召也 至於十三疏而不就與之大臣也 所拜丞相也
以大臣而被召 尙且如此 況萎繭將死之一匹夫乎 義理精微
隨所遇而不同 何嘗有定本乎 出處進退 惟義所在而已 何
必以聞命奔走 爲人臣分義之當然乎 今渾疾如許 而必欲爲
生行死歸之計 則初非捨生取義之地 而區區顯仆於朝著之
間 豈非淸世之一大羞辱也哉 是以 三思未定 心欲不行 今
以就決於兄 願爲我決之何如 一以義理之正 救拔垂死之
人 至祝至祝 二度聖旨 謄書送上 幸一覽之何如 聖主盖欲
用愚臣矣 被疾如許 無路報答 只得中宵潛悲 慨然流涕而
已 不宣 癸未 四月二十一日 渾拜

渾事終難處置者 非但此召命而已 今番雖上疏陳乞 得蒙
開允 而堂上重秩 未蒙改正 則在家一疏 陳乞改正 似無卽
從之望 然則當臥家而紛紛拜章耶 若以在家爲未安 則終至
於控辭闕下矣 闕下三四章之後 若不蒙恩 則棄而歸家 亦
不敢爲 拜命受爵 則又非初心 此等節目 種種至難 除非速
死 無可安頓處 殊以爲憫也 願兄指示平坦一路 無使病人
煎迫於無益之愁也 至祝至祝 第二疏批答 觀爾前後上疏

予心缺然 今予待爾經綸 欲與共濟時艱 此志士有爲之日也
爾其飜然改圖 斯速乘馹上來云云 第三疏批答觀爾上疏 知
爾有病 未卽上來 今日氣和暖 爾須調理上來 雖臥而謀猷
亦何所妨 予之待爾 正如飢渴 長往不返 豈爾所願 況今兵
判 乃爾之舊友也 予今擢爾爲纂知 豈無其意 同心同德 正
在今日 爾何不飜然上來 以副予側席之望耶 爾宜勿計他念
晩强登道云云

長夏江村 晝掩柴扉 情使遠到 滿紙苦語 皆進退難安之義
憂念憂念 弸以昏迷 今奉三思不定之問 惘然不知爲報也
兄疾可堪安車到洛 調息入對 兄安敢蒙無前殊異之禮 揮謝
自逸耶 苟或不然 雖欲入拜 自不能得 又不待問人而知 深
想尊兄所以難處靡定之旨 以崇遇難當 而亦恐進無所事 顚
頓狼狽 而乖初志 不但憂疾而已 伏見前後聖批 兄若不起
是當代無前之好事 自兄而沮 不亦未安耶 一入陳大計 可
留則留 不可留則還 亦何所不可 趑趄於善幾之發 疑遲於
陽復之初 恐未盡善也 吾人所事 平坦底中 自有道理 願兄
勿深思逆探 憂瘁於一行一止之間 而枉費精力也 僕避病來
歸 單瓢初定 靜坐深室 耳邊不聞人聲 雨餘綠樹 唯山鳥時
鳴而已 從此城市漸遠 不但避病也已 崔嘉運尹士初 俱以
少日親舊 强健無疾 相繼不壽 白首衰病 又何能久於斯世
耶 一爲死者痛 一爲生者憂 謹復

호원의 글에 답함

여름 기후가 점차 더워지고 있습니다. 상중(喪中)에 건강이
어떠하신지요? 우러러 염려하고 염려합니다. 지난번 초 이랫
날에 손수 써 보낸 편지를 받아 거듭 읽고는 위로 되었습니
다. 다만 서울과 지방에 전염병의 발생으로 인해 가족이 구봉
산(龜峯山) 마을로 이사하였다 하니 사람으로 하여금 매우 염
려되게 합니다. 모든 일이 안정되고 큰 우환은 없습니까? 저
는 진관(津寬)으로부터 이리저리 옮겨 산 뒤로는 몸이 몹시
야위어져서 겨울철에는 조금도 회복되지 않았고, 봄철에 들어
와서는 뼈만 앙상하게 남을 정도로 파리해져서 보는 사람마다
놀라는데 자리에 눕지 않았을 뿐입니다. 집 사람도 병을 고치
러 서울로 갔다가 돌아온 뒤로는 힘없이 병석에 쓰러져 지금
까지도 소생되지 않고 있는데 이 병이야말로 어떻게 살기를
바랄 수 있겠습니까. 둘이 다 병들어 따로 살면서 서로 보살
피지 못하고 있어서 모든 상황이 더욱 궁색합니다. 그래서 더
욱 수척하여 형용이 몹시 야위어서 도리어 지난해 여름철에
찾아오셨을 때보다도 못합니다. 집에서 한가롭게 지낸다 하더
라도 버틸 수 없을 지경인데, 주상의 부르신 글을 받은 적이
지금 세 번이나 됩니다. 주상의 뜻이 자상하고 간절하시어 마
치 가정에 아버지와 아들의 사이와 같았습니다. 미천한 신하
가 그것을 읽고 나도 모르게 감동하여 눈물이 났습니다. 그러
나 이처럼 파리하고 피폐되었으니, 근본적으로 주상의 엄한
분부를 감당할 수가 없었지만 신하된 도리로 집에 누워 있을
수만 없기에 몸을 이끌고 서울에 가서 주상께 사직의 글을 올
리려 합니다. 그러나 저의 병으로 말한다면 서울에 간다면 반

드시 죽을 것입니다. 왜냐하면 집에서도 오래 앉아 있지를 못
합니다. 오래 앉아 있으면 얼굴이 파래지고 기운이 빠져서 스
스로 가눌 수가 없기 때문입니다. 이러한 병세로 서울에 들어
간다면 무례하게 욕심을 부리는 죄가 도리어 더욱 심하게 될
것입니다. 율곡은 더욱 여유만만해지고 있으니 본디 말할 것
조차도 없습니다마는 나에게 서울로 꼭 와야 한다고 애써 권
하면서 신하된 입장으로서 이와 같이 해서는 안 된다고 책망
하고 있으나 이 말은 옳지 않다 봅니다. 옛날에 최여지(崔與
之)가 임금의 부름을 받았을 때에 열세 번이나 사양하는 상소
를 올리고는 나가지 않았습니다. 최여지는 대신인데다 승상
(丞相)을 임명하였습니다. 대신으로서 부름을 받고도 이렇게
하였는데 더구나 쇠약하여 죽어가는 저 같은 일개 필부야 말
할 게 있겠습니까. 의리는 정미(精微)하기에 처지에 따라서
같지 않습니다. 어떻게 일정한 본보기가 있겠습니까 출처와
진퇴는 오직 의리에 따라 할 뿐입니다. 어떻게 꼭 임금의 명
령에만 따라 움직여야만이 신하의 당연한 도리라고 할 수 있
겠습니까. 지금 저의 병세가 이와 같은데도 기어코 살아서 갔
다가 죽어서 돌아오려고 계획한다면 그것은 처음부터 삶을 버
리고 의(義)를 취하는 처지가 아닌데다 구구(區區)하게 조정의
벼슬아치들의 사이에서 쓰러져 죽고 말 것이니, 우리 주상과
같은 좋은 시대의 큰 수치거리가 아니겠습니까. 이 때문에 세
번이나 생각했지만 결정짓지 못하였고 저의 마음도 가고 싶지
않습니다. 지금 형에게 결정을 받으려 하니 저를 위하여 결정
해 주시는 게 어떻겠습니까? 한결같이 올바른 의리로써 죽어
가는 사람을 구원해 주시기 빌고 빕니다. 두 차례 내린 교서
(敎書)를 벗껴서 보내 드리오니, 한번 보셨으면 합니다. 어진

주상께서 저 같이 어리석은 신하를 쓰고자 하십니다마는 이처럼 병을 안고 있어서 보답할 길이 없기에 다만 한밤중에까지 슬픔에 잠겨서 개연(慨然)히 눈물만 흘리고 있습니다. 이만 줄입니다. 계미(癸未)년 4월 21일에 혼은 드립니다.

　저의 일이 끝내 처리하기 어려운 것은 주상이 부르신 명령뿐만이 아닙니다. 이번에 상소하여 돌아가고 싶다는 뜻을 말씀드려 윤허를 받았다 하더라도 당상(堂上)의 중요한 품계는 개정을 받지 못하였으니, 집에서 한번 상소를 올려 개정해 주시기를 요청한다 해도 그 즉시 들어줄 가망성이 없을 듯합니다. 그렇다면 집에만 누워서 자꾸 상소를 올려야겠습니까? 만약에 집에만 있는 게 거북하다면 결국엔 대궐에 나아가 사직소(辭職疏)를 올리는 데까지 이를 것입니다. 이렇게 서너 차례 상소를 올린 뒤에도 만약에 윤허를 입지 못한다면 그만두고 집으로 돌아가지도 못할 것이고 그렇다고 명령에 따라 관작을 받는다는 것도 처음에 갖었던 마음이 아닙니다. 이러한 조목들이 종종 처리하기가 매우 어렵습니다. 빨리 죽지 않고는 편안히 있을 만한 곳이 없으니 자못 민망합니다. 형께서는 평탄(平坦)스런 하나의 길을 가리켜 주어 병든 사람이 쓸데없는 수심 속에 시달리지 않게 해 주시기 간절히 빌고 빕니다.

두 번째 상소의 비답(批答)에 이르기를 "그대의 전후 상소를 보고 나의 마음이 섭섭하였다. 지금 나는 그대의 경륜(經綸)을 맞아 함께 지금의 어려움을 구제하려고 하니 이야말로 뜻 있는 선비가 무언가 할 때이다. 그대는 번연히 생각을 고쳐 먹고 빨리 역마(驛馬)를 타고 서울로 올라오라 ……"하였습니다.

세 번째 상소의 비답에 이르기를 "그대의 상소를 보고는 그대가 병이 나서 그 즉시 올라오지 못하였다는 것을 알았다. 요즈음은 날씨가 화창하고 따뜻하니, 그대는 몸을 조리하여 서울로 올라오라. 설사 자리에 누워서 국사를 논한다 하더라도 거리낄 게 뭐가 있겠는가. 내가 그대를 기다리는 게 마치 주리고 목마른 것과 같다. 영원히 떠나서 돌아오지 않으려는 게 어찌 그대의 소원이겠는가. 더구나 지금 병판(兵判)은 그대의 옛 친구이니라. 내가 지금 그대를 발탁하여 참지(叅知)로 삼은 것이 어찌 의도가 없겠는가. 마음을 같이하고 덕행을 같이 할 기회가 바로 오늘에 있다. 그대는 어찌 번연히 올라와서 나의 간절한 소망에 부응하지 않는가? 그대는 다른 생각을 하지 말고 힘써 나서야 할 것이다.……" 하였습니다.

긴 여름날 강촌(江村)에서 낮에도 싸리문을 닫고 있는데, 정다운 심부름꾼이 멀리서 도착하였습니다. 종이에 가득찬 괴로운 말들이 모두 진퇴하기에 마음이 거북하다는 뜻이었으니 걱정되고 걱정이 됩니다. 저 같이 혼미한 사람으로서 지금 세 번 생각한 끝에 결정짓지 못하였다는 일에 대해 물음을 받고 보니, 멍하니 어떻게 답해야 할지를 모르겠습니다. 형의 병세가 작은 수레를 타고 서울에 이르러 기운을 차린 뒤에 주상과 대화할 수 있다면 어떻게 감히 전에 없던 특별한 예우를 입고도 사절한 채 스스로 안일하게만 지낼 수 있겠습니까. 참으로 그렇지 않다면 대궐에 들어가 재수받고자 하여도 자연히 못할 것이니 또 다른 사람에게 묻지 않고도 스스로 할 것입니다. 깊히 생각해 보건대, 존형이 난처하여 결정을 내리지 못하는 뜻은 융숭한 대우를 감당하기 어려워서 였고, 또한 나아가서 일한 바도 없어 착오가 생겨 처음에 가졌던 뜻과 어긋날까 두려워서 그런 것이지 단지 병을 걱정해서만은 아닙니다. 삼가 전후 주상이 내린 비답을 살펴보니, 형께서 만약 나서지 않는다면 이는 전에 없던 당대의 좋은 일이 형 때문에 저지되고 말 것이니, 또한 미안하지 않겠습니까. 한번 입대 (入對)하여 큰 계획을 말씀드려 보았다가 머물러 있을 만하면 머무르고 머물러 있을 수 없을 땐 돌아온다면 또한 뭐가 옳지 않을 것이 있겠습니까. 주상의 착한 마음의 기미가 열릴 때에 머뭇거리고, 양(陽)이 회복하려는 초기에 의아심을 가지고 지체한다는 것은, 아마도 진선(盡善)치 못하다고 봅니다. 우리들이 하는 일은 평탄한 가운데에 저절로 도리가 있습니다. 형께서는 너무나 깊이 생각하고 미리 탐색하느라 한번 행하고 한번 그치는 사이에 우려하고 시달리여 쓸데없이 정력을 낭비하지 마십시오. 저는 병을 피하여 돌아와 소박한 살림살이가 막 안정되었습니다. 깊숙한 방에 가만히 앉아 있노라니 귓가에 인적은 들리지 않고 비 갠 뒤 푸른 나무에 오직 산새들만이 때때로 지저귈 뿐입니다. 이제부터 서울하고는 점점 멀어지게 되었으니, 병만 피한 것이 아닙니다. 최가운(崔可運:최경창)과 윤사초(尹士初)는 모두 어렸을 때의 친구로 건강하여 병이 없었는데, 잇다라 죽었는데 저 같이 늙고 병들어 쇠약한 자가 또 어떻게 이 세상에 오래 살 수 있겠습니까. 한편으로는 죽은 사람을 위해서 슬퍼하고 한 편으로는 산 사람을 위해서 걱정합니다. 삼가 답합니다.

與浩原書

珥仕若氣瘁 漸不可支 可憫 茲廢人事 闕然不候 想不爲訝
承審避病永歸 不勝悵然 珥事不如意 恐歸期非遠也 浩原之
嘲固宜 但溺人之必援他人 勢所不免 如之何 且金應均事 上
提調欲更試才 奈何 應均之上 亦有他人 此所以難成也 靜極
復動之復 初以陽復 欲音入聲 更思之則動靜無端 陰陽無始

音以去聲爲是 以其不一動也 如何如何 上下缺
호원으로 부터 글

이(珥)는 공무에 시달리다 기운이 지쳐 점점 지탱할 수가 없으니, 민망합니다. 이 때문에 인사까지 폐지하게 되어 한동안 안부도 묻지 못했습니다만 의아하게 생각하지 않으시리라 여깁니다. 병을 피하여 영원히 산 속으로 돌아가셨다는 것을 살피고는 쓸쓸한 마음 견딜 수가 없습니다. 이는 일이 뜻대로 되지 않고 있으니, 아마도 돌아갈 날이 멀지 않은 것입니다. 호원이 저를 비웃는 것은 물론 당연합니다마는 물에 빠진 사람이 반드시 사람을 붙들려는 것은 형편상 면치 못할 일이니 어찌 합니까. 그리고 김응균(金應均)의 일에 있어서는 상급 제조(提調)가 다시 재주를 시험해 봐야겠다고 하니 어찌합니까? 응균의 위에 또 다른 사람이 있으니 이 때문에 이루기가 어려운 것입니다. 정(靜)이 다하면 다시 동(動)하게 된다는, 다시 부(復)자는 처음에는 양(陽)이 회복하는 것으로 보고 입성(入聲)으로 읽고자 했었으나 다시 생각하니 동과 정은 끝이 없고 음양(陰陽)은 처음이 없다고 할 때는 거성으로 발음하는 것이 옳다고 하는 것은 한 번만 동하지 않기 때문이라고 보는데 어떻게 생각하십니까? ※위·아래의 문장이 누락되었음

答浩原書
日者 謹承專使相問 深用感佩 前使告忙 身且有疾 復未盡情 追悚追悚 汎言則優襃不一不再 不可不出 而以時事精察之 則非但出無所事 亦恐顚沛又同叔獻也 當今惟兄獨全節無欠缺人也 甚爲兄憂慮也 曾嘲叔獻每援吾兄 則答以溺人之援人 亦不得不爾云 望吾兄無爲共溺入也 今年無意相會信宿如去年時 衰境可憐 (삼현수간 利24 글과 同)

호원에게 보내는 글

근래에 사람을 보내 안부를 물어 주셨으므로 깊이 감명하여 잊지 않고 있습니다. 지난번에 온 심부름꾼은 바쁘다 하고 저 역시 병이 있어서 답장에 사정을 다 쓰지 못했기에 죄송하고 죄송합니다. 보편적으로 말한다면 우대하는 포상이 한 두 번이 아니었으니 나서지 않을 수가 없었습니다마는 현재의 사정으로 상세하게 살펴본다면 나가서 일도 할 수 없을 뿐만이 아니라 숙헌처럼 실패할까 염려됩니다. 현재 오직 형만이 지조를 온전히 지켜 흠이 없는 사람으로 형을 위해서 걱정하고 있습니다. 일찍이 내가 숙헌에게 매양 형을 끌어들인다고 비웃었더니, 그가 물에 빠진 사람이 남을 붙잡는 것은 어쩔 수 없는 일이라고 대답하였습니다. 형께서는 같이 빠진 사람이 되지 마십시오. 올해는 지난해처럼 서로 만나 한 이틀 동안 이야기해 보려는 의욕이 없으니 쇠잔한 경지에 이르렀다는 생각에 가련합니다. (삼현수간 利24와 동)

答浩原叔獻書

閉戶吟病 遙想方劇 忽承二兄被召入洛 一喜一憂 栗谷兄路中惌和示 爲念爲念 家弟貢疏 驚怪驚怪 弟殊不知易之困有言不信之道也 弟終始無一語及此 日昨有書云 欲獨身當禍不通 是以其身異僕看 愚亦深矣 憂亦憂喜亦喜之理安在 弟僻處深谷 不聞京洛事 如是妄動 奈何奈何 弟非昏庸 而屢失於動 斯亦命矣夫 是皆僕無自修之致 深愧 僉兄來示諸葛孔明之有愧於吾儒者 必欲恢復 而有些謀利計功事 是無學故也

雖然 孔明非知守正安義而不爲者也 不知而不爲者也 所示栗
谷兄之意甚正 宜持而勿失 若夫成敗則天也 如或少出入於此
而又復較短長利害 則是孔明之罪人也 更以自守嚴正 使外邪
不得窺覦 謙恭禮士等事 仰勉焉 夫市恩掠美 碌碌細人之行
而敢以是有望於左右耶 或人之說 未可知也 牛溪兄當今日
似不可遲迴退托 如承更召則不俟駕盡心力 是幸 大抵不能守
己以正 何可責人以正 當進而不進 或生他念 則是亦非正 更
仰精思 謹復

호원과 숙헌에게 답한 글

　문을 닫고 신음하면서 간절하게 생각하던 차에 두 형께서 주
상의 부름을 받고 서울로 가셨다는 소식을 갑자기 받으니, 한
편으로는 기쁘고 한편으로는 걱정이 되기도 합니다. 율곡형이
가는 도중에 병이 났다하니 염려되고 염려됩니다. 제 집 아우
가 상소를 올렸다하니 놀랍고도 괴이합니다. 아우가 자못 「주
역(周易)」의 곤괘(困卦)에 "곤경의 처지에서는 몸을 닦아야지
말로만은 믿음을 받지 못한다."는 도리를 모르고 있습니다.
아우가 처음부터 끝까지 이 일에 대해서 한마디 말도 안 했습
니다. 그런데 엊그제 서신에서 "혼자 화를 당하고자 하였으나
통하지 않는다."하였습니다. 이는 그의 몸을 종과 같이 보지
않는 것이니 어리석기 한이 없습니다. 근심할 땐 같이 근심하
고, 기뻐할 땐 같이 기뻐하는 이치가 어디에 있습니까? 아우
가 깊은 골짜기에 떨어져 살다 보니 서울의 일을 듣지 못하여
이처럼 함부로 행동하였으니 어찌한단 말입니까. 아우는 어둡
고 용렬하지 않은데 자주 행동이 빗나가니 이게 또한 운명인

가 봅니다. 이러한 것은 모두 제가 스스로 닦지 않은 소치이
니 형들에게 매우 부끄럽습니다. 형이 "제갈공명(諸葛孔明)이
우리 유자(儒者·선비)에게 부끄러움이 있는 것은 반드시 한
(漢) 나라를 회복하고자 하였기에 이익을 도모하고 공을 계산
하는 일이 조금 있는데 이는 학문이 없었기 때문입니다. 그러
나 공명이 정도를 지키고 의리를 편안히 여길 줄을 알고도 행
하지 않는 것이 아니라 알지 못해서 행하지 못한 것이다."고
말씀하신 율곡형의 뜻이 매우 바르니 굳게 지켜 잃지 않아야
겠습니다. 일이 이루어지고 이루어지지 않은 데에 있어서는
하늘에 달려 있습니다. 만약에 조금이라도 여기에 넘나들면서
또 다시 장단과 이해를 비교한다면 이는 공명의 죄입니다. 다
시 스스로를 엄하고 바르게 지켜 외부로부터 사악이 엿보지
못하게 하며 겸공(謙恭)한 자세로 선비를 예우하는 등등의 일
로 힘쓰기를 바랍니다. 대체로 은혜를 팔고 아름다운 이름을
빼앗는 것은 보잘 것 없는 소인들이나 하는 행동이니 이로써
그대들에게 바랄 수 있겠습니까? 어떤 사람의 말은 알 수가
없습니다. 우계형은 지금에 있어서 머뭇거리며 물러나려고 해
서는 안 될 것 같습니다. 그러니 만약에 다시 부름을 받게 되
면 지체하지 말고 곧 올라가서 마음과 힘을 다해 주었으면 다
행이겠습니다. 대체로 자기 자신을 정도로 지키지 못하면 어
떻게 남에게 정도로 책망할 수 있겠습니까. 나아가야 할 때에
나아가지 않고 혹시라도 다른 생각을 한다면 이 또한 정도가
아닙니다. 다시 잘 생각하시기 바랍니다. 삼가 답합니다.

答浩原書 ※삼현수간 利25와 같음

暑熱方熾 伏想靜居萬安 無任歆慕之至 數日前 承兩度手札
來自金選仲家 三復展玩 不勝慰豁 渾柴毀日甚 至於臥不能
起 萬不得已辭免至四 則聖旨有曰 爾若不起 當如蒼生何 縱
不顧予一人 其不念祖宗乎云云 承命震怖 驚魂屢散 自欲奉
章堅辭 而又念人臣分義 堅臥于家 爲不能自安 乃舁疾起行
今宿碧蹄 倘不死於道路 則欲拜章闕下 以請改正而歸矣 雖
然 氣息如絲 莫保朝夕 如其死於京師 則死猶作無恥之鬼也
可悶可悶 然渾若得過七月 則連命猶可冀 異日溪上 當有同
禍之日也 伏願請養日厚 餘外千萬不宣

　　　　　　　　　　　　癸未五月十二日 渾拜

※삼현수간 利26와 같음

霖雨鬱蒸 未委起居何如 戀戀無已 過高陽時 奉一狀託太
守傳達 其已呈徹否 渾到京僵臥十日 始得赴闕拜疏 則其
日除授吏曹參議 且賜品帶 兢惶震越狼狽而退矣 渾今有
一事未決 願兄決之 吏曹初非可仕之地 決不可供職 則三
上章 倘未蒙允 渾欲退而席藁待罪 以待官限之滿 而臣子
之情 如此持久 極爲未安 或勸三辭未得 則當謝恩 退而
呈辭遞免云 渾以爲不供職之官 義難謝恩 未肅拜而經遞
則亦無他路 殊以爲悶也 退待限滿與肅拜呈辭 二者得失
如何 伏願垂誨何如 廢疾不死 而又遭此事 上以羞辱朝廷
不量而入 固當喫此憂煎也 愧死愧死

　　　　　　　　五月二十五日 渾拜

向承宿碧蹄一書　疊奉入洛情翰　慰謝慰謝　特移銓衡品帶
之錫　恩寵兼至　聞來感動　下示退待限　滿輿　肅拜呈辭二
事　俱似未安　心欲不供其職而徑拜　義所示安　聖上虛心傾
佇　而坐待限蒲　亦非事君以誠之道　兩未知其可也　胡文定
曰　人之出處語黙　如寒溫飢飽　自知斟酌　非決於人　亦非
人所能決也　抑未知今日尊兄自定之如何也　禮遇旣如是
病若可堪　則出而拜命　治其任　若或未堪　則出而還入　似
亦無妨　亦未知今日銓曹有何等事　而山野人就不就當不當
如何也　惟望勉得其中　適偏頭痛甚　復未一一

호원의 글에 답함

더위가 막 성해지고 있습니다. 조용히 지내신 중 편안하실 줄로
사료되는데, 사모하는 간절한 마음 금할 수 없습니다. 며칠 전에
김선중(金選仲)의 집으로부터 온 두 차례의 편지를 받아 펼쳐 거
듭 읽고 위로와 시원함이 그지없었습니다. 저는 날로 더욱 말라
심지어는 누웠다가 일어나지도 못하게 되었으므로 하는 수 없이
네 차례나 면직해 주라는 상소를 올렸습니다. 그런데 주상의 교
지(教旨)에 "네가 만약 나서지 않는다면 백성들은 어떻게 할 것
인가" 하였습니다. 이러한 명령을 받고 깜짝 놀라 정신이 여러버
흩어 졌습니다.
이에 상소를 올려 굳이 사양하려고 하였지만 다시 생각해 보니
신하된 도리로 집에만 굳이 누워 있는게 스스로의 마음에 편안치
않기에 병든 몸을 이끌고 출발하여 지금 벽제(碧蹄)에서 묵고 있
습니다. 만약에 도중에서 죽지 않는다면 대궐에 나아가 상소를
올려 관작을 개정해 주라 청하고 돌아오겠습니다. 그렇지만 기식
(氣息)이 실낱과 같아서 조석도 보장 못할 지경이므로 만약 서울

에서 죽게 된다면 죽어서까지도 무치(無恥)한 귀신이 될 것이니, 답답하고 답답합니다. 그러나 제가 만약 7월을 넘긴다면 목숨의 연장을 기대할 수 있을 것이니, 후일 계상(溪上)에서 함께 축수할 날이 있을 것입니다. 정양(靜養)은 날로 잘 하시기 바라며 이밖에 수많은 사연은 다 쓰지 못합니다.

계미(1583) 5월 12일 혼은 배합니다.

답답하고 찌는 듯한 장마 속에 건강은 어떠하신지요? 사모해 마지않습니다. 고양군(高陽郡)을 지날 때에 한 통의 편지를 써서 태수에게 전달해 달라고 부탁하였는데, 받으셨습니까? 저는 서울에 이르러 쓰러져 누운 지 열흘 만에 비로소 대궐에 나아가 상소를 올렸는데, 그 날이 이조 참의 (吏曹參議)를 제수하시고 또 품대(品帶)까지 하사하시니 황공하고 놀라 허겁지겁 물러났습니다. 제가 지금 한 가지 해결하지 못할 일이 있으니 형께서 결정해 주시기 바랍니다. 이조는 원래 제가 출사(出仕)할만한 곳이 아니므로 결코 직무를 볼 수 없습니다. 그러므로 세 번 상소를 올려 만약에 윤허를 받지 못한다면 저는 물러가서 짚자리에 앉아 처벌을 기다리면서 관한(官限)이 차기를 기다리려고 하나 신하의 심정으로 이와 같이 오래 끌기에는 거북합니다. 어떤 사람은 "세 번 사양하고도 윤허를 받지 못할 경우엔 주상이 임명한 은혜에 사례하고 물러나 사직소를 올려 체면해 달라고 하라" 권합니다만 저의 생각에는 직무를 보지 아니한 관원으로는 의분상 주상의 은혜를 사례하기 어렵고 숙배(肅拜)하지 않고 체직하려면 다른 길이 없으니, 자못 민망합니다. 물러가 과만이 차기를 기다리는 것과 숙배하고 나서 사직 상소를 몰리는 이 두 가지 중에 어떤 게 더 났겠습니까? 가르쳐 주셨으면 합니다. 폐질에 걸려 죽지 않고 또 이러한 일을 당하여 위로는 조정에 수욕을 끼쳤는데 자신의 역량을 헤아려 보지도 않고 조정에 들어왔으니 참으로 이러한 우환을 맛보는 게 당연합니다. 부끄럽기 그지없습니다.

5월 25일에 혼은 배합니다.

엊그제 백제관에서 묵으실 때 보낸 편지 한 통을 받았고 거듭 서울로 들어가서 보낸 정다운 편지를 받으니 감사합니다. 특별히 전형(銓衡)의 직으로 옮기고 품대(品帶)까지 하사하셨다니, 은총이 아울러 지극합니다. 이를 듣고는 감동하였습니다. 말씀하신 '물러나 과만이 차기를 기다리는 것과 숙배하고 나서 사직 상소를 올린다'는 두 가지 일은 모두 거북한 것 같습니다. 마음에는 직무를 안 보려고 하면서 곧장 제수(除授)[30] 받는다는 것은 의리상 거북하고, 어진 주상께서 마음을 비우고 기대하고 계시는데, 가만히 앉아서 과만이 차기만을 기다리는 것도 정성으로 임금을 섬기는 도리가 아니니, 둘 다 옳은 일이지 모르겠습니다. 호문정(胡文定)이 말하기를 "사람이 출처(出處)와 어묵(語黙)은 마치 춥고 덥고 배고프고 배부른 것과 같아서 스스로가 헤아려서 해야지 남에게 결정 받을 것이 아닌 것이며 또한 남이 결정할 수 있는 것이 아니다" 하였는데 지금 존형은 스스로 어떻게 정하셨습니까? 주상의 예우가 이미 이와 같으니, 형의 병세가 견딜 만 하다면 나가서 관직을 재수 받아 임무를 보되, 만약에 감당 못하겠다면 나갔다가 다시 들어와도 괜찮다고 봅니다마는 현재 전조에 무슨 일이 있으며 초야에 사람이 취임하느냐 안 하느냐에 어떤 것이 옳은지 그른지를 모르겠습니다. 오직 중도에 맞게 힘쓰시기 바랍니다. 마침 편두통이 심하여 일일이 회답하지 못합니다.

---

30) 제수(除授) : 천거에 의하지 않고 임금이 직접 벼슬을 내리는 것.

答浩原書

浮謗之至 任之而已 自修而已 介懷致意 雖欲百計防塞 亦何
有補 吾兄之潛德林泉 叔獻之盡心朝堂 聞方困指摘 世道可
惜 如僕淺庸 應不在數計中 而亦且云云云 可笑 爲所當爲
豈以自外至者 爲吾勸沮 謹復

호원의 글에 답함

허튼 비방이 내게 오면 그대로 둘 뿐이며 스스로를 닦을 따름
입니다. 마음속에 두고 신경을 써서 백방으로 막으려 한들 또
한 무슨 도움이 있겠습니까. 형께서는 초야에서 덕을 감추고
숙헌은 조정에서 마음을 다하고 있으나, 사람들의 지적 속에
곤욕을 치르고 있다 하니, 세도(世道)가 애석합니다. 저 같이
얕고 못난 사람은 응당 그들의 계산속에 있지 않을 것인데 역
시 이러쿵저러쿵 한다니 가소롭습니다. 당연히 할 일을 할 뿐
입니다. 어떻게 외부에서 오는 것이 나에게 권장이 되거나 저
지가 되겠습니까. 삼가 답합니다.

答叔獻書

久阻徽音 窮斜方切 忽承情緘 蘇慰可言 珥困痒方劇 而
毀 謗日深 至於兩司交章論劾 而猶不敢爲退計 有若包羞
無恥者 此生良苦良苦 北報日急 兵單食少 無以支撐 未知
今冬如何收殺也 量田籍軍二事 今已啓罷 州縣何不周告民
間耶 浩原辭爵不得 今將拜恩 猶以抵死辭銓任 斷定於心
此人固執可憫 士習日非 朝廷日亂 此憂甚於北報 而廟堂
方眠 奈如之何 汝式書謹悉 焚蕩則事已過矣 言之無益 今
冬可善處耳 加平田役 只給綿布一疋而送之 厥後無言矣
姜君事 人亦有言此者 第未知虛實 其人果是雅儒也 賊魁
授首 則珥亦歸田矣 第天災慘酷 百年來所未見也 民生何
辜 可憫可憫 管城二玄一筭 蓉香二柄 唐香二十餘柄汗上
適患疾 謹草　　　　六月二日. 珥

芳緘與浩原書俱至 兩司論兄 爲目甚峻 警駭警駭 久知有此
而安知遄 見於 今日耶 天災旣酷 北賊又熾 受國深恩 勢不
可奉身歸去 亦不可爲人沮抑 無所事濡滯 而至令吾身 同
吾國顚沛 此間進退 良可寒心 然無益國事 有損吾義 莫如
早歸之爲得 嘗見邵堯夫詩云 士老林泉誠所願 民顚溝壑諒
何辜 此致吾兄今日事也 寄來清香筆墨 添得閑中一般好工
夫 爲惠不淺 頭白眼昏 漸知讀書之爲樂 死日且迫 樂不可
久 可歎可歎 浩原何不有所施爲有不可處乃歸也 謹復

숙헌의 글에 답함

오랫동안 좋은 소식이 막혀 한 참 애타게 기다리던 중에 갑자기 정다운 편지를 받으니 기쁜 마음 말로 형용할 수 있겠습니까. 이(珥)는 한창 시달리고 있는데 비방은 나날이 심해져서 양사(兩司)가 번갈아 상소를 올려 탄핵까지 하고 있습니다. 그러나 아직도 물러나려고 생각지도 않은 채 마치 수치를 안고 염치가 없는 자처럼 하고 있으니, 이 몸이 정말 고달프고 고달픕니다. 북녘의 보고는 나날이 다급한데, 군대는 약하고 식량도 적어서 유지할 수가 없으니 올 겨울에는 어떻게 수습할지 모르겠습니다. 토지의 과세와 군인을 뽑는 두 가지 일은 이미 아뢰어 중지 하였는데, 주현(州縣)에서는 어째서 백성들에게 두루 알리지 않는 답니까? 호원은 관직을 사면하지 못하여 지금 주상의 은혜를 사례 하려고 합니다마는 아직도 한사코 앞의 직임을 사양하기로 마음에 단단히 결정하고 있으니, 이 사람의 고집은 딱하기만 합니다. 선비들의 습관은 날로 잘못되어 가고 조정은 나날이 문란해지고 있으니 이러한 근심은 북녘의 소식보다 심합니다. 그런데 묘당(廟堂)은 한창 잠들어 있으니 어찌한단 말입니까? 여식(汝式 조헌(趙憲)의 자)의 편지는 삼가 잘 보았습니다. 불 재물을 다 태워 버린 것은 지나간 일입니다 말해보았자 아무런 이익이 없습니다. 올 겨울에는 잘 처리할 것입니다. 가평(加平)의 전답 역사에 다만 무명베 한 필만 지급해 보냈었는데 그 뒤로는 아무 말이 없습니다. 강군(姜君)의 일에 대해서는 사람들이 말한 자도 있으니 사실인지의 여부를 알 수는 없으나 그 사람은 과연 단아한 선비입니다. 적의 괴수가 잡히면 이(珥)도 전원으로 돌아가겠습니다. 다만 천재지변은 백 년의 후로는 보지 못했던 참혹한 것입니다. 민생이 무슨 죄가 있겠습니까. 안

타깝고 안타깝습니다. 붓 두 자루와 먹 한 개와 홀(笏), 용향(蓉香) 두 개와 당향(唐香) 20여개를 부끄럽지만 올립니다. 때마침 병을 앓아 겨우 썼습니다.　　6월 2일에 이(珥)

　형의 편지와 호원의 서신이 동시에 왔는데 양사(兩司)가 형을 논핵하면서 매우 심하게 지목했다 하니 놀랍고 놀랍습니다. 오래 전부터 이러한 일이 있을 줄을 알았습니다마는 오늘날 빨리 나타날 줄이야 어떻게 알았겠습니까! 천재지변이 혹독하였고 북녘의 적도 강성하고 있는데 나라의 깊은 은혜를 입었으니 사세상 내 몸만 위해서 돌아갈 수가 없으며 또한 남에게 저지되고 억제되어 하는 일 없이 머물러 있으면서 내 몸으로 하여금 내 나라와 함께 꺼꾸러진 데 이르게 할 수는 없으니 여기의 진퇴(進退)는 참으로 한심스럽습니다. 그러나 국사에는 이익이 없고 나의 의리만 손상시키고 있으니 일찌감치 고향으로 돌아가는 것만 못합니다. 일찍이 소요부(邵堯夫 송의 학자 이름은 옹(雍))의 시를 보니 "임천(林泉)에서 늙고자 하는 것은 선비의 소원인데 구렁텅이에 빠진 백성은 무슨 죄인가?" 하였는데 이는 바로 우리 형의 오늘날 일이라 하겠습니다. 보내신 청향(淸香)과 필묵(筆墨)은 한가한 가운데 좋은 공부를 더하게 되었으니 그 은혜 얕지 않습니다. 머리가 희고 눈이 어두워서야 차츰 독서의 즐거움을 알겠으나 죽을 날이 가까워져서 그 즐거움도 오래갈 수 없으니 한탄스럽고 한탄스럽습니다. 호원은 어찌하여 하는 일도 없으며 또 가히 처하지 못할 곳에 있으면서 돌아오지 않는 답니까? 삼가 답합니다.

答浩原書

謹奉情札 褒尊兄聖批 攻叔獻駭機 一時兼至 喜少憂多 驚
惶靡定 安有事勢若此 而能有成就者乎 但尊兄以山野之人
一朝受聖君知遇 旣蹋朝端 何不瀝盡胸中所蘊 論時事日非
邪正倒置 冀廻聖衷 使前後起兄之殊命 終不歸無用虛文
而少有所補益於今日也 此乃理所當爲 奉章時 亦不可含糊
緩辭 只作奉身自全計而已 叔獻被斥 兄何忍獨保 尊兄雖
欲以不出自處 旣出矣 宜有所施爲 逢不可然後歸來 何可
先斷自畫 來無所事 去無所述徒往來紛紛耶 謹答

호원의 글에 답함

　삼가 정다운 편지를 받아 보니 형을 칭찬한 어진 주상의 비답
과 숙헌을 공격하는 놀라운 사태의 소식이 일시에 같이 이르렀
는데 기쁨은 적고 근심은 많아 놀랍고 두려워서 마음을 정하지
못하겠습니다. 사세가 이러고서야 뜻을 성취할 수가 있겠습니
까. 다만 형께서는 초야의 사람으로 하루 아침에 어진 임금의
알아줌을 받아 이미 조정에 나아갔으니 어찌 가슴 속에 쌓아둔
것을 죄다 짜내어 시사(時事)가 날로 잘못되어가고 사정(邪正)
이 도치된 점을 논하여 주상의 어진 마음을 돌이켜 전후 형을
부른 특별한 명으로 하여금 허식으로 끝나지 않게 하여 조금이
라도 지금 사태에 도움이 있게 하지 않습니까? 이것은 당연히
해야 할 도리이니 상소를 올릴 때에도 적당히 얼버무려 다만
자신을 위해 스스로 온전히 하려는 꾀만 해서는 안 될 것입니
다. 숙헌이 배척을 입었는데 형께서는 어찌 차마 자신만 보호

하시겠습니까? 형이 비록 세상에 나가지 않았다고 자처하고 싶지마는 이미 세상에 나왔으니 무언가 해 보아 안 되겠다는 상황에 봉착된 다음에 돌아와야 할 것입니다. 어떻게 미리 안 되리라 단안을 내리고 스스로 한계를 지어 와서는 일한 바가 없고 떠나서는 술(述)한 바도 없이 한갓 왔다갔다 시끄럽게만 해서야 되겠습니까? 삼가 답합니다.

答叔獻書

積戀之際 謹承手翰 良用感慰 閒居有相 道况淸勝 幸
甚幸甚 珥積勞致傷 長臥呻吟 可歎 擧朝力攻 天鑑孔昭
雖免禍患 退計則決矣 只念國勢岌岌 天恩罔報 是用寢
食不安耳 前後朝報 散亂不收 只一丈送上 此可見天心
之所存矣 浩原去就尙未定 而遭此震薄 豈能爲留計乎
朝起眩作 書不能悉

季夏二十四日 珥拜

謹奉回示與朝報 不但於國事無復可爲 將有前頭莫測之
患 只合舍車賁趾而已 萬事何說 船歸故里 道况何若 京
友有書云 自兄去國 閭里小民 下至牛童馬卒 相弔歎息
而逐時論求進取者 莫不彈冠自得云 公論竟歸於庸陋下
流 時事可歎 此小謂匹夫匹婦之不可欺者耶 惟願深藏自
修 俯讀仰思 所養旣厚 立言垂後 裨補風化 亦豈淺淺
吾兄報答聖君恩寵 在此有餘 又誰能禁哉 不亦多於立朝
端無設施 抱志躊躇 動遭人謗者乎 謹復

숙헌의 글에 답함

사모의 마음이 쌓이던 즈음에 삼가 보내 주신 편지를 받으니 참으로 감사하옵고 위로 됩니다. 한가하게 지내는 가운데 신의 도움이 있어 도황(道況)이 좋으시다 하니 매우 다행스럽습니다. 이(珥)는 피로가 쌓여서 몸이 아파 병석에 오래 누워 신음하고 있으니 탄식할 일입니다. 온 조정이 저를 매우 공격하는데도 주상의 견해가 몹시 밝아 화를 면하였지마는 돌아가려고 계획을 결정하였습니다. 다만 생각건대, 나라의 형세는 위태로운데 주상의 은혜를 갚을 수가 없기 때문에 침식(寢食)이 불안합니다. 전후의 조보(朝報)는 흩어져서 모아 놓지 않았기에 한 장만 보내 드립니다마는 이것으로도 주상의 마음이 있는 바를 볼 수 있을 것입니다. 호원은 거취를 아직 결정짓지 않았는데 이처럼 급박한 재촉을 당했으니 어떻게 머물려고 생각하겠습니까? 아침에 일어나니 현기증이 발작하여 자세히 쓰지 못하였습니다.

6월 29일에 이(珥)는 배합니다.

삼가 회답과 조보를 받고 보니 국사를 다시 어떻게 할 수 없을 뿐만이 아니라 앞으로 예측할 수 없는 근심이 있으니 벼슬을 버리고 돌아와 내 의리를 지키는 게 합당할 뿐입니다. 만사를 말할 게 있겠습니까. 배편으로 고향에 돌아온 뒤로 도황은 어떠하신지요? 서울 벗으로부터 온 편지에 "형께서 조정을 떠나신 뒤로 여염의 백성들로부터 아래로 소먹이는 아이와 말몰이꾼에 이르기까지 서로 안 됐다 탄식하고 있는데, 시론(時論)을 쫓아 진급을 찾는 자들은 너나없이 갓에 먼지를 털고 의기 양양해 한다"고 하였습니다. 공론이 마침내 어리석고 비루한 하류들에게 돌아가니 시사(時事)가 탄식스럽습니다. 이것이 이른바 필부필부(匹夫匹婦)도 속일 수가 없는 것이 아니겠습니까? 오직 길이 감추고 스스로를 닦으며 굽어 읽고 우러러 생각하시어 함양이 두텁게 된 다음에 좋은 말을 써서 후세에 남기십시오. 그러면 풍화(風化)를 도우는 것 역시 어찌 얕다고 하겠습니까. 형께서 어진 주상의 은총에 보답하는 게 이것으로도 넉넉할 것입니다. 또한 누가 못하게 할 수 있겠습니까? 또한 조정에 서서 일을 하지도 못한채 뜻만 품고 망설이다 자칫 사람들의 비방을 당하는 것보다는 훨씬 낫지 않겠습니까. 삼가 답합니다.

答浩原書

伏承手札 三復慰豁 恭審學履佳勝 欣慕無比 渾只爲辭職而來 只見病之一字 而不得已拜受堂上之命 今將歸矣 而叔獻之事遽出 其爲吐舌 可勝言哉 渾今已草疏 以明叔獻之無他 其言直截 無少回護 則深恐大致激怒 重傷叔獻 無益世道 而祗以取禍 以此方善思不已矣 且如渾者 山野賤士 以退爲義 廢疾垂死 不知其他 而忽欲極論邪黨 以蹈世患 未知於語黙之節 如何也 朱子草疏而焚之以避禍 古人以侍從之臣而尚如此 況如我不仕者乎 如有來便 切願更示也 此則論我耳 今所憂者 只恐激發禍機 使叔獻 重受酷烈之患也 諫院啓辭 有據法請罪之說 若以無君之罪加之 則渾必與之同死矣 尚何說哉 尚何說哉

六月二十三日 渾拜

叔獻去國 兄獨留洛 心事可想 叔獻欲還海西 猶滯坡山 吾兄
還若趁未還可遂三人相對一敍 實暮年難再之幸事 聞叔獻事
無一人排時議 正其論至如思庵爲首相 亦且含糊云 可歎 聖
上旣以叔獻之友 待吾兄 吾兄不以叔獻之友 自處其身耶 此
實國家興喪之幾 非爲叔獻一身私事也 僕意前書盡之 今又何
煩 下示焚疏等事 恐與此事不同也 僕之謂以叔獻之友自處者
以正直 處已也 謹復

호원이 답한 글

　삼가 편지를 받아 되풀이해 읽고 나니 위로되어 탁 트입니다.
건강이 좋으시다 하니 사모의 정을 비할 데 없습니다. 혼은 다만
사직하기 위해 왔기에 병이 들었다는 한 글자만 나타내었는데 할
수 없이 당상관(堂上官) 재수의 명을 받았습니다. 이제 돌아가려
는 참이었는데 숙헌의 일이 갑자기 생겼으니 그 놀라움을 이루
다 말할 수 있겠습니까? 혼은 이제 이미 상소의 초안을 잡아 숙
헌이 별다른 게 없다는 것을 밝히려 합니다. 그런데 상소의 말을
바로 끊어 조금도 회호(回護)함이 없으면 크게 그들의 분노를 자
극하여 거듭 숙헌만 해를 입고 세도(世道)에는 도움도 없이 화만
취할까 걱정되어 이에 대해 계속 심사숙고 하는 중입니다. 또 혼
과 같은 사람은 초야의 미천한 선비로 물러서는 것으로 의리를
삼고 있는데다 고질에 걸려 죽음에 임박하였으므로 그 외에 일은
모르고 있는데, 갑자기 사특한 도당을 몹시 논핵하다 세상의 환
란을 밝게 된다면 말해야 할 때 말하고 침묵을 지켜야 할 때 침
묵을 지켜야하는 절도에 어떨지 모르겠습니다. 주자(朱子)께서도
상소를 초안하였다가 불사르고 화를 피하였습니다. 고민은 측근
의 신하로서도 이와 같이 하였는데 더구나 벼슬하지 않은 저 같
은 사람은 말할 게 있겠습니까. 만약에 인편이 있으면 다시 이에

대해 말씀해 주시기 바랍니다. 이는 나에 대한 것만 논한 것입니다. 지금 근심하는 것은 다만 화의 조짐을 격발시켜 숙헌이 거듭 혹독한 환란을 받을까 우려할 뿐입니다. 간원(諫院)의 계사(啓辭) 가운데 법에 의거하여 벌을 주라는 말이 있으니 만약에 임금을 없인 여긴다는 죄로 덮어씌운다면 혼도 반드시 같이 죽게 될 것입니다. 더 이상 무슨 말을 하며 무슨 말을 하겠습니까.

6월 23일에 혼은 올립니다.

숙헌은 조정을 떠났는데 형만 홀로 서울에 남았으니 형의 마음을 상상할 만합니다. 숙헌이 해서(海西)로 돌아갈려고 하는데 아직 파산(坡山)에 체류하고 있으니 형께서 그가 떠나기 전에 돌아 오신다면 세 사람이 마주 대하여 회포를 한번 펼 수 있을 것이니 이는 실로 늙으막에 두 번 다시 있을 수 없는 다행한 일이겠습니다. 숙헌의 일에 대하여 시의(時議)를 배척하여 그 의론을 바로잡아 줄 사람이 하나도 없고 심지어는 사암(思菴) 박순(朴淳)이 수상으로 있으면서 입을 다물고 있다 하니 탄식할 일입니다. 어진 주상께서 이미 숙헌의 벗으로 형을 대하고 있는데 형은 숙헌의 친구로 자처하지 않겠습니까? 이는 실로 국가가 흥하느냐 망하느냐의 계기지 숙헌 일신을 위하는 사사로운 일이 아닙니다. 저의 뜻은 저번 편지에 다 이야기하였으니 이제 다시 번거롭게 할 것이 있겠습니까. 말씀하신 상소를 불태웠다는 등의 일은 아마 이 일과는 같지 않으리라 봅니다. 제가 숙헌의 벗으로 자처하여야 한다는 것은 정직하게 자기 몸을 처신 하는 것입니다. 삼가 답합니다.

與鄭喪人時晦書

聖人制禮 節以天理 以不克喪爲非孝 非義而生 固不可也
非義而死 亦不可也 今得朋友來傳及鳴谷書 經冬襦衣 盛
夏不脫 或露坐烈炎中 以助痛楚 如哭泣之過度 毁瘠之滅
性及 奠祭時 小小滌器烹飪等事 必一一身自爲之 不假僕
人之助云 無非喪主 自盡之道 聞來驚歎 孝侍平日讀書講
理以中正自期待 今臨大事 反爲偏急危迫之行 心甚未安
君子愛人以德 況僕之於孝侍 非姑爲緩辭 愛其身不愛其
禮 只欲其生者耶 望須追思先大人憂疾之念 事死如生 繼
以慈闈爲念 以滅性爲非義 無爲不孝之歸 天下事無二道
過則非禮 非禮則何可行也

정 상인 시회에게 준 글

성인이 예를 제정할 때 천리(天理)로써 절제하여 상사(喪事)를
마치지 못한 것은 효도로 여기지 않았습니다. 의롭지 않게 사
는 것은 참으로 옳지 않지만 의롭지 않게 죽는 것 또한 옳지
않습니다. 이제 벗들이 전한 말과 명곡(鳴谷)이 보낸 편지를
보니, 겨울 내내 입었던 동옷을 한 여름에도 벗지 않는가 하
면 혹은 뜨겁게 내리쬐는 햇볕 속에 앉아 아픈 마음을 달래기
도 하며, 지나치게 곡읍(哭泣)하며, 생명에 지장이 있을 정도
로 수척하였다는 것과 그릇을 씻고 음식을 삶는 등 사소한 일
까지도 반드시 일일이 몸소 하여 하인들의 도움을 받지 않는
다 하였는데 이는 어느 것이나 상주(喪主)로서 마음껏 해야
할 일이겠습니다 마는 듣고는 놀라고 탄식하였습니다. 그대가
평일에 글을 읽고 이치를 강구하여 모든 일을 중도에 맞게 하

려고 스스로 기대하였을 것인데 지금 큰 일에 임하여 도리어 치우치고 조급하고 위험스런 행동을 하니 마음에 매우 거북스럽습니다. 군자는 사람을 덕(德)으로 사랑한다 하였는데 더구나 나와 그대는 짐짓 느슨히 말하여 몸만 아끼고 예는 소홀히 하여 살리려고만 하는 그런 사이가 아닌데 말할 게 있겠습니까. 바라건데 돌아가신 아버님이 그대가 병이나 나지 않을까 걱정하시던 마음을 생각하여 죽은 사람을 살아 있는 사람처럼 섬기시고, 이어서 어머님을 생각해서라도 생명에 지장이 있으면 의리가 아니니 불효로 돌아가지 않게 하였으면 합니다. 천하의 일은 두 가지 길이 없습니다. 지나치면 예가 아니니 예가 아닌 것을 행할 수 있겠습니까.

龜峯侍史

※목판본에는 없으며 / 三賢手簡 (利)20번 글임

邊城被陷　國恥大矣　文恬武嬉　百有餘年　無兵無食
百計無策　眞所謂善者無如之何矣　見兄貽舍弟書　欲使
珥長宿本司　此固然矣　但此邊報寢息間　廷臣之會議者
必至滿月　鄙人雖宿本司　必待大臣之來始議事　則獨宿
無益也　況病骨　亦當調保爲可繼之道矣　極邊無人　殘堡
被賊陷入　而兵官先自動搖　亦太怯矣　第因此上心遽變
欲爲吏張改紀之計　此實宗社之福也　此時有策　則可以
進言　願兄罄示所懷也　天下事得成爲幸　出於己　出於人
何異哉　伏惟下照　謹奉問狀.　珥

구봉께

변방(邊方)이 함락(陷落) 당했으니 나라에 수치가 큽니다. 문관
(文官)들은 안일(安逸)하고 무관(武官)들은 유희(遊戲)에 젖어온지
백여 년이 되어 병사(兵士)도 없고, 군량(軍糧)도 없어 백(百)가
지 꾀를 내 보아도 계책(計策)이 없고, 이른바 참으로 능력(能力)
이 있는 사람도 없으니 어찌하리오. 형(兄)께서 이 아우에게 준
서신(書信)을 보면 이(珥)로 하여금 비변사에 오래 있기를 바랐
습니다. 물론(勿論) 그렇습니다. 다만 이러한 변방(邊方)의 급
보(急報)는 순간적(瞬間的)으로 알려졌으나 조정(朝廷) 신하(臣下)
들의 회의(會議)는 한 달이 지나야 열립니다. 제가 비록 비변사
에 있더라도 반드시 대신(大臣)들이 나오기를 기다려 비로소 논
의(論議)할 수 있으니 혼자서 대기(待期)한들 유익함이 있겠습니
까. 황차(況且) 신병(身病)으로 조섭(調攝)하고 있으니 가히 이
일을 이어 갈 수 있을지 모르겠습니다. 변방(邊方)에 인재가 없
어 허술한 보루(堡壘)가 적(敵)의 침입(侵入)을 받으면 병관(兵官)
이 먼저 동요(動搖)하였으니 역시 겁(怯)을 먹은 것입니다.

다만 이로 인하여 上(임금)이 심경(心境)에 변화(變化)를 일으켜
서 이장하여 기강(紀綱)을 세우는 계획(計劃)을 세우고자하니 이
는 진실(眞實)로 종사(宗社)의 홍복(洪福)이라 할 것입니다. 이러
한 때에 계책(計策)이 있을지 가히 진언(進言)하오니 원(願)하옵건
데 형의 소회(所懷)를 받고자 합니다.

천하사란 성취(成就)하면 다행(多幸)이지 누구에게서 나온 계책
(計策)이든 어찌 다르다고 하리오. 밝혀주시리라 믿으며 삼가 글
을 올립니다. 이(珥) (1583년)

書叔獻別紙後

吾兄論九容處　論議雖好　推衍過深　凡一身動靜言語處事
皆欲以九容蔽之　此恐未然　九容者　只言其形體當如此　恐
不如來說　足容重　只是不輕擧耳　所謂周旋折旋等之說　何
其太廣耶　手容恭　則來說　是也　謹改之耳　聲容靜　與安定
辭　亦不同　近來學者語聲多低微　無乃主兄說耶　君子其言
也厲　豈可以低聲爲可乎　且所謂不出雜聲者　亦謂其可不出
而不出耳　非故恐而不出也　氣容肅則分明是似不息也　人固
不可無聲氣　若鼻中出聲氣　使人聞之　則不可謂之調和也
貌思恭　似是主於端莊　然添入謙遜意思　亦不妨　立志章我
又何求云者　果不瑩　故謹改之耳　時時云者　先儒之言　亦有
時時習之之語　恐不妨　且無時不猛省　則無乃太過於用心而
生病耶　持身章合論持身正心之功　恐不妨　中庸只說誠身
而正心在其中矣　書章云云者　亦有意思　何必盡刪　事親章
云云　父母之恩　莫大焉者　是生我之故也　若以生我爲非恩
而別求他義理　恐不能也　但兄說如此　他人亦有疑之者　故
謹改之耳　復時　若兄長乘屋　則或可呼名故云耳　孝子出入
不脫衰者　乃古禮也　古禮之不行　已數千年　以朱子之大賢
尚不能復古　以墨衰出入矣　今人不顧前後　而帶経出入者
乃生乎今之世　反古之道者也　吾兄以此爲禮之當然　恐未三
思也　到家卽成服之卽字　非吾意也　浩原考家禮而加之矣
但家禮　與古禮稍異　恐不能一遵古禮也　朋友麻之說載在禮
文恐難違也　守令之饋云云者　似未穩云　故已改之耳　但吾
兄以爲守令假要訣　費錢財　作美饌　此則過憂也　瘠民肥已
媚竈之徒　乃讀要訣而遵守乎　祠堂敍立之圖　鄙意諸兄當稍

前 諸弟則旣立於主人之右 不必稍後 脯稱佐飯 似未穩 但設饌依俗禮 故易以俗名耳 經句 當依舊文 朔望用紅直領者 取盛服也 時祭用分至 是程子式也 大書何妨 祭禰 恐豊于昵也 題贈 當添入其儀 墓祭 旣已兩度再拜 而旋又叅神 恐非禮意 喪服中行祭儀 謹改之 右叔獻書別紙也 論所作擊蒙要訣非是處所答 做官多事 不省古禮 忽忽說過 多不是其後一一 遵吾言欲改云 而未及改印而辭世 悲哉 前後吾說 詳在禮問答別錄

숙헌의 별지 뒤에 쓰다

형께서 구용(九容)을 논한 데 있어 그 논의는 좋으나 너무나 깊이 미루어 연역하였습니다. 무릇 일신의 동정(動靜)과 언어(言語). 처사(處事)를 모두 구용으로써 규정지으려고 하는데 이는 그렇지 않다고 봅니다. 구용이란 그 형체(形體)를 이와 같이 해야 한다고 말한 것 뿐이지 그대의 말씀처럼 '족용중(足容重)은 단지 발을 가볍게 떼지 않는 것이다.'는 것만은 아니라고 봅니다. 이른바 주선(周旋 도루 도는 것)과 절선(折旋 끊어 도는 것)하는 등등의 설은 어떻게 그리도 광범위합니까. '손의 모습을 공손히 한다.'에 있어서는 그대의 말씀이 옳기에 삼가 고치겠습니다. '소리를 차분케 한다.'는 것은 '말을 차분하게 한다.'는 것과 같지 않습니다. 요즈음의 학자들은 말소리가 대부분 낮고 약하니 이것은 형의 설을 주장한 게 아닙니까? 군자의 말은 엄정(嚴正)하다고 하였는데 어떻게 낮은 소리가 옳다고 하겠습니까. 또 이른바 '잡성(雜聲)을 내지 않는다.'는 것 역시 내지않아도 될 소리를 내지 않을 뿐이지, 일부러 참고 내지 않은 게 아닙니다. '기운의 모습을 엄숙하

게 한다.'에 있어서는 분명히 이는 숨을 안 쉬는 듯이 하는 것입
니다. 사람은 물론 성기(聲氣)가 없을 수 없으나 만약에 코에서
숨쉬는 소리가 나 남에게 들리게 한다면 조화를 이루었다고는 못
할 것입니다. '태도를 공손하게 하려고 생각한다.'는 것은 단정과
씩씩한 것을 주로한 것 같습니다. 그러나 겸손히 한다는 뜻을 더
넣는 것도 무방하겠습니다.

입지장(立志章)에 '내가 또 무엇을 구할 게 있겠는가'는 말은 과
연 분명하지 않기 때문에 삼가 고쳤습니다. '때때로'라고 하는 것
은 선유(先儒)의 말씀에도 '때때로 익힌다'는 말이 있으니 무방할
것 같습니다. 그리고 어느 때나 맹렬히 살핀다고 하면 너무나 지
나치게 마음을 써서 병이 나지 않을런지요?

지신장(持身章)에서 몸가짐과 마음을 바르게 하는 공부를 합하여
논해도 무방할 것 같습니다. 「중용(中庸)」에는 몸을 성실하게 한
다는 것만 말하였으나 마음을 바르게 하는 것도 그 가운데에 들
어 있습니다.

독서장(讀書章)에 운운한 것 역시 의미가 있습니다. 반드시 다
지울 게 있겠습니까? 사친장(事親章)에 운운한 '부모의 은혜만큼
큰 것이 없다는 것은 나를 낳아 주셨기 때문이다'라고 하였는데
만약에 나를 낳아 주신 것을 은혜로 여기지 않고 별도로 다른
의리를 구한다면 아마도 안 될 것입니다. 다만 형의 말씀이 이와
같기에 다른 사람도 의심한 자가 있으므로 삼가 고쳤습니다.

호복(皐復)할 때 만약 형이나 어른이 옥상에 올라간다면 이름을
부를 수도 있기 때문에 그렇게 말한 것입니다. 효자가 출입할 때
에 최복(衰腹)을 벗지 않는 것은 고례(古禮)입니다. 고례가 행하
여지지 않은 지가 이미 수천 년이 되었습니다. 주자(朱子)같은
대현(大賢)도 오히려 고례대로 하지 못하고 묵최(墨衰)를 입고 출
입하였습니다. 그런데 요즈음 사람들은 앞뒤를 돌아보지도 않고
질(絰)을 띠고 출입하고 있으니 이는 금세에 살면서 옛날의 도

(道)대로만 하려는 것인데, 형께서는 이것을 예(禮)의 당연한 것으로 여기시니 아마도 심사숙고 하지 않은 것 같습니다. 집에 도착한 즉시 성복(成服)한다는 '즉(卽) 자는 나의 뜻이 아니라 호원(浩原)이 「가례」를 참고하여 덧붙힌 것입니다. 다만 「가례」는 고례와 조금 차이가 나고 있으니 아마도 고례대로만 일체 따르지 못할 것 같습니다.

벗의 사이에는 마질(麻絰)을 띤다.'는 설은 예문(禮文)에 실려 있으니 이를 어기기는 어려울 것 같습니다. '수령(守令)이 보내준 음식물을⋯⋯'는 말은 온당치 않은 것 같기에 이미 고쳤습니다. 다만 형께서 '수령이 요결(要訣)을 빙자하여 돈이나 재물을 낭비해 좋은 찬거리을 마련할 것이다.'고 하셨는데 이는 지나친 걱정입니다. 백성들의 고혈을 짜내 자기를 살찌게 하고 권신에게 아첨하는 무리가 요결을 읽고 따라서 지키겠습니다.

사당(祠堂)에서 차례로 서는 도식(圖式)에 있어서는 제 생각으로는, 형들이 조금 앞에 서고 동생들은 이미 주인의 오른편에 섰으니 조금 뒤에 설 필요는 없을 것 같습니다.

포(脯)를 반찬이라고 하는 것은 온당치 못하지마는 반찬을 진설하는 데 시속의 예에 따랐기 때문에 풍속에서 부르는 이름으로 바꾸었습니다.

'열흘이 지난다'는 구문(舊文)에 따라야 할 것입니다.

초하루 보름에 홍직령(紅直領)을 사용한 것은 훌륭한 복장을 취한 것입니다.

시제(時祭)를 춘분과 추분 하지와 동지에 지내는 것은 정자(程子)의 규식이니 크게 쓰더라도 해로울 게 있겠습니까. 아버지 사당에만 제사지내면 가까운 분에게만 후하게 하는 협의가 있을까 염려됩니다. 사후에 내린 관작을 신주에 쓰는 것은 의절에 첨입해야 할 것입니다. 묘제(墓祭)에 이미 두 번 재배(再拜)하였는데 뒤이어 참신(參神)한다는 것은 예의 뜻이 아닐 것 같습니다.
상(喪)중에 제사를 행하는 의절은 삼가 고쳤습니다.

위는 숙헌이 보낸 편지의 별지이다. 그가 지은 「격몽요결(擊蒙要訣)」
의 잘못된 곳을 논하였는데, 그가 답하기를 "벼슬하다 보니 일이 많은
관계로 고례를 살피지 못하고 바쁘게 써가다 보니 그릇된 곳이 많았다"
고 하였다. 그 뒤에 "하나하나 나의 말을 따라 고치겠다"고 하였는데
미처 수정본을 내지 못하고 세상을 떠나니 슬프다. 전후 내 말은 예문
답별록(禮問答別錄)에 상세하게 들어있다.

記栗谷書後

屢承手翰 良以爲慰 頃上鄙答 置于尊仲氏 第未知下照否
浩原 誠是不世之, 際遇 更無逃義之路 猶懷退縮之計 可憫
然終必不得歸去矣 承審衰病之相已現 不勝歎慮 珥亦世間
百味皆淡 此非學力 乃老相也 任運遷化 奈如之何哉 小學
方有所較正 故不能送上 恨無副本也 別錄答上 美味隨得隨
盡 可笑 小文魚二尾 汗表 良愧　　　十二月三日 珥

鄙人引接後生之說 亦浮于實 而初入京時 多有來見者
到今漸罕矣 氣常不平 仕罷必臥痛 雖欲吐哺 筋力不逮
可憫 所謂欲引用者 指何人耶 雖欲用某人 豈敢先唱于
街路中乎 僕之迂疏 涵之好酒 原之退縮 皆誠可憂矣
應接務簡 敢不佩服 此爲始病之書 先知任運遷化 而後月
長逝 每一開見 悲慟如初.

율곡의 편지 뒤에 쓰다

여러 차례 손수 쓰신 편지를 받으니 참으로 위로되었습니다.
지난번에 올린 저의 답장은 존중씨(尊仲氏)의 집에다 두었는데
받아보셨습니까? 호원은 실로 세상에 드문 주상의 우대를 받
았으니 다시금 회피할 만한 의분의 길이 없습니다. 그런데 아
직도 물러나 숨을 생각만 하고 있으니 딱하기만 합니다. 그러
나 끝내는 필시 돌아가지 못할 것입니다. 이어서 쇠병(衰病)의
증세가 이미 나타났다고 하니 탄식과 염려를 금하지 못하겠습
니다. 이(珥) 역시 세상의 온갖 일에 모두 담담하기만 한데 운
명에 맡기어 죽어갈 뿐이니 어찌 하겠습니까? 이는 공부의 힘
이 아니라 바로 늙었다는 현상입니다. 「소학(小學)」은 바야흐
로 교정하고 있기 때문에 보내 드리지 못하니 부본(副本)이 없
어 한입니다. 별록(別錄)으로 답하여 올립니다. 맛있는 음식은
얻은 즉시 다 없어지니 우습습니다. 작은 문어 두 마리로 부끄
럽지만 저의 마음을 표합니다. 참으로 부끄럽습니다.

12월 3일에 이(珥).

제가 후생들을 인접하고 있다는 이야기는 사실과는 동떨어진
것입니다. 처음 서울에 들어갔을 때에는 찾아와 보는 사람이 많
더니만 이제 와서는 점차 드물어졌습니다. 거기다 기운이 항상
순조롭지 못하여 공무가 끝나면 의례 누워서 신음하기 때문에 찾
아 온 사람을 정성껏 맞아 주고 싶지만 근력이 미치지 못하여
딱하기만 합니다. 이른바 끌어다 쓰려고 한다는 자는 어떤 사람
을 가르친 것입니까? 제가 모인(某人)을 쓰고 싶더라도 어떻게
한길 가운데서 먼저 외칠 수야 있겠습니까. 제의 오활함이나 계
함(季涵,정철(鄭澈))의 주벽이나 호원의 퇴축(退縮) 모두가 참으로
걱정스럽습니다. 사물의 응접을 간략히 하도록 힘쓰라 하신 말씀

은 감히 마음 속 깊이 새기지 않을 수 있겠습니까.

이는 그가 병이 막 났을 때 보낸 편지로 아마 운명에 따라 죽을 줄을 알았는지 다음 달에 이 세상을 영원히 떠났다. 한 번씩 펼쳐 볼 때마다 슬프고 아픈 심정 처음과 같다.

答希元書

千山白雪 樵汲路絶 守寂寞安淡泊 頗得靜中意味 恨不得與同志共之也 洪生袖傳書 謹奉 日間交道之分離 時勢使然也 豈今世全無好底人之致 松江之言 偶爾得中 幸爲我謝之 無以子貢之先見爲多也 自非豪傑之人 莫不勸沮於一時之向背 只恐向時有志之士 日喪前得 而更無收拾於桑楡也 惟僉公卓然有立 定脚跟務眞實 以古人自期待 日有所事 勿以艱危而撓其中 勿以非笑而廻其功 공 千萬幸甚 鄙人身病與世謗日積 每念溘然夕死 而終無所聞 抱羞於無窮也敢以自勉 而未能者 相勸於僉公也 此外紛紛 固非在我分內事 陟旣不得 而取之亦難 願勿掛在靈臺 而以爲損益也 近觀僉賢書札 每以外患爲憂 而無一語及問學上 質其疑論其得 或慮已爲禁廢而不能特立於亂流中也 周文演易於幽閉 而僉公在明窓靜室中 反欲停之耶 謹復

회원의 글에 답함

온 산에 흰 눈이 덮여 나무하고 물긷는 길이 끊어진 가운데 적막을 지키며 담박한 생활을 편안히 여겨 자못 조용한 가운데 의

미를 얻고 있으나 동지와 같이 할 수 없어 한스러워하던 차에
홍생(洪生)이 그대가 전한 편지를 가져 왔기에 삼가 받았습니다.
요즈음 벗을 사귀는 길이 분리(分離)된 것은 시세가 그렇게 만든
것이지 어찌 금세에 좋은 사람이 전혀 없는 소치이겠습니까. 송
강(松江정철의 호)의 말씀이 우연히 맞아 떨어진 것이니 나를 위
해 사례 드리고 자공(子貢:공자의 제자)과 같은 선견지명(先見之
明)이 있다고 뽐내지 말라고 하십시오. 본디 호걸스런 사람이 아
니면 너나없이 한때의 향배(向背)에 따라 권장되거나 저지되고
말므로 오직 그전에 뜻 있는 선비들까지 날로 전일에 얻은 것마
저 잃어버려 다시는 노년에 수습할 수 없게 되지나 않을까 염려
스럽습니다. 여러분들만은 우뚝 서서 발꿈치를 고정하고 진실에
힘써서 스스로 고인에다 기대를 걸고 날마다 무언가 일삼아, 어
렵고 위태롭다고 마음을 동요하지 말고 헐뜯고 비웃는다고 공부
를 주저하지 않았으면 천만 다행이겠습니다. 저는 신병(身病)이
세상의 비방과 함께 나날이 쌓이고 있으므로 얼마 안 되어 죽을
터인데 결국 도(道)를 깨닫지 못했구나 하고 생각할 때마다 한없
이 부끄러움을 안고 있습니다. 감히 스스로 힘쓰다 못한 일로 여
러 분들에게 권합니다. 이밖에 시끄러운 것들은 참으로 나의 분
수 안에 있는 것이 아니므로 물리칠 수도 없거니와 가지기도 어
려우니 바라건데 머리 속에 두고 이해를 계산하지 마시오. 요사
이 여러 분들의 편지를 보건데 늘 바깥 환란에 대한 걱정만 하
고 문학상(問學上)의심스러운 것들을 묻거나 얻은 것들을 논하는
말이 한 마디도 없으니 혹시나 스스로가 금지하고 폐지하여 어지
럽게 흐르는 물길 가운데서 돌기둥처럼 우뚝 서지 못하는가 염려
됩니다. 주문왕(周文王)은 옥중에서도 「주역(周易)」을 연역하였는
데 여러분들은 밝은 창 고요한 방에서도 도리어 중지하려고 하십
니까? 삼가 답합니다.

答浩原書

冬威已嚴 兩城深蟄 遙想如何 苟能遲一死於今冬 則明春趁
早 哭奠栗谷枯土 投溪上信宿伏計 世亂客斷 身病事稀 閑中
眞味 淡迫愈深 噫 吾人所患 只在自家所養之如何 苟有所樂
外物榮悴無非助我者也 今聞吾兄故人李潑 經席上 詆斥吾兄
等事 恠駭恠駭 鄙人以草野孤蹤 名字亦出入其中云 呵呵 禍
福在命 何敢尤人 謹拜謝.　　　　※恠=怪(괴이할괴)

호원의 글에 답함

겨울 날씨가 매서워 졌습니다. 우리 둘 다 깊숙이 벌레처럼 움츠
리고 있으니 멀리서 생각한들 무슨 소용이 있겠습니까. 올 겨울에
한 목숨을 부지할 수만 있다면 내년 봄에는 일찌감치 외로운 율곡
의 무덤을 찾아가 곡전(哭奠)을 드리고 계상(溪上)에서 한 이틀 정
도 머물다 올 예정입니다. 세상이 어지러워지자 손님은 끊어지고
몸이 병드니 할 일은 드뭅니다만 한가로운 가운데 진미는 갈수록
담박해지기만 합니다. 아! 우리들의 근심은 다만 자신의 소양(所
養)이 어떠한가에 있을 뿐입니다. 진실로 즐거워하는 바가 있으면
외물(外物)이 영화롭게 하든 곤욕을 주든 어느 것이나 나에게 도
움이 되지 않는 게 없을 것입니다. 요즈음 형의 친구 이발(李潑)이
경석(經席)에서 형을 비난 배척하였다는 걸 듣고는 놀라고 이상히
여겼습니다. 저는 초야에 있는 외로운 몸인데도 이름이 그 가운데
에 드나들고 있다니 우습고도 우습습니다. 그러나 화와 복은 운명
에 달려 있으니 누구를 원망하겠습니까. 삼가 답합니다.

答浩原書

日間嚴寒 義之所謂五十年中所無 以僕難堪 益想吾兄攝養之
如何也 屢承吾兄苦於呻痛 寧欲一死 悲歎悲歎 但此非欲之
而得 避之而免者也 只合任彼所爲 而不容吾力而已 近間兄
札危辭苦語 令人動念 無乃兄於此境界 或不能處順 而先爲
之期待耶 雖與世之欲長存久視者 淸濁不同 恐非守正聽天之
道也 屈指明春 日子尙多 僕亦身病比劇 痿摧黃枯 氣不持體
得相保護 以圖相見於和姸之時 亦未敢爲期也 旣到窮谷 回
看初志 今日所事 無異背水一戰 惕然兢惶 若無所容措 李生
來 玉音頻枉 病懷若蘇 爲賜不淺 謹復

호원의 글에 답함

　요사이 혹한은 희지(義之)가 말한 50년 중에 없었던 추위입니
다. 제가 견디기 어려운 것으로 봐서 형께서 섭양(攝養)을 어떻
게 하시는가 더욱 생각이 납니다. 형께서 병에 괴로워 차라리 죽
었으면 한다는 소식을 자주 접하고 슬피 탄식해 마지 않았습니
다. 이것은 바랜다고 얻을 수 있고 피한다고 면할 수 있는 것이
아닙니다. 단지 그것이 하는 대로 맡기어 나의 힘을 들이지 않아
야 할 것입니다. 요즈음 형의 편지에 위태롭고 괴로운 말씀이 사
람으로 하여금 염려되게 하는데 어쩌면 형께서 이러한 경지에 혹
시라도 순리대로 처하지 못하고 미리 기대하는 게 아닙니까? 비
록 세상에 오래 존재하고 누리고자한 자들과 청탁(淸濁)은 같지
않겠지마는 정도를 지키면 자연을 따르는 도리가 아닌 것 같습니

다. 내년 봄을 손꼽아 보니 아직도 날자가 많이 남았으므로 저 역시 요즘 신병이 심해져서 야위고 누렇게 말라 몸을 가눌 기운 조차 없으니 몸을 보호하였다가 화창하고 좋은 때에 서로 만나기 도 기대할 수 없습니다. 이미 깊은 산골짜기에 이르러 처음 마음 먹었던 뜻을 돌이켜 보니, 오늘날 하는 일들이 마치 물을 등지고 진을 쳐 한번 싸워보는 것과 다름이 없었으므로 척연(惕然)히 떨 리고 두려워 어쩔 줄을 모르겠습니다. 이생(李生)이 올 때마다 자주 소식을 주시어 병든 가슴이 소생한 것 같으니 주신 은혜 얕지 않습니다. 삼가 답합니다.

答關北按使鄭季涵書

聞杖風采 北塵乍息 讀書人不動聲色之威 亦可想矣 屬望非 輕 益礪籌畫 以雪宗社之羞 幸甚 某白首垂盡 身在病席 雖 欲一試戰陣之勇 亦末由也已

관북안사 정계함의 글에 답함

듣자니 그대의 풍채(風采)에 관북의 병진(兵塵)이 삽시에 멎었다 하니 성색(聲色) 하나 까닥하지 않고도 서리는 독서인(讀書人)의 위엄을 상상할 만도 합니다. 그대에게 거는 기대가 가볍지 않으 니 더욱 계획을 가다듬어 종묘(宗廟)와 사직(社稷)의 수치를 씻어 주시면 매우 다행이겠습니다. 저는 머리는 백발로 덮혀 있는데 몸은 병석에 누워 있으니 전쟁터에서 용맹을 한번 시험하고 싶지 만 할 수 없게 되었습니다.

答浩原書

千萬望外 忽領李生袖間手札 開緘展讀 不覺喜慰之深 恭審
臨到舊宅 起居萬福 欣慕不可喩 渾今年五十一 比前歲更減
九分氣力 焦枯柴毀 面如墨鬼 脛如瘦竹 長臥昏昏 不能看一
字書 疾痛之苦 旁人亦不能知也 雖然 尙賴一事 得以連命賒
死 天公之饒我 於是而極矣 幸甚幸甚 一事云者 自今年來
紫門晝關 無人來叩 自朝至暮 無非閑臥之時 唯有溪聲鳥語
歷於吾耳 此外無餘事也 取一束紙 置諸床頭 以擬書來報答
而近百日不用一片 手之閒可知 而心閑誠可樂也 新造學堂
未完 僅得說板于中央 晝臥其中 淸風徐來 天下之勝 亦無以
加此矣 城中浪子輩相笑曰 今日安有一人書生往見汝者 方敎
汝作 書院守直 好守窓戶也 僕樂應之曰 是余所欲爲也 今亦
臥此堂中 書此書 可謂書院之守戶也 聞季涵今來高陽 墓下
房邊着一紅粧 遲回眷戀 不忍南去 諉曰 無僕馬 又曰天熱
想秋冬間必不能渡漢水 天下安有如許極好笑耶 栗谷以此公
爲賢 不顧其身之危辱 而與擧國之人相失者 專由此公也 而
栗谷死後 遽敗素守 爲後日千古笑囮 每一念之 不覺痛恨也
安習之處 送弔狀後 不見渠答謝之書 未知如何經過 深念深
念 渠所謂我負栗谷 亦有事段 後日相見時 當一道之 然遽執
此 便待以負死者而自謀脫禍 則豈非待人之薄耶 今日僕其能
脫禍乎 大抵此友用心過當 便以姦邪無狀 待平日相善之友
而亦不少惜 此爲可歎耳 然任渠所爲 何敢一毫分疎於其前耶
且聞狼川事將不輟 計是天公使兄復作辛苦於老境 不得安也
如僕一生孤獨 獨立山谷中 擧一世無一人相友知者 如兄又遠
送狼川山中 亦不得數歲一相接也 信乎命之窮也 奈何奈何

- 168 -

秋來　倘蒙一臨南村孤墳之前　因來一訣病人　則亦幸甚也
李生之回　作書付此　未知能達於左右否也　千萬不能宣寄
　　　　　乙酉六月二十二日　渾拜

　　滿紙情語　令人起懶　海珎三十　亦念病悴心神形骸　內外受
賜　爲謝不淺　僕前月舟返故里　擬哭栗谷新阡　信宿溪上　聞迷
子外祖病重　未暇他事　歎恨歎恨　下示季涵事　惕然增愧　屢煩
鄙書　規戒微言　不足爲動　觀其辭意　更無以天理人欲　分界相
爭之道　奈何　更爲亡友愴懷焉　願兄極加嚴辭　不以數爲嫌　不
以不聽爲阻　且進退有義　不可毫髮容私　而吾兄每有圖便厭煩
之意　致此狼狽　深以爲念　養疾有效　一來陣悃　永辭就閑　於
理似穩　已往之悔　追思何益　末路極險　如我衰朽　永斷與親舊
通信　宜忘之擲之　不之齒論於短長間也　然且云云云　未知終
欲何爲也　謹復.　　　　　　　　※珍＝珎(보배진)

호원의 글에 답함

　천만 뜻밖에 갑자기 이생(李生)이 가지고 온 손수 쓰신 편지를
받아 봉투를 열어 펼쳐 읽으면서 자신도 모르게 매우 기쁘고 위
로되었습니다. 옛집으로 돌아가 건강이 좋으시다는 걸 삼가 살피
고 나니 흠모의 정을 무어라 말할 수가 없습니다. 혼(渾)은 금년
나이 쉰하나인데 지난해에 비해 그 기력이 다시 구할이나 줄어들
었고 타고 야위어 뼈만 앙상히 남아 얼굴은 검은 귀신처럼, 다리
는 말라빠진 대나무처럼 되어 항상 누워 있기에 정신이 혼미하여
글자 하나도 못 보고 있으나 아픈 괴로움은 곁에 있는 사람도
모르고 있습니다. 그렇지만 아직도 한 가지 일에 힘입어 목숨을
이어 죽음을 늦추고 있으니 하늘이 나를 봐 주심이 여기에서 지

극하였습니다. 매우 다행스럽고도 다행스럽습니다. 한가지 일이
란 올해들어 낮에도 문을 닫고 있으나 찾아와서 문을 두드리는
사람이 없으므로 아침부터 저녁까지 어느 때나 한가로이 누워 있
습니다. 오직 흐르는 시냇물 소리와 지저귀는 새 소리만이 나의
귀를 스치고 지날 뿐 이밖에는 아무 일도 없습니다. 한 묶음의
종이를 책상머리에 놔두고 편지가 오면 답장이나 해 볼까 하였으
나 백일이 가까워지도록 한 조각도 쓰지 않았으니 손이 한가로웠
다는 것을 알 만하나 마음이 한가로우니 정말로 즐겁습니다.

새로 지운 학당(學堂)아직 완성하지 못하고 겨우 중앙에다 판자
만 깔았습니다. 낮에 그 가운데 누웠노라면 맑은 바람이 솔솔 불
어오니 천하의 절경도 이보다는 더할 수가 없을 것입니다. 성중
(城中)의 유랑배들이 서로 웃으며 "오늘날 그대를 찾아가 보는
서생(書生)이 하나라도 있는가 보오. 그대로 하여금 서원(書院)이
나 지키라는 것이니 창문이나 잘 지키라." 하기에 제가 기꺼이
대답하기를 "이는 내가 하고 싶었던 것이다. 지금 또한 이 당 가
운데 누워서 얻은 것 없이 책은 책대로 있으니 서원의 문지기라
고 할 만하다." 라고 했습니다. 듣자니 계함(季涵)이 요즈음 고양
(高陽)에 와서 묘소 밑에 있는 방 곁에 한 아리따운 여자를 두고
사랑에 빠져 차마 남쪽으로 떠나지 못하면서 "종과 말이 없다"
또는 "날씨가 덥다"고 핑계댄다고 하는데 가을과 겨울 사이에는
필시 한강을 건너지 못할 것입니다. 세상에 이보다 더 좋은 웃음
거리가 있겠습니까. 율곡이 이 분을 어질게 여기어 자신의 위험
과 치욕을 돌아보지 않고 온 나라 사람들의 마음을 잃게 된 것
은 오로지 이 분으로 인한 것입니다. 그런데 율곡이 죽은 뒤로
갑자기 평소의 지조를 무너뜨려 후일 한없는 웃음거리가 되게 하
니 늘 생각할 때마다 자신도 모르게 매우 한스럽습니다. 안습지

(安礜之)에게 위로하는 글을 보낸 뒤로는 그의 사례 답장을 받아 보지 못했는데 그가 어떻게 지내는지 매우 염려되고 염려됩니다. 그가 '내가 율곡을 저버린 데에는 그럴만한 일이 있다'라고 하였는데, 후일 만나게 되면 한번 일러 주어야겠습니다. 그러나 이 말을 가지고 죽은 사람을 저버리고 자신이 화를 벗어나려고 꾀했다는 것으로 그를 대한다면 사람을 박하게 대한 것이 아니겠습니까. 그렇게 한다면 오늘날 제가 화를 벗어날 수 있겠습니다. 대체로 이 친구는 마음 씀이 정도에 지나쳐서 평소에 서로 좋게 지내던 벗에게 간사(姦邪)하고 무상(無狀)하다고 대하면서 조금도 애석하게 여기지 않으니 이게 탄식할 일입니다. 그러나 그가 하는 대로 두어야지 어떻게 감히 그의 앞에서 털끝만큼이라도 따질 수 있겠습니까. 또 들으니 낭천(狼川)의 일은 앞으로 그치지 않을 것이라고 하는데, 하늘이 다시 형으로 하여금 늙으막에 고생을 시켜 편안하지 못하게 하는 것인가 봅니다. 저는 한평생 동안 고독하여 산골짜기 속에 홀로 살고 있으므로 온 세상에 지기지우(知己之友) 한 사람도 없는데 형을 또 멀리 낭천 산중으로 떠나보내고 나서는 몇 해 동안 한번도 만나지 못하였으니 참으로 운명이 궁한가 봅니다. 어찌하겠습니까? 가을에 혹시라도 한번 남촌(南村)의 외로운 무덤 앞에 오시는 길에 병든 사람에게 찾아와 한번 이별의 인사나 해 주신다면 매우 다행이겠습니다. 이생이 돌아가는 편에 편지을 써서 부쳤는데 그대에게 전해졌는지 모르겠습니다. 할 말은 많으나 다 이야기할 수가 없습니다.

을유(乙酉:선조18년 1585년)년 6월 22일에 혼은 올립니다.

종이에 가득한 정다운 말은 사람으로 하여금 나태한 마음을 일으켜 주었고 해어(海魚) 30마리 역시 제가 병으로 심신(心身)과 형해(形骸)가 초췌하다는 걸 생각하여 주신 것이니 안팎으로 주신 은혜에 대해 심심한 사례를 드립니다. 저는 지난달에 배편을 이용해 고향에 돌아와서 율곡의 새 무덤에 곡(哭)하고 계상(溪上)에서 한 이틀 묵으려고 했었는데, 제 자식의 외조(外祖)께서 병이 위중하다는 소식을 듣고는 다른 일에는 신경을 쓸 겨를이 없었으니 한탄하고 한탄하였습니다. 말씀하신 계함의 일은 척연(惕然)히 부끄러움만 더합니다. 여러 차례나 그에게 편지를 보내 규계(規戒)하였으나 하찮은 저의 말 이여서 인지 그의 마음을 움직이지 못하였습니다. 그의 말하는 뜻으로 보건데 다시는 천리(天理)와 인욕(人慾)이 어떤 것인가 한계를 지을 수가 없게 되었으니 벗에게 서로가 규계라는 도리에 어찌한단 말입니까. 다시금 죽은 벗(율곡)을 위해 슬퍼합니다. 바라건 데 형께서는 맹렬히 그에게 엄중히 말씀해 주시되 자주하는 것을 협의하지 마시고 듣지 않는다고 중지하지 마십시오. 그리고 진퇴(進退)하는 데 있어서는 의리가 있어야 하므로 조금이라도 사정(私情)을 용납하여서는 안될 것인데 형께서는 늘 간편한 것만을 생각하고 번거로운 것은 싫어하는 뜻이 있어서 이와 같은 낭패를 초래했으니 깊이 염려됩니다. 병이 조금 낳게 되면 조정에 나아가 충심을 말씀드리고 나서 영원히 하직하고 한가로운 초야로 돌아오시는 게 의리로 보아 온당할 것 같습니다. 이미 지나간 후회스러운 것들은 생각한들 무슨 소용이 있겠습니까. 말세의 길이 너무나 험악합니다. 나처럼 쇠한 것은 영원히 친구와 통신(通信)을 끊었으니 잊어버리고 물리쳐 시비 사이에 거론하지 않을 만도 합니다. 그러나 아직도 이렇쿵 저렇쿵 하고 있다니 결국 어떻게 할려는지 모르겠습니다. 삼가 답합니다.

答李仲擧別紙

(山甫時按嶺南)

一, 風化政刑之源　在吾方寸至密之地　邑宰震慴　惟恐不善
　　其不在我乎　治人本於自治　正物務在正己,

一, 酒色二事　百行之賊　酒以先王之終日不醉爲度　色以先正
　　之禽獸不若　爲戒

一, 監司而邑宰　邑宰而吏胥　以至里正　等數分明　條約嚴正
　　可以成績

一, 列邑之可立而未立之規　可革而未革之弊　令邑宰一一自
　　思而自錄之　又各邑各面各里可立規可革弊　令其面其里
　　大少貴賤　各自一一齊議　鄕長有司及凡民之曉事可應對
　　他日訪問者　令各押名署以呈　擇其切急　先馳文相報答以
　　施焉　餘則咸議定於迎命之時　大則驛聞小則立變　凡不盡
　　心及或私漏不盡者　摘發治罪

一, 列邑之志學者隱逸及有行者有才者　各其守令各面　雖小
　　必錄　郞報監司　以待監司之處置　志學　志于道學也　隱逸
　　抱才德不出也　有行　孝子順孫烈女孝婦友愛忠信也　有才
　　畜奇謀遠略能文章善射御也　可致者　當致于公　不可致者
　　監司親訪問焉

一,　令列邑　採訪老人男女七十以上及鰥寡孤獨廢疾飢寒
　　無所歸無所養及處子年二十以上過時未婚及已死眞儒
　　隱士　名宦　忠臣　義士　孝子　烈婦子孫　及　妻妾及墳塋所
　　在　不拘年代遠近　一一詳實錄呈　而或設燕尊享之　或以時
　　賑救之　或助禮物勸婚嫁　或送酒食除徭役　表章之　或具
　　酒饌奠祀　而修其廢　等差隨宜　連上有遺不實　有罪

一, 爲政 通下情爲急 然惟公可以察之

一, 至誠宜無不服 故古語云 防小人 密於自修

一, 營吏之有才能者 例多恣橫 待宜嚴明 薛文清公曰 一卒
頗敏捷使之稱勤 下人郞有趨重之意 余遂逐去之 當官
者當正大光明 不可有一毫偏向, 此可爲法

一, 勤而廉明 可以濟事 廉明之要 在無私心

右十條 想在明公度內 重違勤敎 敢錄呈 第一條在方寸及
末端無私心二事 僕方致功於屋漏而未得者 獻於故人而
求勉焉 幸勿以人所未能而反求他人爲忽也 弊寓荒凉 草
樹茂密 高軒遠臨 無以爲謝

이중거이 별지에 답하다.

산보가 이때에 영남 안찰사(按察使)로 있었다.

一. 풍화(風化)는 정치와 치안의 근본인데 그것은 지극히 은밀한
나의 마음 속에 있습니다. 읍재(邑宰)가 벌벌 떨면서 잘못하
지나 않을까 두려워하게 만드는 게 나에게 달려 있지 않습니
까. 다른 사람을 다스리는 데에는 자기 자신을 다스리는 데에
달려 있고 사물을 바르게 하려면 자기 자신을 바르게 하는
데 힘써야 합니다.
一. 주색(酒色) 두 가지는 모든 행실의 적입니다. 술을 마실 때에
는 하루 종일 마셔도 취하지 않았다는 선왕(先王)으로 법도을
삼고 색(色)에 있어서는 선현들의 금수(禽獸)만도 못하다는 말
씀으로 경계해야 됩니다.

一. 감사(監司)에서 읍재, 읍재에서 서리, 아전, 촌장, 동장에 이
    르기까지 위계를 분명히 하고 조약(條約)을 엄정히 지키게 하
    면 공적을 이룩할 수 있을 것입니다.

一. 열읍(列邑)에서 세워야 할 규약이나 고쳐야 할 만한 폐단을
    못 고친것을 읍재로 하여금 하나하나 스스로 생각하여 기록
    하게 하고 또 각읍(各邑) 각면(各面) 각리(各里)에 세워야 할
    만한 규약이나 고쳐야 할 만한 폐단은 그 면이나 그 리의 어
    른과 젊은이 및 귀하고 천한 이 할 것 없이 일일이 의론을
    모아서 향장(鄉長)이나 유사(有司) 및 백성 가운데 일에 밝아
    서 후일 안찰사가 방문할 적에 설명할 만한 사람으로 하여금
    각각 서명하여 올리게 하여 그 가운데에 시급한 것들을 골라
    먼저 공문을 보내 의견을 서로 교환하여 시행하고 나머지는
    모두 명(命)을 맞을 때에 의논하여 정하되, 큰일은 역(驛)을
    통해 상달하고 작은 일은 그 자리에서 처리해야 합니다. 무릇
    성의를 다하지 않거나 혹은 사정으로 누락시켜 다 하지 못한
    사람은 적발하여 죄를 다스립시오.

一. 열읍에 배움에 뜻을 둔 자, 숨어서 사는 이, 행실이 있는 자,
    재주가 있는 자는 각각 그 고을의 수령과 명장으로 하여금
    작은 것이라도 반드시 기록하여 즉시 감사에게 보고하여 감
    사의 처리를 기다리게 하십시오. 배움에 뜻을 둔다는 것은 도
    학(道學)에 뜻을 둔다는 것이며, 숨어서 산다는 것은 재주와
    덕을 지니고서도 세상에 나오지 않은 자이며, 행실이 있다고
    하는 것은 효자(孝子).효손(孝孫).열녀(烈女).효부(孝婦)나 우애
    (友愛)와 충신(忠信)이 있는 자이며, 재주가 있다고 한 것은
    기모(奇謀)나 원략(遠略)을 지니고 있는 사람과 문장(文章)에
    능하고 활쏘기나 말을 잘 타는 자입니다. 불러올 수 있는 자
    는 나라에다 추천해야 되고 불러올 수 없는 자는 감사가 몸
    소 그를 방문하시오.

一. 열읍으로 하여금 노인으로서 남녀간에 일흔 살 이상과 환과
고독(鰥寡孤獨)이나 몹쓸 병에 걸리고 가난하고 굶주린 사람
으로 의지할 데가 없고 봉양할 사람이 없는 사람과 나이 스
무 살 이상으로 혼기를 잃은 처녀와 이미 죽은 진유(眞儒) 은
사(隱士) 명환(名宦) 충신(忠臣) 의사(義士) 효자(孝子) 열부(烈
婦)의 자손과 처첩(妻妾) 및 그들의 산소가 있는 곳에는 연대
(年代)의 멀고 가까운 데 구애하지 말고 낱낱이 자상하게 기
록하여 올리게 하십시오, 그리고 혹은 잔치를 베풀어서 존중
해 드리기도 하고 혹은 때로 물품을 주어 구호하기도 하며
혹은 예물(禮物)을 도와 주어 혼가(婚嫁)를 권하기도 하며, 혹
은 주식(酒食)을 보내고 요역(徭役)을 면제해 주어서 표창하기
도 하며, 혹은 주찬(酒饌)을 마련하여 제사를 올리고 폐(廢)하
여진 곳은 수리하는 등 일의 차등에 알맞게 하면서 계속 보
고하게 하되, 빠뜨렸거나 사실에 벗어나게 하였을 경우엔 벌
을 주십시오.

一. 정치를 하는 데 있어서는 백성들의 실정을 잘 아는 것이 급
합니다. 그러나 공평하여야만 살필 수가 있습니다.

一. 지성(至誠)으로 하면 누구나 감복하기 때문에 옛말에 "소인
(小人)을 막는 데에는 자기 자신을 치밀하게 닦아야 한다"고
하였습니다.

一. 재능이 있는 영리(營吏)는 대부분 방자하고 횡포하기 마련이
므로 엄하고 밝게 대하여야 합니다. 설문청공(薛文淸公)이 말
하기를 "어느 이졸(吏卒)이 자못 민첩하기에 조금 그에게 일
을 시켰더니 하인들이 곧 그를 따라 붙으려는 의향이 있었으
므로 내가 쫓아 보냈다. 벼슬자리에 있는 사람은 정대(正大)
하고 광명(光明)하게 해야지 털끝만큼이라도 편애해서는 안
된다"고 하였는데 이는 법으로 삼을 만합니다.

一. 부지런히 하면서 청렴하고 분명하면 일을 할 수 있습니다. 청렴하고 분명하려면 사심이 없어야 합니다.

위의 열 가지 조항은 명공(明公)의 도량 안에 있다고 생각하지만 자주 부탁하신 말씀을 어기기 어려워 적어 올립니다. 제 일조의 마음 속에 있다는 것과 끝에 사심이 없어야 한다는 두 가지는 제가 바야흐로 혼자 공부하다 못한 것인데 고인(故人)에게 말씀 드려 힘쓰게 하자고 합니다. 그대는 자기 자신이 못한 것으로 다른 사람에게 하기를 요구한다고 어기어 소홀히 하지 마셨으면 다행이겠습니다. 저의 집이 쓸쓸하고 풀과 나무만 무성한데 고귀한 분이 멀리 찾아 주시니 사례할 길이 없습니다.

答浩源書

白首爲別 後會無期 千里寄問 慰懷何言 去歲荷盛念 情問疊至 機中卷織之貺 杵下分春之錫 連辱習坎之中 今胃勤訪不怠 清詩勸戒益深 不寐與歎之教 破家相容之許 猥及無狀 尙闕一謝 雖緣蓬飄南北 輸悃無路 耿耿于中 負恩不淺 僕方圖扁舟浮海 以絶人世 生可以追桃源之跡 死終爲魚復之魂 生逢聖世 事至此極 未知自處於事理何如也 僕之多病 尊兄所知 靜坐一室 亦知死日不遠 何況毒霧瘴烟 鑿谷架嚴 能忍得幾時而徑死耶 如或此計未遂 則一夜投門 長對舊儀 深閉堅坐 主客爲一身 生而入死而出 永無相離之恨 亦一計也 悠悠何旣 謹謝

호원의 글에 답함

머리털이 하얀 늙은이들이 이별하고는 후일 다시 만날 기회가 없으리라고 여기었는데 천 리 밖에서 편지를 보내 물어 주시니 위안의 마음 이루 말할 수 없습니다. 지난해에 성념(盛念)을 입사와 정다운 위문이 계속 답지하였습니다. 베틀에서 짜 말아 놓은 베와 절구 밑에 찧어 놓은 양식을 나누어서 말할 수 없이 곤궁에 빠져 있는 사람에게 잇달아 보냈는가 하면 형의 아드님이 부지런히 자주 찾아보았고 청아한 시를 지어 보내 권면과 경계를 더욱 깊이 하셨으면 잠을 이루지 못하고 탄식하였단 말씀과 집을 쪼개서라도 돌봐 주겠다는 허락을 볼품없는 저에게 하셨는데 아직까지 사례의 말씀을 한 번도 드리지 못하였으니 이게 남북으로 떠돌아다니느라 저의 마음을 말씀드릴 길이 없어서 항상 마음속에 잊지 못하고 있었습니다마는 은혜를 적지 않게 저버렸습니다. 저는 지금 조각배를 타고 바다로 떠나 인간 세상과 인연을 끊으려고 하는데 이렇게 하여 산다면 신선이 사는 도원(桃源)의 자취를 따라 갈 수 있고 죽는다면 마침내 고기뱃속에 혼이 될 것입니다. 성스런 이 시대에 태어나 사정이 이 지경에 이르렀으니 이렇게 자처하는 것이 사리로 보아 어떨런지 모르겠습니다. 저에게 병(病)이 많다는 것은 형께서도 아시는 바입니다마는 일실(一室)에 조용히 앉아 있노라면 자신도 죽을 날이 멀지 않다는 것이 느껴집니다. 더구나 독한 안개와 연기가 골짜기를 뚫고 바위을 감돌고 있는데 얼마나 죽지 않고 견디어 낼 수 있겠습니까. 만약에 이 계획을 이루지 못한다면 어느날 밤에 문안으로 들어가서 오래도록 구의(舊儀)을 마주 대하여 문을 굳게 닫고 꼿꼿이 앉아서 주객(主客)이 한 몸이 되어 살아서는 들어 있고 죽어서는 나가 있어 영원히 서로 이별하는 한이 없게 하려고 하는데 이도 하나의 계획입니다. 한없는 회포를 어떻게 다 말씀드리겠습니까. 삼가 사례합니다.

答趙汝式書

吾與兄別 今五載矣 閉身習坎 吟病守寂 罪積于天 萬事何
言 曾奉慇懃情訊 出於衆棄之中 不一不再 尚稽一字相報
實非翳桑困乏 都忘舊義而然也 亦非學書不渡淮之古規也
向者 吾兄瀝膽刳肝 扶危於未亡 寧忘吾身而不負吾學 犯諱
孤言 猥及無狀 此皆爲國忠憤 大公至正 無一毫有所私念於
微物者也 深慮鄙文字一到兄邊 有浼清明直截之氣像 而亦
欲自處得叔向無私謝之意也 幸勿爲訝於隔絶多歲也 且聞舊
友對僕說數句 亦入兄疏中 兄何從得此耶 至瀆天聽 惶悚惶
悚 朱晦菴曰 顔子曷嘗敢是已非人 而自安於不進之地哉 敢
以此言爲今日自勉之訓 而交道之分背 不欲興懷耳 但僕禍
迫膚髓 孑孑孤影飄落 無所 生逢聖世 人生到此 亦可愧也
聞兄抱戚鴒原 天不佑仁 何歎何歎 叔獻姪女年僅筓 昏便喪
夫 造物偏厄吾儕 理不可信 兄使忙迫 書不盡情

조여식의 글에 답함

내가 형과 이별한 지도 지금 5년이 되었습니다. 몸을 감추어 곤
궁을 익히고 병을 앓으며 적막하게 지내고 있으나 하늘에 닿을
정도로 죄만 쌓이고 있으니 만사(萬事)를 말할 것이 있겠습니까.
일찍이 모든 사람들이 나를 버리고 있을 때 그대만이 보낸 정
다운 편지를 받은 적이 한두 번이 아니였으나 아직 한 자의 회
답도 드리지 못한 것은 영첩(靈輒)처럼 예상(翳桑)[31]에서 곤핍되
어 옛적의 의리를 잊어버려서 그러한 것이 아니었으며, 글을 배

---

31) 翳桑(예상) : 翳桑餓人으로 春秋時代에 晋나라 靈輒이 배가 고파 예상 밑
　　에서 곤궁할 때에 조순(趙盾)이 구해준 사실

우고 회수(淮水)를 건너지 못한 고규(古規)도 아니였습니다. 지난
번에 형께서 충성을 다하여 망하기 전에 위태로움을 구하고자
차라리 내몸을 잊지 내 학문은 저버리지 않겠다고 하여 외롭게
기휘(氣諱)를 피하지 않고 말하면서 쓸모없는 나를 위해 언급하
셨으니 이야말로 모두 나라를 위한 충성스러운 분노로서 매우
공정하여 조금도 미물(微物 규보 자신을 말함)에 사심이 없었던
것입니다. 저의 편지가 한번 형의 주변에 다다르면 맑고 곧은 기
상(氣像)을 더럽힐까 깊이 염려되었고, 또한 나를 도와 준 사람
에게 사사로이 사례하지 않았던 숙향(叔向)처럼 자처하고 싶었던
뜻이오니 여러 해 동안 소식이 끊어졌다고 이상하게 생각하지
말았으면 다행이겠습니다. 또 듣자니 옛 친구가 저에 대해 말한
몇몇 글귀를 형의 상소 가운데 첨입하였다 하는데 형은 어디에
서 이러한 것을 얻으셨습니까? 주상의 귀에 까지 번독스럽게 하
였으니 황송스럽고도 황송스럽습니다. 주회암(朱晦菴:주자)께서
말씀하시기를 "안자(顔子 : 안연(顔淵)가 자기는 옳게 여기고 남
은 그르게 여기어 진취하지 않고 스스로 안일하게 여긴 적이 있
었는가?"하였는데 감히 이 말씀으로 오늘날 스스로 힘쓰는 교
훈으로 삼아 친구들이 등을 돌리는 데에 마음을 쓰지 않고자 합
니다. 다만 저는 살과 뼈에 화가 치달아 간들간들한 외로운 그림
자가 날라와 떨어질 곳이 없으니 성세에 태어나 인생이 이 지경
에 이르렀으니 또한 부끄럽습니다. 듣자니 형께서 형제 잃은 슬
픔을 안고 계신다는데 이는 하늘이 어진 사람을 도우시지 않아
서입니다. 이보다 더한 탄식이 있겠습니까. 숙헌의 질녀도 나이
겨우 15세에 혼인하자마자 지아비를 잃었습니다. 조물(造物)이
유독 우리들에게만 못살게 구니 이치를 믿을 수가 없습니다. 형
의 심부름꾼이 바쁘다 재촉하기에 다 쓰지 못합니다.

答浩原書

千里相望 死在朝暮 三紙情書 忽及於溘死之先 慰懷何言 去春松楸之省 夜行晝止 不測之鋒 迫在前後 非無意一敍 而竟莫之就 下示心語口不相逢將永訣之恨 吾豈有淺於吾兄而然哉 耿耿于中 未嘗一日忘于懷也 某尙悶一字酬答於親舊間而向於吾兄 罄竭下情 無少避諱 寧過切偲 而不效囁嚅者 誠爲荷知之久而收取之深也 及有生盡鄙見 不相負於冥冥之中乃僕之心也 今承兄示勲懇以爲實心相副 未若兄之 待僕者然惕然增愧 不知所云 昔日禍 未及焚坑 相期修業進學 以延佇古人心跡 逾月未見書則念之 經時未見面則懷之 逢一事未議則疑之 行一禮未講則憂之 豈燕游拍肩之爲比哉 少日同志亦非不多 而或以文章 或以美爵 交道各異 僕雖無似 與吾兄及栗谷 忝在相觀之末 策駑專心 不以外物嗜欲 有所夭閼者于今三十年有餘矣 不幸栗谷云亡 吾兄爲世所擯 獨立無與僕雖猶生 遑遑中野 未知竟作何山之委骨也 頃憑一答書 吐出誠素 反致未盡之敎 噫 至此而苟或未盡 何處盡其心乎 來示如非前言之戱 則無奈勉我不逮 而益欲發我於垂死耶 無以爲措 僕南來 二脚疼痛 不良屈伸 患侵于外 病攻于中 一死無惜 只以於人世有多少未畢事爲慨耳 朱子曰 孟子自許行王覇不動心 而其原只在識破詖淫邪遁四說病處 更以此言 爲吾兄一誦焉 伏惟留念 已所未能而反以勉人 尤增靦赧

호원의 글에 답함

천리 먼 곳에서 서로 그리워하며 언제 죽을지 모르고 있는데 세 통의 정다운 편지가 죽기 전에 갑자기 다다르니 위안의 회포를 무어라 형용할 수 있겠습니까. 지난 봄 성묘 할 때에 밤에는 가고 낮에는 쉬었는데 예측할 수 없는 칼날이 앞뒤로 조여들고 있었기에 한번 찾아보고 쌓였던 이야기를 나누어 보려고 생각은 가졌으나 마침내 이루지 못하였습니다. 보내신 서신 가운데 만나 보지도 못하고 앞으로 영원히 결별 했구나 혼자 뇌까리면서 한스러워 했다고 하셨는데, 제가 형과 정분이 얕아서 그러한 것이겠습니까. 마음속에 걸리어 하루도 잊은 적이 없었습니다. 제가 아직까지도 친구들의 편지에 한 자의 서신도 답하지 않고 있었는데, 형에게 저의 마음을 다하여 조금도 기피하지 않고 말씀드려 차라리 친구 간에 지나치게, 규계하고 말지 침묵을 지키는 사람을 본받지 않고자한 것은 진실로 형이 나를 알아 준 지 오래 된데다가 나의 말을 깊이 받아드리기 때문이었으며, 살아 있을 때에 저의 견해를 다 말씀드려 죽어서라도 서로 저버리지 않아야겠다는 것이 바로 저의 마음이었습니다. 그런데 지금 형의 편지에 은근히 실지의 마음으로 서로 부응해 주기를 형이 나에게 대해 주는 것보다 제가 못한 것처럼 하시니 척연(惕然)히 부끄러움만 더하여 말할 바를 모르겠습니다. 옛날 화(禍)가 혹심한 데 미치지 않았을 때에 학업을 닦고 진취하여 옛 훌륭한 분들의 마음과 자취를 따라가자고 서로 약속하고 난 뒤로 편지를 받은 지 한 달만 지나도 생각했고 얼굴을 한참 동안만 못 보아도 생각했으며, 어떤 일에 부딪쳐 함께 의논하지 못하면 의심하고 어떤 한 가지 예(禮)를 행하는데 서로 강론하지 못하면 걱정하였으니 이야말로 여느 때 어깨를 두

드리면서 놀던 친구와 비교가 되겠습니까. 젊은 시절의 동지(同志)가 많긴 하였으나 문장(文章)이나 또한 좋은 벼슬에 따라 사귀는 길이 각각 달랐습니다. 그러나 비록 볼것없는 저이지만 형과 율곡(栗谷)이 서로 친하게 대해준 말석에 끼어 노둔함을 채찍질하고 마음을 한 곳에 쏟아 외물(外物)의 욕심으로 인하여 중간에 끊기지 않은 지 지금 30여 년이 되었습니다. 그런데 불행하게도 율곡은 세상을 뜨고 형께서도 세상에서 버림을 받아 외로이 홀로 서서 도와 줄 사람이 없고 저는 비록 살았다고는 하지만 들판에서 헤매고 있어 마침내 어느 산에 버려진 뼈가 될지 모르고 있습니다. 지난번에 한 장의 답서를 받고 나의 성심을 다 털어 놓았는데도 도리어 미진하였다는 말씀을 받게 되었습니다. 아! 여기에 이르러서 미진한 점이 참으로 있다고 한다면 어느 곳에다 마음을 다하겠습니까? 말씀하신 바가 만약 앞에서 말한 것처럼 희롱삼아 한 것이 아니라면 나의 미급한 점을 권면하여 죽음에 다다른 저를 더욱더 분발시키고자 한 것이 아닙니까? 교훈에 말씀을 아끼지 마십시오. 제가 '남쪽으로 와서는 두 다리가 아파서 굽히고 펴기가 좋지 않습니다. 근심은 밖에서 쳐들어오고 병은 안에서 공격하고 있으니 한번 죽는 것은 아까울 것이 없으나 단지 인간 세상에서 다소 끝마치지 못한 일이 있기에 안타까울 뿐입니다. 주자(朱子)께서 말씀하시기를 "맹자(孟子)께서 스스로 왕업(王業)이나 패업(覇業)을 할 수 있고 마음을 동(動)하지 않는다고 자부하였는데 그렇게 할 수 있는 바탕은 편파(詖) 방탕(淫) 사벽(邪) 도피(遁)적인 네 가지 설(說)의 잘못된 바를 간파하는 데 있다"고 하였습니다. 다시 이 말로 형을 위해 한번 외어 드리오니 삼가 유념하시기 바랍니다. 제 스스로가 할 수 없는 것을 당신에게 권하고 보니 더욱 부끄럽기만 합니다.

記牛溪書後

去歲 金集傳寄兩封手札 開緘三復 不覺悲慨 厥後音徽永絕
無異隔世人 唯有一念不忘 往來心曲而已 今玆魚孝子賫示一
封手書 發在舊歲之仲冬卄日 披讀寄懷 尤極悲酸 信後又經
三時 未知閑況安佳否 吾輩今到白首 惟餘一死 人世故舊 寧
復有幾箇 得見書尺 亦云幸矣幸矣 況世亂如此 彷徨無所求
生耶 渾運盡垂亡 阨窮顚頓 理勢之常耳 正月大風 火發旁舍
父子兩廬 倏忽俱焚 傳家書册 盡入烈炎 草莖莫遺 棲食俱空
欲西入龍川 求食奴婢間 而腰脊之疾大作 今已四箇月 元氣
摧殘 臥不能起 煩熱厭食 以勢觀之 不能支矣 栗谷大賢 一
臥旬時 便儵然而去 如我汚下 得疾久苦 速盡爲喜 而辛苦莫
比 此爲可恨 然無非命也 任運安分 不致不自勉焉 清詩兩章
諷詠以還 脫然沉痾之去體 思欲步武 以伸深情 而神昏困乏
不可爲矣 習之事 不覺痛惜 吾輩晚節 皆不能保厥初 自謂如
我無狀 負罪稽誅 顚沛最大 累及師友 而以此觀之 習之之事
尤可憂也 庚寅年 渾到京 渠指我爲 趨詩嗜利 棄背執友 又
謂渾將加大罪於渠 向松江作書求哀 渾見之 莫知端倪 深
恠[32]之而已 然故舊不可絶 故和顔色而問之 渠亦不深辨 以
此至今僅能如舊而已 何意復向希元及老兄 作此態耶 痛傷之
極 寧欲無聞 渠之音問 亦不知兩歲矣 宜仲 無恙在永平耳
伏惟尊照 方痛僅草 萬萬不宣　　　戊戌燈夕 渾拜

　　前書所見 惟金集所傳而已 餘未承見 良恨
　此爲絕筆 此疾竟不起 看來不覺涕零

---

32) 恠=怪(기이할괴) / 恠=지금은 안 쓰고 옥편에도 없으나 怪 와 같은 글자.

우계의 편지 뒤에 쓰다

지난해에 김집(金集)이 형의 편지 두 통을 전하였는데 봉투를 뜯어 여러번 읽으면서 자신도 모르게 슬픔에 젖었습니다. 그 뒤 소식이 끊기어서 딴 세상 사람과 다름이 없었으나 오직 형에 대한 일념(一念)만은 잊지 않고 마음속에 오가고 있었습니다. 그런데 이번에 형의 편지 한 통을 어효자(魚孝子)가 전하였는데 지난해 11월 20일에 보낸 것으로 펴서 읽어보니 말씀이 더욱 비참하였습니다. 서신이 온 뒤로 또 세 철이 지나갔는데 한가히 계시는 근항이 편안하십니까? 우리들은 이제 백수가 되었으니 오직 남은 것은 죽음 한 가지 뿐입니다. 이 세상에 옛 친구가 몇 명이나 남아 있겠습니까. 편지만 받아 보아도 매우 다행이라 하겠습니다. 더구나 세상이 이처럼 어지러워 살길을 찾을 수 없어서 방황하고 있는 데 말할 것이 있겠습니까. 저는 운명이 다하여 망(亡)하는 데 직면하였으니 액궁(阨窮)에 허덕이는 것은 이 세상 당연한 것으로 알고 있습니다. 정월에 큰 바람이 불 때 곁채에 불이 나서 부자(父子)의 두 집이 잠깐 사이에 다 타버리고 대대로 전해 온 서책(書冊)도 모두 뜨거운 불 속에 들어가 버렸고 풀뿌리 하나 남지 않아 살곳이나 먹을 것이 모두 없어졌습니다. 그런데 서쪽 용천(龍川)으로 들어가서 노비(奴婢)들에게 먹을 것을 구하고 싶지만 등과 허리에 병이 크게 난 지금 벌써 넉 달이 되어 원기가 떨어져서 누운 채로 일어나지 못하고 열이 치솟아 식욕이 없으니 사세로 보아 지탱하기 어려울 것 같습니다. 율곡같은 대현(大賢)도 한번 자리에 눕자 열흘 만에 세상을 떠났는데 저 같이 보잘 것 없는 사람은 병이 들어 오래도록 고생하였으므로 빨리 죽는 것이 소원인데 비할 데 없는 고통을 겪고 있으니 이것이 한스럽습니다. 그러나 어느 것이나 운명에 달린 것이므로 운명에 맡기어 분수에 편안하려고 스스로 노력하지 않을 수 없습니다. 맑은 시(詩) 두 수를 읊조려 음미해 보니 잠겼던 병이 말끔히 몸에서 떠난 것 같습니다. 그 운자에 따라 지어 저의 심정을 펴보고 싶었지만 정신이 혼미하고 피곤하여 할 수가 없습니다. 습지(習知)의 일은 나도 모르게 매우 애석하게 여기었습니다. 우리 무리들이 모두 끝까지 처음처럼 지조를 지키지 못하였는데 그 중에서 나같이 쓸모없는 것이 죄를 지고도 죽지 않고 가장 크게 허덕이다 스승과 벗에게 여러 차례 누를 끼치었다고 스스로 여기고 있는데 이로써 보건데 습지의 일이 더욱 걱정스럽습니다. 경인(庚寅 : 선조18년 1590년)년에 저가 서울에 올라갔을 때 그가 저를 가리켜 '때에 따라 이익을 탐하여 친한 벗을 버리고 배반한다'고 하였으며, 또 내가 그에게 큰 죄를 뒤집어씌우려고 한다며 송강(松江:정철의 호)에게 편지를 써 보내어 구해 달라고 부탁하였는데 저가 그것을 보고 무슨 까닭인지를 몰라서 대단히 이상하게만 여기고 있었습니다. 그러나 옛 친구를 끊을 수 없었기 때문에 부드러운 얼굴로 물어보았더니 그도 깊이 변명하지 않았었습니다. 이러한 것 때문에 지금까지 가까스로 그전처럼 지내고만 있었습니다. 그런데 그가 다시 희원(希元)과 형에게 이러한 짓을 할지 생각이나 했었겠습니까? 너무나 마음이 아파 차라리 듣지 않았으면 했었고 그의 소식도 모른지 두 해가 되었습니다. 의중(宜中)은 아무 탈 없이 영평(永平)에서 지내고 있습니다. 삼가 살피시기 바랍니다. 통증 속에 겨우 쓰느라 하고 싶은 말을 다 쓰지 못합니다. 무술(戊戌 :선조 21년 1598년 등석(燈夕:4월 초 8일)에 혼은 배합니다.

앞의 편지는 오직 김집이 전한 것만 보았지 나머지는 받아 보지 못했으니 참으로 한스럽습니다.

이것이 그의 마지막 편지이다. 이때 병으로 누워 끝내 일어나지 못했는데 볼 때마다 나도 모르게 눈물이 흐른다.

國譯龜峯集
(卷之六)

예문답

禮問答

감상시

睡 起　　자다가 일어나서

千里飄蓬六尺身　천리를 떠도는 육척의 이내 몸이
十年虛負洛陽春　십년 봄을 헛되이 서울에서 보냈구려.
樽前醉夢眞吾土　술 취해 꿈을 꾼 곳 참으로 내 땅이고
窓外靑山是故人　창 너머 푸른 산 바로 이게 친구라네.

國譯龜峯集卷之六 / 禮問答

禮問答

감상시

對酒吟　　　술에 대하여 읊다

有花無月花香少　　달이 없는 꽃은 향기 적고
有月無花月色孤　　꽃 없는 달은 빛깔도 외롭다.
有月有花兼有酒　　달에 꽃 있는데 술까지 겸하면
王喬33)乘鶴是家奴　　학을 탄 왕교도 나의 종이지.

---

33) 王喬 : 〈後漢書本傳〉한(漢)나라 하동(河東) 사람이다. 후한 명제(明帝)때 섭
령(葉令)이 되었는데 초하루부터 보름까지 그 고을에서 조정에 오는데 수레
나 말을 타지 않았다. 태사(太史)가 그가 올 때쯤 지켜보니 오리 두 마리가
동남쪽에서 날아왔다. 그 다음에는 이때를 맞추어 그물로 덮쳐서 잡았는데
신발 하나만 남아 있었다는 고사.

禮問答 (禮에 대한 문답)

答季涵問　계함의 물음에 대한 답

問：祥服未有定見　黑笠則無義　而國俗已久　白笠則中朝與
我國之制　黲則家禮　而宋儒以非素冠爲論　恐不必盡用　家
禮未定之書　今之用禮者　先以駭俗爲懼　此所以古禮之終不
得行也　苟有好禮一二君子　考禮甚精　身先倡之　則乍然驚
駭之餘　亦有願慕之者矣　今欲略倣黃圖之說，以縞冠　緇衣
素裳承祭　祭訖　深衣34)白笠反哭　黲制旣苦難考難行　而黃
圖之規摹次第　實承於朱子晚年　則家禮之不甚明備　可疑可
稽之禮　參以黃圖　略其煩而存其大綱　推其可行者行之　有
何不可　惑以爲黃圖之未證　無異家禮之未成　哀意竊以爲不
然　黃氏所編喪記　朱子旣見而善之　則其編中所以祥用朝服
一依禮記之說者　非朱子所定而何　觀其首卷西蜀劉氏之序
朱在泣血之記及末卷三山楊氏之跋　則益無疑矣　圖之證不
證　恐不必論也　歷觀古人論祥服之說　喪事有進無退　接神
不可以純凶　故縞冠以示有喪　朝服以示漸吉　祭訖　哀情未
忘　故反著微凶之服　素縞麻衣是也　聖人制禮　義意微密　情
文相稱　隆殺得中　固不可以私情常識，議其方也　白笠雖近
時人旣祥之服　殊非古人朝服承祭　有進漸殺之意云.

물음 : 상복(祥服)에 대해서 확고한 견해가 없습니다. 흑립(黑

---

34) 심의(深衣) : 선비의 웃옷. 흰 베로 만들었으며 소매를 넓게 하고 검은 비단
　으로 가를 두른 것. 치마는 열두 폭으로 되었음.

笠)을 쓰는 것은 별다른 뜻이 없는데, 나라의 풍속이 쓴 지가 이미 오래되었고, 백립(白笠)을 쓴 것은 중국과 우리나라의 제도입니다. 참색(黲色)은 「가례(家禮)」에 있는 것이지만 송(宋)나라 선비들이 소관(素冠)이 아니라고 거론하였으니, 아마도 그대로 다 쓸 필요는 없을 듯합니다. 「가례」에서 정하지 않는 예서(禮書)에 있어서는, 요즈음 예를 쓰는 사람들이 아예 풍속을 놀라게 하지는 않을까 두려워하기 때문에 고례(古禮)가 끝내 실행되지 못하고 있는 것입니다. 참으로 예를 숭상하는 한두 명의 군자(君子)가 예를 매우 정밀히 상고하여 앞장서서 이를 실행한다면 잠시 동안은 이상하게 여기다가 결국엔 따르려는 이도 있을 것입니다. 지금 대략 황도(黃圖)의 말에 따라 호관(縞冠)과 치의 (緇衣)와 소상(素裳)으로 제사를 받들고 제사가 끝나면 심의(深衣:선비의 웃옷. 흰 베로 만들었으며 소매를 넓게 하고 검은 비단으로 가를 두른 것. 치마는 열두 폭으로 되었음.)와 백립의 차림으로 반곡(反哭)하려고 합니다.

참제(黲制)는 이미 상고하기 어렵고 행하기도 어렵습니다. 그러나 '황도'의 규모와 순서는 실로 주자 만년의 가르침을 이어받은 것이었고 본다면 「가례」에 분명하게 갖추어지지 못했다는 게 의심스럽습니다. 가히 상고할 수 있는 예는 '황도'를 참고하여 번거로운 것은 간략하게 하고 대강만 그대로 두어 행할 수 있는 것들만 미루어 행한다면 안 될 것이 뭐가 있겠습니까. 그런데 어떤 이는 '황도'에서 인증되지 않는 것은 「가례」에서 이루어지지 않은 것과 다를 바가 없다고 하는데 저의 뜻은 그렇지 않다고 봅니다. 황씨(黃氏)가 엮은 「상기(喪記)」를 주자가 보고 잘 되었다고 하였으니, 그 「상기」 편중에 상(祥) 때에 조복(朝服)을 사용하는 데 있어서 한결 「예기(禮記)」의 설을 따른 것은, 주자가 정해 준 것이 아니고 무엇이 겠습니까. 첫 권에 있는 서촉(西蜀)의 유씨(劉氏) 서문과 주재

읍혈지기(朱在泣血之記) 및 마지막 권에 있는 삼산양씨(三山楊氏)의 발문을 보건대 더욱 의심할 것이 없으니, '황도'를 증명할 수 있느냐 없느냐는 아마도 논할 필요가 없을 것 같습니다. 고인들이 상복(祥服)에 대하여 논한 설들을 역대로 살펴보면 상사(喪事)에는 나아가기만 하고 물리지는 않으며, 신(神)을 맞이하는 데 오르지 흉한 것으로만 할 수 없기 때문에 호관(縞冠)을 써서 상을 당했다는 것을 보이고, 조복을 입어서 점차 길사(吉事)로 닦아간다는 것을 보이며, 제사가 끝나도 슬픔을 잊지 못하기 때문에 도리어 조금 흉한 복장을 입는 것이니, 소상(素裳)과 호관(縞冠)과 마의(麻衣)가 이것입니다. 성인이 예를 제정하는 데 있어서 그 의의가 섬세 치밀하고 정문(情文)이 서로 알맞아 예를 후하게 하거나 간략하게 하는 것이 적절하였기에 참으로 사사로운 정과 상식으로는 그 방법을 의논할 수가 없습니다. 백립은 비록 요즈음 사람들이 상(祥)을 끝내고 입는 옷이지마는, 자못 고인들이 조복으로 제사를 받들어 점차 감하는 뜻이 아닌 것입니다.

答 : 謂家禮之黲制難考 欲倣黃圖 似爲未然 家禮之與儀禮經傳 其意固不同也 經傳歷集古禮 無一段付已意有所損益 以爲爲國者制禮之用 家禮酌古參今 推以家居已所自用者 爲一時當行之禮 朱子於家禮 非不知直用古禮之爲可 而必取司馬氏·程氏·高氏等說者 隨時之義 不得不爾也 禮自初喪 至虞卒哭 受服非一 而家禮皆刪 是不泥古而從簡也 且喪服之從古制 朱子亦有說焉 吉服雖已從今制 而喪服尚存古制 則不必又變而從今之意也 今家禮祥服 已從時制 安敢又越而從古乎 黲 天色也 淺青黑色 近今玉色 今宜用黲色 今冠與黲團領承祭 以從家禮黲㡤頭與衫之意而承祭 既祭之變服 則雖

家禮所無 而換却白衣白笠 以從時王制 而用白反哭如何 白
是王制 雖非微凶 似難議爲 從國俗用黑 定不可爲 來示又云
成浩原於黲笠 有服妖之疑 而欲用淡黑者 皆似未穩 家禮未
盡處 固不在此等處 幸勿致疑 深衣 雖司馬氏僅用於獨樂
園35) 則今何得用於道上 此後朝廷議得用行白笠 以黑爲非則
善矣 白亦反重 而黲則不論焉 禮家間自用之.

답 : 「가례」의 참제는 상고하기가 어려워서 '황도'를 모방하여 하
려고 한다 라고 하셨는데 그렇지 않다고 봅니다 「가례」가 「의례
경전(儀禮經傳)」과는 그 뜻이 물론 같지는 않습니다 「경전」은 역
대 고례를 엮어서 만든 것으로 조금이라도 자기의 사사로운 뜻을
덧붙이어 빼거나 보태지 않고 엮어서 제왕들이 예를 제정할 때
자료로 쓰게 하였고, 「가례」는 예나 지금의 예를 참작하고 거기
다 자기의 집에서 사사로이 쓰는 예를 미루어 엮어서 한때 마땅
히 행해야 할 예를 만들었습니다. 주자가 「가례」를 엮을 때 고례
를 그대로 쓰는 게 옳다는 것을 모른건 아니지만 반드시 사마씨
(司馬氏).정씨(程氏).고씨(高氏) 등의 설을 취했던 것은 때에 따라
알맞게 제정한다는 의미에서 그렇게 하지 않을 수 없었던 것이었
습니다. 예에 보면 초상(初喪)에서 우제(虞祭).졸곡(卒哭)에 이르
기까지 복이 한 가지 뿐만이 아닌데 「가례」에는 모두 다 삭제
하였으니 이는 옛 것에 얽매이지 않고 간편한 것을 따른 것입니
다. 또한 상복을 옛 제도에 따른 데 대해서 주자도 말한 바가 있
으니, 길복(吉服)은 비록 오늘날 제도를 따르고 있지만, 상복은
아직도 옛 제도가 존속되어 있으니 일부러 변화시켜 오늘을 따르
게 할 필요가 없다는 뜻입니다. 지금 「가례」에 상복(祥服)은 이

---

35) 독락원(獨樂園) : 사마광이 벼슬에서 물러나 만든 정원. 하남성(河南省)
   락양현(洛陽縣)의 성 남쪽에 있음

미 당시의 제도를 따랐으니 어떻게 또 다시 뛰어 넘어 옛 것을 따를 수 있겠습니까. 참색은 하늘색이니, 엷은 청흑색(靑黑色)으로 요즈음 옥색(玉色)과 비슷한데, 지금에 있어서는 참색을 써야 할 것입니다. 이제 관(冠)이나 참단령(黲團領)으로 제사를 받드는 것은 「가례」의 참복두(黲幞頭)36)와 삼(衫)을 쓴다는 뜻에 따라 제사를 받드는 것이다. 이미 제사를 지내고 난 뒤에 변복(變服)을 하는 것은 비록 「가례」에는 없으나, 백의(白衣) 백립으로 바꾸어 입고 시왕(時王)의 제도를 쫓아서 흰 것으로 반복하는 게 어떠할는지. 흰색은 왕제(王制)이므로 비록 사소한 흉사가 아니면, 의논하기 어려울 것 같으나 우리나라 풍속에는 흑색 사용은 반드시 금지되어 있습니다. (그러므로 의논하기 어려울 것이 없다.) 보낸 편지에 또 말하기를 "성호원(成浩原)이 참립(黲笠)에 대하여 이상한 차림이 아닌가 하는 의심을 가지고 담흑색(淡黑色)을 쓸까 한다"라고 한 것은 모두 온당하지 않은 것 같습니다. 「가례」에 미진한 곳이 참으로 이러한 데에 있는 것이 아니니 너무 의심하시지 않았으면 합니다. '심의'는 비록 사마씨라도 겨우 독락원(獨樂園)서만 착용하였습니다. 오늘날 어떻게 나들이 용으로 쓸 수가 있겠습니까. 뒤에 조정에서 의논하여 백립을 사용하기로 하면서 흑색을 쓰는 게 잘못된 것이라고 하였으니, 잘된 것이다. 백색은 도리혀 중하게 여기고 참색은 거론하지도 않았는데 예가(禮家)들 사이에서 마음대로 쓰고 있다.

問 : 今笠代幞頭 未安 欲用程子巾 如何

---

36) 참복두(黲幞頭) : 과거에 급제한 사람이 홍패(紅牌)를 받을 때 쓰던 관두건 (冠頭巾). 후주(後週)의 무제(武帝)가 만든 것으로 사각(四脚)을 내어 양각(兩脚)은 앞에 붙이고 양각은 뒤에 붙인다. 뒤에는 단지 양각을 사용하고 철선 (鐵線)을 사용, 이것을 가로로 펼치게 하였다. 또 양각을 뒤로 교차시킨 것도 있는데 이러한 것을 교각복두(交脚幞頭)라고 한다. 복두는 처음에 인주(人主)만 사용하였지만 뒤에는 번진(藩鎭), 사대부도 사용하게 되었다. 일명 절상건(折上巾)이라고도 한다.

문 : 요즈음에 와서 입(笠)을 복두 대신 사용하기가 미안하므로 정자건(程子巾)으로 대용하고자 하는데 어떻겠습니까?

答 : 冠巾異制 用亦不同 家禮 忌日行祭時 變服黲紗幞頭 祭後是日素服黲巾 巾恐非承祭所用 家禮 歷言有官無官之用 而無用巾處 且幞頭 實非古制 乃南北朝胡制 則今笠之代幞頭 亦家禮幞頭代冠之意也 今笠之制 似不可論其可否

답 : 관(冠)과 건(巾)은 제도가 다르고 사용하는 데도 같지 않습니다 「가례」에 보면 "기일(忌日)에 제사지낼 때는 참사복두(黲紗幞頭)로 바꾸어 입고 그 다음날에는 소복 참건의 차림을 한다"라고 하였으니 건은 아마도 제사지낼 때 사용하는 게 아닌 것으로 생각됩니다. 「가례」에는 관직을 가진 자와 없는 자에 따른 복두는 사실상 고제가 아니고 남북조(南北朝) 시대의 오랑캐 제도이고 보면 오늘날 입(笠)으로 복두를 대용하는 것은, 「가례」에 관 대신으로 복두를 사용하는 뜻과 같은 것입니다. 그러므로 지금 입의 제도를 두고 옳으냐 그르냐를 따질 수 없을 것 같습니다.

問 : 家禮 黲幞頭 布裹角帶之制 無官者通用 如冠 禮三加之用否

문 : 「가례」에서 "참복두와 베로 싼 각대(角帶)의 제도는 벼슬이 없는 사람이 통용한다."라고 하였는데, 관례(冠禮)에 세 번 관을 씌울 때에도 사용할 수 있습니까?

答 : 我國法 有官者 時散通用紗帽 則無官者 不得用紗帽 家
禮 祠堂章下 有官用幞頭 無官用帽子 而朱子語類 不應擧
者 祭服亦用幞頭帽子亦可云 幞頭則乃是當時上下通用也

답 : 우리 나라 법에 현재 관직에 있는자와 관직에서 물러나온
자는 사모(紗帽)를 통용할 수 있으나, 관직이 없는 자는 '사
모'를 사용할 수가 없습니다. 「가례」의 사당장(祠堂章) 밑에
"관직을 가진 자는 복두를 쓰고 관직이 없는 자는 모자(帽子)
를 쓴다"라고 하였습니다. 그러나 「주자어류(朱子語類)」에는
"과거에 급제하지 않은 자라도 제복(祭服)에 있어선 복두를
사용하며, 모자도 사용할 수 있다"라고 하였으니, 복두는 그
당시에 상하에 두루 쓰던 것이었습니다.

問 : 虞後朝夕上食及儀

문 : 우제(虞祭)의 뒤에 조석상식(朝夕上食:식사때면 영전에 진지
를 올리는 것) 및 그 의절에 대한 물음.

答 : 以家禮看之 雖不言罷 而當罷於罷朝夕奠之日 以遵家禮
而但張先生日祭 溫公朝夕饋 朱子有不害其爲厚, 且當從
之之語 則行亦可也 儀則旣用初喪禮 宜用初喪儀, 今似
不可創作別儀也

답 : 「가례」를 보건대 끝마친다고 말하지는 않았지만 끝낼 시기
를 맞춰 끝마쳐야 할 것입니다. 아침 저녁으로 전(奠:상식)드
리는 날은 「가례」를 따라야 하겠지만 단지, 장선생(張先生:張
橫渠 이름은 재(載)은 날마다 제사를 지냈고, 사마온공(司馬
溫公:송의 학자 이름은 광(光))은 아침 저녁으로 진지를 올렸

는데 주자가, "후하게 하는 데 해가 되지 않으므로 그를 따라
야 한다"라고 말하였으니 그렇게 하는 것도 괜찮습니다. 의절
은 초상의 예를 썼으니 초상의 의절을 써야 하며, 이제 와서
별다른 의절을 만들어서는 안 될 듯합니다.

問 : 虞後朔望奠儀 初不考禮經如何 先降而後參拜 成李
(浩原叔獻) 二侍 以先叅爲得云

문 : 우제의 뒤에 초하루 보름에 전드리는 의절에 대해서는 애초
에 예경(禮經)에서는 어떻게 하는가를 상고하지 않고 먼저 강
신하고 난 뒤에 참배하였는데, 성호원(成浩原)과 이숙헌(李叔
獻) 두 분은 먼저 참신하는 게 옳다고 하였습니다.

答 : 二說皆似未穩 三年內奉几筵 自虞卒哭 至祥禫 有入哭而
無叅神拜 深有其義 安敢違家禮而行叅拜 朱子曰 柩前無
拜 亦此意也 子事父母 俟起乃拜 几筵無拜 尚生之禮也

답 : 두 가지 설이 모두 온당치 못한 것 같습니다. 3년 동안 궤연
(几筵)을 받들어 우제와 졸곡(卒哭)으로부터 상제(祥祭) 담제
(禫祭)까지 들어가 곡만하고 참신하는 의절이 없다는 것은 어
떤 깊은 뜻이 있는데 어떻게 「가례」를 어기면서 참배의 예를
행하겠습니까. 주자가 말하기를 "널 앞에서는 절하는 예가 없
다" 라고 하였으니 역시 이러한 뜻입니다. 자식들이 부모를
섬길 때에 부모가 일어나기를 기다려 절하는 법이니 궤연에서
절하는 예가 없는 것은 살아계실 때 섬기는 예인 것입니다.

問 : 朔望奠儀 欲從初喪 未知如何
문 : 초하루 보름에 전드리는 의절은 초상(初喪)의 예를 따르고자

하는데 어떨지는 모르겠습니다.

答 : 虞後朔望奠儀 家禮 雖無明文 用初喪儀 太略未穩 用祠堂章
朔望儀 而惟叅神之有哭無拜 辭神之哭, 奠之一哭 用三年內禮
如何

답 : 우제의 뒤에 초하루 보름에 전드리는 의절은 「가례」에 비록
명확한 조문은 없습니다마는 초상의 의절을 이용하면 너무
간략해서 온당치 못하다 하겠습니다. 사당장(祠堂章)의 초하
루 보름에 전드리는 의절을 사용하되, 오직 참신에만 곡하고
절은 하지 않으며 사신(辭神)할 때 곡하며, 전드릴 때 한 번
곡하는 것으로 3년 내의 예로 쓰는 게 어떨런지.

問 : 朔望奠儀 今方服行下敎 而成浩原以三哭似同虞祭 未安
云 未知如何

문 : 초하루 보름의 전드리는 의절에 있어서는 지금 가르쳐 주신
대로 행하고 있습니다. 그런데, 성호원은 "세 번 곡하는게 우
제와 거의 같으므로 거북하다"하고 하니, 어떻게 해야 할지
모르겠습니다.

答 : 如曰朔望不可行叅辭 則祠堂章有之 如曰几筵無叅辭
則虞亦有之 几筵叅辭皆有哭 而奠之一哭 又實用本禮
則勢不得不三哭也 來示似未穩

답 : 만약에 초하루 보름에 참신과 사신을 행할 수 없다고 말한
다면 사당장에는 그렇게 되어 있을 것이고, 만약에 궤연에서
참신과 사신이 없다고 말한다면, 우제에도 또한 그렇게 되어

있을 것입니다. 궤연에서 참신 사신할 때 모두 곡하고 있으며, 전드릴 때 한 번 곡하는 것은 실로 본례(本禮)를 사용한 것이고 보면, 형세상 세 번 곡하지 않을 수 없습니다. 그러므로 물으신 말씀이 온당치 못한 것 같습니다.

問 : 練後止朝夕哭 初忌一日之內 自不忍無哭 朝夕上食之哭 欲於練後翌日止之 未知如何

문 : 연제(練祭)의 뒤에는 아침 저녁으로 곡하는 것을 그친다고 하는데, 기일을 처음으로 맞이한 날에는 자연히 차마 곡하지 않을 수가 없습니다. 아침 저녁으르 상식할 때 곡하는 것은 연제를 지낸 다음날에 그치려고 하는데 어떨런지 모르겠습니다.

答 : 朝夕哭與上食哭 非一件事 以古禮看之 罷朝夕奠之日 已罷上食及上食哭 而練後又罷朝夕哭耳 今用朱子行且不害爲厚之意 而旣不罷上食於三年內 則是因行初喪禮也 擅去其哭 未安 且三年內 無不哭之奠與祭

답 :례로 본다 아침 저녁으로 곡하는 것과, 상식하면서 곡하는 것은 똑같은 조목의 일이 아닙니다. 고례로 보면 아침 저녁으로 전드리는 일을 끝마치는 날에, 상식과 상식에 곡하는 것을 끝내고, 연제의 뒤에 또 아침 저녁으로 곡하는 것을 끝마칩니다. 이제 만약에 주자가 말한 행하여도 후하게 하는데 해가 되지 않는다는 뜻에 따라, 3년 안에 상식을 끝내지 않는다면 이는 초상의 예를 그대로 따라 행한 것입니다. 마음대로 곡하는 것을 없애버린다면 미안스럽고 또 3년 안에는 곡하지 않는 전이나 제사는 없습니다.

問 : 練後朔望哭. 只於其日晨祭時哭之否.

문 : 연제 뒤에 초하루 보름의 곡은 그날 새벽 제사지낼 때에만 곡하는 것입니까?

答 : 家禮止朝夕哭之下 惟朔望未除服者會哭云 則朔望之哭 是一禮也 奠之哭 亦一禮也 虞卒哭 旣有朝哭 又有祭時 入哭之禮 似不可兼行 是日曉哭 又行奠哭爲得

답 : 「가례」의 "아침 저녁으로 곡하는 것을 그친다"라는 글 밑에 "오직 초하루 보름에만 아직 복을 벗지 못한 이들이 모여서 곡한다"고 하였으니, 초하루 보름에 곡하는 것도 하나의 예이며 전드릴 적에 곡하는 것도 하나의 예입니다. 우제와 졸곡에는 이미 아침의 곡이 있고 또 제사지낼 때에 들어가 곡하는 예가 있으니, 아울러 행할 수는 없을 것 같습니다. 이날 새벽에 곡하고 또 전드리면서 곡하는 것이 맞으리라 생각됩니다.

問 : 用牲式 國用須全一肩盛別匣 家禮別無全薦之文 或炒熟 或生膾 未知今何以爲之

문 : 희생을 쓰는 방식에 있어서 국가에서는 한 다리를 별도의 상자에다 차려 놓는데, 「가례」에는 특별히 온 다리를 올린다는 조문이 없습니다. 어떤 때는 구우거나 익히기도 하고 날것으로 쓰거나 회를 만들어 놓는다고 하는데, 지금은 어떻게 하여야 되겠습니까?

答 : 家禮 惟祭初祖先祖 有用生之文 於祭禰日同時祭 時

祭魚肉　無用生之文　但朱子語類平日所論祭必用生　神
道見生血則靈　似不可不用生也　全肩之薦同國禮　恐不
可用也　家禮祭初祖　前後脚皆作三段

답 : 「가례」에 오직 시조나 선조에게 제사지낼 때에만 날것을 쓴
다는 조문이 있습니다. 아버지 제사에는 시제(時祭) 때와 같
이 한다고 하였는데, 시제 때 쓰는 어육(魚肉)도 날것을 쓴다
는 조문은 없습니다. 다만 「주자어류(朱子語類)」에서 평소에
논한 바로 "제사에는 반드시 날것을 써야 한다. 신도(神道)는
싱싱한 피를 보면 영해진다"라고 했으니, 날것을 쓰지 않을
수가 없을 것 같습니다. 온 다리를 올리는 것은 나라에서 쓰
는 예와 같게 되므로 아마도 사용할 수 없을 것 같습니다. 「
가례」에서 "시조를 제사지낼 때에만 앞. 뒤 다리를 모두 세
조각을 내어 쓴다"라고 했습니다.

問 : 扱匙飯中西柄之義　須是令匙背向西　如生人擧匙扲飯之
爲乃合　而或云令匙內向北　如生人所扱　而徵偃匙柄於西
可也　恐是非西柄之義

문 : 숟가락을 밥그릇 한 가운데다 꽂고 숟가락 자루를 서쪽으로
향하게 하는 뜻은 모름지기 숟가락 뒷면을 서쪽으로 향하게
하여 마치 산 사람이 숟가락을 들고 밥을 먹는 것과 같이 해
야 합당하다는 것입니다. 어떤 사람은 숟가락 안면을 북쪽으
로 향하게 하여 마치 산사람이 숟가락을 들었을 때처럼 조금
서쪽으로 눕혀야 한다고 하는데 아마도 이것은 숟가락 자루
를 서쪽으로 눕히는 본디의 뜻이 아닌 것 같습니다.

答 : 前說飯在匙上將食之狀　後說以匙取飯之狀　後說似是

답 : 앞것은 숟가락으로 밥을 떠서 먹으려는 모양을 말한 것이고
뒷것은 숟가락으로 밥을 뜨는 모양을 말한 것이니 뒷말이 옳
을 것 같습니다.

問 : 祥日 祭之後反哭 又設盛祭於舊堂 倣虞儀行事 此雖於
禮無文 恐不得不然

문 : 상일(祥日)에 제사지낸 뒤에 반곡(反哭)하고 또 구당(舊堂)에
다 제물을 진설하여 제사를 지내되 이 때는 우제의 의식을
모방하여 제사를 지냅니다. 이것은 비록 예에는 기록된 글은
없지만 아마도 그렇게 하지 않을 수가 없을 것 같습니다.

答 : 孝子之情 不得不爾 但祭則家禮三年內所行 已有其數
不可疊行 倣祠堂章告事之儀 告已反哭之意 行奠禮如何

답 : 효자의 심정으로선 그럴 수 밖에 없겠지마는 제사는, 「가례」
에 3년 안에 행하는 횟수가 이미 정해졌으므로 중복되게 행
할 수가 없습니다. 사당장에 있는 '일을 아뢰는 의식'을 모방
하여 이미 반곡하였다는 뜻을 고하고 전드리는 예를 행하는
것이 어떨런지.

問 : 練後上食哭 來示藹然忠厚 然若曰家禮雖罷上食 而今且
行之 則上食旣違禮 哭又無據 練後止朝夕哭 實是大節目
則上食之哭 非朝夕哭而何 示三年內無不哭之祭者 誠至
論也 然安能灼知古人制禮之意 而循吾意見耶 此是超詣
者能之 敢再禀

문 : 연제의 뒤에 상식하고 곡하는 것에 대하여 애연(藹然)히 충

후(忠厚)하다라고 하셨습니다 그러나 「가례」에서는 비록 상식
을 그치었지만 이제 또 그것을 행한다면 상식하는 것은 이미
예에 어긋나고 곡하는 것도 근거가 없습니다. 연제의 뒤에
아침 저녁에 곡하는 것을 그치는 것이 실로 큰 조목이니, 상
식하고 곡하는게 아침 저녁으로 곡하는 것이 아니고 무엇이
겠습니까. "3년동안에는 곡이 없는 제사는 없다"라고 한 말
씀은 참으로 지극한 의론입니다. 그러나 어떻게 옛 사람의
예를 제정한 뜻을 명확히 알아 나의 의견에 따라서 할 수 있
겠습니까. 이는 본디 조예가 뛰어난 사람만이 할 수 있겠기
에 감히 다시 한번 여쭈어 봅니다.

答 : 未止朝夕哭之日 不以上食哭 爲朝夕哭 而必行朝夕之哭
又行上食之哭 則今安敢用止朝夕哭之文 幷罷上食之哭乎
上食 實初喪之禮 而延及練後 是固未安 然自宋時已爲見
行之禮 朱子旣有雖行無害之說 更不論哭與不哭 且家禮
於三年內奠祭皆哭 今若無哭設奠 則是無乃未安耶 朝夕
上食 事生之禮也 奠跪想慕之際 自不可不哭 如曰上食非
禮 而罷於虞後則可矣 今旣不得不行 而欲四哭於前 無一
哭於後 甚無漸殺之意 朝夕之哭 據禮當罷 上食之哭 因
朱子從厚之說 行之如何 若上食則不可不哭

답 : 아침 저녁으로 곡하는 것을 그치지 않는 동안에는, 상식할
때 곡하는 것으로써, 조석의 곡하는 것이 될 수 없으며, 반드
시 아침저녁으로 곡하고, 또 상식할 때 곡한다면, 이제 어떻
게 감히 아침저녁으로 곡한 것을 그친다 라는 조문을 가지고
상식할 때 곡하는 것까지 파할 수 있겠습니까 상식은 실로
초상의 예이니 연제의 뒤에까지 이어지게 한다면, 이는 참으

로 미안하다고 하겠습니다 그러나 송(宋) 나라 때부터 이미
현재 행하고 있는 예를 행하였고, 주자도 "행하여도 괜찮다"
는 말씀이 있으니, 다시는 곡하는 것과 곡하지 않은 것에 대
해 논하지 않겠습니다. 그리고 「가례」에 3년 동안에 전드리
고 제사지내는 때에는 모두 다 곡하게 되어 있으니, 지금 만
약 곡하지 않고 전만 드린다면 미안하지 않겠습니까? 아침
저녁으로 상식하는 것은 살아계실 때 섬기는 예와 똑같이 하
는 예입니다. 전을 드리고 꿇어 앉아 사모할 때에 자연히 곡
하지 않을 수 없을 것입니다. 만일 상식하는 것은 예가 아니
라고 하여, 우제의 뒤에 파한다고 하면, 그래도 괜찮지만, 이
제 이미 행하지 않을 수가 없어서 그전에는 네 번이나 곡을
했는데 뒤에는 한 번도 곡하지 않으려고 한다면, 점점 줄여나
가야 한다는 예의 본뜻에 어긋난다 하겠습니다. 아침 저녁의
곡은 예에 의하여 마땅히 그쳐야 하며, 상식하고 곡하는 것은
주자의 후함을 쫓는다는 말씀에 따라 행하는게 어떨런지 상
식에 있어서는 곡하지 않을 수 없습니다.

問 : 受吊若於覲母京家 遇客則何以處之 將軍文子除喪 越人
來吊 受於廟 某今遇客於京 尊者諱之 敵者謝之 如何

문 : 조상을 받는 데 있어서, 만일 어머니를 뵈려고 서울의 집에
갔다가 손님을 만나게 되면 어떻게 해야 합니까? 장군 문자
(將軍文子)가 상을 벗었는데 월(越) 나라 사람이 조상하러 오
자, 가묘(家廟)에서 조상을 받았다고 하기에, 제가 서울에서
손님을 만났을 적에 나이가 많은 사람은 피하고 나이가 비슷
한 사람은 사양하였는데 어떨런지요?

答 : 禮異今古 且異其勢 故舊親厚 或欲問孀母病候 或慾察

孤子疚容 拒以几筵在他 於情未穩 隨時量宜以處 勿拘文
字 如何如何

답 : 예는 옛날과 오늘이 서로 다르고 또한 그 처지도 다르다 하
겠습니다 절친한 벗들이 홀로 계신 어머니에게 문병하려고
오기도 하고, 아버지를 잃은 자식의 슬픔을 살피려고 오기도
하는데 이때 궤연이 다른 곳에 있다는 핑계로 거절한다면 이
는 인정으로 볼 때 온당치 못하다 하겠습니다. 때에 따라 적
당하게 처신하고 글에 구애받지 않는 게 어떠할런지.

問 : 所誨正當 某亦竟不行文子之事 且亡兄禫祭將近 而兄妻
舅服未除 未知如何

문 : 가르쳐 주신 바가 정당하고, 저 역시 결국은 문자처럼 하지
아니하였습니다. 그리고 죽은 형의 담제날이 가까워지고 있고 형수
도 그의 친정 아버지의 복을 벗지 못하였으니, 어떻게 해야겠습니까?

答 : 非但尊嫂氏有服 尊伯亡靈 亦不可受

답 : 형수에게 복이 있을 때 뿐만이 아니라 그대의 형님의 돌아
간 영혼도 받을 수가 없습니다.

問 : 祥服曰祥服 禫服曰禫服 今於家禮大祥章陳禫服云者 未
知何義 至禫又無正服 亦何義耶 且朱子大全云 忌日服制
用黲紗幞頭 黲布衫 脂皮帶 如今人禫服之制云 某竊妄
以爲陳禫服一句 當入於禫章 而錯在祥下 如飮酒食肉之
節也 此是大項議論 幸乞曲賜誨誨 帶用脂皮 亦如何 又
脂皮 何物也

문 : 상제 때에 입는 옷을 상복(祥服)이라고 하고 담제 때 입는

옷을 담복(禫服)이라고 합니다 그런데 「가례」의 대상장(大祥章)에
있는 진담복(陳禫服)이라 하는 것은 어떤 뜻인지 알 수가 없습니
다 담제에 이르러 그에 대한 정복(正服)이 없는 것은 어떤 뜻인
지요? 그리고 「주자대전(朱子大全)」에 기일에 입는 옷은 참사복
두(黲紗幞頭)와 참포삼(黲布衫)과 지피대(脂皮帶)를 사용한다고
하였으며, 이것은 요즈음 세상 사람들의 담복의 제도와 같다고
하였는데, 저의 망령된 생각으론 진담복의 한 구절은 마땅히 담
장(禫章)에 들어가야 하겠는데, 잘못 상장(祥章) 아래에 있습니
다. 예를 든다면 술을 마시고 고기를 먹는 절차와 같아서 의논할
만한 큰 조목이니 곡진한 가르침을 주셨으면 합니다. 그리고 대
(帶)는 지피(脂皮)를 사용하는 게 어떠하겠으며, 지피란 어떤 물
건입니까?

答 : 看來家禮禫前一月卜日云 主人禫服 則家禮之自大祥後
禫前所服 皆稱禫服無疑 禮於喪受服多節 今皆刪之 朱子用
司馬氏黲制而從俗 亦豈苟然 若如所示黲色宜在禫後 甚無謂
且卜日之用黲語 又誣矣 別無他義 而何敢以家禮皆錯云耶
用黲於祥 宜無他論 家禮云 布裏角帶 則今有官用此 無用白
布 如何 脂皮 家禮所無 宜不用 古有脂韋之語 必入脂皮也
韓詩曰行行正直愼脂韋 言其柔也

답 : 「가례」를 본다면 담제의 한 달 전에 날을 정한다고 하였습
니다 주인의 담복은 「가례」에는 대상 뒤로부터 담제 이전까지 입
는 옷은 모두 담복이라고 한 게 의심할 바가 없습니다 예에 상
중에 복을 입는 데 절차가 많으나 지금은 모두 다 삭제하였습니
다 주자가 사마씨의 참제를 사용하여 시속을 따른 것이 어찌 구
차히 그러하였겠습니까 말씀하신대로 참색은 마땅히 담제의 뒤에

써야 한다고 한다면 너무나 무리입니다. 그리고 날을 가릴 때에 참색을 사용한다는 말도 터무니 없는 것입니다. 별로 다른 뜻도 없는데 어찌하여 「가례」에 실려 있는 것이 모두 다 잘못되었다고 하십니까? 상중(祥中)에 참색을 사용하는 데는 의당 별다른 의론이 없을 것 같습니다.

「가례」에 포과각대(布裹角帶)라고 한 것은 지금 관직이 있는 이는 이것을 쓰고 없는 이는 흰베를 쓰는 게 어떻겠습니까? '지피'는 「가례」에 없는 것이니 의당 사용하지 않아야 할 것입니다. 옛날에 지위(脂韋)라는 말이 있는데 지피일 겁니다. 한유(韓愈)의 시에 "매사마다 정직이라 지위를 조심한다〈行行正直愼脂韋〉"라는 말이 있는데, 이는 그것이 부드럽다는 것을 말한 것입니다.

問 : 反哭之祭 倣虞未安 來教極當 欲一獻文告反哭 服亦欲用白 而直領團領 何可爲用 深衣則已知未安云云

문 : 장사를 치르고 돌아와 정침(正寢)에서 곡할 때의 제사에는 우제를 모방하는 것이 미안하다고 하신 말씀은 매우 당연하므로 제문을 지어 반곡하게 되었다는 사유를 아뢰고, 그때의 복장도 흰색으로 하고자 하는데, 직령(直領)이나 단령(團領) 중에 어느 것을 사용하는 게 좋겠습니까? 심의(深衣)는 사용하기 미안하다는 것을 이미 알고 있습니다.

答 : 團領 時用之尊服 用白團領 如何

답 : 단령은 시속에서 사용하는 품위가 있는 옷이니 흰 단령을 사용하는 것이 어떠할는지?

問 : 祥後上食 據禮當罷 然乍離空山 來歸故室 神道人情 依

遲感痛 固不是 初旣反虞 三年行事 皆於舊堂者之比欲行
之 未知如何 如某且無祔廟禮 奉安別室耳

문 : 상제의 뒤에는 상식을 예에 따라 마땅히 끝마쳐야 할 것입
니다 그러나 잠깐만 적막한 산을 떠나 옛집으로 돌아오면 신
도(神道)나 인정에 있어서 서성거리며 슬퍼할 것이니, 참으로
초상에서부터 3년동안의 행사를 보두 다 옛집에서 하는 것과
비교가 안 될 것이므로, 조석상식을 행하였으면 하는데 어떻
겠습니까? 저는 부묘례(祔廟禮)가 없기에 별실(別室)에다가
봉안하였습니다.

答 : 家禮節文甚詳 旣撤几筵 則雖奉安別室 几筵猶在 而實
非几筵也 是則几筵未撤而猶撤 從禮爲正

답 :「가례」의 절문에 아주 상세하게 기록되어 있습니다 이미 궤
연을 거두워 치웠으면 비록 별실에 봉안하여 궤연이 그대로
있다 하더라도 실은 궤연이 아닙니다. 이는 궤연을 치운지 않
았지만 치우거나 마찬가지이니 예에 따라 하는 게 옳습니다.

問 : 祥後罷上食 情有所不忍 初欲從俗而不罷 今承來敎 已
得以禮斷情 且祥服 男子旣用黲制 婦人服如何 家禮用鵞
黃靑碧 儀節用白衣履 未知何從 祥後晨叅拜 用直領 朔
望奠 用團領 如何　　　　　　　　　　※鵞=鵝

문 : 상제의 뒤에 상식하지 않는다는 것은 인정상 차마 할 수 없
어서 처음에는 시속에 따라 그만두지 못하였는데, 이제 가르
침을 받고 보니 예에 따라 정을 끊어야겠다는 것을 알았습니
다. 그리고 상복(祥服)에 있어서도 남자는 이미 참제를 사용

하였는데 부인들의 복장은 어떻게 해야겠습니까! 「가례」에는 아황(鵝黃).청(靑).벽(碧)색을 사용하라고 했으며 의절(儀節)에 는 흰옷 흰신을 쓴다라고 했는데, 어느 것을 따라야겠습니까? 상제의 뒤에 새벽 참배에서는 직령을 사용하고 초하루 보름에 전드릴 적에는 단령을 사용하면 어떻겠습니까?

答 : 婦人祥服. 家禮亦有皁白等語. 叅用儀節 如何. 以今所 用. 則靑碧似吉. 不可用也. 今世以直領代用深衣已久. 晨謁 用直領. 朔望叅用團領似合. 叅亦有用深衣之語 叅用直領 亦 似無妨. 而但有官者. 則似略未安.　　※皁＝皁(검을조,하인조)

답 : 부인들의 상복(祥服)에 대해 「가례」에 또한 조백(皁白) 등의 설이 있으니 의절을 참고하여 쓰는 것이 어떨런지. 지금 사용하 는 것으로 본다면 청벽색은 길복(吉服)과 같으므로 사용할 수가 없습니다. 요즈음 세상에서는 직령으로 심의를 대용한 지가 이미 오랩니다. 새벽 참배에는 직령을 사용하고 초하루 보름의 참배에 는 단령을 사용하는 것이 합당할 것 같습니다. 참배에 또한 심의 를 사용하란 말이 있으니 참배 때에 직령을 사용하는 것 또한 무방하다고 할 수 있으나, 다만 관직에 있는 사람은 약간 미안스 러울 것 같습니다.

問 : 出入之告 若經宿以上 則用家禮詞堂章焚香告由以行耶 某則只行叅拜 未知如何

문 : 출입할 때 고하는 데 있어서 만약 하루밤 이상을 경과할 것 같으면 「가례」의 사당장에 따라 향을 피우고 사유를 고한 다 음 나가야 합니까? 저는 참배만 하는데 어떻게 생각하십니까?

答 : 依家禮詞堂章似合

답 : 「가례」의 사당장에 따라 하는 게 합당하리라 봅니다.

問 : 先親生日祭儀 如朔望奠 而不設飯羹 何如 家禮會成
有生忌 以亡親生日爲生忌 祝文 此禮如何

문 : 돌아가신 부모님의 생신을 맞아 제사지내는 의절은 초하루
보름에 전드리는 의절과 같이 하되 밥과 국은 진설하지 않으
면 어떻겠습니까? 「가례회성(家禮會成)」에 보면 돌아가신 부
모님의 생신에 돌아가신 어버이의 생일을 생기(生忌)라고 한
다. 축문이 있는데 이러한 예는 어떤지요?

答 : 家禮 祭有其數 無先親生辰祭 只朱子於季秋自己生日
用之祭禰云 祭不可瀆 只詞堂章 奠無定禮 有俗節之
獻 倣此行奠禮 如何 稱生忌用祝 似難行矣

답 : 「가례」에 제사지낼 수 있는 횟수가 정해져 있는데 돌아가신
부모님의 생신에 제사지낸다는 것은 없습니다 다만 주자는 9
월의 자기 생일 때에 아버지께 제사지낸다고 하였습니다. 제
사는 쓸데없이 자주 지내서는 안됩니다. 다만 사당장에는 전
드리는 예가 정해져 있지 않고 명절에만 전드린다고 하였으
니, 이를 모방하여 전드리는 게 어떨런지. 돌아가신 부모님의
생신에 축문을 사용하는 것은 실행하기 어려울 것 같습니다.

問 : 四時卜日环玟 古者用玉 今中朝禮 以老竹根微彎者爲之
長三寸許徑一寸許 先栽刷根節瑩淨 而中剖之以爲二 常
置之盤中 同燭臺香爐香盒等物 供于神前 盤徑一尺二寸 圓

周三尺六寸　底盖相合　用時開盤取珓　祝而擲之　以卜吉凶
其法一俯一仰者曰聖卦　是爲吉兆　兩珓俱仰者曰陽卦　俱
俯者曰陰卦　俱爲不吉　以竹根制如右用之　恐無害

문 : 사시(四時)에 날을 받을 때 쓰는 배교(环珓)는, 옥(玉)으로
만들었으며, 오늘날 중국의 예에서는 오래된 대나무 뿌리를 조
금 구부러진 것으로 만들고 있는데, 그 길이는 세 치정도이고
직경은 한 치정도입니다 먼저 뿌리의 마디를 잘라서 깨끗하게
다듬은 다음에 중간에 쪼개 두 쪽을 만들어 항상 쟁반 안에 담
아 촉대(燭臺) 향로(香爐) 향합(香盒) 등등의 물건과 함께 신위
앞에 놓아두는데, 쟁반의 직경은 한 자 두 치이며, 둘레는 석
자 여섯 치입니다. 뚜껑을 닫아 두었다가 사용할 때에는 뚜껑
을 열고 교(珓)를 꺼내어 축수한 다음 던져서 길흉을 점치는
것입니다.
　그 법에는 하나는 엎어지고 하나는 뒤집어지면 성쾌(聖卦)라
고 하는 데 길조이고, 교 두 개가 모두 뒤집어지면 양쾌(陽卦)
라고 하고 모두 엎어지면 음쾌(陰卦)라고 하는데 모두 불길한
것으로 간주 됩니다. 대 뿌리로 위의 말처럼 만들어 사용하면
괜찮을 것 같습니다.

答 : 來示亦無害　但不如盡用古制　今世無用珓之家　某亦欲用
　　之　而未能果也　朱子亦曰　卜日無定　慮有不虔　又欲用二
　　分二至　而又以或値忌日爲難　將此數段酌處　如何

답 : 그대의 말씀도 괜찮다고 하겠으나 다만 옛날의 제도 그대로
사용하는 것만은 못합니다 요즈음 세상에서는 교를 사용하는 집
이 없으므로 저 역시 그것을 사용하려고 했지만 결국 못했습니
다. 주자도 "날을 가려 미리 정해 놓지 않으면 경건치 못할까 염

려되며, 또 춘분·추분·하지·동짓날을 사용하고 싶지만 또 이 날이 기일일 때에는 사용하기가 어렵다"라고 하였으니 이러한 몇가지 예을 가지고 참작하여 처리하는 게 어떠할런지.

問 : 三年內 時所謂四名日行墓祭 倣虞行之 今更思之 非
　　虞祔練祥 而三獻無經 據欲一獻 如何

문 : 3년 안에는 시속에서 이른바 사대명절에 묘제(墓祭)를 지내되, 우제를 모방하여 한다는 점에 대하여 지금와서 다시 생각하니 우제나 부제(祔祭)나 연제(練祭),상제(祥祭)가 아니면 세 번 잔을 드리는 것이 예경에 근거가 없으므로 한 번만 잔을 드리려고 하는데 어떻습니까?

答 : 來敎似當

답 : 그대의 말씀이 옳은 것 같습니다.

問 : 三年內墓祭 灑掃前後兩再拜 似是平時禮 今日在墓
　　側 每日灑掃則此一節略之 何如 然則只當俯伏否

문 : 3년 안에 묘제에 있어서 청소하기 전과 청소하고 나서 재배하는 것은 보통 때의 예와 같습니다. 그런데 지금은 묘소의 곁에 살면서 날마다 청소한다면 절하는 한 조목은 생략하는 게 어떻겠습니까? 만일 그렇게 한다면 엎드리기만 하면 될는지요?

答 : 灑掃及兩再拜 固宜略之 但先俯伏一哭 以行焫神禮 又
　　奠而一哭 又辭神時一哭 凡拜哭倣几筵禮 如何 三年之內
　　似不可用事神禮故也

- 213 -

답 : 청소와 두 번의 절은 물론 생략되어야 합니다 다만 먼저 엎
　　드려 한 번 곡하며 참신례를 행하고 또 전드린 다음에 한 번
　　곡하고 또 사신할 때에 한 번 곡해야 합니다. 무릇 절하는 것
　　과 곡하는 것은 궤연의 예를 따르는 것이 어떨런지. 왜냐하면
　　3년 안에는 귀신을 섬기는 예를 써서는 안되기 때문입니다.

問 : 國恤卒哭前大祥祭　揆之古禮　固難行矣　然今不可一遵
　　古禮　未知當如何

문 : 국상(國喪)의 졸곡 이전에는, 사가 대상(大祥)의 제사는 고례
　　로 헤아려 본다면 사실상 행하기가 어렵습니다. 그러나 오늘
　　날 일체 고례만을 따를 수 없으니 어떻게 해야겠습니까?

答 : 古禮　爲君母不杖朞　而臣妻無服　記云　於所祭　有服
　　則不祭　哀侍先夫人則當享　而哀侍則似難行矣　今國
　　恤在殯　雖祥祭　都不大夫之家　似難行矣　家禮之祥
　　忌日也　忌日略行奠禮　告不得行祥之由　用古禮卜日
　　行祥於卒哭後　似無妨　未知何如

답 : 고례에 임금의 어머니에 대해서는 부장기(不杖朞)[37]를 하고
　　신하의 아내에 대해서는 복이 없다고 했습니다. 기(記)에 이르
　　기를 "제사지내는 사람이 복이 있으면 제사를 지내지 않는다"
　　라고 하였으니, 그대의 어머니께서는 의당 제사를 흠향하여야
　　겠지만 그대로서는 제사지내기가 어려울 듯 합니다. 지금 국상

---

37) 부장기(不杖朞) : 상기(喪期)에 든 사람이 지팡이를 짚고 자최(齊衰)로 1년
　　동안 입는 제복.적자(嫡子).중자(衆子)는 서모(庶母)에게 장기이며, 부모가 돌
　　아가셨을 때는 아내에게도 장기를 한다. 그러나 부모가 생존해 계시면 아내
　　에 대해 장기하지 않는다. ※ 자최(齊衰)=재최=재쇠:상복(喪服)의 한가지.

이 나 아직 빈소(殯所)에 있으니, 비록 소.대상의 제사라 하더라도 도성에 있는 대부(大夫)의 집에서는 행하기 어려울 듯 합니다. 「가례」에 있는 상(祥)은 기일입니다. 기일에 간략하게 전을 드리면서 대.소상의 제사를 지내지 못하게 된 사유를 고합니다. 그러고나서 고례에 따라 제삿날을 가리어 졸곡이 지난 뒤에 대.소상의 제사를 지낸다면 무방할 듯한데, 어떨는지.

問 : 國衰未變 用黲何如   자최(제쇠) 자최(齊衰)

문 : 국상의 상복은 변하지 않았는데 참색을 쓴다면 어떻겠습니까?

答 : 何得用黲 恐未安也

답 : 어떻게 참색을 쓸 수 있겠습니까. 아마도 미안스러울 것 같습니다.

問 : 祥祭後奉神主 權安于詞堂東壁下西向 禫後行祫 奉安于府君櫝內 如何

문 : 상제를 지낸 다음에 임시 신주(神主)를 사당의 동쪽 벽 아래에 서쪽을 향하게 봉안하였다가 담제를 지낸 뒤 협제(祫祭)를 지낼 때는 아버님의 신주 독(櫝) 안에다가 봉안하려고 하는데 어떻겠습니까?

答 : 於曾祖妣龕內 略用祔禮 行古禮之遺意 如何

답 : 증조 할머니의 신주가 있는 감실(龕室) 안에 봉안하고 간략하게 부례를 사용하여 고례의 남긴 뜻을 행하는 게 어떠할는지.

問 : 祥後禫前 朔望叅禮 如何 且未祫而新舊主同享一堂
如何 奉新主正寢 伸情事如何

문 : 상제의 이후 담제의 이전에 초하루 보름의 참례는 어떻게
해야 합니까? 그리고 아직 협제도 지내지 않았는데 신주(新
主)와 구주(舊主)를 한 곳에 모셔서 함께 흠향하게 한다면 어
떻겠으며, 신주(神主)를 정침에 모셔 놓고 정사(情事)를 펴는
것 또한 어떻겠습니까?

答 : 叅宜一如平日祠堂禮 旣行祔禮 似無不祫同堂之嫌 奉正
寢別祭未安 家禮不如是 深思禮文本意 如何 似豐于昵

답 : 참례는 의당 평일에 사당을 배알하는 예와 한결 같습니다
이미 부례를 행하였으면 한 곳에 협제를 지내지 못할 만한
협의가 없으며, 정침에 모시어 별도로 제사를 지내는 것은
미안스럽다 고 봅니다. 「가례」에는 이처럼 되어 있지 않으니
예문의 본뜻을 깊히 생각해 보시는 것이 어떠할런지. 너무나
번거로운 것 같습니다.

問 : 祫祭 馮善儀節 在禫前 未知何從也

문 : 협제는, 「풍선의절(馮善儀節)」에는 담제 이전에 있는데 어느
것을 따라야 할까요?

答 : 當以家禮爲正 行禫後無疑 橫渠說及朱子論甚詳 皆三年
喪畢行祫云 三年喪 以二十七月爲語 二十七月 豈在禫前

답 : 마땅히 「가례」로 기준을 삼아야 할 것이니, 협제를 담제의 뒤에 행하는 것은 의심할 것이 없습니다 장횡거(張橫渠)의 설과 주자의 논에는 매우 상세하게 되어 있는데, 모두 다 3년 상을 끝마친 뒤에 협제를 행한다고 하였습니다. 3년 상은 27개월을 말하는데, 27개 월이 어떻게 담제 이전에 있을 수 있겠습니까.

問 : 因時祭祫否 別行祫否

문 : 시제(時祭)를 인하여 협제를 지내야 합니까? 아니면 별도로 협제를 지내야 합니까?

答 : 朱子大全云無明據 以義起可也 某家所自行則從家禮 三年喪畢有祫之文

답 : 「주자대전」에는 "명백한 증거가 없으므로 의리로 헤아려 행해야 한다"라고 했습니다. 저의 집에서는 「가례」의 "3년 상을 마치고 난 뒤에 협제를 지낸다"는 조문을 따르고 있습니다.

問 : 國恤中朔望參改題時 服色如何

문 : 국상 중에, 초하루 보름에 참배하고 신주의 곁에 쓰는 제목을 고쳐서 쓸 때 어떤 색의 옷을 입어야 합니까?

答 : 禮宜用黲 而白乃今之國喪服 改他似未穩 國衰則決不可 用行家祭 白亦揆以古禮難用 但今國法 士族於國喪 朞 年白笠 而卒哭後許祭 則以白行祭 國已定規 以不可改矣

답 : 예로 본다면 마땅히 참색을 사용해야겠지만 흰색은 현재 국상의 복이 되었으므로 다른 색으로 고치는 것은 온당치 않은

듯합니다. 국상 중에는 결코 사가의 제사를 행할 수가 없고, 흰색은 또한 고례를 관찰해 본다면 사용하기가 어렵습니다. 다만 오늘날 국법에 사족들이 국상에 기년 동안 백립을 쓰고 졸곡의 뒤에는 제사를 허용하므로 흰옷을 입고 제사지내는 것은 나라에서 이미 제정한 규약이기 때문에 고칠 수는 없을 것 같습니다.

問 : 國恤卒哭後 祫祭與時祭 猶可行否

문 : 국상의 졸곡 뒤에는 협제와 시제를 행할 수 있습니까?

答 : 古禮則不可行 國法若曰行之 則姑依從法 未知如何

답 : 고례로 본다면 행할 수가 없습니다. 그렇지만 국법에 만약 행할 수 있다고 허용한다면 그대로 법에 따라야 할 것입니다. 어떠한지 알지 못하겠습니다.

問 : 如古禮則國衰未除 不得行私喪二祥明矣 然今人行不得 示忌日略行奠禮 又卜日行祥 雖古意 似難行 未知何如也 某以在服中 國法不得服國衰 恐有別也 尊季氏以私喪祥 祭幷有喪皆行 而惟君喪不得行 以小君喪異國君當行祥祭 云 此論如何

문 : 고례에서는 국상의 복이 끝나지 않았으면 사가에서 소.대사를 행할 수 없다는 것은 확실합니다 그러나 오늘날 사람들이 행하지 못하고 있습니다 기일에는 간략하게 전례를 행하고 또 날을 택하여 상제(祥祭)를 행한다고 하셨는데, 비록 고례를 따르려는 뜻이지만 행하기 어려울 것 같은데 어떨런지 모르겠습니다. 저는 복을 입고 있는 중이므로 국법에 국상의 복

은 입지 못하게 되었으니 아마도 다른 사람과는 처지가 다르다고 봅니다. 형의 계씨(季氏)는 "사가의 소.대상 제사는 상사(喪事)가 겹쳐도 다 행할 수 있지만 임금의 상에만 행할 수 없으며, 왕비의 상과 타국의 임금 상에는 소.대상의 제사를 행할 수 있다"라고 하였는데 이 의론이 어떻습니까?

答 : 小君國君 雖服有輕重 同是國服 且今國法 卒哭前不得 行祭 以大夫違法而行 不可 如曰卜日行祥 又有未穩 則 祥日告文 並告以國恤不得備三獻禮之意 設奠脫衰 如何 如何 家國異禮 小君服雖輕 行祥於殯日 未安

답 : 왕비와 임금의 복이 비록 무겁고 가벼운 차이는 있지만 똑같은 국복입니다 그리고 지금 국법에는 국상의 졸곡 이전에는 모든 제사를 행할 수 없다고 하였는데, 대부로서 법을 어겨서 행한다면 안될 것입니다. 만일 날을 가려 소.대상의 제사를 행하는 게 온당치 못하다고 여겨지면 소.대상의 제삿날에 고하는 축문에 국상 때문에 삼헌례(三獻禮)를 다 갖추지 못하게 된 뜻을 아울러 고하면서 전을 올리고 상복을 벗는게 어떠할런지? 가정의 예와 국가의 예는 다르므로 왕비의 복이 비록 가볍다 하더라도 초빈에 있는데 상제를 지낸다는 게 미안스럽습니다.

問 : 示於祖妣龕內 略行祔禮 以遵家禮遺意 但廟只有亡親舅 姑神主 恐難强行此禮

문 : "할머니의 신주가 있는 감실 안에다 간략하게 부례를 행하여서 「가례」의 남긴 뜻을 따라야 한다"라고 하셨는데, 가묘에는 다만 구고의 신주만 있으므로 아마도 이 예를 억지로 행

하기란 어려울 것으로 봅니다.

答 : 果如所示 祠堂東壁下 前示西向之位 亦似可矣

답 : 과연 말씀하신 바와 같습니다 그전에 사당의 동쪽 벽 아래
에다 서쪽으로 향하여 위치를 정할까 한다고 말씀하신 것도
옳을 것 같습니다.

問 : 國恤卒哭前 撤几筵行入廟禮 如何

문 : 국상의 졸곡 이전에 궤연을 거두고 사당으로 들어가는 예를
행하면 어떻겠습니까?

答 : 祥若不行 則入廟禮 宜在他日 今若行祥 則入廟禮 宜
在其日 皆在行祥之日 此不可與祥別論也

답 : 상제를 만약 행하지 않았다면 사당으로 들어가는 예도 마땅
히 후일에 행하여야 할 것이며, 지금 만약 상제를 행하였다
면 사당으로 들어가는 예를 마땅히 당일에 행해야 할 것입니
다. 이 모두가 상제를 행하는 날에 달려있는 것이니, 이 예는
상제와 별도로 논해서는 안 될 것입니다.

問 : 祥前一日 告明日入廟辭 當如何 几筵則不告否 旣入廟
別無奠告 只待朔望行叅禮否

문 : 상제 하루전에 다음날 사당에 들어가게 된다고 고하는데 그
축문은 어떻게 써야 합니까? 궤연에서는 고하지 않아도 됩니
까? 이미 사당으로 들어갔으면 별도로 전을 드려 고할 것이

없이 다만 초하루 보름만 기다려 참례를 행하여야 합니까?

答 : 入廟後奠無文 似只待朔望入廟 几筵之告 祠堂之告 皆
做有事則告之禮 如何 告辭 用古意自述 如何

답 : 사당에 들어간 뒤에 전드릴 때는 축문이 없고 다만 초하루
보름을 기다려 사당엘 들어가야 합니다. 궤연에서나 사당에서
의 고하는 데 있어서는 일이 있을 때 고하는 예를 모방하여
하는게 어떠할런지. 고하는 말은 고례의 뜻을 따라 스스로 짓
는 것이 어떠할런지.

問 : 馮善集說中 大祥祝文 比家禮有增損 用此如何 家禮所
無 添用如何

문 : 「풍선집설(馮善集說)」의 가운데 대상 축문이 「가례」에 비하
여 넣거나 뺀 것이 있으니 이것을 사용하면 어닿겠습니까? 「
가례」에 없는 것은 더 넣어 쓰는 게 어떻겠습니까?

答 : 今看朱子祭文 亦不必無加損於家禮 且何必一遵馮善 用
己意增損合宜 似亦無妨

답 : 이제 주자의 제문을 보건대 또한 반드시 「가례」에 있는 제
문 형식에 더하거나 덜한 것이 없지 않으니, 어찌 풍선만을
한결 따를 필요가 있겠습니까? 나름대로 적당히 더하거나 덜
하여 쓰는 것도 괜찮을 듯합니다.

問 : 示卒哭前不宜服黲 當用白苧 布裹紗帽 布裹角帶 燕服
用白笠白帶 一以遵國法 如何　　※裏:속리 裹:자루척(O)

문 : 졸곡 이전에는 참색을 입을 수가 없으니 의당 흰 모시베로
    싼 사모와 베로 싼 각대를 사용해야 한다고 말씀하셨는데, 평
    상시의 복장은 백립과 백대를 사용하여 일체 국법을 따르는
    것이 어떻겠습니까?

答 : 古人君在殯 行私喪 殷奠當用何服 是必脫國服 服私服
    明矣 但黪旣向吉 似不可奪國凶用家吉 今之用白 如曰國
    喪追服 則不可用承私祭 如曰國法以白定祥 而用則白是
    純凶 何必家中承祭 亦用違法之白 國服中行祥 如是多違
    今旣然矣 寧用來示白色等服 如何

답 : 옛 사람들이 임금이 초빈에 있을 적에 사가에서 상을 당하
    여 은전(殷奠)을 행할 때는 어떤 복장을 사용했겠습니까? 이
    는 틀림없이 국상의 복을 벗고 사상의 복을 입었을 것입니다
    다만 참색은 복을 벗어간다는 의미를 지니고 있기 때문에 국
    상을 무시하고 사가의 길복을 사용해서는 안될 것 같습니다.
    지금 흰색을 사용하는 데 있어서 만일 국상을 소급하여 입는
    다고 한다면 이 옷으로 사가의 제사를 받드는 데 쓸 수 없을
    것이며, 또 국법에 흰색을 상제에 쓴다고 정해졌다면 흰색은
    흉사에만 쓰는 것으로 되는 것이니 하필이면 집안의 제사에
    서 법에 어긋난 흰색을 쓸 것이 있겠습니까? 국상 중에 상제
    를 행하기란 이와 같이 구애되는 게 많습니다. 이제 이미 지
    난 일이니 차라리 말씀하신 흰색 등등의 복장을 사용하는 것
    이 어떠할런지.

問 : 初以示意 示成浩原 浩原以示意合義 今又見季氏所論
    以季氏言爲合云 不審如何 季氏云 在父喪 猶行母祥祭

小君喪朞服則何得重於父喪 曾子問 只擧君喪不行祥祭云
小君朞服 恐不可並論也 凡五服之喪 皆廢祭而並有喪 喪
祭則不廢 故君在殯 猶許行私喪 殷奠 昆弟在殯 且許行
祥祭 朞服在殯 廢凡祭禮也 許行祥祭 亦禮也 曾子問君
喪云者 與小君喪必不同矣 家兄所論 不同鄙意 更議如何
云云

문 : 처음에 말씀하신 뜻으로 성호원에게 보였더니, 호원이 의(義)
에 합당하다고 하였는데, 이제 또 계씨가 논한 것을 보고 계
씨의 말이 합당하다고 하니, 어떻게 하여야겠습니까? 계씨가
"아버지의 상 중에 오히려 어머니의 상제를 행한다"라고 했는
데, 왕비의 기년복이 어떻게 아버지의 상보다 더 중하단 말입
니까? 증자문(曾子問)에 "다만 임금의 상 중에 상제를 행할
수 없다"고만 말하였으니 왕비의 기년복은 아마도 함께 논해
서는 안 되리라 봅니다. 무릇 5복(五服)[38]의 상중에는 모두
다 제사를 지내지 않는데 상이 겹쳤을 때에는 상제(喪祭)를
폐지하지 않기 때문에 임금이 초빈에 있을 때 오히려 사가의
상 중 은전을 행하게 허용하고 형제가 초빈에 있을 때도 상제
를 행하게 허락한 것입니다. 기년복인 분이 초빈에 있으면 모
든 제사를 폐하는 것은 예이며, 상제를 행하게 허용하는 것도
예입니다. 증자문에 임금의 상 운운한 것은 왕비상과는 반드
시 같지는 않을 것입니다. 그대의 형께서 논한 바가 저의 뜻
과 같지 않으니 다시 한 번 의논 하는게 어떻겠습니까?

答 : 君在殯 許行者 奠也 在父喪行母祥者 無所壓也 小君喪
之與君喪 固有輕重 欲待朞年服闋而行私喪 則是誠引小

---

38) 오복(五服) : 참최3년. 재최1년. 대공9개월. 소공 5개월. 시마 3개월을 말
함.

君服同君服也 今國祭亦廢 而大夫家於都下 敢行三獻私
祭於國有殯之日 情義未穩 私喪與國服 禮有所異 似難直
行私情 小君服 非國服而何 小君之在殯 不行私祥 國君
之喪 不行私祥 旣有輕重縣殊 何有同之之嫌

답 : 임금이 초빈에 있을 때 허용하는 것은 전뿐이고 아버지의
상 중에 어머니의 상제를 행하는 것은 압존인 바가 없기 때
문입니다 왕비의 상이 임금의 상과는 물론 가볍고 무거운 차
이가 있습니다마는 기년복이 끝날 때를 기다려 사가의 상제
를 행하려고 한다면 이는 참으로 왕비복을 끌어다가 임금의
복과 같게 하는 것입니다. 지금 국가의 제사도 폐지하고 있는
데 대부로서 도성 안에 살면서 3헌을 갖춘 제사를 국상의 초
빈이 있는 날에 행한다는 것은 정의(情義)로 볼 적에 온당치
못합니다. 사가의 상이 국상과는 예가 다르므로 사정(私情)대
로 행하기는 어려울 것 같습니다. 왕비의 복은 국복이 아니고
무엇이겠습니까. 왕비가 초빈에 있으면 사가의 상제를 행하지
않고 임금의 상 중에는 사가의 상제를 행하지 않는 것은 이
미 매우 가볍고 무거운 차이가 있는데 어찌 똑같다는 혐의가
있겠습니까.

問 : 祫是四時祭也否 復寢宜在何時

문 : 협제(祫祭)는 사시제(四時祭) 입니까? 안방으로 언제 거처를
옮겨야 합니까?

答 : 祫祭之於四時祭 同不同 在朱子亦未定也 然觀答胡伯量
文意 則非必欲行喪大記疏說也 答李繼善書 引橫渠說三
年後祫祭於太廟 而周禮亦有此意云 三年喪畢 朱子之意

亦欲有祭則是乃吉祭也　朱子於答伯量云以義起者　是欲於
祫祭後復寢也　朱子家禮祥禫等禮　皆用倣司馬公書儀而飮
酒食肉復寢　在大祥下者　此是錯簡無疑　小學是晚年書　引
書儀禫而飮酒食肉　亦無復寢一事　則飮酒食肉　是禫後事
復寢是吉祭後事明矣　丘瓊山儀節　移復寢於禫後　亦非朱
子之意也　且必欲待四時吉祭之月　祭而復寢如疏說　則又
似未穩　今宜禫後祫祭而復寢也　且禮大祥後復寢云者　乃
復殯宮之寢云　古禮實難究講　今從朱子所定　如何

답 : 형제가 사시제와 같은 것인지 같지 않은 것인지는 주자 역
　　시 정하지 않았습니다 그러나 호백량(胡伯量)에게 답한 글의
　　뜻을 살펴보면 반드시 상대기(喪大記)의 주소(註疏) 설대로만
　　행하려고는 하지 않았고, 이계선(李繼善)에게 답한 서신에는
　　장횡거의 "3년 이후에는 태묘(太廟)에서 협제를 지낸다"라는
　　말을 인용하면서 「주례(周禮)」에도 이러한 뜻이 있다고 하였
　　습니다 3년상을 끝낼 때 주자의 뜻도 제사를 지내고자 하였
　　으니 이는 바로 길제(吉祭)입니다 주자가 호백량에게 "의리로
　　미루어 한다"라고 답한 것은 협제의 뒤에 거처를 안방으로
　　옮기려고 한 것입니다 주자의 「가례」에 상(祥)이나 담(禫) 등
　　의 예는 모두 사마공(司馬公)의 「서의(書儀)」를 모방하여 썼
　　고 보면 술을 마시고 고기를 먹고 안방으로 거처를 옮기는
　　것이 대상의 조문 밑에 있는 것은 착간(錯簡)임에 의심할 것
　　이 없습니다 「소학(小學)」은 만년에 지은 책인데 「서의」의
　　"담제를 지낸 뒤에 술을 마시고 고기를 먹는다"는 말을 인용
　　하면서 또한 "안방으로 거처를 옮긴다"라는 말은 없으니, 술
　　을 마시고 고기를 먹는 것은 담제를 지낸 뒤의 일이며, 안방
　　으로 거처를 옮기는 것은 길제의 뒷일임이 분명합니다 구경

산(丘瓊山)의 의절(儀節)에 안방으로 거처를 옮기는 조문을
담제를 지낸 뒤에다 옮기어 놓았는데 역시 주자의 뜻은 아닙
니다. 그리고 반드시 사시의 길제를 지낸 달에 제사를 지내
고서 안방으로 거처를 옮기기를 주소의 설과 같이 하려고 하
는 것도 온당치 못한 것 같습니다. 이제 마땅히 담제를 지낸
뒤에 협제를 지내고 안방으로 거처를 옮겨야 할 것입니다.
그리고 예에 대상을 지낸 뒤에 거처를 안방으로 옮긴다고 한
것은 바로 빈궁(嬪宮)의 방으로 거처를 환원하는 것을 말한
것입니다. 고례는 실로 강구하기가 어려우니 이제 주자가 정
한 것을 따르는 것이 어떻겠습니까?

問 : 恭懿殿奄棄長樂　僕適以姊喪到洛下　旣非前銜　欲入高陽
官成服赴闕　則凡百多有所碍　某頃以一書　具道盛意於浩
原　答云國母喪較輕　不可以此呈身躡朝班也　司馬公遇神
宗喪　疑於赴闕　明道勸入臨　亦爲世道　此足據依云　未知
如何

문 : 공의전(恭懿殿)이 갑자기 장락궁(長樂宮)에서 세상을 뜨시었
는데 제가 마침 누님의 상을 당하여 서울에 와 있습니다 이
미 그전의 관함을 갖고 있지 않으므로 고양(高陽)의 관아로
들어가 성복(成服)한 다음에 대궐에 나아가려고 하는데 여러
모로 구애가 많습니다. 제가 호원에게 편지를 보내어 그대의
뜻을 다 말하였더니 그가 답하기를 "국모의 상은 비교적 가
벼우나 지금의 신분으로 조정의 반열에 나갈 수는 없으며 사
마공(司馬公)이 신종(神宗)의 상을 당하여 대궐에 나아가야
할 것인지 망설이자, 명도(明道 : 송(宋)의 학자 정이(程頤)가
권하기를, '국상에 들어가 임하는 것도 세도(世道)를 위하는
것이다'라고 하였으니 이로써 넉넉히 의거할 만하다"고 하였

는데, 어떨런지 모르겠습니다.

答 : 司馬公是在洛時也 不可以是爲證 尊候若在南鄕則是矣
今以私喪來在洛下 嫌於進退 遭國服 晏然於十里之地 一
不赴闕 殊失情禮 以前銜例成服於闕門外 似合義

답 : 사마공은 낙양(洛陽)에 있을 때 였음으로 이로써 증거
댈 수 없습니다. 그대께서 남녘의 시골에 계신다면 안
가도 되겠지만 이제 사상(私喪)으로 서울에 와 있으면서
나아가고 물러가는 데 혐의가 있을까 봐서 국상을 당하
고도 태연히 10리의 가가운 곳에서 한번도 대궐에 나아
가지 않는다면 자못 인정과 예절을 잃은 것입니다. 그전
에 가졌던 관함의 예에 따라 대궐 문 밖에서 성복한다면
예에 맞을 것 같습니다.

問 : 如我秩高人 帶職居鄕 遇正至誕日 恐不可全無節次 入
州官參望闕禮否 不然 無以伸臣子犬馬之誠 未知古人遇
此, 何以處之 此非載於五禮儀 又非如我病重人所能遵行
然欲預講定 幸示下 趙靜菴謫綾陽時 缺墙北一面 以望北
云爾

문 : 나처럼 품계가 높은 사람으로 관함을 그대로 가지고 시골에
살면서 정월 초하루나 동지 및 임금의 탄일을 맞아 전혀 절
차가 없어서는 안 될 것이라고 여기어지는데 주(州)의 관아에
들어가서 망궐례(望闕禮)를 행해야 합니까? 그렇게 하지 않으
면 신하로서의 미천한 정성이나마 펼 수가 없으니 옛 사람들
은 이런 때를 만나서 어떻게 처신했는지 모르겠습니다. 이는

「오례의(五禮儀)」에도 실려 있지 않고 또 나처럼 병이 깊이 든 사람으로서는 따라 행할 수가 없습니다. 그렇지만 미리 강론하여 정해 놓으려고 하니 가르쳐 주시면 다행이겠습니다. 조정암(趙靜菴)이 능양(陵陽)에 귀양가 있을 때 북쪽 담이 한 면을 북쪽을 바라보았다고 합니다.

答 : 或自乞退歸 或以官事在外 則固宜入州府行禮 今爲世所 擯 似難入官舍行之 靜菴所爲 精忠所激 出於常儀 恐不 可援以爲例

답 : 스스로 물러나기를 청하여 고향으로 돌아갔거나 공사로 밖에 있을 경우에는 물론 주의 관아에 들어가 예를 행하여야 할 것입니다마는 이제 그대는 세상의 버림을 받고 있으니 관아에 들어가 예를 행하기란 어려울 듯 합니다. 조정암의 하신 일은 깊은 충성심에 북받치어 한 것으로 평상시의 의절에는 벗어난 것이니 아마도 이를 증거로 예를 삼을 수는 없을 것으로 봅니다.

問 : 再朞而返魂 祔祭行於何日 几筵之撤 當遵家禮耶 仍設 几筵至於禫後 此今世之所行 踰大閑 斷不可爲耶 時制 祥而白笠烏網巾 其無妨耶

문 : 두 돌만에 정침으로 혼을 맞아들이는 부제는 어느날에 지내야 합니까? 궤연의 철거는 「가례」를 따라야 합니까? 담제 이후에까지 궤연을 그대로 설치해 놓은 것은 요즈음 행하는 바로, 큰 한계를 넘어서는 것이기에 도저히 할 수 없습니다. 지금의 제도는 담제에 백립과 오망건(烏網巾)을 쓰고 있는데 괜찮겠습니까?

答 : 朱子云 旣祥撤几筵 其主且祔于祖父之廟 俟三年喪畢
合祭而後遷 今者 返魂在再朞 祔祭似當在撤几筵之日 更
設几筵之俗禮 似不可行 白笠之日 僕曾自行 則用白布綱
巾 且古禮 接神不可以純凶 故家禮之黲色承祭 乃此意也
用黲布冠承祭 祭畢着白笠 旣用古禮 又用國法 似合情禮
僕曾自行則如是 團領亦以黲與白視笠焉

답 : 주자가 말하기를, "담제를 마치고 궤연을 거두면 그 신주는
아직 할아버지의 사당에 붙여 놓았다가 3년상을 마치고 합하
여 제사지낸 뒤를 기다려 옮긴다" 하였습니다 요즈음 정침으
로 혼을 맞아들이기는 두 돌만에 행하고 있으므로 부제는 의
당 궤연을 철거하는 날에 지내야 할 것 같습니다. 그러니 궤
연을 다시 설치하는 속례(俗禮)는 행할 수가 없을 것 같습니
다. 백립을 쓴 날에 제가 일찍이 스스로 행하였던 것은 흰베
로 만든 망건을 썼습니다. 그리고 고례에는 신을 접할 적에
순전히 흉한 것으로만 할 수 없기 때문에 「가례」에서 말한 참
색의 복장으로 제사를 지낸다는 것이 바로 이러한 뜻입니다.
참포관(黲布冠)을 쓰고서 제사를 받들고 제사가 끝나면 백립
을 쓰는데, 고례를 이용하고 또 국법을 따르는 것이 정과 예
에 맞을 것 같습니다. 제가 일찍이 이와 같이 행하였으며, 단
령도 참색과 흰색으로 하되 립(笠)의 색에 따라 하였습니다.

問 : 家禮斬衰條下 経帶散垂三尺 而無復絞之文 三年不絞 則無哀
殺之意 卒哭乃絞 則非禮經之旨 今者 乃絞於成服 則無乃違家
禮乎 以此一事 頗覺未安 今見胡泳問於朱子 朱子曰 経帶則兩
頭皆散垂之 以象大帶 又曰 此等處 註疏言之甚詳 然則三年散
垂不絞乎 註疏何以言之 如其違禮 何以處之 且欲用油灰 未知

如何 油待陽而乾 冒陰而濕 十丈黃泉 豈有陽暴而油乾之理
乎 家禮 亦用油灰 其意如何 且喪人欲廬墓側 時以展省
其情則哀 而其禮則古 人亦有行之者 然上有老祖母病 偏
母 不可久離 而喪人欲守墓者 未知如何

답 :「가례」의 참쇠(斬衰)의 조문 아래에 질대(経帶)를 석 자로 흘
어 드리운다고는 했지만 꼰다라는 글은 없습니다. 3년동안 꼬
지 않는다면 슬픔이 점점 덜하여 진다는 뜻이 없고, 졸곡에
꼰다면 예경의 뜻이 아니고, 이제 성복에서 꼰다면 「가례」의
뜻에 어긋나는 것이 아니겠습니까? 이 한가지의 일이 자못
마음에 걸립니다. 호영(胡泳)이 주자에게 물은 걸 보면 주자
가 "질대는 두 끝을 모두 다 흘어 드리어서 대대(大帶)를 본
뜬다"라고 하였으며, 또 "이러한 것들에 대해서 주소(註疏)에
매우 상세하게 설명이 돼 있다"라고 하였습니다. 그렇다면 3
년 동안 흘어 드리우기만 하고 꼬지는 않습니까? 주소에는
어떻게 말하고 있으며, 만약에 그것이 예에 어긋난다면 어떻
게 그것을 처리해야 합니까? 또 유회(油灰)를 사용하고자 하
는데 어떻겠습니까? 기름은 햇볕이 비치는 곳에 두면 건조해
지고 그늘에 두면 습해집니다. 깊은 땅 속에서 어떻게 햇볕이
쬐여 기름이 마를 리가 있겠습니까! 「가례」에도 유회를 사용
한다고 했는데 그 뜻은 무엇입니까? 그리고 상인이 묘소 곁
에 집을 짓고 살면서 때때로 묘소를 보살피고자 하는데 그
마음은 슬프기 때문이며, 그러한 예를 옛사람들도 행한 자가
있습니다. 그러나 위로 늙은 할머니와 병든 홀어머니가 있기
에 오랫동안 그 곁을 떠날 수 없는데 상인은 묘소를 지켰으
면 합니다. 어떨런지요?

答 : 禮經 腰経 小歛時散垂 而成服時絞 又啓殯時 如小歛禮

還散云 家禮則成服散垂 更無絞禮 又答胡泳問一說 甚似
孤單 小斂變服及啓殯變服 則家禮所削 今不更論 只成服
時絞 禮經也 絞之似合 若從家禮文散垂於成服 則又當絞
於卒哭 油灰 旣非古禮 又典賣家産以成之 亦非古禮也
莫如不爲 今人或用者 得國葬多財力故耳 更思之 盧墓一
事 鄭孝外舅承旨前 己修書言其難行 鄭孝旣有病偏母 又
有年高王母 兩世一身 醫藥奉養 皆無所賴 須從禮返哭
而結盧墓下 時往省拜 以便孝理 如何

답 : 예경에 "요질(腰絰)은 소렴(小斂) 때에는 흩어 드리우고 성
복 때에는 꼰다고 했으며, 또 빈소를 열 때에는 소렴 때처럼
도로 흩어 드리운다"고 하였습니다. 「가례」에는 "성복할 적에
흩어 드리운다"라고만 하였고 다시금 꼰다는 예는 없습니다.
그리고 호영(胡泳)의 물음에 답하는 말들은 몹시 증거가 빈약
한 것 같습니다. 소렴 때에 옷을 바꾸어 입는 것이나 계빈
때에 옷을 바꾸어 입는 것에 대해서는 「가례」에는 삭제되었
기 때문에 이제 다시 논하지 않겠습니다. 다만 성복할 때에
꼬는 것은 예경에 있으므로 꼬는게 합당할 것 같은데 만일 「
가례」를 따라 성복할 때에 흩어 드리웠으면 졸곡에서는 꼬아
야 할 것입니다. 유회는 이미 고례가 아니며, 또 가산을 전당
하거나 팔아서 마련하는 것도 고례가 아니니 하지 않는 것이
좋습니다. 오늘날 사람들이 더러 사용하고 있는데 국장한 데
서 얻었거나 재력이 넉넉하기 때문이니 다시 생각해 보아야
할 것입니다. 여묘(盧墓)에 대한 일은 정효(鄭孝)의 외삼촌이
신 승지(承旨)에게 이미 글을 올려 행하기 어렵다는 것을 말
씀드렸습니다. 정효는 이미 병든 홀어머니가 계시고 또 나이
많으신 왕모(王母)가 계시는데 두 분이 독신이기에 의약이나

봉양을 의뢰할 데가 없습니다. 그래서 예에 따라 반곡(反哭)
하고 묘소 곁에 움막을 지어 때때로 가서 성묘할 수 있게 하
여 효도하는 데 편하게 하는 게 어떠할런지.

問 : 亡兄題主 兄妻在 奉祭祀者有殯辟之稱而未聞 今亦行之
也如此 而猶旁註孝子某奉祀耶 妾子亦稱孝否

문 : 죽은 형의 관함을 신주에 쓰는데, 형의 아내가 있으므로 제
사를 받드는 자에게 빈벽(嬪壁)이라는 칭호가 있는데 오늘날
도 그렇게 시행하였다는 이야기는 들어보지 못했습니다. 이와
같은데 오히려 방주(傍註)에다가 '효자(孝子) 누구는 제사를
받듭니다'라고 써야 합니까? 첩자가 또한 효라고 칭할 수 있
습니까?

答 : 禮 婦人無主祭之文 家禮云 主人有母則特位於主婦之前
於此可知其有母 而子爲主人之意也 主人之旁題稱孝子
亦家禮也 何得違之 妾子奉父祀者 爲其生母 不敢服其喪
則古禮之妾子無間稱孝 亦可知矣 殯辟之稱 恐非謂此也

답 : 「가례」에 부인이 제사를 주관한다라는 조문은 없습니다. 「가
례」에 '주인이 어머니가 계시면 특별히 주부(主婦)의 앞에다
가 위차를 마련한다'라고 하였으니, 여기에서 어머니가 계시
지만 자식이 주인이 된다는 뜻을 알 수가 있습니다. 신주의
왼쪽 밑에 제사를 받드는 사람의 이름 위에 효자라 칭한 것
은 「가례」이니 어떻게 「가례」를 어길 수 있겠습니까. 첩의
자식으로 아버지의 제사를 받들었을 경우에 그를 낳아준 어
머니가 죽었어도 감히 그를 위해 복을 입어 주지 못합니다.
그리고 보면 고례에 첩의 자식이라 하더라도 효를 칭하는 데

있어서는 차이가 없다는 것을 알 수 있습니다. '빈벽'이라는 칭호는 아마도 이것을 말한 게 아닌가 싶습니다.

問 : 亡兄卒哭後家廟時祭 來月二十四日卒哭 卒哭後晦前 無
丁亥可祭日 奈何 三獻乎 止一獻 不讀祝乎 用何服色

문 : 죽은 형의 졸곡 이후에 가묘나 시제에 대해서입니다. 오는 달 24일이 그의 졸곡인데 졸곡의 뒤로부터 그믐 이전엔 제사지낼 만한 정일(丁日)이나 해일(亥日)이 없으니 어떻게 해야 합니까? 3헌(三獻)을 할 것입니까? 아니면 1헌만 하고 축은 읽지 않아야 할 것입니까? 또 어떤 색의 옷차림을 해야 합니까?

答 : 示雖無丁亥 旣當行祭 則倣卜日之至下旬不卜之意 告定
可行之日而行之 恐無害也 孔子曰 宗子死 稱名不稱孝
註云 但言子薦其祥事 疏曰不言介 宗子死 不得稱介也
然則宗子喪畢 改題先世奉祀者 然後可以稱孝 祭祀則禮
云攝主不厭不嘏受胙也不歸肉 攝主 謂介子代孝子者也
朱子欲喪內於卒哭後 用墨衰祀廟 又於子喪不擧盛祭 用
深衣幅巾致薦 並此意參用 如何

답 : 말씀하신대로 비록 정일이나 해일이 없다 하더라도 제사를 지내야 한다면 날을 가리는 조문에 "하순에 이르러서는 날을 가리지 않는다"라는 뜻에 따라서 행할 수 있는 날을 정하여 고하고 제사를 지내는 것이 아마도 괜찮을 것입니다. 공자도 "종자(宗子)가 죽으면 이름을 부르고 효(孝)라고 하지 않는다" 하였는데, 그 주에 "다만 자식이 상사(祥事)를 올립니다라고 만 말한다"라고 하였고, 소에 "차자라고 말하지 않는 것은 종자가 죽으면 차자라 칭할 수 없기 때문이다"고 하였습니다.

그렇다면 종자의 상이 끝나고 선세(先世)의 제사를 받드는 자
가 개제(改題)39)한 연후에 효라고 칭할 수 있고, 제사에 있어
서는 예에 "주인을 대신하여 제사를 관장하는 사람은 불염(不
厭) 불하(不嘏)하며 포를 받는다 고기를 돌려주지 않는다"라
고 하였는데 주인을 대신하여 제사를 관장하는 것은 서자(庶
子)가 효자를 대신한 것을 말한 것입니다. 주자는 "상 중에서
졸곡 이후에는 묵최(墨衰)를 사용하여 사당에 제사지낸다"라
고 하였고 또 "아들의 상에는 성대하게 제사지내지 않고 심
의와 복건(幞巾)으로 전만 드린다"라고 하였으니, 이러한 뜻
과 아울러 참작해 쓰는 게 어떠할런지.

問 : 發靷日四更頭 在家行朝上食而出 及墓臨壙 更無上食節
次 至於終日而後虞上食 人情不安 奈何 鄙家前後喪 一
依禮文 而情則未安故云

문 : 발인(發靷 : 상여가 묘지로 향해 떠나는 것을 말함)하려는
날 사경(四更) 무렵에 집에서 아침 상식을 하고 장지로 출발
합니다. 묘지에 이르러 광혈(壙穴)의 앞에서는 다시금 상식의
절차는 없고 그날 해가 다 간 뒤 우제 때가 되어서야 상식한
다는 것은 인정으로서 미안하게 여겨지는데 어찌해야 합니
까? 저의 집에서는 일체 예문에 따라 행하고 있습니다마는
마음에 미안하게 여겨지기 때문에 말씀드립니다.

答 : 虞無上食之文 具饌進饌 皆無飯羹 而侑食亦無扱匙飯中
之節 至卒哭 始有飯羹 則虞無上食 亦明矣 但食時上食

---

39) 개제(改題) : 신주의 제목을 고쳐 쓰는 것으로 본인에게는 고(考). 조고(祖
考). 증조고(曾祖考). 고조고(高祖考)인 것이 아들에게는 본인이 고가 되고
고는 祖考가 되며 조고는 曾祖考가 되며 증조고는 高祖考가 되어 고조고는
조매(祧埋)가 되는 것.

乃初喪節文也 及墓亦當如是無疑

답 : 우제에 상식한다는 조문은 없습니다. 구찬(具饌)과 진찬(進
饌)에 모두 밥과 국이 없으며, 유식(侑食)에도 밥 가운데 숟
가락을 꽂는 절차가 없습니다. 졸곡에 이르러서야 비로소 밥
과 국이 있으니 우제에 상식이 없다는 것은 분명합니다. 다
만 밥을 먹을 때에 상식하는 것은 초상 때의 절문이니 묘소
에 이르러서도 이와 같이 해야 한다는 것은 의심할 것이 없
습니다.

問 : 朞服卒哭後 家廟晨參及出入告 用黑帶否

문 : 기년복(朞年服)으로 졸곡의 뒤에 가묘에 새벽 참배할 때와
출입하면서 고할 때에 흑대(黑帶)를 사용합니까?

答 : 此非入廟接神之比 白衣白帶 恐亦無妨

답 : 이는 가묘에 들어가 신을 접할 때와 같지 않으므로 흰옷과
흰띠를 쓰는 것이 아마도 괜찮을 것입니다.

問 : 兄妻在 是曰主婦 主婦奉先世神主祭祀 則三年喪畢 猶
不得改題主 只輔佐主婦 參祭而已乎 然則祝文題辭 何以
爲之

문 : 형의 아내가 계시면 이분이 주부입니다. 주부가 선세의 신주
를 받들어 제사를 지내면 3년상이 끝나도 오히려 제주(題主)
를 고쳐 쓰지 못하고 있습니다. 그렇다면 주부를 도와 제사에
참여만 할 뿐이란 말입니까? 그런즉 축문의 제사(題辭)는 어

떻게 합니까.

答 : 此段則於答第一第二條 甚詳 兄妻何得爲主婦耶 可以參
定 第一第二條在上問題主兄妻在以下

답 : 이 조목은 그전에 답한 첫 번째 두 번째 조에 매우 자세하
게 말했습니다. 형의 아내가 어떻게 주부가 될 수 있겠습니
까? 참작하여 결정해야 할 것입니다. 제1조 제2조는 위의 물
음의 신주를 쓸 때 형의 아내가 있다는 밑에 있음.

問 : 家禮主人以下各歸喪次 註大功以下 旣殯而歸 居宿於外
三月而復寢云云 是不用喪大記朞終喪不御於內 父在爲母
爲妻齊衰朞者 大功布衰九月 皆三月而復寢之文耶家禮則
不言朞 凡朞皆終喪不御乎 又大功以下緦小功 更無分別
則大功與緦等 是三月復寢乎 大記則父在爲母外 凡應服
朞者 止三月不御乎 止言大功 緦小功之不與 可知也 且
齊衰朞布衰九月之文 未曉焉 伏乞詳示

문 : 「가례」에 "주인 이하는 각자 자기의 상차(喪次)로 돌아간다"
라고 하였는데 그 주에 "대공(大功)이하는 이미 초빈하고 집
으로 돌아가 3개월 동안 밖에서 거처하다가 안방으로 거처를
옮긴다"라고 했습니다. 이것은 상대기(喪大記)에 "기년복은
상을 끝마치도록 안방에 들어가지 않고, 아버지가 계시는데
어머니나 처의 상을 당하여 자최 기년복을 입는 사람이나 대
공 포최 9월의 복을 입는 사람은 모두 석 달이면 안방으로
거처를 옮긴다"라는 조문을 쓰지 않는 것입니까? 「가례」에는
기년복에 대하여 언급하지 않았으니 모든 기년복은 모두 상
을 끝마칠 때까지 안방으로 거처를 옮기지 않는다는 말입니

까? 또 대공 이하의 시마복이나 소공복은 분별하지 않았으니
대공복과 시마복도 다 같이 석 달 만에 안방으로 거처를 옮
긴다는 말입니까? 「상대기」에 말한 아버지가 계시는데 어머
니를 위해 복을 입는 것 외엔 보통 기년복을 입는 이는 다만
석 달 동안만 안방에 들지 않는 것입니까? 다만 대공만 말하
였으니 시마복이나 소공복은 관계되지 않는다는 것을 알 수
있습니다. 그리고 자최 기년복과 포최(布衰) 9월의 복에 대한
조문은 잘 모르겠으니 자세히 가르쳐 주시기 바랍니다.

答 : 喪大記曰 苫居廬 終喪不御於內者 父在爲母云云 其義
曰 苫無居廬 而終喪不御內之節 惟父在爲母者爲然也 爲
妻者爲然也 其外則自齊衰苫之重 至大功布衰九月 皆無
居廬終喪至禮 只三月不御于內云也 且齊衰苫 苫服也布
衰九月 大功服也 苫服自齊衰三年制 未有變 故稱齊衰苫
大功 始用功布 故稱布衰九月 言止于大功 則其下之不與
何待說爲 家禮註未備如此處 以喪大記爲補 庶乎得中也

답 : 상대기에 이르기를 "기년 동안 여막에 거처하면서 상이 끝
날 때까지 안방에 들어가지 않는다고 한 것은 아버지가 계시
고 어머니상을 당했을 경우이다"고 운운하였는데, 그 뜻은 기
년 동안은 여막에 거처하면서 상이 끝날때까지 안방에 들어
가지 않는다는 절차는 없고 오직 아버지가 계시고 어머니 복
을 입었을 때 그렇게 하며, 아내의 복을 입었을 때 그렇게 하
고 그 밖에는 자최기(齊衰苫)의 중한 복으로부터 대공 포최 9
월복까지 모두 여막에 거처하면서 상을 끝마친다는 예는 없
고 다만 3개월 동안만 안방으로 들어가지 않는다고 했습니다.
그리고 자최기년은 기년복이며 포최 9월은 대공복입니다. 기
년복은 자최의 3년으로부터 복제가 변한 것이 없기 때문에

자최기라고 하며, 대공에서부터 비로소 공포(功布)를 사용하기 때문에 포최 9월이라고 합니다. 대공에서 그친다고 말하였으니 그 이하는 관계되지 않는다는 것은 말할 필요가 있겠습니까. 「가례」의 주가 이처럼 미비하므로 이러한 곳은 상대기로 보완하다면 거의 알맞게 될 것입니다.

問 : 前前監司啓聞道內三涉 穆祖皇考皇妣陵墓頹圮 旣無碑
文又絶香火 其時禮官啓曰 周以后稷配天 而姜嫄以上 在
推不去之中 我朝追崇四王陵寢 一年一祭外 不及於他 祖
宗未常行之禮 斷不可行也 今欲更啓而修改陵墓, 一祭之
未知如何

문 : 전전 감사(前前監司)가 올린 장계에 "도내의 삼척(三陟)에 있는 목조황고(穆祖皇考)와 황비(皇妣)의 능묘가 허물어졌는데 이미 비문도 없고 또 황화도 끊어졌다"라고 하자 그때 예관이 아뢰기를 "주(周) 나라는 후직(后稷)[40]으로 하늘과 배향하고 강원(姜嫄)의 이상은 소급해 상고하지 않았습니다. 우리나라에도 사대왕의 능침만 소급해 받들어 1년에 한 번씩 제사지내고 그 밖에 다른 분에게는 소급하지 않고 있습니다. 그러니 조종(祖宗)이 일찍이 행하지 않았던 예는 결코 행할 수 없습니다. 지금 다시 아뢰어 능묘를 수리하고 한 번 제사 드리고자 하는데 어떻겠습니까?

答 : 修陵墓之毀 追崇之祭 自是二條 子孫安可見先墓崩毁
而晏然不修曰 是乃遠祖 不在追崇 而曾不顧惜之乎 周祖后
稷 祭以天子之禮者 非謂親盡於后稷也 以后稷始封于邰 爲
周始祖 而后稷之上 皆自爲帝故也 若如禮官之言 則周見帝

---

40) 후직(后稷) : 순 임금때 농사일을 맡은 벼슬. 중국 주 나라 시조(棄)의 이름

譽姜嫄之墓崩壓 而無意修治耶 修治而設祭一告者 禮在修治
而亦非追崇之祭也 混論而幷停修治 甚似無理 且后稷之對於
邰 在唐堯時, 歷唐虞夏商 世代極遠而猶祭之 安敗忍見 穆
祖皇考妣陵毀而不之致念耶 宜速啓行無疑

답 : 능묘의 훼손을 수리하는 것과 추숭(追崇)의 제사는 본디 두
   가지 조항입니다. 자손들이 어떻게 선조들의 묘소가 허물어진
   것을 보고도 태연히 수리하지 않으면서 이분은 먼 조상이기에
   소급해 받들지 않아도 된다고 하여 아예 애석하게 여기지 않을
   수 있겠습니까? 주 나라 시조인 후직을 천자의 예로 제사지내
   는 것은 후직에 와서 친(親)이라 했다는 것을 말한 게 아닙니
   다. 후직을 처음으로 태(邰) 나라에 봉하여 주 나라의 시조가
   되었으므로 후직의 위로는 모두 자연히 제왕이 되었기 때문입
   니다. 만약 예관의 말대로라면 주 나라가 제곡(帝嚳)과 강원의
   묘소가 허물어진 것을 보고도 수리하려고 하지 않겠습니까?
   수리하고 제사지내면서 한 번 고하는 것은 수리하는데 예가 있
   는 것이지 또한 추숭의 제사가 아닌 것입니다. 혼합해 논하여
   수리하는 것까지 그만둔다면 매우 무리합니다. 그리고 후직이
   태에 봉해진 것은 당요(唐堯)때에 있었던 것으로 당우(唐虞)와
   하상(夏商)을 지나서 세대가 아주 멀어졌어도 오히려 제사를
   지내고 있는데 어떻게 감히 목조황고와 황비의 능묘가 허물어
   진 것을 보고도 생각하지 않을 수 있겠습니까? 빨리 아뢰어
   행하여야 한다는게 의심할 바가 없습니다.

答浩原問　　호원의 물음에 대한 답

問 : 國喪卒哭之前 大小祀幷停 故國家陵寢香火亦絶 然則人
民在畿甸之內者 如正朝寒食等絶祀 可以祭其先墓乎 此
義殆未安 而亦無所見於禮經 疑而未能斷也 時祭 吉祭也
雖非朝官服衰者 固不敢行也 至如朔望參忌祭 亦可略設
時物 行奠獻於家矣 以此推之 墓祭亦可倣此 而以陵寢廢
祭 臣民獨擧 爲未安 尊兄有見於禮經 可據者示以定論
至祝至祝 嘗見禮記 被私喪而服君喪者 不敢行練祥之祭
俟君喪畢 卜日追行 無官者不在此類 然則朝官與士民固
異 然畿甸之士 又與居遠方者不同 目見陵寢廢祭 而擧先
墓之節祀 亦有未可乎 伏願祥證而回敎 至祝至祝 季涵尊
兄 今在何處 儻與通書幷及之 博採衆見 何如 國喪 非朝
士而行素 當何如 以成服爲節則太早 以卒哭爲節則太遠
禮家因變除之節而爲之禮 則成服卒哭之間 亦無可据之節
伏乞證誨 且五服大功以下月數 當從受服日計之耶 抑從
死日計之乎 人有月晦遭服者 難於計月 幷乞据經批示

문 : 국상의 졸곡 이전까지는 큰 제사이든 작은 제사이든 모두
중지하기 때문에 나라의 능침에도 향화가 끊깁니다. 그렇다면
경기도의 안에 있는 백성들도 정월 초하루나 한식 등과 같은
명절의 제사 때에 그들의 선조 묘소에 제사지낼 수 있겠습니
까? 이러한 뜻은 자못 미안스럽고 또한 예경에서도 본 적이
없기에 의심쩍어 단정하지 못하고 있습니다. 시제는 길제(吉
祭)이므로 비록 상복을 입은 조정의 벼슬아치가 아니더라도
참으로 행할 수 없지만 초하루 보름의 참배나 기제사에 있어
서는 그때에 나는 제물을 간략하게 차려 놓고 집에서 전드릴

수 있습니다. 이로써 미루어 본다면 묘제도 이를 모방하여 지
내도 되겠습니다. 그러나 능침의 제사기 폐지되었는데 백성들
만이 제사지내기란 미안스러우니 형께서 예경에서 예를 들만
한 것을 본 적이 있으면 정론을 내려주시기를 바라고 바랍니
다. 일찍이 「예기」를 보니 사가의 복을 입고 국상을 당하여
복을 입은 자는 감히 연제(練祭)나 상제(祥祭)를 지낼 수 없
기에 국상이 끝나기를 기다려 날을 받아 소급해 지내고 벼슬
이 없는 자는 이러한 류에 들어 있지 않다고 하였습니다. 그
렇다면 벼슬아치와 백성과는 물론 다르겠으나 경기에 사는
선비는 또 먼 지방에 사는 사람과 같지 않습니다. 능침의 제
사가 폐지되는 것을 보고도 선조의 묘소에 절사(節祀)를 지낸
다는 것도 옳지 못한 일이겠지요? 바라건대 자세히 고증하여
가르쳐 주기를 바라고 바랍니다. 계함(季涵 : 정철의 자) 형
은 지금 어느곳에 계십니까? 혹시 서신을 통할 수 있으면 아
울러 그분한테도 말하여 널리 여러 사람들의 견해를 모으시
는 게 어떻겠습니까? 국상을 당하였을 때는 조정에 벼슬한
선비가 아닌 자는 평소에 어떻게 해야 합니까? 성복으로 제
한하기엔 너무 빠른 것 같고 졸곡으로 제한하기엔 너무 먼
것 같습니다. 예가(禮家)들이 변제(變除)의 절문을 인하여 예
를 행한다면 성복과 졸곡의 사이에 또한 근거할 만한 절문이
없으니 삼가 고증하여 가르쳐 주시기 바랍니다. 그리고 오복
(五服)에 있어서 대공 이하의 달수는 복을 입는 날로부터 계
산해야 합니까. 아니면 죽은 날로부터 계산해야 합니까? 어
떤 사람은 그믐날 복을 입었는데 달수를 계산하기가 어렵다
하니 아울러 예경에 의거하여 가르쳐 주시기 바랍니다.

答 : 國喪卒哭前大小祀幷停云者　五禮儀本意　則是擧國家之
　　大小祀也　於士庶無行廢之定　草野民庶　當以古禮爲準　禮

國君齊衰三月　君妻君母無服　但禮於所祭有服　則不得行
祭　所祭之祖考若有官　而於禮陟　懿殿　當有朞喪　則祭似
難行　惟朔望參　朱子身有重衰者　亦欲使輕服入廟行之　則
所祭雖有服　而奠之行無疑矣　且朱子於廢祭一事　深以爲
重　於古禮之斷然不可行處　每眷顧欲行之　則忌祭　今欲薄
設,只行奠禮而告文　並告國喪在殯之由　墓祭亦欲如忌祭之
儀　惟魚肉　卒哭前國禁　恐不可用也　朔望之只設酒果　又
當如禮　無所損益　行又何嫌　禮有等殺　父或有廢　子或行
之　君或有止　臣或爲之　何可以陵寢之廢　爲難行哉　國旣
無禁　推古禮　斷以朱子之意　玆欲不停焉　季涵曾有所問
亦以報兄爲報　渠頃以欲遵鄙見爲報矣　教行素食一條　非
有官者　當以情意氣力爲視　自卜遲速　只恐尊兄旣一謝命
非如僕凡民之爲比也　示禮中因變除用酒肉之節　於無服之
地　恐不可尋也　當以義起　必欲卒哭後則太晚　而過君喪三
月之服　宜於成服日後　自酌其宜而止爾　示大功以下遭服
於月晦者　欲從成服月爲計云　情雖未闋　而義有不可　朞以
上　旣以死月爲計　獨於朞以下恩殺處　反以成服爲計爲未
穩　而又非喪禮有進無退之義　恐不可引而長之　日數雖小
宜以死月爲準

답 : 국상의 졸곡 이전에는 큰 제사이든 작은 제사이든 모두 정
지한다고 한 것은, 「오례의(五禮儀)」의 본 뜻은 나라의 큰 제
사나 작은 제사를 들어 말하였고, 선비나 서인에 있어서는 제
사를 행하거나 폐지하는 규정이 없으므로 시골 서민들은 마
땅히 고례로서 기준을 삼아야 할 것입니다. 예에 임금은 자최
3월이며, 왕비와 황후는 복이 없습니다. 다만 예에 제사를 음

향하실 분에게 복이 있으면 제사를 지내지 못합니다. 제사를 음향하실 할아버지가 벼슬을 하여 돌아가신 의전(懿殿)에게 기년복이 있다면 제사지내기는 어려울 것 같습니다. 오직 초하루 보름의 참배에 있어서 주자는, 몸에 중한 복을 입고 있는 사람은 조금 가벼운 복을 입는 사람을 대신 시켜 사당에 들어가 참배하게 하였으니 제사를 음향한 분에게 복이 있더라도 전을 올린다는 것은 의심할 바가 없습니다. 그리고 주자가 제사를 폐지한다고 한 일에 대하여 매우 중히 여기여서 고례로 볼 때 도저히 행할 수 없는 곳에 있어서도 늘 생각하여 행하려고 하였으니, 기제는 이제 간소하게 진설하여 전만 드리고 축문에는 국상이나 초빈에 있다는 사유를 아울러 고했으면 싶고 묘제도 기제의 의식과 같이 하되 오직 어육만 올렸으면 합니다. 졸곡 이전에는 나라에서 금하고 있으므로 아마도 사용할 수 없을 것입니다. 초하루 보름에는 과일과 술만 진설하여 예에 따라 하여 더하거나 덜한 바가 없이 하면 행하는 데 무슨 혐의가 있겠습니까? 예에는 차등이 있어서 아버지는 폐하여도 아들이 행할 수도 있으며, 임금은 그만두더라도 신하는 할 수도 있는데, 어찌하여 능침의 제사가 폐지되었다고 하여 행하기가 어렵다고 하겠습니까. 국법에서 금하지 않고 있으니 고례로 미루어 보고 주자의 뜻으로 단정지워 보건대 이것은 중지하지 않았으면 합니다. 계함도 이에 대해 일찍이 물은 적이 있었는데 형에게 말씀드린대로 답하였더니 그도 엊그제 나의 견해를 따르고자 한다는 답장이 왔습니다. 말씀하신 소식의 한 조목은 벼슬이 없는 사람은 마땅히 정의(情意)와 기력(氣力)이 어떤가 보아 스스로 기간을 정하여야 하겠지만 형께서는 이미 한 번 관작 제수의 명을 사은하였으니 나처럼 평범한 시민과는 비교가 되지 않습니다. 말씀하신 예 가운데 변제로 인하여 복이 없는 곳에 술과 고기를 먹고 안 먹는 예절은 아마도 찾을 수가 없을 것이니 마땅히 의지로써 헤아려 해야 할 것입니다. 반드시 졸곡 이후까지 하려고 한다면 너무 늦어서 지나치니 3개월 임금의 복이 지나 성복한 후에 스스로 알맞게 헤아려서 그쳐야 할 것입니다. "대공이하의 복을 그믐날에 입게 될 경우에 성복한 달로부터 계산하려고 한다"고 하였는데, 정은 비록 다하지 않았지만 의리로 볼때 옳지 못합니다. 기년 이상은 이미 죽은 달로부터 계산하였는데 기년 이하의 은혜가 감해진 곳에만 도리어 성복한 날로부터 계산한다면 온당치 못하고 또 상례의 나아감은 있으나 물리는 것은 없다라는 뜻이 아니므로 아마도 연장시켜서는 안 될 것입니다. 날수는 적다하더라도 의당 죽은 달로 기준을 삼아야 할 것입니다.

問 : 今時祭禮設饌 無一定之規 如吾黨數人家 亦有異同處 殊欲講究十分精當 以定垂後之規 伏願詳示尊兄宗家祭饌數 作小圖以送 至祝至祝 魚肉恐非生魚生肉 兄用何許乎 前見鄭道可 言家禮祭饌圖 脯醢蔬菜用六品 却是古意 非俗饌也 是以 吾用脯二器醢二器蔬菜二器 而不用今俗盤床之羞 去淸漿不陳云云 未知此言如何 鄙意以爲脯醢蔬菜相間次之者 却是宋時之羞也 於何見得古意乎 去淸漿不陳 則時羞有未備也 渠却不以爲然矣 又欲作正寢于祠堂之前 以太廟祫享 昭穆位排列 高祖居奧而東向 其餘昭居北穆居南以祭之云 同堂西上之制 雖曰瞀之陋 而程朱以國家未復古故不敢私爲古禮之正 則今日行之 無有干僭未安之義乎 伏願批誨何如 渾家用五色果 脯醢蔬各二器 湯二色爲二十五器 或恐過優不儉 謹作圖以上 伏乞證示

문 : 요즈음 시제의 예에서 음식을 차리는 데 일정한 법규가 없고 우리들 몇몇 집에서만 하더라도 또한 서로 다른 것이 있으므로 자못 충분히 정당(精當)하게 강구하여 후세 사람들에게 물려 줄 법규를 정하려고 하니, 삼가 자세히 말씀해 주시기 바랍니다. 형의 종가댁에서 쓰는 제찬(祭饌)의 수를 작은 도표로 만들어 보내 주시기를 간절히 바랍니다. 물고기와 육고기는 아마도 날것이 아닌 것으로 보는데 형께서는 무엇을 쓰십니까? 지난번에 정도가(鄭道可)가 말하기를 "「가례」의 제찬도(祭饌圖)를 보니 포해(脯醢)와 채소는 여섯 가지를 쓰고 있는데, 이것은 고례의 뜻을 따른 것이고 세속에서 쓰는 찬수는 아닙니다. 그러므로 나는 포 두 그릇, 해(醢) 두 그릇, 채소 두 그릇을 쓰고 요즈음 세속에서 밥상에 차리는 반찬은 쓰지 않고 청장(淸醬)도 놓지 않는다"고 하였는데, 이 사람의 말이 어떻습니까? 저의 생각으로는 포해와 채소를 사이를 두고 차리는 것은 송 나라 때의 반찬입니다. 어디에서 고례의 의의를 찾아볼 수 있습니까? 청장을 놓지 않으면 현재 쓰는 반찬이 갖추어지지 않았는데도 그는 그렇게 여기지 않고 있습니다. 또 "사당의 앞에다가 정침을 짓고 태묘(太廟)에서 협향(祫享)한 소목의 위치대로 배열하여 고조(高祖)는 안으로 모시어 동쪽으로 향하게 하고 그 나머지의 소는 북쪽으로 모시고 목은 남쪽으로 모시어 놓고 제사지내려고 한다"고 하였는데, 같은 당(堂)에서 서쪽을 위로 하는 제도는 습속에서 이루어 진 비루한 것이라고 하지만 정자와 주자가 국가에서 옛 것을 회복하지 못한 이유 대문에 감히 고례의 바른 것이라고 하여 사사로이 행하지 않으셨으니, 요즈음 그렇게 한다면 참람하고 미안한 뜻이 있지 않겠습니까? 삼가 바라건대 말씀해 주시면 어떻겠습니까? 저의 집에서는 오색 과일과 포해와 채소 각각 두 그릇, 탕 두 가지를 쓰는데 합하면 스물다섯 그

릇입니다. 혹시 지나치게 많이 차려 검소하지 아니할까봐 염
려스러워 삼가 도표를 그려 드리니 증거를 들어 말씀해 주시
기 바랍니다.

答 : 祭品用生魚肉與不 按朱子曰 大低鬼神用生物祭者 皆是
假此生氣爲靈 古人釁鍾釁龜 皆此意也 又家禮之祭始祖
亦有用生之禮 又溫公祭儀亦曰用生 然則家禮之四時祭具
饌 汎言魚肉 雖無用生明文 而以義推之 則用生無疑也
但今世私家 窮無省牲之禮 必以生爲式 恐難爲辦 朱子又
曰 但以誠敬爲主 其他儀則隨家豐約 如一羹一飯 皆可自
盡其誠 以是論之 則省牲之家 可以用生 而自其下則恐未
能也 示品數多少 某宗家所備一以家禮爲準 而於常食品
數 不能無加減者 以四時時物 亦或不同故也 朱子語南軒
曰 於端午 能不食粽乎 於重陽 能不食茱萸酒乎 不祭而
自享 於汝安乎 以是看之 隨時物薦享 或恐人情之不得不
爲者也 如是則鄭道可之不設淸漿與非俗饌之語 皆非朱子
意也 朱子又曰 溫公祭儀 庶羞麪食共十五品 今須得簡省
之法方可 以是看之 雖豐於奉生 而不煩之意 亦可知矣
又鄭道可位次欲從昭穆之未安 誠如來示 又作正寢於祠堂
前 又非家禮立祠堂寢東之意 似難爲用 朱子曰 家廟在東
此人子不死其親之義也 恐不可擅改也 來示祭器品數圖
淸漿置東 失燥居左,濕居右之意 似未合 他皆與某家所行
相符 且看古禮 醬爲飮食之主 宜居中云云

답 : 제물을 날 물고기나 날 육교기를 쓰는가의 여부에 있어서
살펴보건대, 주자가 말하기를, "대체로 귀신에게 날 것으로
제사지내는 것은 모두 생기를 빌려 신령스럽게 하는 것이니

옛날 사람들이 생피로 종에다 바르고 구(龜)에다 발랐던 것은 모두 이러한 뜻이다"고 하였습니다. 또 「가례」에 시조를 제사 지내는 데에도 날것을 쓰는 예가 있고 또 사마온공의 「제의 (祭儀)」에도 또한 날것을 쓴다고 했습니다. 그렇다면 「가례」의 사시 제사 때 찬수를 마련하는데 범연히 물고기 육고기라고만 말하고 '날 것을 쓴다'라는 명확한 글은 없지만 그 의미로 미루어 보면 날 것을 쓴다는 것은 의심할 게 없습니다. 다만 요즈음 서민들은 가난하여 성생(省牲 : 희생을 장만하는 것)의 예가 없는데 반드시 날 것을 써야한다고 법규를 만든다면 아마도 마련하기 어려울 것입니다. 주자가 또 말하기를 "다만 정성을 드리고 공경히 하는 것을 위주로 하고 나머지 의절에 있어서는 집안의 형편에 따라서 해야 한다. 예를 들면 국 한 그릇, 밥 한 그릇이라도 모두 자신의 성의를 다할 수 있다"고 하였으니, 이로 논하여 본다면 희생을 마련할 수 있는 가정에서는 날 것을 쓸 수가 있겠지만 그 이하는 아마도 못할 것입니다. 말씀하신 제물의 많고 적은 수에 있어서는 저의 종가댁에선 일체 「가례」를 기준으로 삼아 마련하고 있는데 보통 음식물의 수에 있어서 가감이 없지 않는 것은 사철에 나는 식품이 더러 다르기 때문입니다. 주자가 장남헌(張南軒)에게 말하기를, "단오에 송편을 안 먹을 수 있으며, 중양절(重陽節 : 9월 9일)에 수유주(茱萸酒)를 안 마실 수가 있겠는가? 제사를 지내지 않고 자기만 먹는다면 그대의 마음에 편하겠습니까?"고 하였습니다. 이로 보건대 그때마다 나는 식품에 따라 제사에 올리는 것은 아마도 인정으로선 하지 않을 수 없는 것이라고 봅니다. 이러고 보면 정도가 말한 청장을 놓지 않는다는 것과 속찬(俗饌)이 아니라는 것은 모두 주자의 뜻이 아닙니다. 주자가 또 말하기를, "사마온공의 「제의」에 여러 제물과 면식(麵食)을 합하면 열 다섯 가지인데 지금에는 간소한 법을 취해야 된다"라고 하였습니다. 이로 보건대 비록 살아계실 때 봉양하는 것보다 더 풍부하게 해야겠지만 번거롭게는 하지 말라는 뜻을 또한 알 수 있습니다. 또 정도가 사당의 신주 위차를 태묘의 소목 순서를 따라 하려고 하는데 있어서 미안하게 생각된다고 한 말씀은 정말로 그대의 말씀과 같습니다. 또 정침을 사당의 앞에 짓는다는 것도 「가례」에서 말한 "사당은 정침의 동쪽에 세운다"라는 뜻이 아니므로 그렇게 하기란 어려울 것 같습니다. 주자가 말하기를, "가묘를 동쪽에다 짓는 것은 자식으로서 그의 어버이가 죽었다고 여기지 않는 뜻에서이다"라고 하였으니 함부로 고쳐서는 안 되리라 봅니다. 말씀하신 제물의 가지 수에 대한 도표는, 청장을 동쪽에 놓는다면 마른 것은 왼쪽에, 습한 것은 오른쪽에 놓는다는 뜻을 잃고 있어서 합당하지 않을 듯하고 다른 것은 저의 집안에서 행하고 있는 것과 서로 맞습니다. 또 고례를 보건대 "간장은 음식의 주가 되므로 가운데다 두어야 한다"라고 하였습니다.

問 : 小歛變服 斬衰用環経白布巾 腰経帶散垂三尺 具絞帶 此禮見於丘氏儀節 而喪次無儀禮 不知經據 未知此節一 出於儀禮 而以補家禮之闕者歟 免布 家禮 只用一寸絹 裹頭 而丘氏用白布巾以代之 何歟 家禮言露首 而丘氏用 頭巾 未知古禮原委何如 腰経散垂 只行於斬衰耶 暮喪以 下 亦可爲耶 以上皆昨日已行之禮 而欲詳其得失 故敢問 凡奔喪之人 已成服後 則到家後四日成服 禮也 若及小歛 前 則亦將待四日乎 抑同在家之人成服乎 家禮只言成服 後儀節 而不言其餘 意其初終奔喪之人 當不計四日 而從 喪主成服也 伏乞詳諭

문 : 소렴(小斂)옷을 바꿔 입는 것과 참최(斬衰)에 환질(環経)과 백포건(白布巾)을 쓰는데 허리의 질대(経帶)는 석 자정도 흘어 드리우고 교대(絞帶)를 갖춘다고 하는데 이 예는 구씨의절(丘氏儀節)이 있습니다. 그러나 상인의 위치는 「의례」에 없으므로 어느 예경에서 근거해야 할지 모르겠다. 이 한 절차는 일체 「의례」에서 따다가 「가례」의 빠진 것을 보충한 것입니까? 문포(免布)는 「가례」에 한 치의 비단으로 머리를 싼다고 하였는데, 구씨는 백포건으로 대용하였음은 무엇 때문입니까? 「가례」에는 머리에 아무 것도 쓰지 않는다고 하였는데 구씨는 두건(頭巾)을 쓴다고 하였습니다. 고례의 원인은 어떠한지요? 요질을 흩어서 '드리우기는 참최에서만 합니까? 기년복 이하도 할 수가 있습니까? 이상은 모두 지난날에 이미 행하였던 예입니다마는 잘했는지 못했는지를 알고 싶어서 감히 물어봅니다. 무릇 먼 곳에서 친상의 소식을 듣고 집으로 급히 돌아갔을 때 이미 성복한 뒤이면 집에 도착한 지 나흘이 지난 뒤에 성복하는 것이 예입니다. 그런데 만일 소렴하기 전에 왔으면 4일 동안 기다렸다가 성복해야 합니까? 아니면 집에 있는 사람과 마찬가지로 성복하는 것입니까? 「가례」에는 다만 성복한 뒤의 예절만 말하였을 뿐이지 그 나머지는 언급하지 않았습니다. 생각건대 막 죽었을 때 분상(奔喪)한 사람은 4일을 계산하지 않고 상주가 성복한 대로 따라야할 것 같습니다. 삼가 상세하게 가르쳐 주시기 바랍니다.

답 : 環経等變服一節 雖載於丘氏儀節 而家禮之所刪也 自初終至成服 其間變服節次 家禮甚有等級 不可棄朱子所定 而又尋古禮 免制度 亦宜從家禮而棄瓊山 如何 腰経散垂 詳具於斬衰之下 於齊衰及朞以下 皆曰服制同上 則宜朞

以下通用 但古禮 至成服乃絞 朱子家禮 則成服時散垂
古禮 又散於啓殯 又絞於卒哭 而家禮皆削 似是闕文 又
朱子曰 腰絰散垂 象大帶 以是看之 似終喪散垂 而此說
孤單 今若從家禮散垂 則卒哭後從古禮絞之爲可 未知如
何 奔喪人成服之禮 雖載於家禮 然未詳悉 儀禮經傳奔喪
條 未及服麻而奔喪 及主人之未成絰也 疏者與主人皆成
之 親者修其麻帶絰之日數 註云 親者 大功以上 疏者 小
功以下 疏者及主人之節則用之 其不及者 亦自用其日數
云 從儀禮如何 腰絰從古禮成服日絞 又散啓殯時 又絞卒
哭日 亦合古禮

답 : 환질 등등의 옷으로 바꾸어 입는 한 조목은 「구씨의절」에
는 실려있지만 「가례」에는 삭제 되었습니다. 막 죽었을 때
부터 성복할 때까지 그 사이에 옷을 바꿔 입는 절차 「가례」
에 심한 차등이 있으므로 주자가 정한 것을 버릴 수 없고 또
고례를 찾아보니 문(免)의 제도도 「가례」를 따르고 경산(瓊
山)은 버려야 되겠는데 어떻게 생각하십니까? 요질을 흘어
드리우는 것은 참최 조목 아래에 상세하게 설명되어 있고 자
최로부터 기년 밑으로는 모두 복제가 위와 같다고 하였으니
기년 이하도 통용해야 할 것입니다. 다만 고례에, 성복에 이
르러서 질(絰)을 꼰다고 하였는데, 주자의 「가례」에는 "성복
할 때 흘어 드리운다"라고 하였고 고례에는 "계빈(啓殯)할 때
는 풀고 또 졸곡에는 꼰다"라고 하였는데, 「가례」에는 모두
삭제되었으니 이는 빠진 것 같습니다. 또 주자가 말하기를
"요질을 흘어 드리운 것은 대대(大帶)를 상징한 것이다"라고
하였으니, 이로 본다면 상이 끝날 때까지 흘어 드리운 것 같
으나, 이 말은 고증이 빈약합니다. 지금 만일 「가례」대로 흘

어 드리운다면 졸곡의 뒤에는 고례에 따라서 꼬는 것이 좋을 듯하지만 어떨런지 모르겠습니다. 분상한 사람의 성복하는 예는, 「가례」에 실려 있지만 자세하지 않으며, 「의례경전」의 분상조에 "미처 마(麻)를 입지 않고 분상하여 질대를 띠지 않았을 적에 온 것이다. 조금 먼 사람은 주인과 함께 성복하고 친족은 그 마대질(麻帶絰)을 띤 날수로 계산하여 한다"라고 하였는데, 주에 이르기를, "친족은 대공 이상이고 먼 사람은 소공 이하이다. 먼 사람은 주인의 절차에 미치면 쓰고 미치지 못한 사람은 또 스스로의 일수를 쓴다"라고 하였으니, 「의례」를 따르는 게 어떻겠습니까? 요질은 고례에 따라서 성복한 날에는 꼬았다가 계빈할 때에 흩어 드리우고 다시 졸곡날에 꼬는 것이 또한 고례에 맞을 것입니다.

問 : 家禮服位 只有襲後爲位 而成服位則無儀節 旣殯之後 則似當與襲後爲位不同 而丘氏儀節 亦無明文 今不知何據

문 : 「가례」에 복을 입을 때의 자리는 다만 염습(斂襲) 한 뒤에 자리를 마련한 것만 있고 성복할 때의 위차는 의절에 없습니다. 빈소를 설치한 뒤에는 의당 염습한 뒤에 위차를 만든 것과는 같지 않을 듯한데 「구씨의절」에도 확실한 조문이 없으므로 지금은 어느 것에 근거를 두어야 할 지 모르겠습니다.

答 : 襲後位次南上者 以在屍傍 以屍首爲上也 殯後旣位于堂下 則位次當北上 亦以襲時尊屍之義爲也 今人多膠守襲時位次 而不改於殯前之位 冣下者居近屍首 尊者反居於下 甚不可 仍作圖以上 殯 位次 柩 南 尊 次尊 又其次 此非創爲 乃襲時尊屍之義也 儀禮 朝夕哭 丈夫位于門外

西面北上 此是明文也 更無可疑
※(此非創爲 乃襲時尊屍之義也 儀禮 朝夕哭 丈夫位于門外
西面北上 此足明文也 更無可疑)

답 : 염습한 뒤에 위치를 남쪽으로 위를 삼는 것은 시체의 곁에
있을 때 시체의 머리를 위로 삼기 때문입니다. 빈소를 마련한
뒤에는 당(堂)의 밑에다 위차를 두었으니 위차는 북쪽을 위로
삼아야 할 것이니, 또한 염습할 때 시체를 받드는 의의에 따
라 하는 것입니다. 요즈음 사람들이 흔히 염습할 때의 위차에
얽매여서 빈소 앞의 위차를 고치지 않기에 가장 낮은 사람은
시체의 머리와 가까운 곳에 있게 되고 높은 사람은 도리어
아랫쪽에 있게 되니, 매우 옳지 못합니다. 이어서 도표를 만
들어 올립니다.

殯(빈)	此非創爲
位(위)	乃襲時尊屍之義也
次(차)	儀禮
널(柩)	朝夕哭
남 쪽	丈夫位于門外
尊	西面北上
次尊	此足明文也
又其次	更無可疑

이는 새로 만든 것이 아니고 염습할 때에 시체를 존중히 하는
뜻입니다. 「의례」에 "아침저녁으로 곡할 적에 장부는 문 밖에 자
리를 잡아 서쪽으로 향하되 북쪽을 위로 삼는다"라고 하였는데,
이는 확실한 조문이므로 다시금 의심할 바가 없습니다.

問 : 神主旁題左右

문 : 신주의 옆에 쓸 때 좌우의 어느쪽에다 씁니까?

答 : 旁題 宜題於書者之左旁 此非並列神主 以爲上下位次者
也 雖居神道尙右之右 亦何嫌乎並旁題爲一位者也 書者
之左 筆勢旣順 而家禮立小石碑 註所云其左 非書者之左
則文勢逆而不可讀矣 安有一書中 一以書者爲定 一以主
身爲定乎 碑身主身 又何異看 僕少時問于聽松先生 答云
己卯諸儒 皆用小學何氏圖 以主身之左爲定 又看退溪先
生所論 亦云用主身之左 二先生所論 皆似未盡 家禮則用
書者之左無疑 且主式 始於伊川 而伊川文集之圖 亦如家
禮 恐無所疑也 世人以家禮圖多誤 而不信其圖 至於是處
亦欲改之 甚未穩 又國禮 亦用書者之左

답 : 신주의 옆에 쓸 때 글씨를 쓰는 사람의 왼편에 써야 합니다.
이는 신주를 병렬(並列)하여 상하의 위차를 만든 것이 아닙니다.
신도(神道)라 하더라도 오른쪽을 위로 삼는 것이니 또한 꺼릴 것
이 뭐가 있겠습니까. 곁에 쓰는 것과 한 위(位)가 됩니다. 글씨를
쓰는 사람의 왼쪽이므로 글씨 쓰기가 편리합니다. 그런데 「가례
」의 작은 비석을 세운다의 주에 이른바 왼쪽이 글씨 쓰는 사람의
왼쪽이 아니면 문세가 뒤집혀서 읽을 수가 없을 것입니다. 어떻
게 하나의 글 가운데서 하나는 글씨를 쓰는 사람을 위주로 하여
정하고 또 하나는 신주를 위주로 하여 정하였겠습니까. 비석의
몸체와 신주의 몸체를 어떻게 다르게 볼 수 있겠습니까? 제가
젊어서 청송선생(聽松先生)에게 여쭈어 보았더니 "기묘(己卯)의
선비들이 모두 「소학」의 하씨도(何氏圖)를 사용하여 신주 몸의

왼쪽으로 정하였다"라고 말씀하셨고 또 퇴계선생(退溪先生)이 논한 것을 살펴보아도 "신주 몸의 왼쪽에다 쓴다"라고 하였지만 두 선생이 논한 것은 모두 미진한 것 같습니다. 「가례」에서는 글씨를 쓰는 사람의 왼쪽에다 쓰고 있다는 것을 의심할 바가 없고 또 신주의 주식은 이천(伊川)으로부터 비롯되었는데, 이천 문집의 도(圖)에도 「가례」와 같으므로 아마 의심할 바가 없을 것 같습니다. 세상 사람들은 「가례」의 도가 많이 잘못되었다고 하여 그 도를 믿지 않고 이런 곳에까지도 고치려고 하는데 매우 온당하지 못합니다. 또 나라의 예[國禮]에도 글씨를 쓰는 사람의 왼쪽을 사용하고 있습니다.

問 : 男子練受服絞帶 以何物爲之乎 古禮則卒哭時 已用布爲之 家禮 別無儀節 未知何所從乎 某外舅練制已至 喪人輩改製衰服葛腰絰 而絞帶則通解續 却言未詳 今欲据卒哭用布例 以布爲之 未知如何

문 : 남자가 연제(練祭)를 지낼 때 입는 옷과 교대(絞帶)는 무엇으로 만듭니까? 고례에는 졸곡 때 이미 베로 만든다고 했는데 「가례」에는 별로 그러한 의절이 없으니 어떤 것을 따라야 합니까? 저는 외삼촌의 연제가 다가오고 있는데, 상인(喪人)들이 최복과 칡덩쿨 요질로 고쳐 만들었습니다. 그런데 교대는 「통속해(通續解)」에도 알 수 없다고 하니, 지금 졸곡에서 베를 쓰는 예에 의거해서 베로 만들려고 하는데 어떻겠습니까?

答 : 以布似合

답 : 베로 만드는 것이 옳을 것 같습니다.

問 : 出嫁女朞喪畢月　欲製淡甘察盖頭　淡甘察髮縱白布長衣
以易喪服而哭之　以此居心喪　未知此制無大悖否.

문 : 시집간 여자가 기년 상이 끝나는 달에 다갈색 개두(蓋頭)와
연한 다갈색 댕기와 흰색의 베로 당옷을 만들어 상복을 바꾸
어 입고 곡하고 나서 이것으로써 심상(心喪)을 하려고 하는
데, 이러한 제도가 예에 크게 어긋나지는 않겠습니까?

答 : 來示未穩　何得更製喪服　只宜不服華盛而已

답 : 물으신 말씀이 온당치 못합니다. 어찌 다시 상복을 만들 수
있겠습니까. 단지 화려한 옷만 입지 않으면 됩니다.

問 : 旁親服給暇式　未知倣自何代　豈漢文之詔耶　國家之法
豈令給暇而已耶　抑短喪如漢文之意耶　以爲給暇而已　則
不應居官之式　又少於凡民　而凡民又何用給暇耶　今俗制
旁親服　略成風俗　固當從之　然時制以爲短喪也　則豈非未
安乎　渾今遭重服　乃義服也　前日季父之喪　所見如今不定
而又諸兄在上　有所拘礙　未能制服　今則欲制服　而義服情
有所未盡　而又疑於法也　但欲服布帶一月　厥後白衣素帶
終其月數　未知如何　如此處置　無大悖理否　某今遭重服
以禮揆之　且當廢業　而一家常有外客　爲賓主　極爲未安
欲於卒哭之前,　姑令外舍諸君,　歸其家　未知此意如何　朱
子語錄　有問遭服而祭於祠堂者　答以重服百日前　難於祭
至於朞功緦　今法上日子甚少　可以入家廟燒香拜云云　然
則似是短喪也

문 : 방친(傍親)의 복을 입게 되었을 때 휴가를 주는 법은 어느 시대부터 비롯되었습니까? 한(漢)나라 문제(文帝)가 내린 조서(詔書)에서 부터 비롯된 것인가요? 국가의 법에 어찌 휴가만 주게 하였겠습니까? 아니면 한 나라 문제처럼 삼년상을 1년으로 줄이란 뜻입니까? 휴가만 준다고 한다면 관직에 있는 사람에게 주는 휴가가 서민들보다 적을 수가 없을 것이며, 또 서민들에게 휴가가 무슨 필요가 있겠습니까. 요즈음 세속의 제도에 방친의 복을 입어 주는 풍속이 조금 조성되고 있으므로 물론 그것을 따라야 할 것입니다. 그러나 시제(時制)가 1년으로 줄인다고 한다면 어찌 거북하지 않겠습니까? 혼(渾)은 지금 대공 이상의 상복을 입고 있으니 이는 바로 의리로 입는 복입니다. 지난번 막내 삼촌의 상을 당하였을 때의 견해가 지금처럼 정해지지 못했고, 또 여러 형들이 위에 계시므로 구애된 바가 있어서 복을 제정하지 못했었습니다. 지금은 복을 제정하고 싶지만 의리로 입는 복은 인정에 미진한 것이 있고 또 법에 어떨런지 의심이 나기에 포대(布帶)만 한 달간 띠고 그 뒤에는 흰옷차림에 흰띠를 띠고 그 달수대로 끝마치려고 하는데 어떻겠습니까? 이와 같이 하면 이치에 크게 어긋나지는 않겠습니까? 저는 지금 중한 복을 입고 있으니 예로 본다면 아직은 모든 일을 멈추어야만 하겠으나, 한 집안에 항상 밖에서 오는 손님이 있어서 이들을 접대하고 있으니, 매우 미안스러워서 졸곡 전에는 바깥 채에 있는 학생들을 집으로 돌려보내려고 하는데, 저의 이러한 생각을 어떻게 보십니까? 「주자어록(朱子語錄)」에 상복을 입고 사당에 제사를 지낼 수 있는가를 묻는 이가 있었는데, 대답하기를, "중한 복을 입고 100일 이전에는 제사지내기 어렵고 기.공.시(朞功緦)의 복에 있어서는 요즈음의 예법으로는 날자가 너무 적으므로 가묘(家

廟)에 들어가 향을 피우고 절을 하여도 된다"라고 하였으니 그렇다면 이는 단상(短喪)인 것 같습니다.

答 : 家禮 五服月數明載 無可致疑 楊氏補入式暇一條本意非 欲使棄家禮本文而從此式也 况無短喪之據乎 此式倣於何 代 不須議爲 朱子以其時人旣知斯式 而於五服月數及服 制 生熟麤細 甚爲詳密 今宜從朱子家禮 而楊氏補入式暇 一條 何可混論於五服月數中乎 且我國大典 亦不曰短朞 喪爲三十日 而於五服 皆從古禮月數 只於式暇 云三十日 以下日數 則使人人家行五服如禮 而國家給暇日數之如是 明 可知矣 如或一從國典給暇日數 則妻父喪 亦用朞制乎 式暇日數 在職少於非在職 是必國法 以在職爲任重 而少 私喪也 所云非在職 亦非如所示小民也 疑或解官也 或士 人也 喪固廢業 示退外舍諸賢 似合禮 朱子旣有使輕服者 入廟行禮之語 則不必無服然後可入家廟 示今法上日子甚 少之語語意 於國事旣無所避 則家廟厭尊 燒香拜似可之 云 不可以是疑短喪也 今見朱子語類 有云 橫渠有季父之 喪 三廢時祀 却今竹監弟爲之 緣竹監在官 無持服之專 則宋法之非短喪 亦昭然矣 願勿以疑似者阻其明 前之未 爲,沮於後 斷然制服 從禮經月數 千萬幸甚 漢文短喪 雖 非講禮君子 皆知不可 又况我國制度 不遵漢之短喪明矣 乎 以明兄若不釋然 則爲一世獘甚鉅

답 : 「가례」에 오복(五服)에 대한 달수가 명백히 쓰여 있으므로 의심할 바가 없고 양씨(楊氏)가 보충 삽입한 휴가를 주는 한 조목의 본뜻은 「가례」의 본문을 버리고 이 법을 따르게 하려 고 한 것은 아닙니다. 더구나 상을 줄이는 근거도 없지 않습

니까. 이 법이 어느 시대에서 비롯되었는지는 의논할 필요도 없습니다. 주자는 그 당시의 사람으로 이미 이러한 법을 알고 있기 때문에 오복에 대한 달수 및 복제의 숙포(熟布) 생포(生布) 가늘고 굵은 것을 쓰는 데 대해 매우 자세하게 써 놓았으므로 이제 주자의 「가례」를 따라야 할 것입니다. 양씨가 보충 삽입한 휴가를 주는 조목을 어떻게 오복의 달수 가운데 넣어 싸잡아 논할 수 있겠습니까? 그리고 우리 나라 대전(大典)에도 말하지 않았습니까. "단기상(短朞喪)은 30일로 하되 오복은 모두 고례의 달수를 따르고, 다만 휴가를 주는 데 있어서 30일 이하의 날수는 사람들의 가정에서 오복의 예와 같이 행한다"라고 하였으니 국가의 휴가로 주는 날수가 이처럼 명백하다는 것을 알 수가 있습니다. 만약에 국전(國典)의 휴가로 주는 날수가 이처럼 명백하다는 것을 알 수가 있습니다. 만약에 국전(國典)의 휴가 날수를 그대로 따른다고 한다면 아내의 아버지 상에도 기년의 제도를 따를 것입니까? 휴가 날수는 현직에 있는 사람은 현직에 있지 않는 사람보다 적으니, 이는 필시 국법이 재직한 사람은 책임을 중하게 여겨서 사사로운 상보다 적게 한 것일 겁니다. 말씀하신 "재직한 사람이 아니다"라고 한 것은 말씀하신 서민이 아니고 해직된 사람이거나 혹은 선비일 것입니다. 상중에는 참으로 모든 일을 멈추어야 하므로 "바깥 채의 학도들은 돌려보내려고 한다"라고 한 말씀은 예에 합당할 것 같습니다. 주자가 이미 "가벼운 복을 입은 사람으로 하여금 사랑에 들어가 예를 행하라"는 말을 하였고 보면 꼭 복이 없는 사람만이 가묘에 들어갈 수 있다는 말이 아닙니다. "요즈음 예법으로는 날짜가 너무 적다"라고 하신 말씀의 뜻은 국사에 이미 피할 것이 없으면 가묘에서는 압존(壓尊)으로 향을 피우고 절을 하는 것이 괜찮을 것 같다고 여기신 것인데 이것으로써 상을 줄인 것이라고 의

심해서는 안 될 것입니다. 요즈음 「주자어록」를 살펴보니, "장횡거(張橫渠)가 막내 삼촌의 상에 세 번이니 시사(時祀)를 폐하고 죽감(竹監)의 아우로 하여금 제사를 지내게 하였다"라고 했는데, 죽감이 관직에 있으면서 일정하게 복을 입지 않았기 때문이었을 것이니, 송 나라 법도 상을 줄이지 않았다는 것이 분명합니다. 바라건대 의심스러운 것으로 분명한 것까지 의심하지 말며, 그전에 행하지 않았다고 하여 지금 망설이지 마시고 단연히 상복을 예정의 달수에 따라 제정하시면 천만 다행이겠습니다. 한 나라 문제가 3년상을 1년으로 줄인데 있어서는 비록 예를 강론한 군자가 아니라 하더라도 옳지 않다는 것을 모두 알고 있으며, 더구나 우리 나라의 제도는 한 나라의 단상을 따르고 있지 않다는 것이 분명하지 않습니까. 형같이 밝은 분으로 만약 이런 데 석연히 하지 않으신다면 한 세대의 큰 폐단이 될 것입니다.

問 : 姉妹夫 以姉妹之年紀而爲之序 此於義理 何如 尹聃之父年 後於叔獻 而叔獻呼之爲兄 坐之在上云 聞之極未安 鄙見以爲姉妹爲一位 以年而坐 婿與男子兄弟爲一位 以年而坐 恐得倫理之正也.

문 : 자매(姉妹)의 남편들은 자매의 나이에 따라 순서를 정하려고 하는데 이렇게 하면 의리상으로 볼 때 어떠한지요? 윤담(尹聃)[41]의 아버지 나이가 숙헌보다 적은데 숙헌이 형이라고 부르고 윗자리로 앉힌다고 합니다. 이를 듣고는 매우 미안하게 여겼습니다. 저의 생각으로는 자매들은 그들대로 한 자리를 만들어 나이에 따라 앉고 사위나 남자 형제들은 그들대로 한 자리를 만들어 나이에 따라 앉는 것이 아마도 바른 윤리를

41) 윤담(尹聃) : 율곡의 조카 (율곡 누이의 아들)

얻었다고 여겨집니다.

答 : 禮 左右前後皆得合理 是爲得中 叔獻雖欲尊尹公之父
尹公之父 安得挾妻年 居長我之叔獻上乎 來示正合 項見
叔獻 講其不可 答以姊是長我者 而姊之所天 其夫也 勢
不得坐其上云 吾以爲不然 似別行之爲便 而如難別行處
則叔獻之坐尹上爲是 而尹之坐叔獻上爲非 且禮云 女坐
以夫之齒 今何敢以夫而坐女之齒乎 又禮云 男女異長.

답 : 예는 좌우와 전후가 모두 이치에 맞아야만이 중(中)을 얻었다
고 하겠습니다. 숙헌이 비록 윤공(尹公 : 여기서는 윤담을 말
함)의 아버지를 높이려고 하지만 윤공의 아버지가 어떻게 아내
의 나이를 가지고 숙헌의 위에 어른으로 있을 수 있겠습니까.
물으신 말씀이 옳습니다. 엊그제 숙헌을 보았을 때 그렇게 하
면 옳지 않다고 설명하자. 그가 대답하기를 "누님은 나의 윗분
이고 누님이 하늘처럼 섬기는 이는 지아비이므로 사세상 윗자
리로 모시지 않을 수 없다"고 하기에 나는 그렇지 않다고 했습
니다. 앉는 줄을 따로 만드는 것이 편리할 것 같은데, 만일 별
도로 앉는 것이 어렵다면 숙헌이 윤공의 위로 앉는 것이 옳고
윤공이 숙헌의 위에 앉는 것은 잘못된 것입니다. 또 예에 이르
기를, "여자는 남편의 나이대로 앉는다"고 하였으니, 지금 어
떻게 감히 지아비가 여자의 나이에 따라 앉을 수 있겠습니까.
또 예에 "남녀는 어른이 다르다"고 하였습니다.

問 : 隣有溺死不得屍 其子欲招魂爲墓 於義理如何 此事於人
倫甚重 儻爾蹉過 豈不傷孝子之心乎

문 : 이웃에 물에 빠져 죽은 사람이 있는데, 그 시체를 찾지 못하였으므로 그의 아들이 혼을 불러 무덤을 만들려고 하는데, 의리로 볼 때 어떠합니까? 이 일은 인륜에 있어서 매우 중요한 일이므로 만일 잘못된다면 어찌 효자의 마음을 상하지 않겠습니까?

答 : 墓只是葬體魄 旣不得其屍 則不墓似合 惟魂無所間 爲主以祭 爲得義理之當 後看朱子大全 朱子曰 招魂葬非禮 先儒已論之矣

답 : 무덤은 다만 체백(體魄)을 묻어두는 곳인데, 이미 그 시체를 찾지 못했으니, 무덤을 만들지 않는 것이 합당할 것 같습니다. 오직 혼은 어디에나 막힌 바가 없으니, 신주를 설치하고 제사를 지내면 의리에 합당할 것입니다.(그 뒤에 「주다대전(朱子大全)」을 보니, 주자가 "혼을 불러 무덤을 만드는 것은 예가 아니다"라고 하였으니 선유가 이미 논한 것이다.)

答金希元 論小祥練服

前後二札 極盡情禮 深服禮學有進 但練服衰布 必欲用生似爲非是 其意以爲緦乃衰中精細之極 而尙曰 有事其縷, 無事其布 則自緦以上 皆不可有事於布 以是爲定曰 五服之衰皆生也 練用功衰 則其用生無疑矣 是大不然 先以用布一事言之 古禮 斬衰冠布 用水濯 齊衰冠以下布 用灰鍛治之云 是皆織成後或水濯或灰鍛也 何以知其然也 若皆以此爲織成前治絲之事 則斬衰之布縷 不見水織成然後乃合

等殺 而鱺於水濯之冠也 安有不見水織成之理 以衰見言之
緦之有事其縷者 是乃治布之極精者也 聞今世織工亦然 先
其絲者爲上 後其布者次之 且五服之衰皆生 亦甚無謂 儀
禮之緦冠用衰 緦衰苟生也 緦冠亦生也 緦冠用生 而小祥
冠用練 豈有是理也 小祥冠旣不可不用練 則五服之衰皆生
之說 不攻自破矣 司馬公書儀 大功以下用絹 若五服皆生
則亦不如是之徑用精也 朱子以熟定功衰 亦非自出已意 無
有所據也 且功是用功治布 則功布之不生 亦明矣 禮曰 旣
練服功衰 又曰 以卒哭後冠受其衰 卒哭後冠 卽功衰也 功
衰是果生耶 雖然 古禮 近古諸儒亦或難知 今生數千載之
後 難可以己見爲是 宜只以有宋先儒之說及朱子家禮爲定
也 朱子於家禮 旣以熟布定功衰 而小祥用練布 已質於墨
衰之問 _{見成服章下 問墨衰條 旣葬 換葛裓 小祥換練布云} 與橫渠用練之意
相合焉 來示云橫渠無用練 意亦未然 以鍛練大功之布 爲
上之衣 非橫渠之說乎 用熟之証如是 而黃氏儀禮經傳 無
明文云 練服圖 只據疏家之說 而疏說生熟 亦未詳悉 則未
知欲用生者 何所取而爲法耶 因古禮用布之意 采橫渠已定
之論 參以質問朱子之語 依家禮功布用熟之節 而祥之用熟
無可疑矣 哀見如是 幸勿爲訝 苟或用生 是用斬衰之布於
小祥 而只以升數爲別也 夫升數之設 自斬至緦 起於三盡
於十五 甚有其殺 此則朱子之所難分也 故朱子於家禮 只
以鱺細爲定 安敢越家禮而論升數哉 且治布等級 古禮則有
勿水濯水濯灰鍛 又灰治之別 而家禮則以生熟爲定 今世斬
衰 旣用是生 而小祥又用是生 則是非用斬衰之布於小祥者
耶 李栗谷亦有用生之示 今不暇別錄 將此狀以傳 幸甚 眼
昏不一.

且止朝夕哭後 几筵晨夕禮 家禮無文 欲行祠堂章晨參之拜
則三年內 几筵無參神拜 朱子云 柩前無拜 以子事父母 必
俟起衣後拜 則几筵無參拜 亦尙生之禮也 今欲晨夕入伏几
筵前 行定省之義 旣不可專然無事 又不可行事神之禮故也
未知如何.

김희원의 소상의 연복 논에 답함

전후 두 차례의 편지에 인정과 예의에 대해 곡진히 논하였는데
예학(禮學)에 진취가 있음을 깊이 감복하였습니다. 다만 연복의
최포(衰布)를 반드시 생포를 쓸려고 하니, 이는 옳지 않을 것 같
습니다. 그대의 뜻은 시(緦)란 최복 가운데서 매우 섬세한 것인데
도 오히려 "실오라기는 다듬고 베는 다듬지 않는다"고 하였으니,
'시' 이상의 모든 베를 다듬지 않는다고 보고 이로써 확정지어 오
복의 최는 모두 생포로 쓰고 있으니 연복에 공최(功衰)를 쓰는 데
는 생포를 쓰는게 의심할 것이 없다고 본 것입니다. 이는 전혀
그렇지 않습니다. 먼저 베를 쓰는 한 가지 일로 말하건대, 고례에
참최의 관에 쓰는 베는 물로만 씻어서 사용하고 자최 이하의 관
에 쓰는 베는 잿물을 써서 마련한다고 하였으니, 이는 모두 짠
다음에 물로 씻거나 잿물로 마련하는 것입니다. 무엇으로 그렇다
는 것을 알 수가 있느냐 하면 만약 모두 이러한 공정을 베짜기
전에 실을 다듬는 일이라고 한다면 참최에 쓰는 베의 실은 전혀
물을 묻히지 않고 짠 베이어여만 등급에 맞고 물에 씻은 실로 짠
베로 만든 관보다 거칠 것입니다. 어떻게 물을 사용하지 않고 베
가 만들어질 리가 있겠습니까. 그대의 견해로 말한다면 시마복에
쓰는 베의 실을 다듬는다는 것은 베 가운데서 매우 정교한 것입
니다. 요즈음 베짜는 사람에게 들어보니, 또한 그렇다고 합니다.

실을 먼저 다듬어서 짠 것이 상품이고 짠 베를 다듬는 것이 그 다음이랍니다. 또 오복의 최를 모두 생포로 쓴다는 것도 무리합니다. 「의례」에 "시관은 최포(衰布)와 같이 쓴다"하였으니, 시마의 최를 생포로 만든다면 시관도 생포로 만들 것입니다. 그런데 시관을 생포로 쓰고 있는데, 소상의 관은 숙포(熟布)를 사용한다고 하니, 어찌 이럴 리가 있겠습니까. 소상의 관에 숙포를 쓰지 않을 수 없고 보면 오복의 최를 모두 생포를 쓴다는 말은 변론하지 않아도 저절로 알게 될 것입니다. 사마온공(司馬溫公)의 「서의」에 "대공 이하는 명주(絹)를 쓴다"라고 하였으니, 만약에 오복을 모두 생포를 쓴다고 한다면 이같이 바로 고운 베를 쓰지는 않았을 것입니다. 주자가 공최(功衰)에 숙포를 쓴다고 정한 것도 스스로 자기의 의견을 내 놓은 것이 아니므로 근거할 데가 없습니다. 또 공(功)이란 공력을 드려 베를 다듬는다는 뜻이고 보면 공포가 생포가 아니라는 것은 또한 분명합니다. 예에 "연제를 마치고 공최를 입는다"고 하였고, 또 이르기를 "줄곡 뒤에 관으로 최복을 입는다"고 했으니, 졸곡 뒤의 관이란 바로 공최를 말한 것이니 공최가 과연 생포이겠습니까? 그렇지만 고례를 근고의 선비들도 더러 알기 어렵다고 하였는데 지금 수천 년의 뒤에 태어나서 자기의 의견을 옳다고 하기는 어려우니 다만 송나라 선유들의 말씀과 주자의 「가례」에 따라서 정해야 할 것입니다. 주자의 「가례」에 이미 공최에 숙포를 쓴다고 정하고 소상에 연포(練布)를 쓴다는 것은 이미 묵최(墨衰)에 대한 물음에서 질정이 되어 (성복장(成服章)이래 묵최조(墨衰條)의 물음을 보면 이미 장사를 지내면 갈삼(葛衫)을 바꿔입고 소상(小祥)에는 연포로 바꾼다고 하였다.) 장횡거의 연포를 쓴다는 의견과 서로 합하고 있습니다. 말씀하기를 "횡거가 연포를 쓸 의사가 없었다"고 하셨는데, 이도 그렇지 않습니다. 마련한 대공의 베로 웃옷을 만든다고 한 말은 횡거의 말이 아닙니까? 숙포를 쓴다는 증거가 이와 같은데 황씨(黃氏)는 의례경전(儀禮經傳)에는 확실한 조문이 없다고 하고 연복도(練服圖)에는 다만 주석가들의 말을 근거로 하였는데, 주석에도 생포를 쓰느냐 숙포를 쓰느냐에 대해 또한 자세하게 설명되어 있지 않았는데 생포를 쓰고자 하는 것은 무엇을 근거로 법을 삼았습니까? 고례의 베를 쓰는 예를 살펴보고 횡거가 정한 논설을 채택하고 주자에게 질문한 말들을 참고하고 「가례」에 공포는 숙포를 쓴다는 조문에 의거한다면 상(祥)에 숙포를 쓴다는 것은 의심할 바가 없습니다. 나의 견해가 이와 같으니 의아하게 여기지 않으셨으면 합니다. 참으로 생포를 썼다고 한다면 이는 참최의 베를 소상에 쓰면서 다만 승수(升數 : 피륙이 짜인 날을 세는 단위.베의 실오라기 수)로 구별한 것입니다. 대체로 승수란 배정이 참최로부터 시마에 이르기까지 3에서 시작하여 15에서 끝나 매우 차이가 나고 있으니, 이는 주자가 분별하기 어려웠던 것입니다. 그래서 주자가 「가례」에 굵고 가는 것으로만 용도를 정하였던 것이니, 어떻게 감히 「가례」를 무시하고 승수를 논할 수 있겠습니까. 또 베를 다듬는 등급도 고례에는 물에 씻지 아니한 것과 물로 씻은 것과 잿불로 마전한 것 등등의 구분이 있는데 「가례」에는 생포와 숙포로만 정하였습니다. 그런데 요즈음 세상에서는 참최에 이미 생포를 쓰고 소상에도 생포를 쓰고 있으니 이는 참최에 쓰는 베를 소상에 쓰는 것이 아니겠습니까? 이율곡도 생포를 쓴다고 한 편지가 있으나 지금 별도로 쓸 겨를이 없으니, 이 편지를 전해 주시면 매우 다행이겠습니다. 눈이 어두워서 낱낱이 말씀드리지 못합니다.

　그리고 아침저녁으로 곡하는 것을 그친 뒤에 궤연(几筵)에 새벽과 저녁으로 배알하는 예에 대해서는 「가례」에 그러한 조문이 없습니다. 사당장(祠堂章)의 새벽에 참배하는 예를 행하려고 한다면 3년 안에는 궤연에 참신(參神)함이 없고, 주자가 말하기를 "널 앞에서는 절을 하지 않는데, 자식이 부모를 섬길 적에 반드시 부모가 일어나기를 기다려서 절하기 때문이다"고 하였고 보면 궤연에 참배하지 않는 것은 살아계실 때처럼 섬기는 예입니다. 이제 아침 저녁으로 궤연의 앞에 엎드려 살아계실 때에 섬기는 뜻을 행하였으면 하는데, 전혀 하는 일이 없어도 아니된데다 또 신을 섬기는 예도 행할 수가 없기 때문입니다. 어떻게 생각하십니까?

與浩原論叔獻待庶母禮

凡禮 守名分別嫌疑爲重 故自古禮家 未許庶母位次者 良以此也 禮莫重於祭 而祭禮序立之次 未有庶母之位 其餘家衆大小之禮 具未見庶母之序 雖於昏禮 有及中門申命之文 此亦非序次也 但喪禮 妾婢立婦女之後云云 此妾云者 乃死者之妾也 於喪主爲庶母 以此觀之 庶母之不得參於平日家衆之會者 別嫌疑也 不得已而參 則必在婦女之後者 守名分也 或云庶母不當在子婦之後 比妾云者 乃死者之子之妾也 甚不然 凡喪禮 曰妻曰妾云者 皆據死者而言也 何獨於此 據死者之子而爲言乎 且死者之妻 率其子婦在次 則妾固不得與於其間 而在其後 於禮於情 不亦宜乎 且今設若有一家長 奉母而行禮 會於堂中 則子婦輩 亦當聚於堂中矣 庶母若不得已出參 則豈可入此堂中耶 固當在於楹外耳 今者 栗谷以未奉先姚之故 而推此楹外之人 處之堂中尊位 此豈別嫌之禮也哉 經次五等之服 以節中人情 而庶母有子 然後只許緦服 則栗谷之庶母 乃無服人也 尊此無服之人 而壓之家衆之上 是豈節中人情也哉 且妾子之爲父後者 爲其母降服 必至於緦 然後合禮者 以別嫌故也 何以知其然也 凡爲人後者 爲其母只降一等 而爲父後者 則降其母 乃至於緦者 旣後其父而母其嫡母 恐有二母之嫌故也 必降與父之他妾同服 然後方合別嫌

之明法矣 以此推之 先王制禮之徵意 亦可想矣 鄙意栗谷奉
先姒之時 則庶母雖或入中堂 只是犯分矣 今日而許入中堂
則無乃失禮之大本乎 栗谷之欲尊庶母者 以謂奉御先君耳 以
謂奉御先君而加之子婦之上 獨不念嫌逼於先姒耶 凡嫌疑之
禮 雖甚絶遠 猶有干名犯分之弊 故繼母則雖無子 服三年 庶
母則雖有子 服緦 相去五等之服 豈不絶遠乎 而後世猶有匹
嫡之僭焉 栗谷乃欲以坐之差後 爲嫡妾之別 無乃不可乎 自
三代至于今日 千百載之間 行禮與說禮家 不可量數 而未聞
有令庶母雜坐於嫡婦女之間而行禮者 區區之意 特以庶母未
有位次之明文 故益信其不可厠於嫡 婦女之間也 而栗谷則反
以無明文而加之嫡婦女之上 未知如何 朔望讀法之禮,廢之已
久 栗谷獨擧而行之 非徒當今好禮之家 或慕而行之 操筆者
必書一儀一動之節 而垂作來世之規範矣 其爲世教之益大矣
然而或失於嫡庶大本之禮 則一席之間 已作千里之謬 始以爲
一世盛大之禮 而反爲無窮之害 可不念哉 栗谷示以尊兄有云
庶母可參於餕與宴之說 鄙見則不然 旣不參於祭之序立 而何
敢參於餕禮乎 祭與餕之不得參者 以無位次故也 旣無位次
而可得參於宴禮乎 栗谷示以庶母常時奉之爲上云云 此亦不
然 栗谷家奉之爲上者 乃其伯嫂氏也 庶母則宜處別房 而尊
之而已 豈得爲一家之上哉 大凡妾與妾子 甚有分別 妾子則
從父 故其於五服 與嫡無殺 妾則不得從父 故不匹於嫡 而不
與於族 是以 漢惠之庶兄肥 不嫌於兄坐 庶弟如意 不嫌於弟
寢 而未聞肥等之母得廁於宮中之位次也 此其三代之禮 到漢
猶然 而今世之人 視庶兄弟 則欲退之奴僕之間 而推尊庶母
則不避與嫡同席之嫌 區區之所常痛惜者也 栗谷示以唐世名
卿受撻於庶母云云 此則只出於一時情勢而然耳 非關禮節矣

韓愈拜乳母云云 此亦未知合禮與否 但其拜也 第未知坐之一
家之尊位而拜也否 鄙意以爲待庶母之禮 尊處別房 而上不干
嫡婦女 下不與婢妾 凡一家之事 不須稟而不敢決 朔望禮畢
家衆以次就拜於其室 鄙見如是 更須參量 以定至當之歸 何
如 大凡有妻有妾者 或有愛憎之私 而不敢犯分者 只賴其分
甚遠位甚絶也 然而或有非常之變焉 待妾之道 不以差於妻亞
於妻爲別 必直與侍婢同列 然後嫌疑自下 爲子者 待庶母之
道 亦不以差於母亞於母爲別 必直與非族同而無服 然後名分
始定矣 今旣以妾婢爲名 而有加之子婦之上之理乎 所謂名不
正 則言不順者是已 栗谷亦旣有妾 妾嫡之分 不可不明白矣
○某適有故 此錄令舍弟 將某意爲錄者也 而唯不得餕,不得
宴之條下文之間 語意與某見稍異 某則謂參拜 乃於庶母房中
而餕與宴 宜出在後行之高 雖高在子婦上 而以後爲別 非混
參位序故也 此謂子奉父之主中饋之妾 禮或如是 而未見古禮
未敢爲定也

賜喩別紙 複玩數過 極有說到處 不勝歎服 竊以禮家無庶
母之位 非無位也 朔望參溫公儀 婢妾在家衆之中 凡祭 在執
事之列 故不序庶母位也 若果異位 而不可不序其隆殺 則聖
賢之制名物度數 至纖至悉 豈有遺此一節 使後人無所承用耶
鄙意禮無庶母位者 乃在婢妾之列 已明言之也 如明誨極分明
叔獻見之 必起疑端 未知答書以爲如何也 且鄙見欲參於餕與
宴者 祭與朔望參 乃禮之嚴敬處 不可以父之婢妾尊於其間
餕與宴 乃一家合同和豫之禮 旁親賓客 自外而至 亦可序坐
故庶母可出參禮 以展親愛之情耳 雖然 禮學精深 未易窮原
豈可据今所見 以爲斷定 禮有婦呼庶母爲小姑而有服者 要當

深考禮經 叅合思繹 博觀古事 且待吾學之進 可也 不敢妄爲
之論也 如何

垂賜批錄 精分徵意 欽仰講禮之至 庶母非無位之喩 甚明白
同居家 自當有庶高祖母以下 及旁親從曾祖父以下 亦各有妾
凡序位 在婢妾之列 而只分高下之次而已 如是則祭與朔望
餕宴凡禮 無所不可叅矣 若如叔獻之說 則庶祖母在母之上而
差後 庶母在嫂之上而差後 旁親之妾 亦各在其班而差後耶
所謂婢妾在家衆之中 婢妾在婦女之後等云云者 非獨指主人
之妾 凡家衆九族之妾 皆在其中 亦甚明白 未知如何

示諭且待吾學之進 尤功歎服歎服 不敢自是已見 大槩 似
此 而又恐喪母之子 奉父主中饋之妾 亦或有別禮也 叔獻所
答 連下以上

庶母之禮 思之未得其中 雖承盛諭 旁引曲譬 辭嚴意正
而揆之情理 終是未安 決然行不得 略言其難 幸更思而回
敎 如何 祭時婢妾立於婦女之後云者 亦難曉解 古人所謂
婢妾者多是女僕 豈必庶母乎 儻使庶母立於婦女之後 則
非但嫡婦居前 雖所生之子婦 亦必居前矣 欲避匹嫡之嫌
而使姑居婦後 無乃虞舜受瞽瞍朝之禮乎 此一難也 庶母
亦多般 父若幸侍婢而有子者 謂之庶母 則此固賤妾不能
處子婦之上矣 若使父於喪室之後 得良女主饋 以攝內政
厥父生時 已居子婦之上矣 今以父歿之故 還抑之 使坐子

婦之下 則於人情 何如哉 此二難也 父之婢妾 則有子者
有服 無子者無服矣 若主家之妾 則乃貴妾也 不諭有子無
子 而其家長尚有服 則況子爲父之貴妾 豈可以爲無子而
無服乎 況同爨緦者 著之禮文 恐不可目之以無服也 今兄
定論以爲無服 此三難也 古人慕親者 所愛亦愛之 犬馬尚
然 庶母旣經侍寢 則子不可不愛敬也 今以位次之嫌故 使
之塊處一室 不敢出頭 家人相率宴樂 而庶母不得出參 飮
泣終日 則是乃因繫也 於人情何如哉 此四難也 大抵禮固
主於別嫌 而位次相隔 則非所憂也 若使庶母主北壁 受諸
子之拜 則固是干名犯分矣 今者 坐西壁 而與諸子婦相對
而拜 則是果相逼於先姒乎 以坐之差後分嫡庶云者 亦不
然 若先姒在 則其可坐於西壁而差前乎 君臣之分 嚴於嫡
妾 而君坐北壁 臣坐東西壁 先姒之位在北 庶母之位在西
寧有干名犯分之嫌乎 近世人心薄惡 多視庶母如婢妾 至
於所生之子 亦 嗤厥母爲婢妾者或有之 珥亦見之矣 吾兄
不此之憂 而乃憂時俗之推尊庶母 無乃過乎 又以爲庶母
居尊 則凡事必稟命者 亦不然 庶母只是位次居上耳 家政
則當屬家長 母子之間 尚有三從 況於庶母乎 凡事更歷
然後乃知其難 吾兄不親歷 故立論甚易 若使兄遇珥家事
則亦必難處 恐不能信口信筆如此之快也

叔獻所答如是 禮雖或過 情則可取 但舜之於瞽瞍也 舜雖
爲天子 而瞽瞍則其父也 妾子則不然 旣奉先姒 則其生母不
得居主婦之前者 以嫡母爲其母 而嫡母特位主婦前故也 叔獻
斷之爲居前 一失也 父妾之無服者 必欲有服 是亦非禮也 同
爨之緦 父妾之有子者緦 自是二條也 叔獻欲合而同之 二失

也 欲待吾學有進 來敎合義 而然亦不可不以今日所知所定,
爲講 而取其正也

숙헌이 서모에게 대하는 예에 대해 호원과 논하다

무릇 예란 명분을 지키고 혐의를 구분하는 것을 중요하게 여기
기 때문에 예로부터 예가(禮家)들이 서모의 위차를 두지 않았
던 것은 이러한 연유에서입니다. 제사보다 더 중한 예가 없는
데 제례에 서는 위차에 서모의 자리가 없고, 그 나머지 가족들
이 모여서 치르는 크고 작은 예에서도 서모의 위차를 본 적이
없습니다. 비록 혼례(婚禮)에 "중문(中門)에 이르러서 거듭 명
한다"는 조문은 있지만, 이 역시 서차가 아닙니다. 다만 상례
에 "첩비(妾婢)는 부녀의 뒷줄에 선다"고 하였는데, 여기서 말
한 첩은 죽은 사람의 첩으로 상주의 서모입니다. 이로 보건대
서모가 평상시 가족들의 모임에 참석하지 못하는 것은 혐의를
구분하는 것이고, 할 수 없이 참석하게 될 경우 반드시 부녀의
뒤에 있게 하는 것은 명분을 지키는 것입니다. 어떤 사람은
"서모는 며느리의 뒤에 있어서는 안 된다.'고 한 첩은 죽은 이
의 아들의 첩이다"라고 하는데, 이는 전혀 그렇지 않습니다.
무릇 상례에서 처니 첩이니 하는 것은 모두 죽은 사람을 위주
로 말한 것입니다. 무엇 때문에 여기에서만 죽은 이의 아들을
위주로 말했겠습니까? 그리고 죽은 이의 아내가 그의 며느리
를 거느리고 서차를 차지하고 있으면 첩은 물론 그 사이에 낄
수가 없으니, 그 뒤에 있는 게 예절이나 인정에 또한 맞지 않
겠습니까. 또 지금 예를 들자면 한 가장이 어머니를 모시고 예
를 행하려고 당중(堂中)에 모였다면 며느리들도 당중에 모여야
할 것입니다. 이 때에 서모가 부득이 나와서 참석하게 될 경우

어떻게 당중에 들어올 수가 있겠습니까. 참으로 기둥 밖에 있어야 할 것입니다. 요즈음 율곡이 돌아가신 어머니를 봉양하지 못한 연유로 기둥 밖에 있어야 할 사람을 떠받들어 당중의 높은 자리에 있게 하니, 이것이 어찌 혐의를 분별한 예이겠습니까. 예경(禮敬)에 다섯 등급의 상복으로 서차를 두어서 인정에 맞게 하였습니다. 그래서 서모는 아들이 있어야만이 시마복을 입도록 허용하였으니, 율곡의 서모는 복이 없는 사람입니다. 이러한 복이 없는 사람을 높여서 가족들의 위에 임하게 하니, 이게 어찌 인정에 맞는 것이겠습니까. 그리고 첩에서 난 아들로서 아버지의 뒤를 이은 자라도 그의 어머니 복을 입을 때 반드시 시마복으로 낮추어서 입어야만 예에 맞다고하는 것은 혐의를 분별하려고 한 것입니다. 무엇으로 그 까닭을 알 수 있느냐 하면 무릇 사람의 뒤를 이은(양자를 간 사람) 자는 그의 어머니 복을 입을 때는 한 등급만 낮추워 입고 아버지의 뒤를 이은 사람은 그 어머니의 복을 시마복에까지 낮추어 입는 것은 이미 그의 아버지 뒤를 이었기에 그의 적모(嫡母: 큰 어머니)를 어머니로 모셔야 하므로 어머니가 두 분이 있다는 혐의가 있을까 봐서 그런 것입니다. 그래서 반드시 아버지의 다른 첩처럼 낮추어서 똑같이 복을 입어야만이 비로소 혐의를 분별하는 명확한 법에 맞을 것입니다. 이로써 미루어 본다면 그전 임금들이 예를 제정한 미묘한 뜻을 짐작할 수 있습니다. 제 생각으로는 율곡이 돌아가신 어머니를 모시었을 때에 서모가 더러는 중당에 들어갔겠지마는 이는 분수에 벗어날 뿐입니다. 그런데 지금에 있어서 중당에 들게 허용한다면 예의 큰 바탕을 잃은 게 아니겠습니까. 율곡이 서모를 높이 받들려고 한 것은 돌아가신 아버지를 모시었다고 하여 그러한 것인데, 돌아가신 아버지을 모시었다고 하여 며느리의 위에 있게 하면서 돌아가신 어머니에게 저촉된다는 혐의는 생각하지 않는단말입니까. 무릇 혐의된 예는 크게 차이를 둔다 하더라도 오히려 명분을 침범하는 폐단이 있기 때문에 계모(繼母)는 비록 아들이 없더라도 3년복을 입고 서모는 비록 아들이 있더라도 시마복을 입는 것이니 다섯 등급의 복이 어찌 서로의 차이가 현저하지 않겠습니까마는 그래도 후세에 서자가 적자와 대등하려는 참람함이 있게 되는데, 율곡은 조금 뒤에 앉는 것만으로 정실과 첩을 분별하려고 하니, 옳지 못한 일이 아니겠습니까. 하·은·주(夏殷周) 시대로부터 오늘날에 이르기까지 천백 년의 사이에 예를 행하고 예를 말한 사람들을 이루 다 헤아려 셀 수 없지만 서모를 적부녀(嫡婦女)의 사이에 끼어 앉혀 놓고 예를 행했다는 말은 들어보지 못했습니다. 그래서 구구한 저의 의견도 서모만의 위차가 있다는 명확한 조문이 없으므로 더욱 적부녀의 사이에 낄 수 없다는 것을 믿게 되었습니다. 그런데 율곡은 도리어 확실한 조문이 없다고 하여 적부녀의 위에 두려고 하니, 알 수가 없습니다. 초하루 보름에 향약의 범을 강독하는 예는 폐지된 지가 이미 오래되었는데, 율곡이 홀로 거행하고 있으니, 지금 예를 좋아하는 사람이 혹시 사모하여 행하게 될 뿐만 아니라, 글을 쓰는 이들도 반드시 하나의 의식과 하나의 움직이는 절차를 기록하여 오는 세대의 규범이 되게 남길 것이니, 세상의 교화에 도움이 크게 될 것입니다. 그러나 혹시라도 적서의 큰 근본의 예를 잃어버린다면 한 자리 사이에서 천 리나 어긋나게 되어 처음에는 일세(一世)의 성대한 예라 하겠지마는 도리어 무궁한 해가 될 것이니, 염려하지 않을 수 있겠습니까. 율곡이 형에게 보낸 편지에 "서모도 제사지내고 난 뒤에 음식을 먹을 때나 잔치에 참석할 수 있다."라고 말하였다 하는데, 제 생각으로는 그렇지 않습니다. 이미 제사의 대열에 참여하지 않았는데, 어찌 감히 제사지낸 뒤의 음식먹는 예에 참석할 수 있겠습니까. 제사와 음식먹는 예에 참석할 수 없는 것은 위차가 없기 때문입니다. 이미 위차가 없는데, 잔치에 참석할 수 있겠습니까. 율곡이 "서모는 평상시에 받들기를 위로 한다"고 말하였다고 하였는데 이 또한 그렇지 않습니다. 율곡의 가정에서 항상 위로 받들어야 할 분은 바로 큰 형수님이고, 서모는 의당 딴 방에 거처하게 하여 받들 따름입니다. 어떻게 한 집안의 윗자리를 차지할 수 있겠습니까. 대체로 첩이나 첩에서 난 자식은 엄격한 분별이 있으니, 첩의 자식은 아버지를 따르기 때문에 오복에 있어서 적자와 다름이 없고, 첩은 아버지를 따를 수가 없기 때문에 적모와 동등한 위치을 갖을 수 없고 가족들의 모임에도 참여하지 못합니다. 그래서 한(漢) 나라 혜제(惠帝)의 서형(庶兄) 인 비(肥)가 형의 자리에 앉아도 혐의가 없었고 이복 동생 여의(如意)가 아우 잠자리에 들어도 혐의가 없었지만 비.여의 등의 어머니가 궁중의 위차에 끼었다는 말은 듣지 못했습니다. 이것은 삼대(三代 하.은.주)의 예로서 한 나라에 이르러서도 오히려 그러하였는데, 근세 사람들은 서형제를 대우하는 데는 노복의 사이에 밀어넣고자 하면서도 서모를 받드는 데 있어서는 적모와 자리를 같이하는 혐의를 피하지 않고 있으니, 제가 항상 매우 애석하게 여기는 바입니다. 율곡의 편지에 "당(唐)나라 때에 이름난 재상이 서모에게 매를 맞았다"라고 하였다는데, 이는 다만 한때의 정세(情勢)에서 발생한 것이지 예절에 관계된 것은 아닙니다. "한유(漢愈)가 유모에게 절하였다."고 하였다는데, 이 또한 예에 맞는지의 여부는 알 수가 없으나 그 절하였다는 게 한 집안이 모인 자리에서 높은 곳에 모시여 놓고 절한 것인지 모르겠습니다. 제 생각으로는 서모를 대하는 예는 딴 방에 모시어 위로는 적부녀에게 간범되지 않게 하고 아래로는 비첩과 혼잡되지 않게 하며, 한 집안의 일을 여쭈워 볼것도 없고 결정할 것도 없게 하며, 초하루 보름의 예가 끝나면 가족들이 차례로 서모의 방에 가서 절하여야 되리라 봅니다. 저의 생각이 이러하니, 다시 참고 상량하여 지극히 당연한 데로 귀결되도록 하는 것이 어떻겠습니까? 대체로 처와 첩이 있는 사람이 더러 사랑하고 미워하는 사사로운 감정은 있겠지만 감히 명분을 범할 수가 없는 것은 다만 그 명분의 차이가 대단히 멀고 그 위차가 무척 떨어져 있는데 힘입은 것입니다. 그러나 혹시 비상한 변고가 있더라도 첩을 대하는 도리는 처와 조그만 차등을 두어 구별하지 말고 반드시 바로 시비와 똑같은 위치에 두어야만이 혐의가 저절로 풀릴 것입니다. 자식과 서모를 대하는 도리에 있어서도 마찬가지로 어머니의 다음가는 분으로 구별하지 말고 반드시 바로 다른 겨레부치와 똑같이 복이 없다고 여기어야만이 명분이 비로소 정해질 것입니다. 이제 이미 첩비로 이름 지어졌는데 , 며느리의 위에 임하게 할 수 있는 이치가 있겠습니까. 이른바 "명분이 바르지 못하면 말이 순하지 않다"는 것이 바로 이를 두고 한 말입니다. 율곡도 이미 첩을 두었으니, 적첩(嫡妾)의 명분을 확실히 밝히지 않을 수가 없을 것입니다.

내가 때마침 무슨 일이 있어서 이 기록을 나의 집 아우로 하여금 나의 뜻을 기록하게 한 것이다. 그런데 오직 제사지내고 음식을 먹을 때 참여 할 수 없고 잔치에도 참석할 수 없다는 조목에 있어서 말을 만드는 사이에 어의(語意)가 나의 견해와 조금 차이가 있다. 나는, 서모의 방에서 참배하고 제사 음식물을 먹을 때나 잔치에서는 뒷줄의 높은 곳에 나와 있어야 한다고 여겼는데, 이는 비록 며느리의 위에 있지만 뒷줄에 있게 하여 분별하므로 참석한 서차에 혼잡되지 않기 때문이다. 이는 아버지가 주방의 일을 맡긴 첩을 받드는 데 대한 예는 이처럼 해도 된다고 여겨졌으나 고례에서 보지 못하였기에 감히 확정짓지 못한다.

보내주신 별지(別紙)는 몇 번이고 완미해 보니, 매우 극진한 곳이 있어서 탄복해 마지 않았습니다. 삼가 생각건대 예가(禮家)에서 서모의 위차가 없다고 한 것은 위차가 없는 것이 아닙니다. 초하루 보름에 참배하는데 있어서 사마온공의 「의절」에 비첩은 가족들의 가운데 있고, 제사지낼 때에는 집사의 대열에 있으므로 서모의 위차를 넣지 않은 것입니다. 만약 참으로 자리를 따로 만들어 등급을 나열하지 않을 수 없었다고 한다면 성현이 명물(名物)과 도수(度數)를 제정함이 매우 자세한데 어찌 이 한 가지 의절을 빠뜨려 후세 사람들로 하여금 이어서 쓸 바가 없게 하였겠습니까. 제 생각으로는 예에 서모의 자리가 없다는 것은 바로 비첩 줄에 있었기 때문이니 이에 대해 이미 분명히 말하였습니다. 형의 말씀이 대단히 분명하니 숙헌이 본다면 반드시 의아심이 생길 것인데, 그의 답장에는 무어라고 하였습니까? 또 제 생각에 준례(餕禮)와 연례(宴禮)에 참여시키려고 한 것은 제사와 초하루 보름의 참석은 예의 엄숙하고 경건한 곳이므로 아버지의 비첩을 그 사이에서 높이 받들 수가 없지마는 준례와 연례는 한 집안이 함께 즐기는 예라서 인척과 손님들이 밖으로부터 와서 차례로 앉을 수 있기 때문에 서모도 연례에 나와 참석하여 친애(親愛)의 정을 펼 수 있을 것입니다. 그렇지만 예학은 정미하고 깊어서 근본을 쉽사리 궁구할 수 없으니 어떻게 지금의 견해에 의하여 단정지을 수 있겠습니까. 예에 며느리가 서모를 작은 시어머니라고 부르고 복을 입는다고 하였으니 요컨대 예경을 깊이 상고하고 종합하여 생각하고 고사를 널리 보아 우리의 학문이 진전되기를 기다려야지 감히 함부로 논하지 못하겠습니다. 어떻게 생각하십니까?

보내주신 비록은 은미한 뜻을 세밀히 분석하셨습니다. 예학의 강혼에 지극한데 대해 삼가 우러렀습니다. 서모의 자리가 없지는 않다고 하신 말씀은 매우 명백합니다. 한 집에 동거하는 집 안이라면 의당 서모가 있을 것이고 고조모(高祖母) 이하 및 방 친의 종증조부(從曾祖父)이하로 각각 첩이 있을 것이니, 무릇 자리의 순서는 비첩의 줄에 있는데, 다만 높고 낮은 순서만 구 분할 뿐입니다. 이와 같이 한다면 제사.삭망(朔望).준례.연례 등 모든 예에 참여하지 못할 바가 없을 것입니다. 만약에 숙헌의 말대로 한다면 서조모는 어머니의 윗자리에 조금 뒤로 앉고 서 모는 형수의 위에 조금 뒤로 앉고 방친의 첩도 각각 그들의 반 열에서 조금씩 뒤로 서차를 잡아야 한단 말입니까? 이른바 비 첩이 가족들의 가운데에 들어있으며, 비첩은 부녀의 뒤에 있다 는 등등의 말로 볼 때 주인의 첩만을 가르킨 것이 아니라 무릇 가족들과 구족(九族)의 첩이 모두 그 가운데에 들어있다는 게 매우 명백한데 어떻게 보십니까?

: "우리의 학문이 진전되기를 기다려야 한다"고 한 말씀에 대 해 더욱 간절히 탄복해 마지 않습니다. 감히 자신의 의견을 옳 다고 하는 것이 아니라 대개 이와 같은 것이라는 것입니다. 그 러나 아마 어머니를 잃은 아들이 아버지의 봉양을 받드는 첩에 게 또 더러는 별다른 예가 있을 것으로 여겨집니다. 숙헌이 답 한 글을 아래에 이어서 올립니다.

서모에 대한 예를 생각하여도 그 중(中)을 얻지 못하였습니다. 널리 고증하여 곡진히 비유해 말씀이 엄하고 뜻이 바른 형의 훌륭한 깨우침을 받았지만 정리로 헤아려 보건대, 결국 미안스 러워서 결연(決然)히 행하지 못하겠습니다. 대략 그 어려운 점 을 말씀드리겠으니, 다시 생각해 보시고 가르쳐 주셨으면 합니 다. 제사지낼 때에 비첩은 부녀의 뒤에 선다고 한 것도 분명히 이해하기가 어렵습니다. 옛 사람들이 말한 비첩은 대부분 여복 (女僕)을 가리켜 말하고 있습니다. 어찌 반드시 서모라고만 하겠습니까. 만일 서모를 부녀의 뒤에 서게 한다면 적부(嫡婦)만 앞 자리에 있게 될 뿐만 아니라 그가 난 아들의 처도 필시 앞 자리에 있게 될 것입니다. 적부와 대등하다는 혐의를 피하기 위하여 시어머니를 며느리의 뒤에 있게 한다면 이는 우(虞) 나라 순(舜) 임금이 아버지인 고수에게 조회를 받은 예가 아니겠습니까. 이게 첫 번째 어려운 점이고, 서모도 여러 가지입니다. 아버지의 사랑을 받아 아들을 둔 시비(侍婢)를 서모라고 한다면, 이는 참으로 천한 첩이므로 며느리의 위에 있을 수 없습니 다만 아버지가 아내를 여읜 뒤에 양가집 여인을 아내로 맞아들여 부엌일을 맡아하고 집안 일을 도왔다면 그 아버지가 살아계실 때에 이미 며느리의 윗자리에 있었을 것입니다. 그런데 이제 아버지가 돌아가셨다고 하여 도리어 지체를 억제시켜 며느리의 아래 위치에 앉힌다면 인정으로 볼 때 어떻겠습니까? 이것이 두 번째 어려움이고, 아버지의 비첩으로 자식이 있으면 복이 있고 자식이 없으면 복이 없습니다만 집안 일을 맡아서 한 첩이 첩이라면 이는 귀한 첩이니 아들이 있고 없고를 막론하고 그의 가장이 복을 입어주는데, 더구나 아들이 아버지의 귀한 첩에게 아들이 없다고 하여 복을 입어주지 않겠습니까. 더구나 한 솥에 밥을 먹는 사람에겐 시마복을 입어 준다고 예문에 적혀 있으니, 복이 없다 말할 수는 없다고 봅니다. 그런데 지금 형은 복이 없다고 결론지으니 이것이 세 번째로 어려운 점이고, 옛날 아버지를 사랑한 사람들은 어버이가 사랑한 바를 또한 사랑하고 개나 말까지도 오히려 그러하였으니, 서모가 이미 아버지와 함께 지냈고 보면 자식으로서 사랑하고 공경하지 아니할 수가 없습니다. 이제 위차의 혐의 때문에 한쪽 방에 홀로 지내게 하여 감히 얼굴도 보이지 못하고 집안 사람들은 서로들 잔치에 나와 즐기고 있는데, 서모는 나와 참석하지도 못하고 하루내내 눈물짓게 한다면 이는 바로 죄수처럼 가두어 놓은 것이니, 인정상 어떻겠습니까? 이것이 네 번째로 어려운 점입니다.

대체로 예란 참으로 혐의의 분별을 위주로 하는 것이므로 위차가 서로 격리되는 것은 염려할 것이 못됩니다. 가령 서모에게 북쪽 벽을 차지하고 자녀들의 절을 받게 한다면 정말로 이는 명분을 넘어선 것이겠습니다마는 지금 서쪽 벽에 앉아서 며느리들과 마주 대하여 절하는데 이게 과연 돌아가신 어머니에게 저촉되는 것이겠습니까? 앉는 자리를 조금 뒤로 하여 적서(嫡庶)를 구분한다는 것도 그렇지 않다고 봅니다. 만약에 돌아가신 어머니가 계신다면 서쪽 벽에서 조금 앞으로 나와 앉을 수 있겠습니까? 임금과 신하의 분수는 적부와 첩보다 더 엄격하여 임금은 북쪽 벽에 앉고 신하는 동서 양쪽의 벽에 앉습니다. 돌아가신 어머니의 자리는 북쪽에 있고 서모의 자리는 서쪽에 있으니, 어찌 명분에 간범되는 혐의가 있겠습니까. 근세에 인심이 박하고 사나워져서 흔히들 서모를 비첩처럼 여기고 심지어는 서모가 난 아들에게도 너의 어미가 비첩이라고 빈정거리는 사람이 더러 있다는데 이(珥) 역시 그러한 일을 보았습니다. 형은 이러한 것은 염려하지 않으시고 시속에서 서모를 높이 받드는 것만 염려하시니, 지나치지 않습니까? 또 "서모가 높은 자리에 있게 되면 여러 가지 일들을 반드시 여쭈어서 해야 할 것이다"라고 하셨는데, 이도 그렇지 않다고 봅니다. 서모는 위차만 위에 있을 뿐입니다. 집안의 일은 의당 가장에게 맡겨야 하고 어머니와 아들의 사이에는 오히려 삼종(三從)의 도리가 있는데, 더구나 서모이겠습니까. 모든 일은 겪어본 뒤라만이 그 어려운 점을 알게 되는데, 형은 몸소 겪어보지 못했기 때문에 논리를 너무 쉽게 세운 것입니다. 만약에 형이 나의 집과 같은 일을 당한다면 반드시 난처할 것이니 이처럼 통쾌하게 함부로 말하고 마구 쓰지는 못할 것입니다.

숙헌이 답한 바가 위와 같은데, 예에는 지나쳤다고 하더라도 인정에 있어선 취할 만합니다. 다만 순임금과 고수(瞽瞍)로 말하자면 순임금이 천자가 되었다 하더라도 고수는 그의 아버지 그대로지마는 첩에서 난 자식은 그렇지 않습니다. 첩이 이미 돌아간 어머니를 모셨으면 그를 낳은 어미가 맏며느리의 앞에 나설 수 없는 것은 적모가 그의 어머니가 되고 적모는 특히 맏며느리의 앞에 앉기 때문입니다. 그런데 숙헌은 "맏며느리의 앞에 앉아야 한다"고 단정하니, 첫 번째의 잘못이며 아버지의 첩으로 복이 없는 이에게 반드시 복을 입으려고 한 것도 예가 아닙니다. 한솥에 밥을 먹는 사람은 시마복을 입어주고 아버지의 첩으로 아들이 있는 사람에게 사마복을 입어주는 것은 본디 두 가지 조목입니다. 그런데 숙헌은 싸잡아 동일하게 하려고 하니, 두 번째의 잘못입니다. 우리들의 학문이 진보될 때를 기다리자고 한 말씀은 의리에 합당합니다. 그러나 요즈음 아는 것과 정하는 것으로 강론하여 그 바름을 취하지 않을 수가 있겠습니다.

答叔獻問

奉祀妾子之母 固不當立于主婦之前矣 亦豈可立於主婦之後乎 不得立於前者 嫡妾之分也 不得立於後者 母子之倫也 頃者 有承重妾子 來問祭時厥母之位 余答以當立於主婦之西稍前云 兄必非之矣 雖然 三代以後 亂嫡妾之分者多有之矣 若亂母子之倫 則人情尤駭 無乃母子重於嫡妾歟 高論以行列之多 爲不可行 此則未然 若曰禮不當然則已矣 於禮無害 則雖千行百列 何傷哉 子孫若分産數代 則其行列亦多矣 豈可以

行列之多　而合昭穆爲一行哉　衆衆妾亦然　苟可分序　則雖多
行列　亦不可已也　大抵貴妾之異於婢僕　三代以來皆然　恐不
可一功斥以婢妾也　同爨緦　非謂父妾之無子者也　珥豈不知哉
禮　大夫爲貴妾　雖無子亦緦　妾無子　尙可緦　況庶母之貴者
雖無子　豈可無服云爾　假曰無服　亦當以同爨有服　此則指珥
之庶母而言也　非泛指人之庶母也

答：　奉祀妾子　旣以嫡母爲母　則所生母　何得位居主婦之前
來示旣自誤　而又敎人使誤　甚不可　此何等禮也　嫡母在則宜
在母位　嫡母不在則宜虛其位　安有以父妾　僭居母位之行乎
生母以居婦後之難　宜不出參而已　行列之多　亦非謂如昭穆堂
堂正位也　妾旣無位　而兄自辦別位　混於諸位　種種多行　終不
得成禮　是僕之未安者也　且同爨之緦　禮文所謂指等輩而言
兄欲引以父妾　亦似未穩　貴妾之稱　在諸侯大夫　而自其下則
不可論也　禮有降殺　何得混稱貴妾　古禮未曾見士有貴妾也
凡人於父妾之主中饋者　應有別禮　而未得其據　制禮作樂　亦
非人人之所敢爲也　莫如於庶母所在房中　尊爲極高之位　參拜
於其中　正寢中之私會私禮　或出參於後行之高處　於祭於婚
朔望讀法等禮　避嫌不出　使情禮兩得之爲佳　更思之如何　大
凡兄於禮上　自生已意　頗用活法　甚似不當.

숙헌의 글에 답함

제사를 맡게 된 첩의 아들의 어머니라 하더라도 물론 맏며느리의
앞에 설 수 없겠지마는 그렇다고 어떻게 맏며느리의 뒤에 설 수

야 있겠습니까. 앞에 설 수 없다는 것은 적부와 첩의 분수이고, 뒤에 설 수 있다는 것은 어머니와 자식의 윤리인 것입니다. 지난번에 어떤 승중(承重:아버지가 일찍 죽어 할아버지의 뒤를 잇는 것을 말한 것) 한 첩의 아들이 와서 제사 때 그의 어머니는 어디에 자리를 할 것인가를 묻기에 제가 대답하기를 '당연히 주부(主婦)의 서쪽 조금 앞에 서야 할 것이다'라고 했는데 형은 틀림없이 잘못되었다고 하실 것입니다. 그렇지만 하.은.주(夏殷周) 3대의 뒤로 적부와 첩의 분수를 어지럽힌 사람들이 많았습니다. 만약에 어머니와 지식의 윤리를 어지럽힌다면 인정이 더욱 이상하게 여길 것이니 어머니와 자식의 사이가 적부와 첩보다 더 중하기 때문에 그렇지 않겠습니까? 형은 서로 줄이 많기 때문에 행할 수가 없다고 하였는데 이는 그렇지 않습니다. 만약에 예에 맞지 않다면 그만이지만 예에 해가 되지 않는다면 천 줄이나 만 줄을 만든다 하더라도 뭐가 해로울 게 있겠습니까. 자손들이 살림살이를 나눈 지 여러 대가 되면 그 항렬도 많아질 것이니, 어떻게 항렬이 많다고 하여 소목(昭穆)을 합하여 하나의 줄로 만들 수야 있겠습니까. 여러 첩들도 그렇습니다. 참으로 서차를 나눈다면 비록 항렬이 많아지더라도 또한 어쩔 수가 없을 것입니다.

대체로 귀한 첩이 비복보다 다른 점은 3대 이래로 모두 그랬습니다. 아마 일체 비첩으로 봐서는 안 될 것입니다. '한솥에 밥을 먹는 이에게는 시마복을 입어준다'는 것은 아버지의 첩으로 아들이 없는 자를 말하는 것이 아니라는 것을 이(珥)가 어찌 모르겠습니까. 예에 대부가 귀한 첩에게 비록 아들이 없더라도 시마복을 입어준다고 하였으니, 자식이 없는 첩에게도 시마복을 입어주는데 더구나 귀한 서모를 자식이 없다고 하여 복이 없다고 할 수 있겠습니까. 설령 복이 없다 하더라도 한솥에 밥을 먹고 있으니, 당연히 복이 있어야 할 것입니다. 이는 저의 서모를 가르켜 하는 말이지, 모든 사람들의 서모를 범연히 가르켜 말한 것이 아닙니다.

답 : 제사를 맡은 첩의 아들이 이미 적모(嫡母)를 어머니로 삼았다면 그를 낳아준 어머니가 어떻게 주부의 앞에 앉을 수 있겠습니까? 말씀하신 바가 이미 스스로 잘못 되었는데 또 사람에게 가르쳐 잘못되게 하니, 매우 옳지 않습니다. 이는 무슨 예입니까? 적모가 살아계시면 의당 어머니 자리에 있어야 할 것이고 적모가 살아계시지 않는다면 의당 그 자리를 비워 놓아야 될 것입니다. 어떻게 아버지의 첩으로 어머니 자리의 줄에 참람하게 있을 수 있겠습니까. 낳아준 어머니가 며느리의 뒤에 서기가 어렵기 때문에 참석하지 않을 뿐입니다. 항렬이 많다는 것도 소복처럼 당당한 정위(正位)를 말한 것이 아닙니다. 첩의 자리가 없는데 형이 스스로 별도의 자리를 마련하여 여러 자리와 혼잡시켜 종종 항렬이 많아져 끝내 예가 이루어지지 못하고 있으므로 제가 미안스럽게 여기는 것입니다. 그리고 한 솥에서 밥을 먹는 사람은 시마복을 입어준다는 것은 예문에서 말하는 같은 또래를 가르켜서 말한 것인데, 형은 아버지의 첩에게 인용하려고 하니, 또한 온당치 못할 것 같고, 귀한 첩이라고 부른 것도 제후나 대부에게 있는 것이지 그 밑으로는 논할 수가 없습니다. 예에는 등급이 있는데, 어떻게 통틀어 귀한 첩이라고 말할 수가 있겠습니까. 고례에 선비가 귀한 첩이 있다라는 글을 본 적이 없습니다. 무릇 사람들이 아버지의 첩으로 음식을 맡아보는 이에게 의당 별도의 예가 있어야 할 것인데, 그 근거를 얻지 못하였고 예를 제정하며, 음악을 만드는 것도 사람마다 감히 할 수 있는 것이 아닙니다. 그러므로 서모가 거처한 방 가운데서 가장 높은 자리에 모시고 거기에서 참배하고 정침 가운데의 사사로운 모임이나 사사로운 예에는 가끔 뒷줄의 높은 자리에 나와 참석하고 제사·혼례·삭망·독법(讀法) 등등의 예에는 혐의를 피하여 나가지 않게 하여 인정이나 예절에 모두 합

당하게 하는 것보다 더 좋은 것은 없을 것이니 다시 생각해 보시
는 게 어떻겠습니까? 대체로 형은 예에 자기의 생각을 붙여서 자
못 활법(活法)을 쓰시니 매우 부당한 것 같습니다.

答叔獻書 論叔獻所述擊蒙要訣非是

尊兄所論如九容註云 足容重者 不輕動也 若趨于尊丈之前
則不可拘此 此註非是 凡用足不輕 而不躓不蹶 周旋中規, 折
施中矩 當趨則趨以采齊 當行則行以肆夏 是足容重也 若如兄
說足容重 是半邊語也 可行於燕閒 而不可行於接尊丈 安有是
理 註手容恭云 手無事則當端拱 不可弄手撫物 此亦未穩 手
容恭 豈但在無事時乎 執玉奉盈 非手恭而能乎 註聲容靜云
不可出噦咳等聲 此亦未盡 聲容靜者 謂安定辭也 且噦咳等聲
人所不得不爲者也 故小學 在父母舅姑之所 禁噦咳等聲 安有
平居而不爲之理 註氣容肅云 調和鼻息 不可使有聲氣 此亦未
安 宜云雖有聲氣 而當使之肅安 能使之無也 註九思之貌思恭
云 一身儀形 無不端莊 此亦以端莊訓恭字不足 欠謙遜意故也
至如立志章云 志之立知之明行之篤 皆在我耳 我又何求哉 此
亦文勢之誤也 不如又何他求之爲合也 又革舊習章云 時時每
加猛省之功 此非無時不習之義也 時時字不可 時時字 雖在論
語書註中 而莫如去時時每三字 而下一常字之爲合也 又持身
章 自學者必誠意向道 不以世俗雜事亂志以下 至眞實心地一
段 宜在心術工夫 而編在持身 雖曰身修在正其心 而教小兒
目以持身 錯以心志 亦不分明 大學之言正心於修身者 其章目
以正心修身故也 又讀書章 自小學至春秋詳玩等說 逐條變文

或雷同 或別無意思 非如韓子所謂易奇而法 詩正以范 各稱其
義也 不如刪去 以避煩文之爲簡也 又事親章云 今有遺人以財
物者 隨其物之多少輕重 而感恩之意 爲之深淺焉 父母遺我以
身 父母之恩 爲如何哉等語 雖承盛喩 終未解或 父子 天理也
慈母之保赤子 豈有計較假借於其間 赤子之愛父母 豈有遺我
以身之念哉 父子之理 最爲著現 雖至愚至徵至暴至戻者 油然
藹然 終無泯滅之理 提携奉負,鞠我撫我者 本無有求於子 愛
念思慕,抑搔省觀者 亦無圖報之心 則以財物之多少輕重 酬恩
深淺之比 亦似不當 又喪制章云 復不必呼名 此亦未善 呼名
非禮 而猶曰不必 何也 不必云者 猶或可爲之云也 宜只曰隨
生時所稱而已 且孝子無脫経之禮 禮稱雖入軍門 不可脫也 而
兄云経非出入他處 則不可脫也 是教人失禮也 今之後學好禮
者 亦有不得已出入而戴経者頗多 兄說若行 反恐沮人之爲禮
也 且云親戚之喪 若他處聞訃奔喪 則至家即成服 此即字未合
古禮奔喪條云 未服麻而奔喪及主人之未成経也 疏者與主人皆
成之 親者終其麻帶経之日數 註曰 疏者 小功以下 親者 大功
以上 疏者及主人之節則用之 其不及者 亦自用其日數 則其禮
等級如是分明 而兄合親疏泛言曰即成服 甚無據 朱子家禮 又
無舍古禮即成之文也 而强欲引而如此看 雖承傍據爲說 亦未
敢信也 又服制月數云 友則雖最重 不過三月 如此斷定 似亦
未安 古禮於師服 自三年以下 不定月數者 甚有其意 師友一
體 愚意以爲師之合行心喪三年 義同生我者 是眞所謂師也 自
其下則皆是友服也友亦情意輕重 甚有等級 何可以一定論哉
居家章云 我國守令 別無私捧 受守令之饋 乃是犯禁也 守令
之饋 除酒肉飲食之外 若米菽之類 不可受也 此論亦偏 若以
國法所禁言之 飲食與米菽 同一罪也 不可分辨也 若以時弊言

之 守令之善事人者 必多費米菽 以致珍邪異味者 比比有焉
一啓此門 爲宰相者 托此論濫受而不辭 爲守令者托此論巧捧
而無避 是敎猱升木也 甚似未穩 酒食米菽 咸不可受 而或有
分厚邑長之能守法者 有所贈遺則勿論米菽 窮則或可受也 何
可以一槩論也 此條宜削而勿論 可也 祠堂章子孫序立圖 諸子
諸孫外執事 宜直在主人後重行 而今移于東 不可也 主婦後
子婦 孫婦內執事 亦宜重行 而今不然 亦不可也 諸弟亦稍後
主人之肩 而今乃竝肩 亦不可也 設饌之圖 脯醢 祭物之重 而
今以佐飯易脯名 飯羹盞等 亦擅移其位 皆似不可 祭儀章 出
入必告詞堂 若遠出經旬 則開中門再拜之 家禮如此 而今以月
字換旬字 亦似不當 朔望參服色 以家禮推之 今之白直領 卽
古之深衣也 用白直領亦可 不必只用紅直領也 時祭之用二分
二至 不必大書爲式也 亦恐非朱子意也 或問時祭用仲月淸明
之類 或値忌日 則如之何 朱子曰 却不思量到此 古人所以貴
於卜日也 然則今不可擧是日爲式也 祭禰 祭之大也 而闕不見
錄 告贈 告事之大禮也 題贈 改題之重禮也 而亦闕其儀 似當
添入 凡祭儀 以己見加減處 或似未安 今不可一一錄稟 如墓
祭之易參神降神等處 是也 如喪服中行祭一條 卒哭後以生布
巾與衣 薦于神主者 大違禮制 生布巾衣 極凶之製也 時祭 極
重之吉禮 以凶接吉 古無其禮 何況今之生布巾 甚無謂 又無
制度 旣脫屈冠 而只看是巾 則是免冠而拜先祖會合之盛禮也
安有是理 朱子以墨衰行禮 是不忍純凶而接神明也 古人之服
中行祭事 其例非一 如朱子之使輕服者 入廟行禮及橫渠之遭
朞服 三廢時祀 而使竹監弟代行之 以竹監在官 無持服之專故
也 先賢處置 甚有曲折 伏惟尊兄深思刪定 勿容易 辛甚辛甚
兄禮一定 不但一時後學之宗師而己 可不重哉 妄有所論 惶悚

無己 謹拜 九容註 今看禮記本文 亦異兄說 兄須更詳之

숙헌에게 답한 글 (숙헌이 지은 격몽요결의 잘못된 곳을 논함)

형께서 논한 구용(九容)의 주(註)에 "발의 태도를 무겁게 한다는 것은 가볍게 움직이지 않는 다는 것이다. 그러나 어른의 앞을 빨리 갈 때는 여기에 구애되어서는 안 된다"고 하였는데, 이 주석은 옳지 않습니다. 대체로 발을 가볍게 놀리지 않아야 쓰러지지 않고 미끄러지지 않아 두루 도는데 규(規 : 굽은 자)에 맞고, 꺾어서 도는데 구(矩 : 곧은 자)에 맞게 됩니다. 빨리 걸어야 할 때는 채제(采薺)의 노래에 맞추어 걷고 보통으로 걸어야 할 때는 사하(肆夏)의 악장에 맞추어 걷는 것이 발의 태도를 무겁게 하는 것입니다. 만약에 형의 말처럼 발의 태도를 무겁게 한다면 이는 반쪽만 해당되는 말입니다. 이는 평상시에나 행할 수 있지 어른을 접할 때에는 행할 수가 없을 것이니, 이러한 이치가 있을 수 있겠습니까.

"손의 모양을 공손히 한다"의 주에 "손에 하는 일이 없으면 팔장을 끼어야지, 손을 놀려 물건을 어루만져서는 안 된다"고 하였는데 이것도 온당치 않습니다. 손의 공손한 모양이 어찌 하는 일이 없을 때에만 있을 수 있겠습니까. 옥(玉)을 가지거나 물건이 가득 찬 그릇을 받들자면 손의 모습이 공손하지 않고는 할 수 있겠습니까?

"목소리는 고요히 한다"의 주에 "재체기나 기침 따위의 소리를 내지 않아야 한다"라고 하였는데 이것도 미진합니다. 소리를 고요히 한다는 것은 인정하게 말하는 것을 말한 것이고, 또 재채기나 기침 따위의 소리는 사람으로서 없을 수 없는 것입니다. 그러므로 「소학」에 "부모나 시아버지 시어머니가 계시는 곳에서는 재채기나 기침 따위의 소리를 내지 말라"라고 하였습니다. 어찌 평상시에 하지 않을 수 있겠습니까?

"기운의 모습을 엄숙하게 한다"의 주에 "코로 숨쉬는 것을 조화시켜 소리를 내어서는 안 된다"라고 하였는데, 이것도 미안스럽습니다. 의당 숨쉬는 소리가 나더라도 엄숙하게 해야 한다라고 해야 할 것입니다. 어떻게 힘을 들여 없게 할 수 있겠습니까.

"구사(九思)의 모습을 공순하게 한다"의 주에 "한 몸의 모습이 어느 것이나 단정하고 씩씩하지 않은 게 없다"라고 하였는데 이도 단정하고 씩씩하다는 표현으로 공손공(恭)자의 뜻을 풀기에는 부족하니 겸손한 뜻이 모자라기 때문입니다.

입지장(立志章)에 있어서는 "뜻이 세워지고 아는 것이 밝아지고 행실이 돈독해지는 것은 모두 나에게 달려 있는 것이니, 내가 또 무엇을 구하겠는가"라고 하였는데, 이도 문세(文勢)가 잘못 되었습니다. "또 무엇을 다른 데서 구할 게 있겠는가"라는 말보다 적합하지 못합니다. 또 혁구습장(革舊習章)에 "때때로 늘 깊이 반성하는 공부를 하라"고 하였는데, 이는 어느 때나 익힌다는 뜻이 아니므로 시시(時時)자는 알맞지 않습니다. 시시자가 「논어(論語)」의 주석 가운데에 있으나, 시시매(時時每) 석 자를 빼고 떳떳상(常)자를 넣는 것보다 더 적합한 것은 없을 것입니다. 또 지신장(持身章)에 "학자는 반드시 성의로 도(道)에 향하여 세속의 잡된 일로 뜻을 어지럽게 하지 말라."는 데서부터 "마음의 바탕을 진실하게 한다"까지의 한 대목은 심술공부(心術工夫)의 편에 있어야 할 것인데, 지신장에 편입돼 있습니다. 몸을 닦는 것이 마음을 바르게 하는 데 있다고는 하지만 어린아이들을 가르치는 데 몸가짐[持身]으로 지목하여 심지[心志]로 착각할 것이니 또한 분명하지 않습니다. 「대학(大學)」에서 마음을 바르게[正心]하는 것을 몸을 닦는[修身]데서 말한 것은 그 편을 정심 수심(正心修心)으로 제목을 붙였기 때문입니다. 또 독서장(讀書章)에 「소학」으로부터 「춘추(春秋)」에 이르기까지 자세히 익힌다는 말들은 조목에 따라 문구(文句)를 변동하여 혹은 뇌동하기도 하고 혹은 별다른 뜻이 없으니, 한자(韓子:한유(韓愈) 당의 학자)의 "「역경(易經)」은 기이하면서도 법이 있고, 「시경(詩經)」은 바르면서도 아름답다"라고 한 말처럼 제각기 그 의의에 맞는 것만 못하니 삭제하고 번거로운 문구를 피하여 간단하게 하는 것이 좋을 것입니다. 또 사친장(事親章)에 "지금 어떤 사람에게 재물을 준다면 재물의 많고 적고, 가볍고 무거운 것에 따라 그 사람의 은혜를 느끼는 뜻이 얕거나 깊을 것이다. 그러나 부모님은 나에게 몸을 주셨으니 부모님의 은혜가 얼마나 큰가"라고 한 말은 이에 대해 비록 형의 설명을 받았지만 끝내 의혹이 풀리질 않습니다. 아버지와 아들은 자연적인 이치에서 이루어진 사이입니다. 그러니 어머니가 어린 아이를 보호하는 데 그 사이에 어찌 타산과 사정이 있겠으며, 어린아이가 부모를 사랑하는 데 어찌 나에게 나의 몸을 주었다고 생각하겠습니까. 아버지와 아들의 윤리가 가장 잘 들어나므로 비록 몹시 어리석고, 포악하고, 미약하고, 사납고, 거치른 자라 하더라도 그 사랑하는 마음이 저절로 우러나 끝끝내 없어질 리가 없기 때문에 이끌어 주고 안아주고 업어주면서 나를 길러 주며, 나를 보살펴 주는 것은 본디부터 자식에게 무엇을 바라려고 한 것이 없고, 부모를 사랑하고 사모하며 가려운 데를 긁어주고 아침 저녁으로 잠자리를 살펴 드리는 것도 은혜를 갚기위한 생각에서 그렇게 하는 것이 아니고 보면 제물의 많고 적음과 가볍고 무거운 것에 따라 은혜를 갚는 데 깊고 얕다는 비유는 또한 타당하지 못한 것 같습니다. 또 상제장(喪制章)에 "호복(呼復 : 죽은 사람의 혼을 부르는 의식)하는 데 이름을 부를 필요가 없다"라고 하였는데, 이도 좋지 못합니다. 이름을 부르는 것은 예가 아닌데 오히려 그렇게 할 필요가 없다고 한 것은 무슨 이유입니까? 그렇게 할 필요가 없다고 한 말은 할 수도 있다는 말과 같습니다. 의당 "살아계실 때에 부르는 대로 부를 뿐이다"고 해야 할 것입니다. 그리고 효자는 질대(絰帶)를 벗는 예가 없고, 예에 "군문(軍門)에 들어간다 하더라도 벗어서는 안 된다"고 하였는데, 형은 "다른 곳에 드나들지 않으면 질대를 벗어서는 안 된다."고 하니 이는 사람에게 예를 잘못 가르친 것입니다. 요즈음 예를 좋아하는 후배들이 부득이한 일로 밖에 나갈 때 수질을 머리에 쓴 사람이 자못 많은데, 형의 예설이 세상에 퍼진다면 도리어 예를 행하는 사람을 저지시키지나 않을런지 염려됩니다. 또 "친척의 상사에 만약 다른 곳에서 부고를 받고 분상(奔喪)하게 되면 집에 이르러서 곧[卽] 성복한다"고 하였는데, 이 즉(卽)자는 합당하지 않습니다. 고례의 분상조(奔喪條)에 "상복을 입지 않고 분상하여 주인이 질대를 띠기 전에 왔을 경우 소원한 자는 주인과 같이 성복하고 가까운 자는 그 마질대(麻絰帶)가 끝나는 날수로 한다" 라고 하였는데, "그 주에 소원한 자란 소공복 이하이고 가까운 자란 대공복 이상이다"고 하였습니다. 소원한 사람이라도 주인이 성복할 때에 왔으면 그 날수를 따라 하고 제때에 오지 못한 사람이라도 각자의 해당된 날수를 사용하게 하였으니 그 예의 등급이 이처럼 분명합니다. 그런데 형은 친한 이나 소원한 이를 싸잡아 범연히 "곧 성복한다"고 말씀하시니, 너무나 근거가 없습니다. 「주자가례(朱子家禮)」에도 고례를 버리고 곧 성복한다는 조문이 없는데, 억지로 인용하여 이처럼 보시려고 하니 비록 여러 가지 증거를 들어서 말씀해 주셨지만 감히 믿을 수가 없습니다. 또 복제의 달수에서 "벗의 복은 비록 가장 중하게 입어준다 하더라도 석 달에 지나지 않는다"고 하였는데, 이렇게 단정지으면 또한 미안스러운 것 같습니다. 고례에 스승의 복에 있어서 3년 이하부터는 달수를 정하지 않은 것은 깊은 뜻이 있어서 그런 것이니, 스승과 벗은 일체입니다. 제 생각으로는, 스승으로 3년 동안 심상(心喪)을 입을 만하고 의리가 나를 낳아준 부모와 같은 분이라면 이는 참으로 스승이라 하겠습니다마는 그 밑으로는 모두 벗

의 복입니다. 벗도 정의의 가볍고 무거움에 따라 큰 차이가 있는
데, 어찌 한가지로 논할 수 있겠습니까. 거가장(居家章)에 "우리
나라 수령(守令)은 별로 사사로이 받는 봉급이 없는데, 수령이
선사한 물건을 받는 것은 법을 범하는 것이므로 수령이 선사할
경우에는 술이나 고기와 같은 음식물을 제외하고 쌀이나 콩과 같
은 류는 받아서는 안 된다"고 하였는데, 이 의론도 한쪽으로 치
우친 것입니다. 만일 국법에 금한 것으로 말한다면 음식물이나
쌀·콩을 받는 것은 다 똑같은 죄이니, 다르다고 할 수가 없습니
다. 만일에 시속의 폐단으로 말한다면 상관을 잘 섬기는 수령은
반드시 쌀이나 콩을 많이 소비하여 진귀한 물건이나 색다른 음식
물을 마련하여 바치는 일이 빈번히 있는데, 한번 이러한 길을 열
어 놓는다면 재상(宰相)은 이러한 논리를 빙자하여 마구 받아들
여 사양하지 않을 것이고, 수령은 이 논리에 의탁하여 교묘하게
뇌물을 바쳐 기피하지 않을 것이니, 이는 원숭이에게 나무에 올
라가는 재주를 가르치는 것이니 매우 온당하지 않은 듯합니다.
술이나 음식, 쌀이나 콩은 모두 받아서는 안 되겠지만 혹시 나와
친분이 두텁고 법을 잘 지키는 수령이 준다면 쌀이나 콩을 막론
하고 궁핍하면 받을 수도 있겠습니다마는 어떻게 일률적으로 논
할 수가 있겠습니까. 이 조항은 삭제하고 논하지 않아야 할 것입
니다. <사당장(祠堂章)>의 자손들이 줄을 서는 도(圖)에 모든 자
신들과 손자들을 제외하고 집사(執事)는 의당 주인의 뒷줄에 있
어야 하는데, 이제 동쪽에다 옮겨졌으니 옳지 않습니다. 주부의
뒤에도 자부·손부·내집사(內執事)들이 여러 줄로 서야 할 것인데,
지금은 어깨를 나란히 하고 있으니 또한 맞지 않습니다.
찬을 차리는 도(圖)에서 포·혜(脯醢)는 제물 중에 중요한 것인데,
지금은 반찬[佐飯]이라고 하여 이름을 포(脯)로 바꾸었고, 밥그릇·
국그릇·술잔 등도 마음대로 그 위치를 옮겨 놓았으니, 모두가 옳

지 않은 것 같습니다.

제의장(祭儀章)에 "출입할 때엔 반드시 사당에 고해야 하는데, 만약에 먼 곳에 나가게 되어 열흘이 넘을 것 같으면 사당의 중문(中門)을 열고 두 번 절한다"라고 하였는데, 「가례」에도 이처럼 되어 있습니다. 그런데 여기서는 열흘순(旬)자를 달월(月)자로 바꾸었으니, 역시 타당하지 않을 것 같습니다.

　초하루 보름에 참배할 때에 입는 옷의 색깔은 「가례」로 미루어보건대 요즈음의 백직령(白直領)이니 바로 옛날의 심의(深衣)입니다. 백직령을 입는 것도 괜찮으니 홍직령(紅直領)만 입을 필요는 없을 것입니다.

시제는 춘분·추분·하지·동지에 지낸다고 특별히 제목으로 써서 법규로 삼을 필요는 없고 또한 주자의 뜻도 아닐 것입니다. 어떤 사람이 묻기를, "시제는 중월(仲月 : 음력 2월, 5월, 8월, 11월 등을 말함)이나 청명(淸明)등의 날에 지내는데, 이러한 날들이 기일과 마주치면 어떻게 날을 가리는 것을 귀하게 여겼다"라고 하였으니, 그렇다면 여기서 이러한 날들을 들어서 법규로 삼아서는 아니될 것입니다.

아버지 사당에 제사지내는 것은 제사 중에서 큰 것입니다. 그런데 빼놓고 기록하지 않고 국가에서 내린 증직(贈職)을 고하는 것은 사유를 고하는 중에서 큰 예이고, 신주에 증직을 써 넣은 것은 신주를 고쳐 쓰는 것 중에서 중요한 예입니다. 그런데 이도 이러한 의절이 빠졌으니, 더 써 넣어야 할 것 같습니다. 무릇 제의(祭儀)에 자기 나름대로의 견해로 삭제하고 첨가하는 곳은 더러 미안스러운 것 같은데, 지금은 하나하나 적어서 여쭈어볼 수가 없습니다. 예를 들자면 묘제(墓祭)에 참신(參神)과 강신(降神) 등을 바꾸어 놓은 것이 이러한 것들이며, 상복(喪服) 가운데 제 사지내는 한 조목에 "졸곡(卒哭)의 뒤에 생포(生布)로 만든 것과 옷을 입고 신주에 전드린다"고 하였는데, 예의 제도에 크게 어긋 났습니다. 생포로 지은 건이나 옷은 아주 흉한 제복이고 시제는 매우 중요한 길례입니다. 그런데 흉한 복장으로 길례에 접하는 것은 옛날에 없었던 예이고 더구나 지금의 생포로 만든 건은 너 무나 무리한 것이니 말한 것이 있겠습니까. 또 그러한 제도가 없 는데, 이미 굴관(屈冠)을 벗고 건만 쓴다면 이는 관을 벗어버리 고 절을 하는 것이니, 선조가 모이신 융성한 예의 자리에서 어떻 게 이렇게 할 리가 있겠습니까. 주자는 묵최(墨衰)를 입고 예를 행하였으니, 이는 순전히 흉례에 입는 옷차림으로 차마 신명을 접할 수 없었기 때문입니다. 옛 사람들이 복을 입는 동안에 제사 를 지내는 일들에 있어서 그 예(例)가 한결같지 않습니다. 예를 들자면 주자는 가벼운 복을 입은 사람으로 하여금 사당에 들어가 예를 대행하게 하였고, 장횡거(張橫渠)는 기년복을 입고 세 번이 나 시사(時祀)에 참석하지 않고 죽감(竹監)의 아우로 하여금 대신 행하게 하였는데, 죽감은 관직에 있었기에 상복을 계속 입을 수 없었기 때문입니다. 선현들이 이러한 일을 처리하는 데 매우 곡 절이 있었으니, 삼가 바라건대 형께서는 깊히 생각하여 산정(刪 定)하고 쉽게 하지 않으셨으면 매우 다행이겠습니다.

형의 예절이 한번 정해지면 한때의 후학들만이 따를 뿐만이 아니 니, 신중하게 하지 않을 수 있겠습니까. 망령되어 논하고 보니,

황공하기 그지없습니다. 삼가 드립니다. 구용의 주는 지금 「예기
(禮記)」의 본문을 보니, 형의 말씀과는 다릅니다. 형은 다시 자세
히 살펴보십시오.

重答叔獻書 亦論擊蒙要訣非是處

承下札 伏審違攝 仰慮仰慮 山中習靜 應事致勞 病或宜然
千萬愼重 但外無所事 內添身病 恐非吾輩之所期待也 不食
無炊 僕宜安分 聞兄亦朝晡假貸 貴而能貧 一慰一念 所示九
容所爭 只在於偏說全說之異 尊兄旣以手容恭 許鄙見之是
而於足容重 獨守偏說 未知其可也 苟如兄說足容重 宬合於
靜坐不動時也 似不成說 近有解頭容直者曰 上下正直不動時
是頭容直也 或揖或拜 則非直也 此近兄說 夫頭容直 坐立之
時 則直上直下 拜揖之時 則不偏於左右者也 以此推之 則皆
可知矣 兄以聲容靜 異安定辭者 亦未知其義也 又以安靜辭
爲語聲低微者 以其言也屬 爲大其聲者 亦似未安 近來初學
或氣懾色怍 聲多低微 是可謂安定辭乎 大槪兄說 主玉藻本
註 而泥着推不得 恐未然也 氣容 只以鼻息爲定 亦恐未穩
貌思恭 亦謙遜爲主 端莊次之者也 時時云者 比常字 似未洽
好 故欲改以常字 兄以常常猛省 恐其太過而生病 所謂猛省
者果何事 而恐其生病耶 若曰時時 亦無視不習之義也 與常
字同其義則可也 若曰猛省 是不可常常可爲之事 則兄說似爲
非是 中庸之說誠身而正心在其中者 誠身 包誠意正心修身也
今旣目以持身 而引此爲證 似爲未穩 讀書章云云者 苟欲存
之 望兄更爲點綴刪正也 又於春秋 使學者求抑揚操從之奧義
此似未盡 孟子之論春秋 亦不如是 朱子之論春秋 亦不如是

抑揚操縱於一字加減 乃後世不知春秋者所論 而胡文定亦不
免此病 故朱子詳論其非 而至曰今之說春秋者 將聖人之經
爲權謀機變百將之傳 以此觀之 抑揚操縱 恐非聖人之本義也
大學中庸或問 皆朱子成書 不可取舍 而於大學令讀或問 於
中庸闕之 似宜添入 復之呼名 旣是非禮 而兄欲待兄長乘屋
或可呼之 而不改云 似爲未穩 苟或兄長乘屋 則是變禮也 變
禮皆可書耶 禮云侍者乘屋 而兄以尊行乘屋爲念 亦未知其可
也 又況隨生時所稱云 卑幼尊丈 名有合稱之號 兄何不思之
深也 改之無疑 経無可脱之禮 而兄擅許脱経於出入之時 旣
違禮矣 何得合禮況 一二好禮者不忍脱経 則兄何致憂於反古
之深也 朱子時 喪服有欲用古制者 或以爲吉服旣用今制 而
獨喪服用古制 恐徒駭俗 朱子曰 駭俗猶些小事 若果考得是
用之亦無害 然則兄之許脱経 恐非朱子意也 況今之喪服 一
用古制 習人耳目 篤禮孝子 不得已有出入處 雖全用喪服 亦
無可駭 何況戴経乎 彌意非欲使人人肆然戴経於出入時也 不
欲兄之擅許脱経以爲禮也 更詳之 家禮之改古禮 雖或有之
而家禮之所未改處 亦欲以已意改古禮 則無乃未安耶 如至家
卽成服 家禮亦不如是 而猶欲改古禮 似爲未穩 朋友麻 此是
泛說 而兄不思禮文本意 是似不合 祠堂敘立之禮 朱子旣令
諸弟 稍後主人之右 而兄自以已意斷之曰 不必稍後 恐其不
然 又況介子介婦 無並肩於冢子冢婦之禮乎 脯是祭用之重
而又古今通用之名也 必欲改以佐飯 是亦非是 至於祭禰 程
子朱子已定之禮 而小學家禮 旣詳其儀 猶曰恐豐于昵也 深
爲兄致疑焉 時祭之用二分二至 朱子旣論其非 而尙曰程子之
式 强欲行之 恐亦未可也 墓祭之參神降神 旣定於朱子家禮
而遽欲改之 亦未合 又況禮意難知乎 伏惟盛諒

거듭 숙헌에게 답한 글 (역시 「격몽요결」의 잘못된 곳을 논함)

보내주신 편지를 받고 삼가 건강이 좋지 못하다는 것을 알고 염려해 마지않고 있습니다. 산중에서 고요하게 지내다가 일에 접하느라 피로가 오면 병이 생길 수도 있는 것이니, 조심하기 바랍니다. 다만 밖으로는 하는 일도 없이 안으로 몸에 병이 생기는 것은 아마 우리들이 바라는 바가 아닐 것입니다. 먹지도 못하고 불을 지피지도 못하지만 저는 의당 나의 분수에 편안히 여겨야 할 것입니다마는 듣자니 형도 아침 저녁거리를 남에게 꾸어가며 산다고 하는데, 귀한 이가 가난 할 수 있으니 한편으로는 위로도 되고 한편으로는 염려도 됩니다. 형은 '구용'에 대해서 "논쟁의 정점은 단지 한쪽만 말하는 것과 전체를 말하는 데의 차이에 있다"고 하셨는데, 형이 이미 손의 모습을 공손히 하는데 있어서는 저의 견해가 옳다고 하여 놓고 발의 모습을 무겁게 한다. 에만 한편의 설을 고수하고 있으니 옳은 것인지 모르겠습니다. 참으로 형의 말씀처럼 발의 모습을 무겁게 한다지만 한편의 설을 고수하고 있으니 옳은 것인지 모르겠습니다. 참으로 형의 말씀처럼 발의 모습을 무겁게 하다면 가만히 앉아서 움직이지 않을 때가 가장 적합할 것이니 읍(揖)을 하거나 절을 할 때는 곧지 않다"고 하는데, 이는 형의 말씀과 비슷합니다. 대체로 '머리의 모습을 곧게 한다.'는 것은, 앉거나 일어설 때에는 위아래가 곧고, 절을 하거나 읍을 할 때에는 왼쪽이나 오른쪽으로 치우치지 않는 것이니, 이로써 미루어 보면 모두 알 수가 있을 것입니다.

형은 "목소리를 고요하게 하는 것을 안정하게 말하는 것과 다르다"고 하였는데, 이 역시 그 뜻을 알 수가 없고, 또 "말을 안정하게 하는 것으로 말소리를 낮게 하는 것이다"라고 하고 "목소리를 높여서 말하는 것으로 소리를 크게 하는 것이다"라고 하는데, 역시 미안스러운 것 같습니다. 요즈음 처음 배우기 시작한

학도들이 더러 기가 위축되고 수줍어서 말소리가 대부분 낮고 가냘픈데 이들을 안정하게 말한다고 할 수가 있겠습니까? 대개 형의 말씀은 옥조(玉藻)의 본주를 위주로 하였기에 얽매여서 미루어 보지 못한 것이니, 아마도 그렇지 않을 것입니다.

기운의 모습은 다만 코로 숨쉬는 것으로 단정 지우는데 이도 온당하지 못한 듯합니다. 모습을 공손히 한다는 것은 역시 겸손이 위주가 되고 단정하고 씩씩한 것은 다음입니다. 때때[時時]로라고 하는 것은 떳떳할상(常)자와 비교해서 흡족한 만큼 좋지 못하기 때문에 상(常)자로 고쳤으면 한 것인데, 형은 항상항상[常常] 깊이 반성하면 너무나 지나쳐서 병통이 생길까 염려된다고 합니다만 이른바 깊이 반성한다는 것은 과연 무슨 일이길래 병통이 생길까 염려 하는 것입니까? 때때로라고 하는 것은 어느 때나 익히지 아니함이 없다는 뜻이니 떳떳상(常)자와 그 뜻이 같다고 한다면 괜찮지만 깊이 반성하는 일은 항상 할 수 없다라고 말한다면 형의 말씀이 옳지 않는 것 같습니다.

「중용(中庸)」에 자기 자신을 정성스럽게 하는 것을 말하는 데에 마음을 바르게 하는 것이 그 가운데에 있는 것은 자기 자신을 정성스럽게 하는 가운데에 뜻을 성실히 하고 마음을 바르게 하고 몸을 닦는 일이 포함되어 있기 때문입니다. 지금 지신장(持身章)으로 제목을 붙여 놓고 이를 인용하여 증거를 삼으려고 하니, 온당하지 못한 것 같습니다.

독서장(讀書章)의 운운한 말들을 참으로 그냥 놔두려고 한다면 형이 다시 손질하여 산정하기 바랍니다.

또 「춘추(春秋)」에서 학자들로 하여금 억양조종(抑揚操從)하는 오묘한 뜻을 찾아야 한다고 하였는데, 이는 미진한 것 같습니다. 맹자가 「춘추」를 이렇게 논하지 않았으며, 주자도 「춘추」를 이처럼 논하지 않았으니, 억양 조종에서 한 글자라도 더 넣거나 빼어버리는 것은 바로 후세에 「춘추」를 모르는 사람들이 논한 것이니 호문정(胡文定)도 이러한 병폐를 면하지 못했기 때문에 주자가 상세하게 그 그릇됨을 논하면서 심지어 요즈음 「춘추」를 말하는 사람들은 성인의 경(經)을 가지고 그 권모기변(權謨機變)이 온갖 장수들의 스승이 된다고 한다고 말하였으니, 이로써 보건대 억양 조종은 아마 성인의 본뜻이 아닐 것입니다.

「대학혹문(大學或問)」이나 「중용혹문(中庸或問)」은 모두 주자가 만들 글이기에 이 글들을 취하거나 버려서는 아니될 것입니다. 그런데 「대학」의 조문에서는 「혹문」을 읽으라고 하고, 「중용」의 조문에서는 이 말이 빠졌으니, 혹문을 읽으라는 말을 넣어야 할 것 같습니다.

호복(嘷復)할 때에 이름을 부르는 것은 본디 예가 아닌데, 형은 형이나 어른을 기다려 지붕위에 올라가 부르게 할 수도 있다고 하여 고치지 않으려고 하는데, 온당하지 않은 것 같습니다. 참으로 형이나 어른이 지붕 위에 올라간다고 하더라도 이는 변칙적인 예입니다. 변칙의 예를 다 기록할 수 있겠습니까? 예에 이르기를, "시중을 드는 사람이 지붕 위에 올라간다"하였는데, 형은 "죽은 이의 윗사람이 지붕 위에 올라간다"고 생각하니 또한 옳은 것인지 모르겠습니다. 또 더구나 "살았을 때에 부른대로 부른다"고 하였는데, 신분이 낮은 분이나 높은 분, 그리고 어린이나 어른이 각기 맞는 칭호가 있습니다. 형은 어찌 깊히 생각하지 않으십니까? 고쳐야 한다는 것은 의심할 바가 없습니다. 질(経)을 벗어도 된다는 예는 없는데, 형은 마음대로 "출입할 때에는 질을 벗어도 된다"고 허용하였으니 이미 예에 어긋났습니다. 어떻게 예에 맞게 할 수 있겠습니까? 더구나 예를 좋아하는 한 두 사람이 차마 질을 벗지 못하고 있는데, 형은 옛날의 예로 너무 돌아간다고 염려하십니까? 주자의 시대에 상복을 옛날의 제도대로 사용하려는 사람이 "길복(吉服)은 이미 오늘날의 제도에 따라 사용하고 있는데, 상복만 옛날의 제도를 따라 사용한다

면 한갓 풍속만 놀라게 하지는 않을까 염려됩니다"고 하니, 주자
가 말하기를, "풍속을 놀라게 하는 것은 오히려 사소한 일이다.
만약에 과연 제대로 상고할 수만 있다면 옛날의 제도를 사용하더
라도 해롭지 않을 것이다"라고 하였습니다. 그렇다면 형이 질을
벗어도 된다고 한 말씀은 아마 주자의 뜻이 아닐 것입니다. 더구
나 요즈음의 상복은 일체 옛날의 제도대로 사용하고 있으므로 사
람들의 이목(耳目)에 익숙해졌는데, 돈독하게 예를 행하는 효자
가 부득이 출입할 데가 있으면 비록 상복을 전부 사용하더라도
사람들이 놀라지 않을 것인데, 더구나 질만 쓰는데 말할 것이 있
겠습니까. 저의 생각으로는 사람마다 출입할 때에 버젓이 질대를
쓰게 하자는 것이 아니고, 형이 마음대로 질대를 벗는 것이 예라
고 하지 않으셨으면 해서입니다. 다시 살펴보십시오. 「가례」에
고례를 고친 곳이 더러 있습니다마는 「가례」에서 고치지 않은 곳
을 자기의 뜻대로 고례를 고치려고 한다면 거북하지 않겠습니
까? 예를 들면 '집에 이르러서 즉시 성복한다'고 한 것은 「가례」
에는 이와 같이 되어 있지 않습니다. 그런데 오히려 고례를 고치
려는 것은 또한 온당하지 않은 것 같습니다.

벗의 상에 마복(麻服)을 입는다는 것은 범연히 말한 것인데 형은 예
문의 본뜻을 생각하지 않았으니, 이는 합당하지 못한 것 같습니다.

사당에서 서는 예는, 주자가 이미 모든 아우들은 주인의 오른쪽
의 조금 뒤에 서게 하였는데, 형은 자신의 생각대로 "조금 뒤에
설 필요는 없다"고 단정지으셨으나 아마도 그렇지 않은 것 같습
니다. 더구나 둘째 아들과 둘째 며느리는 큰 아들과 큰 며느리와
어깨를 나란히 서는 예가 없지 않습니까?

포(脯)는 제사에 쓰는 제물 가운데서도 중요한 것이고, 또 예나
지금이나 두루 쓰고 있는 이름인데, 반드시 반찬[佐飯]으로 고치
려고 하니 이도 옳지 않습니다.

아버지의 사당에 제사지내는 데 있어서는 정자(程子)와 주자가

이미 정한 예이며 「소학」과 「가례」에 그 의식이 상세하게 적혀
있는데 오히려 "아버지 사당에 너무 풍성하게 한 것인지 염려된
다"고 말씀하시니, 형의 말씀에 깊히 의심이 갑니다.

시제를 춘분·추분·동지·하지에 지내는 데 대해서 주자가 이미 그
잘못된 점을 논하였는데, 아직도 "정자의 법규를 억지로 행하려
한다"고 말씀하시니 아마도 옳지 않은 것 같습니다.

묘제(墓祭)에서 참신(祭神)과 강신(降神)하는 것은 이미 주자의 「
가례」에 정해졌는데, 갑자기 고치려고 하니, 또한 합당하지 않습
니다. 또 더구나 예의 뜻을 알기가 어려운데 말할 것이 있겠습니
까. 삼가 널리 이해하시길 바랍니다.

答浩原書　호원의 물음에 답함

問 : 石潭書院諸賢 遺我書言 今年欲立栗谷祠版 以配食
于朱子祠云 盖石潭書院 立朱子祠 以靜庵退陶兩先生配
食 丙戌秋已奠安祠版故也 且令渾主張此事云 未知於高
見 何如 鄙意以爲此事 事體至重 非可輕爲者石潭門人
力學自立 待數十年道明德立之後 而深惟道理 大會同門
斷然推尊而行此盛擧 可也 或有後世子雲者出 而行此未
擧之禮 亦可也 今日鄙人獨斷爲之 恐未爲十分取信 而又
恐有傷於忽遽也 願示定論何如

問 : 석담서원(石潭書院)의 제현(諸賢)들이 나에게 서신을 보내어
말하기를, "올해에 율곡의 위패를 세워서 주자의 사당에 배향하
려고 한다"고 하였는데 대개 석담서원에 주자의 사당을 건립하여
정암(靜菴 : 조광조(趙光祖)의 호)과 퇴도(退陶 : 이황(李滉)의 호)
두 선생을 배향하려고 병술(丙戌 : 선조 19년 1586년) 가을에 이

- 300 -

미 위패는 봉안하였기 때문입니다. 또 저에게 이 일들을 주관하라고 하는데, 형의 높으신 견해는 어떠하신지요? 제의 생각으로는, 이 일은 사채가 매우 중하여 가벼이 할 수 없다고 봅니다. 석담의 문인들이 학문에 힘써 자립하게 되어 수십년 동안 도가 밝아지고 덕이 이룩해지기를 기다려 깊이 도리를 생각하여 동문들을 모두 모아 단연히 추존하여 이런 성대한 일을 해야 될 것이고 혹은 후세에 양자운(楊子雲) 같은 이가 나와서 거행하지 못한 예를 행하여야 될 것입니다. 그런데 지금 나처럼 비루한 사람이 혼자 결단을 내려서 한다면 사람들에게 믿음을 충분히 받지 못할까 염려스럽고 또 빨리 서두르다가 사채에 손상될까 염려되니 확실한 의논을 말해주십시오.

答 : 來示愼重 不欲獨斷 千里相問 深荷盛意 但此擧 栗谷舊里門生 欲尊奉栗谷 吾東鄕先生立祠非一 實非大段擧指也 必欲待門生道明德立與後世之子雲 則或恐未然也 況栗谷爲當代鉅儒 此非一時同輩之私見 實後世之公論 鄙見如是 未知如何

답 : 보내주신 서신을 보건대 신중히 하고자 혼자 결단을 내리지 않고 싶어서 머나먼 천리 밖에서 물어주시니 성의를 깊이 입었습니다. 다만 이 일은 율곡의 옛날 제자들이 율곡을 높이 받들어 모시고자 하는 것인데, 우리나라에도 사당을 세워 그 고을의 사표가 될만한 선생을 제사지내는 일이 많이 있으니 이는 실로 대단한 일이 아닙니다. 반드시 율곡의 제자들이 도에 밝아지고 덕이 이루어지거나 후세의 양자운이 나올 때까지 기다린다는 것은 아마도 그렇지 않다고 봅니다. 더구나 율곡은 당대의 거유입니다. 이는 한때 동료들의 사사로운 견해가 아니라 실로 후세의 공론일 것입니다. 저의 생각은 이와 같습니다마는 어떻게 생각하십니까?

편집자 프로필

편집자는 광주교육대학교와 조선대학교 대학원을 졸업 공학석사학위를 취득하였으며, 초·중등 교육공무원으로 35년을 봉직했고 2000년 2월말 서울 경기고등학교에서 교감으로 퇴임하였다.

등산, 여행을 좋아하여 일본 후지산, 백두산을 비롯하여 국내 등반 300산 600여 회를 기록하였고, 청소년야영수련 지도자로 24년 봉사했고, 여행으로는 십여년 동안에 3대양 6대주 50여국을 돌아보고 나서 '**세계는 하나**'라는 세계일주 여행기도 펴냈다.

시와 수필로 등단하여 국제펜클럽회원, 한국문인협회원, 서울강남문인협, 서울교원문학회, 한국공무원문인협회등 13년 동안 문단동아리 활동을 하면서 시집1, 수필집10, 한시번역 등 저서 20권을 상재하였다. 2012년 방송통신대학교 국어국문학과 고전문학전공 3학년과정을 마치고

고향 광주로 내려와 여산송씨 종친회의 카페를 만들어 종문에 봉사하고 있다. 원윤공파종회총무이사,년1회발간 하는 대종회 종보 편집주간과 한국성씨총연합회 이사및 뿌리문화보존회 편집인으로 활동하고 있다.

수상 경력으로는 근정포장(대통령), 스카우트무궁화금장 스카우트총재표창7회, 교육부장관상 2회, 교육감상 6회, 신인문학상 2회, 문학 작가상 2회 등을 수상하였다.

송남석

▲ 삼현수간(三賢手簡)의 구봉친필

國譯龜峯集(中)

개정판 1쇄 인쇄 2023년 04월 03일
개정판 1쇄 발행 2023년 04월 17일
　　　　　　대황조기원 10,010년

지은이 송익필
엮은이 송남석

펴낸곳 도서출판 맑은샘
출판등록 제2012-000035
주소 경기도 고양시 일산서구 중앙로 1456(주엽동) 서현프라자 604호
전화 031) 906-5006
팩스 031) 906-5079
홈페이지 www.booksam.kr
블로그 http://blog.naver.com/okbook1234
이메일 okbook1234@naver.com

ISBN 979-11-5778-594-0 (04810)
ISBN 979-11-5778-592-6 (세트)